KB050378

青妖

§ 청요 §

2014년 7월 4일 초판 1쇄 인쇄
2014년 7월 9일 초판 1쇄 발행

지은이 § 해수을
발행인 § 곽중열
기획&편집디자인 § 신연제, 이윤아
발행처 § (주)조은세상

등록 § 2002-23호(1998년 01월 20일)
주소 § 경기도 연천군 미산면 청정로 1355
Tel § (02)587-2977
e-mail romance@comics21c.co.kr
블로그 http://goodworld24.blog.me

값 9,000원

ISBN 979-11-5512-525-0

CIP제어번호 : CIP2014019207
이 도서의 국립중앙도서관 출판시도서목록(CIP)은 e-CIP홈페이지(http://www.nl.go.kr/ecip)와
국가자료공동목록시스템(http://www.nl.go.kr/kolisnet)에서 이용하실 수 있습니다.

GOOD WORLD ROMANCE NOVEL

青妖
청오

해수을 장편소설

(주)조은세상

목 차

|일러두기||

1. 본 글은 1506년 중종반정이 실패했었다는 가정 하에 시작되었다.
2. 본 글에 등장하는 역사적 인물은 실제와 다르며 창조되었다.

여는 장. 귀鬼의 왕

상제上帝께서 이르시길,

"너희는 본디 생生에 속해 있지 않다. 그럼에도 살아 움직이니 참으로 곤란
하다. 결코 생에 해를 입히지 말지어다. 그래야 너희를 땅 위에 있도록 용납할
지니."라고 하시었다.

이는 그 자체로 천명天命이 되어 모든 것을 속박하였다.

작자미상, 『조선망량야사, 태초편』

꿈속에서 본 것은 하얗고 매끄러운 피리였다. 짐승의 뼈를 깎아 만
든 피리에선 고운 소리가 났다.

피리의 어린 주인은 천진하고 순진하여 곧잘 웃었으나 병약하여 일
찍 죽었다. 흰 피리는 슬피 울었으나 그 누구도 그 울음을 듣지 아니
했다.

긴 세월 땅속에 묻혀 울음을 울던 피리는 어느 날 두 다리를 얻어
인간의 태를 갖췄다.

온몸이 흰 불꽃으로 뒤덮여 있으니 그 이름은 백화白火라.

"아가, 괜찮으냐?"

물을 끼얹으며 누군가 걱정스럽게 물었다. 백화는 불꽃을 지우며 고개를 들었다. 쭈글쭈글한 얼굴과 달리 검고 아름다운 눈을 지닌 노인이 숨을 헐떡이고 있었다.

"으아앙!"

백화는 다짜고짜 울음을 터트렸다. 제 그리하면 이 선량한 노인이 저를 데려가 줄 것을 알았다. 혼자 땅을 뒹굴며 살아온 세월은 너무도 길어 누구라도 함께 있어 주기를 그 순간 간절히 바랐다.

"어이구, 아픈 게야?"

"으아아앙!"

울음은 더욱더 커졌다.

피리이던 적엔 아무리 울어도 들어주는 이가 없었다. 지금에 이르러 비로소 그 울음 들어주는 이를 만났다.

백화는 노인의 품에 안겨 힘껏 목청을 높였다.

본디 인간이 아니었으나 인간의 태를 갖춘 그것들을 일컬어 귀鬼라고 했다. 모든 귀를 통틀어 '귓것'이라 불렀다.

⁕

번쩍 잠에서 깬 세나가 어둠을 멍하니 응시했다.

그래서 그 노인과 아이가 어찌 헤어지게 되었더라?

'기억이 안 나.'

매일 꾸는 꿈인데. 흰 불꽃에 휩싸인 어린 계집과 정 많은 노인이

나오는 꿈이었는데……. 아무리 노력해도 결말이 떠오르지 않는다.

'청요…….'

생각나는 것은 어떤 아름다운 사내의 이름뿐.

기억이 또렷하지 않아 더 애타는 웃음, 눈빛, 손길.

나의 청요, 나의 신랑, 나의 왕.

가슴이 찢어질 듯 아프다. 잊은 것이, 떠올리지 못하는 것이 괴롭다. 툭툭 떨어진 눈물이 옆으로 흘러 베개를 적신다. 바람이 불어와 창문을 흔든다. 덜컹덜컹. 그 스산한 소리에 그리운 무언가가 어려 있다.

나의 백화, 나의 신부, 나의 비…….

'누구?'

간절한 부름이 들린 것 같아 귀를 기울이면 돌아오는 것은 적막뿐.

그 무엇도 없다. 아무도 그녀를 부르지 않는다.

'들리지 않아…….'

세나의 눈이 느리게 감긴다. 그녀는 다시 잠에 빠져든다. 깨어나면 다 잊어버릴 그 그리움 속으로.

1장. 예감

　새까만 머리를 둥글게 말아 올린 여대생 한 명이 강의실에 앉아 있다. 깨끗한 피부와 까만 눈동자, 살짝 도톰한 입술이 잘 조화된 그녀는 누가 보기에도 미인이다. 그런데도 그녀는 신기할 정도로 아무의 시선도 못 받고 있었다.

　그녀의 이름은 유세나. 대학 수학을 위해 홀로 상경한 지 이제 3년째.

　"잠 또 못 잤어?"

　세나의 옆자리에 가방을 턱 내려놓으며 다른 여학생이 물었다. 연회색의 눈동자가 기묘한 미인이다.

　"어…… 왔어?"

　세나가 고개를 돌려 여학생을 바라보았다. 여학생이 바지런히 꺼내는 노트 표지에 '최영은'이라는 이름 석 자가 또박또박 적혀 있다.

　유세나와 최영은. 두 사람은 50여 명이 수강하는 교양강의를 함께 듣는다.

　"그래, 왔다. 진짜 굿이라도 해야 하는 거 아냐?"

　수업 준비를 마친 영은이 자리에 앉으며 걱정스럽게 말했다.

"굿은 무슨. 그냥 잠자리가 바뀌어서 그런 것뿐인데."

"잠자리가 바뀐 지 3년은 됐수다, 이 아가씨야."

영은이 혀를 끌끌 찼다. 세나는 어색하게 웃었다.

잠자리가 바뀐 지 벌써 3년. 이제 와서 잠자리가 바뀌었다고 꿈자리가 뒤숭숭해질 리 없다. 대략 일 년여 동안 반복되어 온 꿈. 깨어나면 내용조차 잘 기억나지 않는다. 그 흐린 꿈속의 남자. 그를 향한 애타고 애절한 마음만 남는다. 꿈은 천천히, 아주 느리게 선명해지고 있지만…… 역시 모르겠다. 왜 그런 꿈을 꾸는지. 그 남자는 또 누구인지.

"교수님 오셨다."

세나는 복잡한 마음을 들키고 싶지 않은 듯 앞으로 고개를 돌렸다. 영은도 따라서 강단을 바라보았다. 젊은 강사가 넥타이를 살짝 풀며 강의를 준비하고 있었다.

강좌명은 '한국의 토속신앙.'

지역마다 구전되어오는 설화와 민담을 통해 당시의 사상을 심도 있게 배우는 강좌이다. 강사가 젊고 입담이 좋아 수강신청이 꽤 치열했다.

"자, 강의 시작하겠습니다. 오늘 주제는 '도깨비'입니다."

두근.

도깨비라는 단어에 세나의 심장이 느닷없이 거칠게 뛰었다.

귓것.

귀鬼에 속한 모든 것들. 독각귀, 망량, 이매 등 수많은 이름으로 불리는 설화 속 존재. 본디 살아 있는 것은 아니다. 부지깽이, 짚신

등 오래된 물건에 영이 깃들어 생성된다고 믿어지는 그들은 실체가 없다.

"여러분도 도깨비 설화는 많이들 알고 있을 겁니다."

강사의 말이 이어졌다. 세나는 아찔해지는 기분이 들었다. 살아 있으나 생生에 속해 있지 않은 존재. 몇 달째 머릿속에 빙빙 맴돌던 그 문구가 무엇을 뜻하는지 이제야 알 수 있었다.

'도깨비에 대해 알아봐야 해.'

그것은 일종의 강한 예감.

강의가 끝나기 무섭게 가방을 챙겨 세나는 도서관으로 향했다.

"야! 유세나! 점심은?"

당황한 영은이 따라오며 소리쳤다. 그제야 영은과 점심 약속을 했다는 것을 기억해낸 세나가 미안한 표정을 지었다.

"영은아, 미안. 나 갑자기 할 일이 생각났어. 과제가 있었는데 깜빡 잊고 있었지 뭐야."

"과제? 개강한 지 얼마나 됐다고 벌써 과제야?"

"진짜 미안해. 다음에 내가 쏠게."

알고 싶다.

꿈속의 남자에 대해서. 왜 그런 꿈을 꾸는지에 대해서. 더 나아가 나는 누구인지에 대해서도…….

귓것. 실체 없는 그 존재에 세나는 무작정 매달렸다. 그들에 대한 이야기를 읽으면 작은 실마리라도 잡을 수 있을 듯했다.

조금씩 선명해지는 기억. 강해지는 원망, 그리움. 이렇게 아무것도 모른 채 시간을 보내다가는 원망과 그리움에 모든 것이 삼켜져버릴지도 모른다는 두려움이 엄습해온다.

그렇게 되고 싶지 않다. 준비되고 싶다. 무언가 코앞까지 닥쳐와 있다면 그것과 똑바로 마주하고 싶다.

세나는 도서관 서가에 있는 귓것 관련 책을 모조리 긁어모았다. 정신없이 내용을 살피는 그녀의 얼굴이 이내 일그러졌다.

책에는 그녀가 원하는 내용이 없었다. 도깨비로 일컬어지는 것들의 괴력과 신통력, 심술궂음에 대한 설화가 수록되어 있을 뿐 그들의 실체에 대한 것은 아무것도 없다.

'당연한 건가……'

세나가 체념하듯 웃었다.

귓것은 허구다. 허구니까 실체가 없는 것이 당연하다. 모든 사물에 정령이 깃들어 있다는 믿음이 낳은 허상일 뿐이다. 다 알고 있던 사실인데 갑자기 힘이 풀리는 기분이었다.

허탈한 마음으로 책을 덮으려는 순간, 세나가 멈칫거렸다. 그녀의 동공이 흠칫 커졌다.

야사에서 전하길 조선의 10대 왕 연종은 귓것사냥을 즐겼다고 한다. 그는 귓것의 피를 머금으면 사물로 태어나 스스로 움직이는 귓것처럼 폐비 윤씨가 다시 살아나 움직일 것이라고 믿었던 듯 보인다. 그러나 연종이 귓것이라 여긴 존재의 실체는 전하지 않는다.

귓것사냥. 그 단어에 박힌 세나의 시선은 움직일 줄 몰랐다. 심장이 욱신거렸다. 호학군주라고 불리는 성종의 적장자로 태어나 최고의 상황에서 왕위를 이은 이융은 조선 역사상 최악의 폭군으로 기록되었다.

연종, 그가 미웠다. 역사 속 인물일 뿐인데도 그를 향한 적대감은 스스로 이해할 수 없을 정도로 강했다.

왜 이런 기분이 드는 것인지…….

페이지의 앞뒤를 더 뒤져 보았지만 '귓것사냥'이 언급된 것은 그 페이지뿐이었다.

"하아……."

결국 깊은 한숨을 내쉬며 세나는 책을 덮었다.

그 어떤 책에서도 귓것은 실체를 드러내지 않았다. 다리가 하나여서 발을 걸어 넘어뜨려야 한다느니, 뿔이 사실은 없다느니, 키가 커서 얼굴이 보이지 않는다느니 하는 이야기만 단편적으로 수록되어 있다. 그 단편적인 것들은 귓것 그 자체일 수 없다.

손에 잡히지 않는 신기루를 쫓는 듯한 기분이다. 책상에 힘없이 엎어져 눈을 감았다. 오후 수업이 남아 있었지만 도저히 출석할 의욕이 들지 않는다.

휴대폰 진동에 세나가 눈을 떴다.

잠들었던 것일까. 혹 또 꿈을 꾸다 울지는 않았을까.

세나가 얼굴부터 매만졌다. 도서관에서 자다가 우는 것만큼 꼴사나운 일도 없을 테니까. 다행히 운 것 같지는 않다.

세나는 안심하며 주섬주섬 폰을 꺼내 문자를 확인했다.

[세나. 카페 안 갈래?]

영은이다. 점심 약속을 깬 것도 있고, 집으로 돌아가 할 일도 없고 해서 세나는 알겠다고 답장을 보냈다.

[오케이. 카페 R에서 보자.]

카페 R은 학교 앞에 있는 동네카페로 자리가 넓고 편해 영은과 종종 가는 곳이었다.

[응.]

짧게 답장한 후 세나는 도서관을 나와 카페로 갔다.

카페에 들어서자 카운터 앞쪽에 있는 TV에서 흘러나오는 드라마 신작 광고 방송이 보였다. 화면을 건성으로 쳐다본 세나가 곧장 카페 안쪽으로 향했다.

"최영은."

"오, 세나! 과제는 잘 해서 냈어?"

"응? 아, 응."

"대답이 시원찮다?"

"아니야. 진짜 잘 해서 냈어."

"그래?"

미심쩍은 표정으로 영은이 세나를 쳐다보았다. 세나는 웃음으로 상황을 무마하며 영은의 맞은편에 앉았다. 세나가 앉기 무섭게 영은이 재잘재잘 수다를 떨어댔다.

"그놈의 사랑이 뭐라고, 자꾸 소개팅을 하래. 나는 남자 없이도 잘 살고 있는데!"

영은이 뽀로통하게 투덜거렸다. 남자 없이 잘 살고 있는 것치고는 자신의 수다 주제가 대부분 남자라는 것을 알고 있을까? 세나는 일부러 그 점을 꼬집어주는 짓은 하지 않았다.

"사랑이 뭘까?"

"글쎄."

세나가 정말 모르겠다는 표정으로 대답했다.

"그, 왜. 사랑을 위해 죽을 수 있다는 사람도 많잖아. 로미오는 줄리엣이 죽은 줄 알고 따라 죽고, 줄리엣은 로미오가 죽어서 또 같이 죽고. 그런 게 사랑일까?"

"글쎄……."

"만약 따라 죽을 수 없는 상황이라면 어떡해? 그럼 사랑이 아닌 걸까?"

세나는 재잘거리는 영은을 가만히 응시했다. 왜일까. 영은의 표정이 쓸쓸하다. 그녀의 눈빛 깊은 곳에 그리움이 숨어 있다. 흐릿해진 원망이, 웅크리고 있다.

"같이 죽을 수 있다면 차라리 축복이지. 그나저나 세나 너, 그거 봤어?"

자조하듯 중얼거리던 영은이 돌연 화제를 돌렸다. 거두절미한 물음에 세나가 고개를 기울였다.

"그거라니?"

"연종의 여자. 이번에 새로 하는 드라마 있잖아."

"그런 게 해?"

"하여간. TV 좀 보고 살아."

영은의 핀잔에 세나가 픽 웃었다. 드라마를 마지막으로 본방 사수한 게 언제인지 모르겠다. 고등학생이 된 후 TV란 걸 제대로 본 적이 없다. 봐 봤자 등교하기 전에 잠깐 아침 뉴스를 본 게 전부다. 매주 꼬박꼬박 드라마를 기다리며 설레던 때도 있었는데.

"TV는 무슨."

"그러지 말고 우리, 기분 전환 겸 알바나 할까?"

"알바?"

곧 시험기간인데, 라고 중얼거리는 세나의 옆에 착 달라붙은 영은이 아양을 떨었다.

"시험은 시험이고 기분 전환은 기분 전환이지! 잘생긴 남자는 보기만 해도 행복할 거야. 안 그래?"

"글쎄?"

"그러지 말고! 응? 나 아는 오빠가 드라마 제작사 쪽에서 일한단 말이야. 그 오빠에게 부탁하면 단기 엑스트라 정도는 할 수 있을 것 같은데. '연종의 여자' 촬영하는 거 한 번 보고 싶지 않아? 촬영장 가면 청요도 있을 거야. 실물 한 번만 보면 좋겠다 싶은걸. 요즘 핫한 배우잖아."

세나는 순간 제 귀를 의심했다.

"누구?"

"어?"

"배우 이름이 뭐라고 했어?"

"청요?"

세나가 딱딱하게 굳었다. 청요. 머릿속에서 빙빙 맴돌던 그 이름이다. 푸른 안개에 휩싸여 있던 그 남자다.

"가자."

세나가 무언가에 홀린 듯 다급히 말했다.

"응?"

"그거, 가자. 엑스트란지 뭔지 하자."

기분 전환 겸 한 번 가보자고 세나를 꼬드기던 영은은 막상 세나가 가자고 하니 조금 당황한 눈치였다.

"정말?"

"어."

세나가 단호히 고개를 끄덕였다.

청요. 그 이름을 여기서 들을 줄은 몰랐다. 꿈속의 남자라고만 여겨서 인터넷에 검색해 볼 생각도 못했다. 그 남자가 이 남자라는 보장은 없지만, 이렇게 바보 같을 수가.

"너 나중에 딴말하기 없기다?"

"안 해."

"오케이. 그럼 나 지금 오빠한테 연락해 본다?"

"응. 해."

"진짜진짜 한다?"

갑작스러운 세나의 의욕이 영 미심쩍은지 영은이 확인에 확인을 거듭했다. 세나는 그때마다 확고히 고개를 끄덕여주었다. 마침내 영은이 아는 오빠라는 사람에게 연락했고 오래지 않아 오케이 답장이 날아왔다.

"일단 이번 주말. 괜찮지?"

"응. 괜찮아."

뚝뚝하게 대꾸하고는 세나가 잠시 눈을 감았다.

심장이 거칠게 뛴다.

청요. 당신은 누구이기에. 당신이 대체 누구이기에 이 심장은 주인의 의지를 벗어나 이토록 조급하게 굴까.

세나는 반쯤 정신이 나간 상태로 카페에서 영은과 이야기를 나누었다. 무슨 이야기를 했는지는 전혀 기억나지 않는다.

영은과 헤어진 후 귀가한 세나는 곧장 컴퓨터를 켰다. 인터넷 검색창에 '청요'를 써놓고 확인을 누르는 손끝이 초조하게 떨린다.

인물정보
청요 영화배우
출생 19XX년 1월 18일
신체 184cm, 68kg
출연작 20XX년 드라마 '연종의 여자'

공개된 프로필은 믿지 않는다. 어차피 방송용 프로필일 것이다. 중요한 것은 그의 사진이다.

간단한 프로필 아래 한가득 검색되어 있는 청요의 사진을 세나는 하나하나 응시했다. 상냥하게 웃고 있지만 그의 눈은 차다. 방긋 말려 올라간 입술은 다시 보면 냉소적으로 비틀려 있는 듯하다. 아름다운 얼굴은 조각 같을 뿐 생기가 없다.

그를 물끄러미 보고 있자니 가슴이 저릿해진다. 아주 낯선, 그러나 익숙한 기묘한 감정이다.

'당신은 누구지?'

그녀는 분명 그를 안다. 꿈속의 남자. 어쩌면 아주 오래전 알았을 남자. 의식 속에선 사라졌으나 무의식 깊은 곳에 남아 있는 어떤 연.

그를 만나고 싶다. 만나고 싶지 않다.

그를 잊었다. 잊고 싶지 않았다.

온갖 감정들이 질척거리며 세나의 심장에 들러붙는다. 격한 것들이 휘몰아친다.

'당신은 나의 무엇이지?'

그를 알고자 하는 욕구는 갑작스럽게 찾아와 세나를 뒤흔들었다.

세나는 청요가 찍힌 스틸컷을 한 장 한 장 세심하게 살폈다. 감정없이 고요한 그의 눈. 그의 눈은 색이 흐렸다. 어디를 보는 것인지 알 수 없는 눈동자는 회색이었다. 입술 또한 색이 조금 엷었다. 그대로 파스스 부서져버릴 재처럼.

무서워. 사라지지 마요. 부서지지 마요.

세나의 몸이 바이없이 떨렸다. 문득 누군가의 목소리가 귓가에 맴돈다.

······백화. 나의 백화.

애틋한 부름이 아득히 먼 곳에서 들려온다. 원망인지 비통함인지 알 수 없는 서글픔이 그 목소리에 스며 있다. 그 목소리 외의 모든 것이 사라진다. 모든 소음이 아스라하게 멀어지고 주변의 가구들이 시야 너머로 멀어진다.

모든 것이 없어진 적막의 공간 속에서 세나는 오롯이 혼자였다. 오로지 그의 목소리만 들렸다.

저릿하던 가슴이 이제는 찢어질 것 같다. 눈가에 피가 몰리며 뜨거워진다. 세나는 고개를 내저었다. 숨 쉬는 법마저 잊었을까. 한참 뒤 그녀의 입에서 막혀 있던 숨이 탁 터져 나왔다.

"하!"

그와 동시에 거짓말처럼 주변의 모든 것이 되돌아왔다. 창밖에서 들려오는 대화소리, 엔진소리. 방 안의 사물들.

아, 나는 아직 여기 있구나.

찰나 안도하며 세나가 가슴에 손을 올렸다.

쿵쾅쿵쾅. 낯설고도 이상한 감정이 가슴 속에서 내처 소용돌이치고 있다. 두렵고, 근원을 알 수 없어 까마득한 감정. 그러나 피하고 싶지 않다.

……청요. 나의 청요.

당신은 대체 나의 무엇인가요?

모니터 속 그는 여전히 생글생글 웃고 있다. 세나는 그의 눈을 빤히 들여다보았다. 엷은 회색처럼 보이던 그의 두 눈이 돌연 붉게 느껴졌다.

'어?'

세나가 눈을 비비며 미간을 찡그렸다.

그의 두 눈은 분명 붉었다. 피를 머금은 듯, 선홍의 루비 두 개를 톡톡 박아 넣은 듯, 영혼마저 사로잡을 듯 그렇게 붉었다.

뒤늦게 사진에 덧붙여진 코멘트가 보였다.

작성자 달토끼

우왜! 사람이 어쩜 저렇게 생길 수가 있나요? 청요는 신이 아닐까요? 청요신! 신이 아니라면 신의 사랑을 독차지했거나!

'신'이라고 몇 번이나 강조된 코멘트를 세나가 멍하니 바라봤다.

신?

신인지는 모르겠다. 그러나 적어도 사람은 아니다. 사람일 수 없다.

머릿속에는 없지만 몸을 타고 흐르는 핏속에 새겨진 감각들이 세나의 깊은 곳에서 내처 아우성친다.

그 순간 세나는 예감하였다.

청요를 만나면 모든 것이 변할 것이다!

남자는 운전석을 뒤로 깊게 눕힌 채 누워 있었다. 차창을 닫아둔 덕분인지 온갖 잡다한 소음은 들리지 않았다. 피곤한 하루하루다. 습관적으로 서랍에서 커터 칼을 꺼낸 남자가 칼로 손목을 지익 그었다. 살이 깊게 베이며 피가 흘러나왔다.

"……."

남자는 손목을 들고서 흘러나오는 피를 가만히 바라보았다. 동맥을 자를 정도로 깊이 그었으나 출혈은 빠르게 멈추었다. 조소 같은 것이 남자의 입귀에 걸렸다.

"빌어먹을 상제여."

욕설을 내뱉은 그가 눈을 감았다.

사물死物로 태어나 활活을 바란 죄. 그 죄에 대한 벌로 모든 귓것은 상제의 속박에 갇혔다.

결코 생을 해할 수 없다…….

같은 귓것 중에서도 자기 자신만은 스스로 해할 수 없다. 다른 모든 귓것을 사물로 인식하여도 자신만큼은 살아 있다고 믿고 있는 것이다.

실로 살아 있든 죽어 있든 중요치 않다. 상제가 그들에게 살아가는 것을 허락하였든 불허하였든, 그것 또한 무의미하다. 모든 귓것은 생을 바라 인간의 태를 갖추었으므로 그들의 의식 속에서 자기 자신만큼은 살아 있는 것과 같다. 인간을 해할 수 없듯 자기 자신만은 해할 수가 없다.

스스로 상처를 내도 의지와는 상관없이 모든 힘이 일시에 상처로 몰리며 치유를 시작한다.

상처가 치유된다는 것은 상제의 속박이 여전히 유효하다는 방증이었다. 더 이상 상제의 목소리가 들리지 않아도 상제가 아직 이 세상을 굽어살피고 있다는 뜻이었다.

상제의 속박에 갇혀 스스로 멸할 수도 없는 남자는 자신을 향해 조롱을 퍼부었다.

지친다. 그녀가 보고 싶어.

"백화."

불러도 대답 없는 이름.

입술을 짓눌러 문 남자가 발작적인 웃음을 터트렸다. 이젠 백화가 없다는 것을 아는데도 왜 이토록 학습이 안 되는 것일까.

백성도, 비妃도 남지 않은 낯선 세계에 내동댕이쳐진 남자는 신경질적으로 신귀[1]를 불렀다. 온몸의 감각을 열어 신경을 곤두세웠다. 혹시나 미약하게 전해오는 신귀의 응답이 있을까, 아주 작은 기대는 하였다.

'신귀여, 귓것이여. 내 일족들이여.'

그러나 아무것도 없었다. 아무 대답도 없다. 당연한 일이다. 모든 기력을 이용해 불러도 신귀의 답은 없다. 이제 그것들은 없으니까. 알고 있는 그 사실을 다시 확인받을 때마다 남자는 참담한 절망에 빠져야 했다. 부름에 메아리조차 없어 진저리가 쳐졌다.

백화가 없다. 신귀도 없다.

이 세상에서 나는 죽지도 못하고 무얼 하고 있는 것이지?

남자의 두 눈이 붉어졌다. 맹렬한 분노를 가슴 속에 처박고 거친 호흡을 헐떡였다. 아무도 없다. 그에게 소중했던 것들은 이 세상에 없다. 그의 가엾은 아이들은 귓것사냥으로부터 살아남지 못했고, 그의

----

1) 귓것의 일족 중 하나로 장난기가 많으나 선량하다.

애타는 비는 그를 두고 사라져 버렸다. 남자는 그들이 이 세상에 없음을 사무치게 느끼면서도 매번 절망을 반복한다.

지금의 모든 것이 꿈같다. 아주 혹독한 악몽. 눈을 뜨면 어리고 선량한 귓것들이 나를 기다리고 있을 거야.

'모든 신귀여, 나의 아이들이여……'

남자가 차게 웃었다. 스스로 기만하는 짓은 그만하기로 하고 열었던 감각을 닫았다. 전국 곳곳에서 흘러 들어오던 기가 일시에 사라졌다. 어차피 없다. 백화도, 신귀도. 그것은 변하지 않는다. 이 세상엔 반귀만 남았다. 제 육신을 잃고 인간의 육신에 깃든 반쪽짜리 귓것만 겨우 반귀로 남아 있는 것이다.

그것들이라도 이제 신귀로 되돌릴까. 혼자 그것들을 되돌릴 수 있기는 할까. 모르겠다.

"하."

남자가 고개를 내저었다. 어쨌든 지금은 때가 아니다. 반귀를 신귀로 되돌리는 데는 많은 힘이 소모된다. 기력이 떨어지면 아무것도 도모할 수 없다. 지금은 귓것사냥으로 희생된 수많은 신귀를 되돌리는 데 집중해야 한다. 반귀의 문제는 그 뒤에 생각하는 게 옳다.

"백화. 나의 비여. 너는 참 잔인도 하지. 왕의 숙명을 벗어던질 수도 없게 만들었구나."

그리움에 덧대어진 원망. 그 원망은 얼마나 나약하고 부질없는가.

그믐이 다가온다. 시간이 접히고 공간이 비틀리는 밤. 그 밤 남자는 시간을 미혹하여 금기의 문을 열고 다른 귓것이 존재하고 있는 때로 잠시나마 돌아갈 수 있다.

그가 살았던 세계. 그리운 이를 모두 남겨두고 온 곳. 귓것사냥이 절정에 이르고 수많은 신귀가 그 사냥에 희생당한 바로 그때.

상제는 남자에게 오로지 그 시간으로 갈 수 있는 문만 허락하였다.

뒤늦은 동정, 아니면 그저 심심풀이. 단 하나의 길을 열어주고서 제 허락 없이 태어난 존재의 발버둥을 지켜보려는 것일지도.

무엇이 상제의 본심인지는 알 수 없다. 언젠가, 그를 다시 만난다면 물어볼 수 있을까.

지금은 그저 할 수 있는 일을 한다. 되돌릴 수 있는 것을 되돌리려 해본다. 다만 그뿐. 그렇게 발버둥 치며, 살아가며, 죽어가는 그런 것.

서기 1506년에 실패한 반정을 성공시키자. 현재 기록된 시기보다 빠르게 조선의 10대 왕 연종을 몰아내자. 그로 인해 결과가 어찌 바뀔지는 모른다. 아마도 '살아 있는 것'의 역사가 크게 달라지지는 않을 것이다.

하지만 귓것의 운명은 조금쯤, 아주 조금쯤 달라질지도. 역대 가장 극악한 귓것사냥을 자행한 연종을 몰아내면, 멸족된 신귀가 돌아올지도⋯⋯.

신귀가 돌아와야 백화의 희생이 무의미하지 않아진다. 그것을 위해 남자는 지금까지 버티고 있다.

'금괴를 얼마나 모았더라?'

반정 자금을 가늠해보던 남자가 차게 웃었다. 새삼 제 신세가 처량하다.

서울의 밤하늘에 달빛 아닌 가로등빛이 가득하다. 거리도 마찬가지다. 전조등을 켠 자동차가 지네처럼 이어져 도로를 움직인다. 빵빵, 끼이익, 야 이 미친놈아. 각종 소리가 뒤엉켜 우짖는다.

빛과 소리의 홍수 속에 남자는 덩그러니 서 있다.

그는 천귀天鬼 청요. 두 귀왕鬼王 중 하나. 홀로 남은 귓것의 우두머리.

⁂

상제上帝께서 이르시길,

"나약한 인간의 것을 빼앗고 망치는 것은 짓궂은 일이로다. 목숨을 빼앗는 것만 해악이겠느냐? 그 장난질을 당장 멈추게 하여라."라고 하시었다.

천귀 청요는 즉시 그 명을 따랐다.

작자미상, 『조선망량야사, 태초편』

농사를 배운 지 수천 년. 인간의 삶은 날로 윤택해졌다. 인간은 곡식이 생기자 그것을 보관하기 위한 토기를 빚었다. 어디 그뿐일까. 각종 장신구며, 생활에 필요한 도구를 만들어냈다.

그들의 발전을 상제는 기쁘게 굽어살폈다. 상제의 유일한 근심은 인간들이 만들어낸 갖은 도구에 육肉 없이 떠돌아다니던 혼이 깃드는 일이었다. 그들은 귓것이라 불렸는데, 상제조차 길들이기 쉽지 않았다. 그들을 다스리기 위해 상제는 태초의 두 귓것을 모든 귓것의 왕으로 세웠는데, 그 중 하나가 천귀 청요이고 다른 하나가 지귀 흑각이다.

청요는 동이東夷의 한 촌에서 온갖 장난을 일삼는 귓것 처리를 명받고 그곳으로 향했다. 그는 한 걸음을 걸었나 싶으면 일 리를 움직였고, 방금 눈앞에 있나 싶으면 어느덧 그림자도 찾을 수 없었다.

"역겹군."

문제의 마을에 도착해 청요가 처음 한 말이었다.

문명이 융성할수록 인간은 잔인해졌다. 짐승을 잡아먹는 것이 고작이던 때와 달리 그들은 땅에 집착하기 시작했다. 청동으로 만든 무기를 손에 들고 같은 인간을 해했다. 정복전쟁에서 막 패배한 그 마을은 엉망진창이었다. 누더기를 걸친 아이들이 썩은 짐승 시체를 서로 갖겠다고 싸우고 있었다.

가축의 똥이 묻은 거뭇거뭇한 얼굴에서 역겨운 냄새가 풍겨왔다. 그들은 청요의 존재는 신경도 쓰지 않았다. 청요도 그들을 신경 쓰지 않았다. 소문의 귓것만 얼른 찾아서 데려갈 생각으로 몸을 틀던 청요가 미간을 찡그렸다. 픽! 요란한 소리를 내며 자그마한 무언가가 부딪쳐온 것이다.

"왕이시여!"

호위귀가 놀라서 소리쳤고, 청요에게 부딪쳤던 것은 그대로 튕겨나갔다. 바닥에 엎어진 작은 그것은 몹시 연약해 보였고 귓것의 냄새가 났다.

"저, 저년 잡아라! 곡식 도둑이다!"

웬 사내가 사납게 소리치며 계집을 잡으려 들었다. 벌떡 일어난 귓것 계집은 품에 안은 것을 더 꼭 끌어안고는 그대로 달아나려고 했다. 청요는 계집을 잡아 패대기쳤다.

"악!"

계집이 품고 있던 보자기가 풀리면서 곡식 낱알이 흩어졌다. 짧은 비명을 내지른 계집이 허겁지겁 곡식을 긁어모았다. 계집을 쫓아온 사내는 온갖 욕설과 저주를 쏟아냈다.

"곡식을 훔친 자는 노비로 삼는 것도 모르느냐? 네년은 이제 내 노비다!"

"자, 잘못했습니다요! 한 번만 용서해주시라요!"

귓것 계집이 인간 사내의 바지춤에 매달려서 애원했다. 인간 사내는 계집이 귓것이라는 것조차 모르는 듯했다.

청요는 계집이 부딪힐 때 더러워진 제 옷을 노려보며 미간을 찡그렸다. 저와 같은 종족이 인간 따위에게 굽실거리는 것은 마땅치 않았다.

"용서? 흥! 같지도 않다! 네년이 툭하면 내 곡식을 털어간 것을 내가 모를 줄 알았느냐?"

"아, 아닙니다요, 나리! 이번이 처음이오! 참말이구면요. 믿어주시라요!"

귓것 계집이 간청했다. 청요는 무표정한 얼굴로 그들 앞에 나섰다.

"인간."

인간 사내가 먼저 고개를 돌렸다. 그는 심상치 않은 분위기를 풍기는 청요의 정체를 가늠해 보려는 듯 고개를 갸웃거리다가 화들짝 놀랐다.

"도, 독각귀?"

형형히 빛나는 눈빛이 붉었다. 손끝에서 희미하게 흘러나오는 푸른 기운은 인간의 것이 아니었다. 그것은 신력이었고, 그 존재의 이질성을 방증하고 있었다.

"그 아이는 내 권속이다."

"하, 하오나……."

"네가 잃은 것에 대해서 배상하겠다. 썩 물러가는 게 좋을 것이다."

청요가 손짓하자 그의 뒤에 서 있던 호위귀가 무언가가 가득 담긴 보따리를 내밀었다. 인간 사내는 주저주저하며 그것을 받아 들었다. 귓것 계집은 놀란 눈으로 청요를 올려다보았다. 청요의 눈빛이 차가워졌다. 높이 올라간 그의 손이 귓것 계집의 뺨을 후려쳤다. 푸른빛이 튀었다. 인간이었다면 능히 광대뼈가 으스러지고도 남았다.

귓것 계집을 잘근잘근 밟는 청요의 기세는 싸늘하기 짝이 없다. 계집을 붙잡으러 왔던 인간 사내는 두려운 기색으로 눈치를 살피다가 슬그머니 줄행랑을 놓았다. 귓것 계집은 달아나려다가 붙잡히고, 또 달아나려다가 붙잡히며 맞았다.

"사, 살려주시라요! 잘못했소! 다, 다시는 도둑질하지 않겠소!"

귓것 계집이 청요에게 매달려 애원했다. 청요의 눈빛이 차게 빛났다.

"더러운 손 치워라."

"예에?"

"그 더러운 손으로 어딜 붙잡는 것이냐."

귓것 계집이 당황한 눈으로 저를 쳐다보자 청요는 기를 모았다. 그의 손끝에서 푸르게 빛나는 것이 몽글몽글 뭉쳐 긴 채찍 같은 것이 되었다. 청요는 그것을 휘둘렀다. 찰싹! 귓것 계집의 뺨에 붉은 줄이 그어졌다.

"살려주시라요! 이 하찮은 년 하나 죽여 무어 얻을 것도 없잖소?"

귓것 계집은 빌고 또 빌었다. 청요는 냉정한 눈으로 계집을 노려보았다. 살아 있는 것도 아닌 주제에 생을 구걸하는 모습이 가당찮았다. 애초에 태어난 적이 없거늘 죽음을 두려워하는 꼴이 우스웠다. 피식 조소하는 순간, 청요는 보았다.

귓것 계집의 두 눈에 무뜩 스친 즐거움.

그제야 깨닫건대 세상에 둘도 없이 초라한 꼴로 자비를 구걸하면서도 계집의 눈빛은 형형했다. 용서해 달라, 살려 달라 매달리면서도 그 눈빛에 구차함은 없다. 긍지를 터럭조차 느낄 수 없는 꼬락서니를 한 채 그 눈빛만은 티 없이 맑았다.

기묘한 이질감.

"너."

청요는 신력으로 이루어진 채찍을 거두었다. 귓것 계집은 땅에 이마를 박은 채 온몸을 떨었다. 청요가 비식 웃었다.

"실은 두렵지 않은 게로구나?"

귓것 계집의 떨림이 일순 멈추었다. 청요의 두 눈이 이채로 빛났다.

이 계집은 거짓으로 용서와 자비를 구걸하고 있다. 이 계집은 이 자리에서 죽어도 저가 한 짓에 대해 후회하지 않을 것이다. 그럼에도 내처 소멸이 두려운 척 굴고 있는 까닭이 궁금했다. 청요는 귓것 계집에게 흥미가 동했다.

귓것 계집의 이름은 백화라고 했다.

2장. 천귀

청요의 일과는 평범하다. 새벽에 일어나서 씻고 촬영장에 나가 돈을 번다. 출연료는 금괴로 바꾸어 일련번호를 지운 후 금고에 보관한다. 귀왕인 그에게 인간을 홀리는 것만큼 쉬운 일은 없고, 배우만큼 단시간에 큰돈을 벌 수 있는 직업도 없다.

매일 아침저녁으로 오늘은 죽을 수 있을까 싶어 손목을 그어보지만 역시 소용없다. 그에게 소멸은 허락되지 않았다. 상제는 그에게 그것만큼은 허락하지 않았다. 욕설을 내씹으며 청요는 눈을 떴다. 일어나라고 삐이익 울어대는 자명종을 신경질적으로 내던졌다.

"일어났다, 일어났어."

훌쩍 몸을 일으킨 청요가 곧장 욕실로 향했다. 거추장스러운 옷을 벗어 던지고 쏟아지는 물줄기에 몸을 맡겼다.

쏴아악. 찬물을 맞자 머리가 조금 맑아졌다. 우매하고 무지했던 인간의 발전이 새삼 놀라웠다. 우물을 파는 것도 버거워하던 것들이 집집마다 물이 나오는 세상으로 바꾸었다. 가축 똥에 나뒹굴고도 일 년에 두어 번 씻을까 말까 하던 것들이 날이면 날마다 타월에 거품을 내서 몸을 씻는다. 참으로 경천동지할 일이다.

샴푸로 머리털을 깨끗이 빨고서 청요는 샤워기를 잠갔다. 수건으로 머리털을 탈탈 털어 물방울을 털어내던 청요가 문득 입술을 비틀며 조소했다. 미개했던 인간이 얼마나 덜 미개해졌는지 따위가 무슨 상관이란 말인가. 그가 지금 관심 둬야 할 것은 오늘 날짜였다.

달력 앞에 선 청요가 양력 아래 작게 쓰인 음력을 확인했다. 조선과 달리 해를 기준으로 날짜를 세는 까닭에 부러 신경을 쓰지 않으면 무슨 달이 뜨는지 깜빡 잊곤 한다.

그믐까지는 아직 며칠 남았다.

청요가 달력을 들추어 뒤에 숨겨둔 금고를 살폈다. 최소한의 생활비를 제외하곤 전부 금괴로 보관하고 있다. 예나 지금이나 금이 귀한 가치를 지닌다는 것은 꽤 다행스러웠다. 무게에 비해 크기가 작으니 문을 뛰어넘을 때 몸에 지니고 가기 쉬웠다. 게다가 금의 특성상 시간을 뛰어넘어도 변하지 않으니 더할 나위 없었다.

금고의 절반가량이 금괴로 차 있었다. 청요의 눈빛이 차게 가라앉았다.

'충분하진 않군. 그래도 무기 보급 정도는 할 수 있겠어.'

금고를 잘 잠근 청요의 시선이 달력 아래 유리 상자에 잠시 머물렀다. 짐승의 뼈를 깎아 만든 아름다운 피리가 그 안에 잠들어 있었다. 주인 잃은 피리를 보는 청요의 눈동자가 언뜻 떨렸다. 입술을 비틀어 조소한 청요가 급히 피리에서 눈을 뗐다. 나갈 시간이다. 슬픔에 휘둘릴 시간이 없다.

다소 심플한 와이셔츠의 단추를 하나하나 목까지 채우던 청요가 고개를 살짝 기울였다. 무언가 마음에 들지 않는 눈치다. 거울에 비친

제 모습을 물끄러미 들여다보던 청요가 이내 단추를 세 개쯤 풀어헤쳤다. 도드라진 쇄골이 매끈하다.

"좋아."

생긋. 청요가 입매를 말아 웃어 보았다.

그러나 그의 눈동자는 전혀 웃지 않는다. 차게 얼어붙은 회색 눈이 스스로를 향한 조롱을 가득 품고 있다.

주말 꼭두새벽부터 세나는 영은의 전화에 시달렸다. 어련히 알아서 늦지 않게 집합 장소로 갈 텐데 영은은 영 그녀가 못 미더운 듯했다.

—유세나! 일어났어?

"으응……."

—뭐야! 일어난 거 맞아? 일어난 목소리가 왜 그래?

"일어났어……."

—눕지 마! 도로 눕지 마, 유세나! 얼른 가서 세수해!

"알았어……."

—얼른얼른!

영은의 성화에 세나는 결국 맞춰둔 알람시간보다 한 시간은 일찍 일어났다. 욕실로 향하는 그녀의 몸은 물먹은 솜처럼 무거웠고, 나무늘보처럼 느릿느릿했다.

간단히 샤워를 하고 머리를 감은 후 세나는 화장대 앞에 앉았다. 화장기 없는 얼굴이 초라해 보였다. 그녀는 공들여서 눈 화장을 했다. 오늘은 왠지 해야 할 것 같았다.

청요.

그를 만난다. 꿈속의 남자. 그를 생각하면 가슴이 저릿해지고 심장이 뛴다. 수많은 엑스트라 중 한 명에 불과한 그녀에게 그가 눈길 한 번 줄 리 없겠지만 그럼에도 세나는 시간을 들여 꾸몄고, 평소 잘 입지도 않는 원피스까지 입었다.

그렇게 도착한 집결지에 미리 와있던 영은이 세나를 알아보고 반갑게 손을 흔들어댔다.

"세나! 유세나! 여기야, 여기!"

영은은 세나의 차림새를 보고는 두 눈을 동그랗게 떴다. 이내 활짝 웃는 영은이 세나에게 매달렸다.

"뭐야? 오늘 왜 이렇게 예뻐?"

"예쁘기는."

"아냐, 진짜. 진짜 잘 어울려. 이대로 멜로영화 주인공 해도 되겠다."

다리는 왜 이렇게 예쁘고 피부는 또 왜 이렇게 좋냐며 영은이 호들갑을 떨었다.

"그만 해. 남들이 들으면 비웃겠다."

"비웃기는? 진짜야. 앞으로 치마 좀 입어라. 이렇게 잘 어울리는데 왜 맨날 바지만 입어?"

영은의 칭찬에 세나는 어색한 표정으로 웃었다. 솔직하고 거침없는 영은의 표현 방식이 싫지는 않았지만 쑥스러운 것은 어쩔 수 없다.

보조 출연자는 얼른 버스에 탑승하라는 방송이 들렸다.

"우리도 이만 가자."

영은이 세나의 손을 잡아 끌었다.

"응."

세나가 시선이 문득 영은의 손을 향했다.

'차다······.'

무뚝뚝한 성격 탓에 타인과의 스킨십을 별로 좋아하지 않는 세나였다. 그렇기에 영은과 손을 잡아본 적도 별로 없었다. 새삼 느낀 영은의 손은 무척 차가웠다.

"너 보약 좀 먹어야겠다."

세나의 손을 놓고 먼저 버스 좌석에 앉은 영은이 미간을 찡그렸다.

"뭐?"

"손이 차갑잖아. 혈액순환 잘 안 되는 거 아냐?"

"그런가?"

처음 알았다는 듯이 영은이 제 손을 바라보았다.

"저혈압인가? 가끔 손이 저리더라니."

혼잣말처럼 중얼거리며 영은이 픽 웃었다. 그녀의 눈빛이 흐리고 몽롱하다. 걱정스럽게 영은을 바라보고 있던 세나의 몸이 불현듯 가늘게 떨렸다.

심장이 불안하게 뛴다. 무언가 중요한 것을 놓치고 있는, 그런 기분이 든다.

'연종의 여자'는 조선의 10대 임금 연종과 그의 연인 장녹수에 대한 드라마다. 희대의 폭군으로 이름을 남긴 연종은 남녀애정사에도 한 획을 그었다. 무려 종친의 여종이었던 여자를, 그것도 자식까지 두었던 여자를 입궐시켜 숙원에 봉한다는 게 어디 말처럼 쉬운 일이었겠는가.

며칠 전 읽었던 책의 문구가 세나의 머릿속을 뱅뱅 맴돌았다.

'조선의 10대 왕 연종은 귓것사냥을 즐겨하였다고 한다······.'

귓것사냥, 도개비, 청요, 이용, 연종······. 완전히 무관해 보이는 단어들이 두서없이 떠올랐고, 귓것사냥이라는 단어가 떠오를 때마다 세나는 몸을 떨었다. 근원을 알 수 없는 적대감이 몽글거렸다.

"세나, 왜 그래? 어디 아파?"

영은이 걱정스럽게 물었다. 다음 등장 씬을 기다리며 청요를 구경하는 중이었다.

청요는 연종 역이었고, 여주인공 장녹수는 신인 배우 김미리가 맡았다.

"엔지! 김미리! 너, 뭐야? 대사를 그렇게밖에 못해?"

영은에게 괜찮다고 대답하려던 세나가 움찔 어깨를 움츠렸다. 차 감독이 다짜고짜 확성기에 대고 소리를 지른 까닭이다. 미리는 허리를 구십 도로 굽히며 깍듯이 사과했다.

"죄송합니다! 똑바로 하겠습니다!"

"으이그, 똑바로 좀 해! 벌써 몇 번째야?"

"죄송합니다! 이번에는 진짜 잘하겠습니다!"

"됐다. 일단 휴식! 점심부터 먹고 다시 시작한다!"

차 감독이 고개를 획획 내저으며 소리쳤다. 안도의 한숨을 내쉬는 미리의 등을 툭툭 두드린 후 고개를 돌리던 청요의 시선이 문득 세나에게 닿았다. 그의 동공이 흠칫 커지는가 싶더니, 이내 그의 표정이 무섭게 일그러졌다.

세나에게 시선을 고정시킨 채 청요가 똑바로 걸어왔다. 영은이 놀란 듯 세나의 옷자락을 꽉 붙잡았다. 놀란 것은 세나도 마찬가지였다.

그에게 사로잡힌 듯 시선조차 피할 수 없는 세나는 속절없이 청요를 응시하였다.

"너."

청요가 사납게 세나를 노려보았다.

"너 뭐야?"

그는 화난 듯했고, 혼란스러운 듯도 했다. 세나를 잡아먹을 듯 노려보던 청요가 입술을 짓이기며 뒤로 물러났다.

"어째서……."

여전히 일그러진 표정을 한 채 청요가 홱 등을 돌렸다. 거친 걸음으로 멀어지는 그를 사람들이 하나같이 얼빠진 얼굴로 쳐다보았다.

"지금 그거 뭐야?"

영은이 호기심 어린 눈동자를 반짝였다.

"글쎄……."

그걸 알면, 그를 이렇게 그냥 보냈을 리가 없잖아.

쿵쾅쿵쾅. 세나이 심장이 더없이 난폭하게 뛴다.

평범해서 잔인했던 청요의 일상에 파문이 일었다. 화장실로 숨듯이 들어간 청요가 머리를 거칠게 헝클어뜨렸다. 백화의 얼굴이었다. 백화와 똑같은 이목구비였다. 어떻게 그게 가능하지? 순간적으로 백화인 줄 알았다.

하지만 백화의 냄새가 전혀 나지 않았다.

"백화."

차가운 피가 뜨겁게 끓어오르는 느낌이었다. 이대로 뇌가 다 타버려도 좋겠다. 아무 생각도 할 수 없게. 아무 판단도 할 수 없게.

청요가 바닥에 엎드려 이마를 대고서 이를 악물었다.

백화는 없다. 백화는 소멸하였다. 이 세상 그 어디에도 백화는 존재하지 않는다. 백화가 존재하는 세상으로 가는 길을 상제는 허락하지 않았다. 그녀를 따라 소멸하는 길 또한 상제는 허락하지 않았다. 생을 해할 수 없는 속박에 갇힌 청요는 죽지도 못한 채 매일매일 지옥을 걸었다. 그에게 허락된 것은 오백여 년에 달하는 긴 잠이 시작된 시기로 돌아가는 길뿐. 그가 할 수 있는 것은 귓것사냥이 횡행하던 그때로 돌아가 일족의 멸족을 막으려 노력하는 것뿐.

'용납할 수 없다. 그대와 닮은 얼굴. 그대와 닮은 눈빛. 그러나 용납하지 않을 방법 또한 없구나.'

청요가 허망하게 웃었다. 마음 같아서는 백화의 얼굴을 한 그 계집을 갈기갈기 찢어버리고 싶었다. 그러나 청요는 생을 해할 수 없다. 그것은 살아 있지 않으나 살아 있는 것과 같아진 모든 것에게 내려진 상제의 속박이다.

"잔인한 나의 비여……."

휴식시간이 끝나도록 청요는 바닥에 엎드려 꿈쩍도 하지 않았다. 그를 찾는 차 감독의 전화가 세 번은 울린 후에야 청요는 촬영장으로 복귀했다.

신경이 곤두섰다. 백화와 똑같은 얼굴을 한 계집. 그의 이성을 온통 헤집어놓는 그 계집이 촬영장에 있다. 옷차림을 보아하니 궁녀였다. 대사는 당연히 없는, 장녹수 앞에서 실수로 엎어져서 목이 잘리는 궁녀의 친구 궁녀였다.

자신이 등장하기 전 장면을 청요는 날카로운 시선으로 노려보았다.

"꺄아악! 이 무슨 짓이냐! 지금 나를 죽이려는 것이냐?"

장녹수가 된 김미리가 실감나게 성질을 부렸다. 신들린 연기다. 실제 상황이라고 해도 믿을 성싶다.

"아이고, 마마! 아니옵니다! 아니옵니다! 그런 것이 아니옵니다! 미천한 쇤네가 어찌 그리 망극한 생각을 품었겠사옵니까? 한 번만 용서해 주시옵소서!"

곧 목이 잘리는 운명에 처할 궁녀가 울며불며 장녹수의 치맛자락에 매달렸다. 그녀의 연기 또한 실감났다. 그냥 멀뚱히 서 있는 엑스트라와는 차원이 다른 단역이다. 역시 대사는 아무나 받는 게 아니다.

"아니야? 아니란 말이야? 그럼 이 깨진 물독은 어찌 설명할 것이냐? 저 날카로운 물독 조각은 또 어찌 설명할 것이냐? 저것으로 나를 죽이려 했음이 틀림없다!"

장녹수는 거의 거품을 물 지경이 되었다. 두 눈이 분노로 뒤집어지고 희번덕거렸다. 백화와 똑같은 얼굴을 한 계집은 덜덜 떠는 역을 충실히 수행하고 있다.

청요가 들어갈 타이밍이었다. 내시 역을 맡은 배우가 우렁차게 소리쳤다.

"주상전하 납시오!"

청요는 천천히 걸어갔다. 신경은 잔뜩 곤두서서 당장이라도 계집의 목을 비틀어 쥐고서 인간 따위가 어째서 백화의 얼굴을 하고 있느냐고 소리라도 지르고 싶었다.

"무슨 일이오, 녹수?"

그 강렬한 욕구를 겨우 억누르고 용케 대사를 내뱉은 청요가 굳은 얼굴로 장녹수를 응시했다. 장녹수는 옷고름을 들어 눈물을 찍어내며 하소연하기 시작했다.

"전하! 소첩 말 좀 들어보시어요. 글쎄, 저 궁녀가 소첩을 죽이려 하였지 말이어요. 필시 중전마마께서 소첩을 죽이라고 보낸 년일 것이옵니다. 저년을 죽여 소첩을 향한 총애를 보여주시어요, 전하. 소첩, 너무 무섭습니다. 흑흑."

이제 사랑하는 장녹수의 말에 눈이 뒤집힌 연종이 불같이 화를 내며 궁녀의 목을 칠 차례였다.

모두가 청요의 행동을 기다렸다. 아무 일도 일어나지 않았다.

"전하?"

당황한 장녹수가 청요의 옷깃을 붙잡았다. 청요의 시선은 목이 잘릴 궁녀 옆에서 덜덜 떨고 있는 계집에게 박혀 떨어지질 않았다. 백화의 얼굴. 백화와 같은 얼굴⋯⋯. 그것이 청요를 미치게 했다. 입술을 짓눌러 문 청요의 표정이 일그러졌다. 청요의 행동을 기다리다 못한 차 감독이 소리쳤다.

"엔지!"

청요의 시선은 여전히 고정되어 있다.

"김미리! 거기서 '전하?'는 뭐야! 없는 대사인 거 몰라?"

차 감독이 애꿎은 김미리를 잡았다. 청요가 해야 하는 행동을 하지 않아 난 엔지가 분명했지만 그 누구도 청요를 탓하지 않았다. 무고한 김미리만 아름다운 직각을 만들며 허리를 숙였다.

"죄송합니다! 더 열심히 하겠습니다!"

당연한 일이다. 그 누구도 청요에게 화를 낼 수 없다. 그는 모든 인간을 미혹하는 아름다운 귀왕이므로.

"감독님, 저 더는 못하겠어요. 물독을 못 들겠어요."

같은 장면에서 몇 번의 엔지가 났는지 도저히 다음 장면으로 넘어가지가 않았다. 물독을 이고 나르던 궁녀가 제일 먼저 항복 선언을 했다.

차 감독이 새롭게 배역을 정한 뒤 한숨과 함께 청요에게 다가왔다.

"청요. 너 괜찮은 거야?"

"네, 감독님."

"그럼 이번에는 엔지 없이 가자, 오케이?"

미덥지 못해하는 기색이 역력한 차 감독에게 청요가 문득 물었다.

"친구 궁녀 역도 바뀌었습니까?"

"뭐?"

"목 잘릴 궁녀 옆에서 덜덜 떨고 있다가 피 맞는 궁녀 역 말입니다."

"아, 걔는……. 아니? 왜?"

"그 궁녀 바꾸세요. 마음에 안 듭니다."

"마음에 안 들어?"

"네."

"그래? 그럼 그러지, 뭐."

차 감독이 의아한 표정으로 고개를 끄덕였다. 곧 촬영이 재개되었고, 분위기는 조금 전과는 딴판으로 부드러워졌다.

일단 백화를 닮은 인간 계집이 보이지 않자 청요의 예민함도 살짝 누그러졌다. 컷과 컷 사이 말을 걸어오는 엑스트라들에게 미소를 보여줄 정도의 여유를 되찾았다. 청요가 무슨 말을 했다 싶으면 엑스트라들은 얼굴을 붉히며 호호 웃었다. 최대한 여성스럽게 웃으려고 애를 쓰는 게 눈에 훤했다. 그녀들은 틈만 나면 청요의 사진을 찍었고, 조금 더 용기 있는 이들은 용감하게 함께 사진 좀 찍자며 아양을 떨었다. 청요는 입술로만 웃으며 그녀들과 사진을 찍어 주었다.

엑스트라들과 웃으며 사진을 찍는 청요를 보고 있던 세나의 곁에 영은이 다가왔다.

"어머, 좋겠다. 우리도 다음 컷에서 찍어달라고 하자!"

세나는 아무 대답도 하지 않았지만 그것을 동의로 읽은 듯 영은은 다음 기회가 오자 미사일처럼 청요를 향해 쏘아져 나갔다. 세나의 손목을 꽉 붙잡은 채였다.

"청요! 우리도 사진 같이 찍어요!"

청요와 사진을 찍고자 하는 라이벌들을 대차게 물리친 영은이 활짝 웃으며 청요에게 카메라를 내밀었다. 내내 웃는 낯으로 엑스트라를 대하던 청요의 눈빛이 순식간에 싸늘해졌다.

세나는 그를 마주했다. 분노인지 환멸인지 모를 것이 그의 눈 속에 보였다. 갑작스럽게 무시무시해진 청요의 분위기에 영은은 겁먹은 듯 뒷걸음질 쳤고 청요를 향해 달려들던 이들도 전부 멈춰 섰다. 찬물을 끼얹은 듯 주변이 고요해졌다. 청요의 두 눈이 오로지 세나를 향했다.

겨우 백화를 닮은 계집을 시야 밖으로 몰아냈다고 생각하고 있던 청요는 속에서 끓어오르는 분노를 억눌렀다. 백화. 그의 잔인한 비. 그의 무능함과 무력함을 뼈저리게 느끼게 해주는 백화의 얼굴. 죽고자 하여도 죽을 수 없고, 살아 볼까 하여도 애초에 살아 있지 않은 제 존재의 비참함을 백화와 똑같은 얼굴을 마주한 순간 청요는 사무치게 깨달았다.

"너."

목을 비틀어버리고 싶다. 할 수만 있다면. 정녕 할 수만 있다면.

순수한 증오를 담아 청요는 세나를 노려보았다. 세나는 투명한 눈으로 그를 마주했다. 그녀의 말간 눈빛을 본 순간 청요의 표정이 형편없이 일그러졌다.

"카메라."

낮게 으르렁거리듯 청요가 말했다. 찰칵찰칵. 둘의 사진이 찍혔다. 세나는 고요한 시선으로 카메라를 응시했다.

청요는 팬서비스 차원으로 해주곤 하던 어깨동무조차 하지 않았고, 세나 또한 그에게 팔짱을 끼거나 하지 않았다. 둘은 조금도 닿지 않은 채 조금 떨어져서 사진을 찍었다.

"됐나?"

폰을 돌려주며 청요가 낮게 빈정거렸다. 아무 대답도 없이 엑스트라 무리로 돌아가는 세나를 청요는 끈질기게 노려보았다.

모든 것에 무뎌졌다.

분노하고 증오하고 절망하는 것도 습관일 뿐, 그 안에 감정은 없다. 멸족한 신귀의 귀환을 원하지만 그것은 바랄 수 있는 게 그것뿐인 까닭이다. 실로 간절한 것은 오로지 백화 하나. 그러나 백화에게 통하는 길은 없고, 청요는 그저 무력하여 아무것도 할 수 없었다.

백화를 닮은 얼굴. 지나치게 닮아서 그의 모든 것을 뒤흔드는 계집. 백화의 냄새는커녕 반귀의 기척조차 없는 인간 계집이 청요는 저주스러웠다.

'인간 따위가 왜 백화의 얼굴을 하고 있지? 어째서 백화와 같은 눈으로 나를 보지?'

상실의 고통이 폭풍처럼 휘몰아쳐 그를 집어삼키려 든다.

백화, 감히 혼자 떠나버린 나의 비여…….

　　　　　　　　　　　　　　❈

천귀 청요는 그 성정이 잔악하여 모든 것이 다가가기를 두려워했다. 오직 그의 어린 비妃만이 그를 꺼려하지 아니하였다.

"너 실은 두렵지 않은 게로구나?"

귓것 계집이 바짝 고개를 들었다. 계집이 픽 웃었다.

"어차피 살아 있으나 살아 있지 않은 육. 두려울 게 무어 있겠소?"

구차하게 목숨을 구걸하던 모습은 온데간데없었다. 그 맹랑함이 어처구니없어 귀왕이 조소하였다.

"왜 두려운 척하였지?"

"인간들이 그리하기에 그리하였소."

"어째서 인간을 따라 하였지?"

"내 귓것인 것을 들키는 것보다 인간으로 있는 것이 이곳에 있기 편한 까닭이오."

"왜 이곳에 있고자 하였지?"

귀왕의 물음에 귓것 계집이 피리 특유의 또랑또랑한 목소리로 대답하였다.

"나를 귀여워하는 노인이 있소. 게는 나를 꼼짝없이 인간으로 아오. 하니 어찌하겠소? 인간인 척할 수밖에."

"인간 따위를 위해?"

"살아 있는 것을 해하지 말라 하였소. 내 귓것인 것을 알면 그 나약한 노인이 어찌 되겠소? 충격으로 죽을지도 모르오. 나로 인해 인간이 죽는 것은 바라지 않소."

"저 곡식은 그 노인에게 주려던 것이냐?"

"그러하오. 그 노인은 일을 못하오. 아주 병들었지. 먹지 않으면 인간은 금방 죽으오. 어찌하겠소? 무어라도 훔칠 수밖에. 저를 거두어 준 노인이 죽어가고 있다면 어린 인간 계집은 능히 그러지 않겠소?"

귓것 계집이 비웃듯 입귀를 틀어 올렸다. 그 모습이 퍽 귀여웠다. 인간과 같은 모습을 하고서 인간과 같이 생각하려는 그것은 지독한 장난질일 뿐일 터였다. 마을의 인간들이 꼼짝없이 속았으니 그 가증스러운 장난이 잘 먹힌 모양이다. 귀왕은 귓것 계집을 오만하게 굽어보았다.

"너, 내가 누구인지 아느냐?"

"두 명의 귀왕 중 하나가 아니오?"

귓것 계집이 어이없다는 듯 대꾸했다. 그에게서 풍기는 기운은 실로 무시무시하여 귓것 계집은 일찍이 그가 저와 같은 자들의 왕이라는 것을 알아보았다.

"두렵지 않으냐?"

"어찌 두렵겠소?"

귀왕의 두 눈에 이채가 깃들었다.

"너도 알다시피 우린 생을 해할 수 없지. 그러나 본래 생이 아닌 것들은 해할 수 있다."

귀왕이 은밀히 속삭이니 귓것 계집의 두 눈이 반짝였다.

"나를 해할 것이오?"

"글쎄."

"무어…… 해하면 또 어떻겠소? 어차피 순리로 태어난 것이 아닌 육. 썩어 문드러져도 상관없소."

귓것 계집은 실로 맹랑했다. 본래 생이 아니라 해도 생각하고 움직인다. 소멸하는 것이 두렵지 않을 리 없다. 생을 바라는 것, 그것은 인간의 태를 갖추고 스스로 생을 얻은 귓것의 가장 본능적 욕구였다.

그러나 계집은 정녕 아니 두려운 듯 보였고, 귀왕은 흥미가 동했다. 숨겨두었던 모든 신력을 일시에 해방시켜보았으나 계집은 여전히 태연했다. 신기한 귓것이었다.

"네 이름은?"

"말해야 하오?"

"말하여라."

귓것 계집이 잠시 입을 다물었다가 다시 열었다.

"백화."

계집이 답하였다. 청요가 그녀에게 손을 내밀었다. 백화가 미간을 찡그리며 그의 손을 노려보았다.

"일어나라."

"잡으란 것이오?"

"그렇다."

백화는 머뭇머뭇 청요의 손을 잡고 일어났다. 태어난 지 얼마 되지 않은 어린 귓것은 난생처음 잡는 귓것의 손에 화색을 했다.

"차갑소."

"무엇이?"

"왕의 손 말이오. 그 노인의 손은 늘 뜨거웠소. 뜨거워 때때로 불쾌하였지. 왕의 손은 차갑소. 나와 같으오. 이 차가움이 나는 마음에 드오."

백화가 배시시 웃었다.

"모든 귀의 육이 차갑지."

"그러오? 몰랐소."

백화는 이곳을 떠나야 함을 알았다. 저를 둘러싸고 수군거리고 있는 인간들이 제 정체를 알아버린 게 분명했다.

"왕이여."

"말하여라."

"떠나기 전 노인에게 작별인사를 해도 되오?"

백화가 조심스럽게 물었다. 청요는 잠시 고민한 뒤 답하였다.

"된다."

"고맙소. 왕은 참으로 상냥하신 것 같소."

어린 귓것이 사심 없이 웃었다. 말갛게 웃는 그녀는 정녕 소담한 흰 꽃 같았다.

겁 없고 맹랑한 귓것 계집이 얼른 어디론가 달려갔다. 그녀를 쫓아갈까 하던 청요는 그냥 기다리기로 했다.

'상냥? 웃기는 소리.'

청요가 조소했다. 귓것 계집이 부딪힐 때 더럽혀진 옷이 더 이상 불쾌하지 않았다.

인간의 태를 얻은 지 고작 십오 년이 된 귓것 계집은 재잘재잘 말이 많았다. 이미 긴 세월을 살아 모든 것에 무뎌진 청요와 달리 그녀는 모든 것이 신기한 듯하였다. 깨끗하게 씻기고 새 옷을 입히자 능히 인간을 미혹할 만한 외양이 되었다.

"왕이여."

"말하여라."

"말을 하려는 게 아니라 이걸 주려는 게요."

청요의 손에 무언가를 쥐어준 백화가 말갛게 웃었다. 들꽃을 모아 만든 화관이었다. 청요가 미간을 찡그렸다.

"이걸 왜 주는 것인데."

"왕께 잘 어울릴 것 같으오. 싫소?"

백화가 순진하게 물었다. 들풀로 만들어진 화관 따위를 쓰고 싶겠느냐고 쏘아 물으려던 청요는 입을 다물었다. 걱정스러워하는 그녀의 눈빛 때문이었다.

"어울리느냐?"

청요가 마지못해 화관을 썼다.

"참말 잘 어울리오!"

백화가 까르르 웃었다. 그러고는 주섬주섬 화관을 하나 더 꺼냈다. 청요의 것과 꼭 같은 모양이었다. 백화는 그것을 제 머리 위에 쓰고는 청요를 향해 물었다.

"나는 어떠오? 어울리오?"

"아니 어울린다. 추하다. 그래서 인간 하나라도 홀릴 수 있겠느냐?"

"참말 안 어울리오?"

백화는 금세 시무룩해졌다. 청요는 그녀가 쓰고 있던 화관을 벗겨낸 후 그녀의 검은 머리칼을 헝클어뜨렸다. 새침하게 저를 쏘아보는 백화의 눈빛에 픽 웃은 청요가 그녀를 끌어당겼다.

"와, 왕이여!"

"너는 참 신기하지. 어찌 모든 것이 그리 재미난다는 듯 굴 수 있느냐?"

청요는 저도 그런 때가 있었는지 기억이 까마득했다. 인간의 태를 얻은 지 너무 오래되어 모든 것이 지루해졌다. 그러나 백화를 보면 웃음이 나왔다. 그녀와 함께 있는 것이 즐거웠다.

"그야 나는…… 어리지 않소?"

백화는 속말을 삼켰다.

'내 즐거워하면 왕이 즐거워하고, 왕이 즐거워하면 나 또한 즐겁소. 어찌 아니 즐겁게 굴 수 있겠소?'

아름다운 귀왕. 차가운 그의 얼굴이 풀어지며 생긋 웃는 것이 백화는 참말 좋았다. 그 웃음을 한 번 더 볼 수 있다면 백화는 무엇이든 할 수 있었다.

"어리니 모든 것이 신기한 것은 당연한 거요, 왕이여."

"그런가."

백화가 그의 목에 팔을 둘러 끌어당겼다.

서늘한 그의 품에서 그녀는 늘 행복하였다. 그의 품에 안겼기에 그녀는 다른 귓것과 마찬가지로 생을 갈망하게 되었다.

3장. 괴연

그 계집이 또 왔다.

백화의 얼굴을 한 인간 계집이 감히 또 나타났다. 멀리서 알짱거리는 것만으로도 정신을 온통 좀 먹는 괘씸한 계집이 백화와 똑같은 눈을 하고서 청요를 응시하고 있었다. 계집의 시선이 몸에 닿을 때마다 청요는 그녀의 목을 조르고 싶은 충동을 느꼈다.

백화. 나의 백화. 나의 비…….

그녀를 바라는 것은 헛된 일이다. 그것을 아는데도 청요의 신경은 곤두섰다. 혹시라도 계집이 정말로 백화일까 봐 몇 번이나 그녀의 기운을 살폈다. 계집에게 흘러나오는 것은 인간의 기운뿐이었고, 아무리 감각을 열어도 백화의 냄새는 나지 않았다.

결론은 하나였다. 그녀는 백화가 아니다. 백화일 수 없다.

그럼에도 그녀가 백화일지도 모른다고 믿고 싶었다.

청요가 열없이 웃었다. 입술을 짓이긴 그가 주먹을 그러쥐었다. 한참을 그렇게 주먹을 쥐고 있었다. 하얗게 질린 손가락이 얼얼해졌다.

"청요! 안 가고 뭐해?"

차 감독이 청요의 어깨를 툭 치며 물었다. 번쩍 고개를 든 청요가 어색하게 웃었다.

"아……. 오늘따라 촬영 구경이 재미있네요."

"그래?"

차 감독이 고개를 갸웃거렸다. 본인 촬영 분을 모두 끝낸 청요가 촬영장에 머무르는 경우는 흔치 않은 까닭이다.

"네. 조금 더 있다 가고 싶군요."

"청요가 그래주면 나야 좋지. 스태프들 분위기도 살고."

기뻐하는 차 감독과 별개로 청요의 마음은 소용돌이친다.

'상제여. 나를 시험하는 것이오?'

세상이 안정되자 세상과 상제의 연결고리는 거의 끊어졌다. 그는 더 이상 예전처럼 직접적으로 제 명을 인세人世에 전하지 못한다. 이 세상의 혼란을 친히 막아서는 경우도 없다.

그럼에도 이 순간 청요가 원망할 이는 상제뿐이었다. 백화의 얼굴을 한 계집이 상제의 장난질과는 아무 관련 없을 거라고 생각하면서도 상제 이외의 존재는 떠올릴 수 없었다.

만약 이것이 시험이라면 무엇을 위한 시험일까. 정녕 시험이라면…… 이는 참으로 악질적인 시험이 아닐 수 없다.

청요가 지친 눈을 감았다. 아뜩한 그리움과 슬픔이 밀려왔다. 저릿하여 아프기 짝이 없는 가슴을 꾹 눌렀다.

머리로 겨우 인정한 백화의 상실. 겨우 다잡은 존재에의 의지. 그 모든 것들이 백화의 얼굴을 한 인간 계집 앞에서 깨어지려고 한다.

"백화일 리 없다."

그녀가 백화라면 이토록 아무것도 아니 느껴질 리 없다. 하다못해 반귀의 기척조차 없을 수는 없다. 그 자명한 사실을 알면서도 미련한 마음은 인간 계집에서 눈을 뗄 수 없게 만든다.

이리저리 불려 다니며 바쁘게 움직이는 인간 계집을 보며 청요가 허망하게 웃었다. 머리가 지끈거린다. 심장이 욱신거린다.

어느 순간 벌떡 일어난 청요가 단호히 고개를 돌렸다. 애써 백화의 얼굴을 한 계집을 외면한 그가 흔들리며 걸었다. 천천히. 느릿느릿. 계집에게서 멀어지는 그의 손끝이 파르르 떨렸다.

'내 나약함을 나조차도 이해할 수 없구나.'

그는 천귀 청요.

잔악하고 아름다운 귀왕.

그를 웃게 하고 울게도 하는 존재는 그의 어린 비뿐.

그의 어린 비는 이제 이 세상에 없거늘 그 어린 비의 얼굴을 한 인간 계집은 어찌 이 세상에 있는 것일까.

❀

청요는 차를 몰고 있었다. 목적지는 과거에 초제가 거행되었던 마니산이다. 인적이 드문 곳에 도착하자마자 청요는 신력을 풀었다. 주변 경관이 일그러지며 접혔다. 한 발짝 걸을 때마다 풍경이 휙휙 바뀌었다. 채 열 걸음도 딛기 전에 청요는 목적했던 곳에 다다랐다.

상제께 제를 올릴 목적으로 만들어진 단 앞에 청요는 무릎 꿇었다.

"상제여."

간절히 상제를 불렀다. 길을 청했다.

상제여, 상제여, 하늘의 주인이여. 살아 있는 것과 살아 있지 않은 모든 것의 벗이여.

해가 지고 밤이 새도록 청요는 상제를 불렀다. 답은 없었다. 늘 그랬듯 오늘도 답은 들리지 않았다. 청요의 간절함은 상제에게 닿지 못했다.

청요가 이를 악물었다. 바닥을 짚은 그의 손이 분노로 떨렸다. 수천 년 전 내려진 상제의 속박은 여전히 유효한데, 오백여 년 전으로 잠깐이나마 되돌아갈 수 있는 것을 보면 상제의 힘이 아직 인세에 미치고 있는 것 또한 분명한데, 그럼에도 상제는 답이 없다. 동족도, 백화도 남지 않은 이 세상에 그 하나만 외따로 떨궈두고서 상제는 무책임하게 무반응으로 일관한다. 청요는 그를 향한 저주를 담아 거친 욕설을 내뱉었다.

안다. 이래 봤자 소용없다는 것 정도는.

결국 힘없이 몸을 일으킨 청요가 허탈하게 웃었다. 동녘에서 떠오르는 해는 눈부시게 밝았다.

'오늘이 주말인가.'

그 계집은 주말에 모습을 드러냈다. 주중에는 볼 수 없었다. 그렇다면 오늘 다시 볼 수 있을까.

백화일 리 없는데. 백화일 수 없는데. 그럼에도 청요는 계집에게서 관심을 거둘 수가 없다.

김미리가 열연하는 장녹수가 길길이 날뛰었다.

"아니, 이년이! 너도 내가 만만한 것이냐? 중전이 나를 괄시한다

하여 네까짓 게 나를 우습게 본단 말이야? 나를 보고도 일부러 길을 비켜주지 않은 것이 틀림없을 터! 내 결코 네년들의 방자함을 좌시하지 않을 것이야!"

세나는 그녀가 눈 뒤집는 역을 참으로 잘 소화한다고 생각했다. 그녀는 거의 하루 종일 아랫것들을 잡는 씬만 찍고 있었는데, 그럼에도 지치지도 않는지 목청이 한결같이 우렁찼다.

"아니옵니다, 마마! 절대로 그런 것이 아니옵니다! 쇤네가 잠시 딴생각을 하느라 숙원마마를 보지 못하였나이다! 죽을죄를 지었사옵니다! 부디 한 번만 용서해 주시옵소서!"

머리채를 잡힌 궁녀가 살려달라고 울며불며 애원했다. 장녹수가 있는 힘껏 그녀를 바닥에 패대기쳤다.

"아악!"

"뭐? 죽을죄를 지어? 그거 하나는 아주 잘 아는구나! 죽을죄를 지었으면 죽어야지, 어찌 뚫린 입이라고 용서해 달라는 말이 나오느냐?"

세나는 열심히 어깨를 떨며 그들의 연기를 지켜보았다. 새삼 조선의 역사가 생각났다. 연종 이융. 성종의 적장자. 그는 제 어미가 폐비되어 사사된 것을 알게 된 후 조선 최악의 폭군이 되었다. 그 폭군조차 어쩌지 못한 우매한 인간들. 그따위 긍지도 없는 놈들에게 철저히 짓밟힌 가엾은 신귀들.

'신귀?'

문득 뇌리를 스치는 단어에 세나가 고개를 갸웃거렸다. 그녀의 혼란스러움과 별개로 촬영은 계속되었다.

"악! 웬 년……. 중전마마?"

누군가 제 어깨를 밀치자 두 눈을 부릅뜬 장녹수가 홱 고개를 돌려 사납게 쏘아보다가 움찔 굳었다. 그녀의 숙적 중전이 거만한 눈으로 그녀를 내려다보고 있었던 것이다.

"전하께서 이 중전을 홀대한다 하여 숙원께서도 이젠 이 중전이 만만한 것입니까?"

"중전마마, 그런 말씀이 어디 있사옵니까? 소첩은 다만 중전마마께서 뒤에서 오심을 보지 못하여……."

장녹수가 어색하게 웃었다.

"어허, 어디서 거짓을 고하는 것입니까? 숙원께서 이 중전을 만만히 여겨 보고도 아니 본 체한 것이지요. 하여 이 중전에게 길도 비켜주지 않으려 함이 아닙니까? 전하의 총애만 믿고 그리 방자하게 날뛰는 숙원을 이 중전이 언제까지 인내하여야 하는 것입니까?"

"중전마마!"

자신이 궁녀에게 했던 말을 고스란히 되돌려 받은 장녹수가 하얗게 질렸다. 장녹수는 무어라고 더 반박하고 싶은 듯 보였으나 안타깝게도 지금은 왕이 없는 씬이었고, 숙원에 불과한 그녀가 중전과 정면으로 싸울 수는 없는 노릇이었다. 결국 이를 득득 갈며 장녹수가 고개를 조아렸다.

"소첩이 큰 결례를 저질렀사옵니다. 부디 하해와 같은 마음으로 자비를 베풀어 주시옵소서."

"장 숙원께서 그렇게까지 용서를 비니 내 이번 한 번만 넘어가겠습니다. 이번 한 번뿐입니다. 아시겠습니까?"

"망극하옵니다."

고개를 조아리는 장녹수에게서 시선을 돌린 중전이 겁에 질린 채

55

서 있는 궁녀들을 향해 소리쳤다.

"너희들은 무얼 하고 있느냐? 내가 시킨 일은 전부 끝낸 것이냐? 무어? 아직 다 못하였어? 그런데 어찌 이곳에서 꾸물거리고 있단 말이냐? 당장 가지 못할까!"

중전이 위풍당당하게 사라졌고, 중전에게 큰 모욕을 당한 장녹수는 분을 참으며 이를 악물었다. 이번 화 엔딩이었다.

"오케이!"

"수고하셨습니다! 제가 너무 세게 내쳤나요? 어디 다친 건 아니시죠?"

언제 표독스럽게 굴었냐는 듯이 김미리가 상냥하게 웃으며 궁녀들에게 손을 내밀었다.

"어, 음……."

미리는 세나에게 손을 내밀다가 머뭇거렸다. 오늘 세나와 제법 많은 씬을 촬영한지라 그녀가 낯익었던 것이다.

"우리 오늘 제법 많이 봤죠?"

고개만 끄덕이는 세나의 손을 미리가 붙잡았다. 맞닿은 손에서 낯설고도 익숙한 감각이 퍼져 나간다.

미리의 눈에 찰나 이채가 깃들었다. 그것은 무의식 깊이 각인된 경애였다.

미리가 황홀한 표정을 지으며 놓아주지 않으려는 손을 세나가 겨우 빼냈다. 퍼뜩 제정신이 든 듯 미리가 물었다.

"이름이 뭐예요?"

"유세나예요."

"어머, 예쁜 이름이다! 다음 촬영 때도 나와요?"

"아뇨, 그건 잘……."

"엑스트라만 하기엔 아까운 얼굴인데, 혹시 연기 같은 데 관심 있어요?"

"아뇨, 전 별로……."

세나가 난처한 표정을 했지만 미리는 개의치 않고 말을 이었다.

"우리 외삼촌이 연예기획사를 하거든요. 세나 씨 되게 마음에 들어 할 것 같은데. 혹시 관심 있으면 여기……. 아, 지갑이 지금 없네."

"전 정말 괜찮아요."

세나는 한 번 더 거절한 후 영은을 찾아 미리에게서 벗어났다.

"최영은."

"어? 아, 세나야. 이제 끝났어?"

영은이 세나를 보고는 활짝 웃었다.

"인사해. 이쪽은……."

영은이 함께 있던 사람들을 차례로 소개시켜 주었다. 개중에는 그들과 비슷한 또래로 보이는 남자도 있었다. 세나를 본 그가 생긋 웃었다. 성격 좋아 보이는 얼굴이었다.

"저 이렇게 만난 것도 인연인데 연락처라도 주고받을래요? 다음에 촬영장 나오면 말동무도 하고요."

남자가 물었다. 어떻게 봐도 작업이었다.

"음, 저는……."

무어라고 대꾸해야 할지 세나가 머뭇거리는 사이 영은을 비롯한 사람들의 두 눈이 커다래졌다. 누군가 남자를 확 밀친 것이다. 놀란 세나가 반사적으로 고개를 돌렸다. 그곳에 서 있는 이의 얼굴을 확인한 순간 세나의 머릿속은 텅 비어버렸다.

"따라와."

"네?"

세나가 되묻는 사이 청요는 등 돌리고 떠나가 버렸다. 모두가 당황한 눈으로 세나를 쳐다보았다.

"청요랑 아는 사이야?"

영은이 물었다.

"아니?"

"그럼 뭐 잘못했어?"

"글쎄?"

멍하니 대꾸한 세나가 급히 몸을 틀었다. 영은이 더 무어라고 묻는 소리가 들렸지만 지금은 청요에게 가보는 것이 더 급했다.

청요는 순간적으로 저지른 짓을 후회했다. 백화의 얼굴을 한 계집이 인간 사내와 희희낙락하는 꼴이 보기 싫었다. 감히 백화의 얼굴을 하고서 저가 아닌 다른 놈을 보는 것을 용납할 수가 없었다. 계집이 백화든 아니든 상관없었다. 백화와 같은 얼굴. 백화와 닮은 눈빛. 그것들은 언제나 청요, 그를 향해야만 했다.

"저어……."

청요는 자신의 차 앞에 도착해서야 멈추었다. 겨우 그를 따라잡은 세나가 숨을 헐떡였다. 고개를 돌린 청요가 세나를 노려보았다.

"너."

그의 목소리가 차갑다. 그 차가운 목소리에도 세나의 심장은 걷잡을 수 없이 뛰었다.

"세나예요."

"뭐?"

"너가 아니라 내 이름은 유세나예요."

무언가 못마땅한 듯 청요가 입술을 꾹 깨물었다. 자신의 무엇이 그를 이토록 화나게 만드는지 알 수 없는 세나가 투명한 눈으로 그를 올려다보았다.

"네 이름 따위 상관없어."

이름 따위 상관없다는 그의 말에 울컥한 세나가 쏘아붙였다.

"난 상관있어요."

"어이없군."

"네?"

청요는 다시 입을 다물었다. 그의 날카로운 시선이 세나를 꿰뚫을 듯했다. 세나는 기죽지 않으려고 애를 쓰며 꿋꿋하게 그를 마주보았다.

"너."

"유세나."

"불쾌해."

청요가 씹듯이 내뱉었다. 수많은 감정이 교차하는 그의 목소리를 들으며 세나는 잠시 어깨를 움츠렸다.

"내가 왜 불쾌하죠?"

"알 것 없어."

"나는."

"알려줄 생각도 없어."

청요가 냉정히 세나의 말을 막았다. 뽀로통하게 입을 다문 세나가 그를 쏘아보았다.

"일단 타."

청요가 차 문을 열며 명령했다.

"네?"

"타."

그를 쏘아보던 세나가 마지못해 조수석에 올라탔다. 운전석에
앉은 청요는 그녀가 내리지 못하도록 문을 잠그고서 잠시 눈을 감
았다.

마음이 타오른다. 끔찍하도록 괴로운 기분이 든다. 인간 계집에게
닿고 싶으면서 닿고 싶지 않은 마음. 백화 아닌 다른 것을 만지고 싶
다니.

"내 앞에 알짱거리지 마."

이름이 유세나라고? 청요는 코웃음 쳤다. 그래, 백화가 아니라는
것쯤은 알고 있었다. 그녀는 백화일 수가 없으니까. 하지만 계집의 입
에서 자기 이름은 '유세나' 라는 말이 나온 순간 참을 수 없는 화가 솟
구쳤다. 굳이 확인사살 당하고 싶진 않다.

"왜요?"

"말하지 않았나? 불쾌하다고."

"제가 왜 불쾌한가요?"

세나가 따지듯 물었다. 고개를 돌려 그녀와 얼굴을 마주한 청요가
비식 조소했다.

"내가 그걸 설명해야 하나?"

설명할 수 있을 리가 없다. 너는 내 비와 닮았다고, 그것이 나를 끔
찍한 기분으로 만든다고, 인간이 듣기엔 미친 소리일 게 분명한 말을
지껄일 수는 없다.

"설명해줬으면 좋겠어요."

세나가 또렷한 목소리로 대꾸했다. 그녀가 꼬박꼬박 말대꾸를 할 때마다 그녀 위에 백화가 겹쳐졌다. 낭랑한 목소리로 한 마디도 지지 않고 말대꾸를 하던 백화가 그리워진다. 견딜 수 없게.

"이봐요."

청요가 시동을 걸었다. 당황한 세나가 그를 불렀다.

"입 다물어. 네 목소리 듣고 싶지 않으니까."

"어디로 가는 건데요? 이거 납치예요."

"집으로 데려다 주지. 가서 다신 내 앞에 나타나지 마."

"뭐라고요?"

청요가 가속기를 밟았다. 차가 움직이기 시작했다. 세나가 황당한 눈으로 그를 쳐다보았지만 청요는 아무 상관없다는 듯 핸들을 돌렸다.

"날 내려줘요."

"……."

"이봐요!"

"이봐, 저봐, 아무리 불러 봐. 듣지 않을 테니."

지금 자신의 행동이 비이성적이라는 것 정도는 청요도 알고 있다. 유세나인지 뭔지를 내려놓고 가면 될 일이었다. 그와는 상관없는 인간 계집일 뿐이다.

하지만 촬영장으로 돌려보내면 또다시 인간 남자들이 그녀에게 수작을 걸 것이 뻔했다.

백화의 얼굴을 한 것 빼곤 특별난 것도 없는 인간 계집. 그럼에도 그녀가 다른 인간 남자와 말을 섞는 것조차 끔찍하게 불쾌하다.

"대체 이런 차림으로 어떻게 가라는 거예요?"

"벗은 것도 아닌데 문제가 되나?"

"이 옷, 반납해야 한다고요!"

"내가 해주지."

"네?"

"반납, 내가 하지. 그리고 새 옷 사줄 테니 갈아입어. 그럼 되지 않겠어?"

협상의 여지는 없었다. 세나가 그를 노려보며 미간을 좁혔다.

이 남자, 무언가 이상하다. 꿈속에 남자. 그립고 그리워 가슴이 터져버릴 것처럼 만드는 남자. 아득한 그리움.

그를 어디에서 어떻게 알게 되었는지는 기억나지 않는다. 그도 자신과 같은 것일까? 자신을 어떻게 아는지는 모르지만, 자신을 보면 통제할 수 없는 감정이 치밀어서 이토록 차게 구는 것일까?

묻고 싶은 게 한가득이었지만 세나는 그 많은 물음을 일단 삼켰다. 무엇부터 물어야 할지 알 수 없었고, 무엇을 어떻게 물어야 이상한 여자로 보이지 않을지 또한 알 수 없었다. 당신이 매일 밤 내 꿈에 나타난다고, 꿈의 내용은 잘 생각나지 않지만 당신 때문에 난 아침마다 눈물 속에서 눈을 뜬다고, 그런 말을 할 수는 없었다. 적어도 아직은.

"하아……. 내 짐도 아직 못 챙겼어요."

"친구가 거기 있지 않나? 알아서 챙겨주겠지."

그의 고집에 결국 세나가 입을 앙다물었다.

"어느 쪽."

한참 뒤 그가 물었다. 어느새 서울 시내로 진입한 모양이다.

"좌회전이요."

짧게 대답한 후 세나는 다시 입을 다물었다. 청요는 교차로에서 간간이 높낮이 없는 목소리로 방향을 물었고, 세나는 그가 요하는 답만 했다.

신호에 걸린 청요의 차가 횡단보도 앞에서 멈추었다. 사람들이 우르르 길을 건너기 시작했다. 좌우를 두리번거리는 사람들의 시선이 언뜻언뜻 청요와 세나에게도 닿았다. 사람들은 차 안의 청요를 알아보지 못하고 길 건너기에 열중했다. 세나가 분명 눈이 마주쳤다고 생각한 행인들도 그랬다. 이상한 느낌이 들어 세나가 미간을 찡그렸다.

"어느 쪽."

"……."

도깨비에게 홀렸나. 왜 아무도 청요를 보지 못한 듯 지나가는 것일까. 선탠이 잘되어 그렇다고 보기엔 청요의 차창은 너무 투명하다. 단지 길 건너기에 바빠서 차 안에 누가 앉아 있는지 볼 틈도 없는 것일까.

"어느 쪽이냐고 묻잖아."

다소 날카로운 청요의 질문에 세나가 화들짝 정신을 차렸다.

"아, 직진이요."

뒤늦게 세나가 대꾸했다.

청요는 대학가의 좁은 골목에 차를 대었다. 세나가 사는 동네 앞이다.

"내려."

강압적인 명령에 세나가 말없이 차에서 내렸다.

"가."

동네에 도착했으니 썩 꺼지란 뜻인가. 아스팔트 위에 두 발을 바로 하며 세나가 미간을 찡그렸다. 그녀가 청요를 노려보았다.

"청요."

"누가 허락해서 내 이름을 멋대로 부르지?"

청요의 눈빛이 살벌해졌다. 핏빛. 선명한 붉은색. 움찔 몸을 떠는 그녀를 노려보는 청요는 분명 무언가로 인해 잔뜩 화가 나 있다.

가라는 그의 명에 따르기 전 세나는 그에게 물어야만 했다.

"왜 그렇게 화가 났어요?"

그의 눈이 흠칫 커진다. 차츰 그의 입꼬리가 비틀려 올라간다.

차가운 그의 조소에 세나는 심장이 쥐어 짜이는 것만 같다.

"인간 따위에게 설명할 이유 없어."

조수석 문이 매정히 닫혔다.

"이봐요!"

청요가 빠른 속도로 멀어지는 것을 본 뒤에야 세나는 주저앉듯 쪼그려 앉았다. 눈가에 열이 몰리며 시큰거렸다.

나직나직한 청요의 목소리. 감정을 억누른 그 목소리가 아프다. 그에게 외면당한 것보다, 경멸당한 것보다 더 많이 아프다. 무엇이 그를 그토록 괴롭게 하는지. 자신의 무엇이 그를 그토록 힘들게 하는지. 내가 꾸는 꿈을 당신 또한 꾸고 있느냐며 미친 척 물어볼 걸 그랬다.

"하하……."

힘없이 웃는 세나의 귀에 지나가던 사람들의 수군거림이 들려왔다.

"어머, 저 여자 뭐야? 무슨 코스프렌가?"

"어디서 촬영하는 거 아냐?"

"카메라 같은 거 없던데?"

"그냥 이상한 여잔가?"

그녀는 그제야 자신이 여전히 궁녀 복장이라는 것을 깨달았다. 청요와 이야기하고 있을 때는 아무도 그녀를 쳐다보지 않았는데 그가 떠나고 나니 길 가는 모든 사람이 그녀를 동물원 원숭이처럼 구경하고 있다.

"새 옷…… 사준다며. 거짓말쟁이."

잊지 않겠다며. 거짓말쟁이.

갑자기 세나의 눈에서 눈물이 주르륵 흘러내렸다. 당황해서 소매로 눈물을 쓱쓱 닦은 세나는 그러고도 한참을 계속 울었다. 겨우 정신을 차린 세나가 자취방으로 향했다. 방에 도착하기 무섭게 휴대폰이 울어댔다.

—세나? 너 지금 어디야?

"미안……. 나 방금 방에 도착했어."

—뭐? 어떻게? 청요랑은 어떻게 된 거야?

"음, 몰라. 내가 뭘 크게 잘못했나 봐. 화가 많이 났더라."

세나가 작게 중얼거렸다. 영은은 한동안 말이 없었다. 전화가 끊겼나 싶을 때야 영은의 목소리가 다시 들렸다.

—뭐, 할 수 없지. 일이 어떻게 된 건지는 모르겠지만, 네 가방이랑은 내가 챙겨왔어. 내일 가져다줄게.

"응, 고마워."

—그럼 끊을게. 내일 보자.

"응. 내일 봐."

기계처럼 대꾸한 후 전화를 끊은 세나가 벽에 등을 기댄 채 스르륵 무너져 내렸다. 무릎을 끌어안은 그녀가 그 사이에 얼굴을 묻었다.

"아무것도 모르겠어."

기억해야 하는 걸 잊어 버렸다. 분명 잊지 말아야 하는 걸 잊고 말았다. 잃고 싶지 않았던 것들이 손가락 사이사이로 허무하게 **빠져나**간다.

세나의 눈가에 천천히 눈물이 맺혔다. 눈물이 이내 뚝뚝 흘러내린다.

기나긴 기다림. 어렵게 얻은 인간의 태를 잃은 얼이 삭고 문드러져 온 오백여 년의 시간. 애써 붙들고 있던 기억은 차츰차츰 부서져 그녀에게서 떨어져 나간다.

무의식이 속삭인다.

청요, 나의 청요. 나의 신랑, 나의 왕…….

나조차 잃은 나를, 정녕 잊은 건가요?

⊛

왕의 비는 호기심이 많고 쾌활하였다. 매양 천방지축으로 날뛰니 왕은 항시 제 어린 비를 심려하였다. 오직 제 어린 비만을 염려하였다.

작자미상, 『조선망량야사, 청요편』

"백화는?"

청요가 물었다. 어린 귓것 계집은 틈만 나면 귀궁 담을 넘어 어디론가 사라졌다. 인간과 너무 가까이하지 말라는 청요의 명조차 백화에겐 소용없었다.

수문장귀가 고개를 조아렸다.

"보지 못하였소."

"보지 못하였다?"

청요가 말끝을 살짝 올렸다. 찰나 개방된 왕의 신력은 살기를 품고 있어 수문장귀가 몸을 움츠렸다.

"이곳으로는 지나가지 않았소."

수문장귀가 겨우 대꾸했다. 그를 한 번 훑어본 청요는 알겠다는 말과 함께 등을 돌렸다.

'또 어딜 간 것인지.'

어린 귓것 계집은 골칫덩이였다. 여기저기 쏘다니길 좋아했고, 인간에 대한 경계심도 없었다. 어려서 인간의 손에서 자란 탓인지 곧잘 인간흉내를 내기도 했다. 귓것이란 본디 그 근본부터 인간과 다르기에 어지간히 인간 흉내를 내도 금방 들키기 마련인데 백화는 그런 면에서 아주 탁월했다. 그녀가 작정하고 숨기려 들면 인간은 그녀의 정체를 간파하지 못하였다.

'인간은 재미나오, 왕이여. 찰나의 짧은 삶. 그 삶을 어떻게든 살아보려고 아등바등하는 꼴이 우습소. 그 옹졸함이 마음에 드오.'

백화가 언젠가 했던 말을 떠올리며 청요가 한숨을 내쉬었다.

또 어디서 살아보겠다고 바동거리는 인간을 발견한 모양이다. 그러니 수문장귀의 눈을 피해 놀러 나간 것이겠지. 그녀가 또 그악한 짓을 저지르기 전에 찾아서 잡아와야 하나, 청요는 잠시 고민하다가 고개를 저었다. 어차피 그의 비가 된다면 지금과 같이 천방지축으로 날뛰지는 못할 터이다. 그 전까지만. 그래, 그 전까지만 지금과 같이 두어도 괜찮겠지.

청요는 백화의 유희에 눈감아 주기로 하였다.

하루 이틀. 백화는 돌아오지 않았다.

사흘 나흘. 백화는 역시 돌아오지 않았다.

"백화는?"

습관적으로 백화의 귀환을 묻던 청요가 비식 조소했다. 이제 겨우 나흘이 지났을 뿐인데 옆에서 조잘거리던 귓것 계집이 없으니 허전하기 짝이 없었다.

"대답은 되었다. 아직 오지 않았겠지."

감시귀의 답을 듣지 않고 청요가 몸을 돌렸다. 가장 가까운 인간의 고을조차 인간의 걸음으로는 한나절은 떨어진 곳에 있다. 인간의 기척이 겹겹이 쌓인 산맥 너머에서 흘러왔다. 그곳에서 백화의 냄새도 풍겨왔다.

'사흘만 더 기다려 줄까? 이레는 놀아야 직성이 풀리겠지.'

청요는 딱 사흘만 더 기다려 주기로 하였다.

백화가 사라진 지 딱 이레째 되는 날, 청요는 인간의 마을로 향했다. 백화는 여전히 돌아오지 않고 있다.

인간의 마을은 어쩐지 어수선했다. 청요는 자연스럽게 인간들 속에 녹아들었다. 외지인이 거의 없을 것이 뻔한 작은 마을. 청요는 인간의 눈을 미혹하였다. 본 모습을 인지하게 해 줄 필요가 없다. 인간은 청요의 얼굴을 제대로 보지 못한 채 그의 얼굴 위에 자신이 익숙해하는 이의 얼굴을 덧씌워 보았다.

"마을이 소란스러운 것 같소. 어쩐 일이오?"

"어쩐 일이기는. 몰라서 그러오? 이레 전 산사태가 나지 않았소? 마을 아이들 서넛이 그 아래 깔린 모양이오. 주검이라도 찾겠다며 그

집 어미아비가 밤낮으로 파헤쳐 대지 않았소? 한데 그 아래에서 애들 울음소리가 들렸다 하오. 용케 무사한 모양인지……. 하여간 그 소식 듣고 이리들 모여 있는 거 아니겠소? 이미 죽었다면 또 모를까, 그 흙 더미 아래에서 이레나 살아 있었단 말이오. 당장 구해 내야지."

이레 전이라면 백화가 사라진 날이다.

청요는 이 일과 백화가 관련 있을 것이라고 직감하였다. 그는 모여 있는 마을 사람들을 버려두고 산사태가 난 곳으로 향했다. 왜 백화의 기척이 한 곳에서 움직이지 않는지 그 이유를 진작 의심했어야 했다.

'어디에 있느냐, 백화.'

지세가 기이하게 흐트러진 곳이 느껴졌다. 꺾이어진 나무들이 뒤 엉켜 신음하고 있었다. 저곳. 틀림없이 저곳이다. 백화의 냄새가 점점 더 진해진다.

"백화."

청요가 흙더미 앞에서 속삭였다. 답이 없었다.

"백화!"

청요의 음성이 높아졌다. 그제야 가느다란 응답이 들려왔다.

"왕이시여?"

그것은 곧 꺼질 듯 위태롭고 나약했다.

"게서 무얼하고 있느냐."

백화 혼자라면 흙더미 밖으로 못 나올 리가 없다. 산사태에 휩쓸린 것 같다던 어린 인간들. 그들 때문인가.

"몰라 물으시오? 흙더미를 떠받치고 있소."

"그걸 어찌 네가 떠받치고 있느냐? 너는 육을 얻은 지 얼마 되지 않 아 그 힘이 나약하기 짝이 없다. 무모한 짓 말고 밖으로 나오너라."

"내 나가면 이 아이들이 죽으오."

백화가 뽀로통하게 대꾸했다.

왕이시여. 왕께선 이 흙더미를 흔적도 없이 치우고 어린 인간들을 살려줄 수 있잖소.

뽀로통한 대답 아래 숨은 뜻이 청요의 귀에 들리는 듯했다. 왜일까. 그 순간 청요는 화가 났다.

"백화."

"말하시오. 듣고 있소."

"내가 오지 않았다면 어쩔 셈이었느냐?"

"무슨 뜻이오?"

"네 가까이에 오니 네 기력이 많이 쇠한 게 느껴진다. 이대로는 하루 이틀 더 버티는 게 고작일까. 너는 내가 오지 않았다면 어쩔 셈이었느냐?"

"……."

백화는 대답을 아꼈다. 청요는 이글이글 타오르는 분노를 가까스로 억눌렀다.

"그대로 영원히 흙 밑에 깔려 있을 생각이었느냐?"

"아니오! 그런 생각을 했을 리가 없지 않소? 어쨌든 왕께서 와주셨지 않소?"

"내가 오지 않았을 경우를 이야기하는 것이다."

백화의 무모함이 청요의 신경을 건드렸다. 약하기 짝이 없는, 어린 귓것 계집. 겁도 없고, 소멸에 대한 두려움도 없다. 그런 주제에 인간에 대한 호기심은 누구보다 강하고, 세상 만물을 좋아하는 마음도 크다. 이 나약한 귓것 계집이 이 세상에서 제대로 살아갈 수 있을까.

"백화, 나는……."

생이 아닌 생. 존재가 아닌 존재. 그 모순을 딛고 존재하는 그네들, 귓것.

제 목숨 귀한 줄 모르는 어린 그대. 언젠가 그 무심 때문에 그대가 죽게 되지는 않을는지. 나는 그것이 걱정돼.

흙더미를 감싸던 청요의 푸른 신력이 거칠게 일렁였다.

"왕이여?"

그의 동요를 느낀 듯 흙더미 아래에서 들려오는 백화의 목소리가 가늘게 떨렸다. 청요는 붉어진 눈으로 흙더미를 노려보았다.

"백화."

"무슨 일이오? 어디 아프오?"

아플 리 없다. 귓것이 아플 리가 있나.

청요는 입귀를 비틀며 무언지 모를 것들을 잔뜩 비웃었다.

"약조하여라."

"약조? 뜬금없이 무슨 말이오?"

"결코 다른 이의 목숨을 네 목숨 위에 놓지 말지어다."

"……으음."

"다른 것을 살리기 위해 네 것을 내놓지 말지어다."

"……."

"내 너를 돕는 것은 이번이 마지막이다, 백화. 앞으로 무모한 일 저지르지 말거라. 내 권속이 미치지 않는 곳에서는 더더욱 조심하여라. 아직 너는 나약하기 짝이 없지 않으냐. 인간이 짧은 생을 어떻게든 살아가기 위해 버둥거리는 것처럼, 너 또한 너의 긴 생을 살아가기 위해 모든 짓을 하여라."

청요의 손가락이 춤을 추듯 움직였다. 거대한 흙더미가 그의 손짓을 따라 뱀처럼 꾸물거렸다. 꾸물꾸물 흙더미가 뒤로 물러나자 그 아래 몸을 옹송그리고 있던 백화와 어린 인간 몇이 모습을 드러냈다. 백화는 순진한 눈망울을 크게 뜨고서 청요를 올려다보았다. 흙더미가 어린 인간들을 깔아뭉개지 않도록 버티고 있던 백화의 신력이 한순간 그녀의 몸속으로 빨려 들어갔다. 방끗 웃은 백화가 청요에게 달려들었다.

"왕이시여!"

청요는 저에게 안기려는 백화의 이마를 매정히 밀어냈다.

"왕이여?"

"약조하라 하였다."

백화가 고개를 갸웃거렸다.

"무모하게 굴지 않겠다는 약조 말이오?"

"그러하다."

"하나 눈앞에서 인간이 죽어 가면 어찌하오?"

"모른 척하여라. 너와 상관없는 일이다."

"하나…… 우리는 생을 해하면 아니 되지 않소?"

"생을 해하면 아니 될 뿐, 생을 구할 의무 또한 없다."

청요의 단호한 말에도 백화는 대답을 머뭇거렸다. 입술을 비죽거린 그녀가 청요를 올려다보며 침울하게 물었다.

"모든 것보다 나의 존재를 우선시하란 말이오?"

"그러하다."

"다른 모든 것보다?"

백화는 연신 되물었다. 청요는 찬 눈빛으로 그녀를 응시하며 그렇다는 대답을 반복했다. 눈에 띄게 시무룩해진 백화가 마지못해 고개를 주억거렸다.

"알겠소."

"정녕 알았느냐?"

"물론이오! 왕은 가끔 나를 천하의 멍청이로 아오. 하나 그것은 사실이 아니오. 나는…… 그렇소. 내 비록 영리하지는 않지만 아주 아둔하지도 않소. 왕은 지금 내게 위험한 일에는 결코 끼어들지 말라고 명한 것 아니오?"

"……."

"내 그리하겠소. 그것이 왕의 명이라면, 내 그리 약조하겠소."

백화가 단호히 대답했다. 그제야 청요가 그녀의 이마를 밀어내고 있던 손을 내렸다. 백화가 그에게 꼬옥 안겨왔다.

"네 약조하였다."

"약조하였소."

백화가 두 눈을 질끈 감았다.

'왕이여, 용서하시오.'

이 세상 모든 것을 제 존재의 가치 아래 두어도, 세상 모든 죽음을 외면해야 한다고 해도 결코 그리할 수 없는 것이 있다.

제 존재보다 소중한 것. 제 존재를 버려서라도 지키고 싶은 그런 것이, 있다.

4장. 식귀구

어두운 밤.

백화일 리 없다. 백화일 리가, 없다.

소파에 늘어져 천장을 노려보며 청요는 같은 말을 읊조렸다. 그 말이 주문이라도 되듯이, 그리 자꾸 말하면 진실이 되기라도 하듯이 중얼거리고 또 중얼거렸다.

"백화가 아니야."

결코 백화가 아니다.

울컥 눈가에 열이 몰린다. 가슴이 뻐근해진다. 살아 있긴 한 것인지, 애초에 살아 있던 적이 없던 것은 아닌지조차 알 수 없는 이 저주받은 귓것의 육. 인간의 태를 취하는 것은 그들의 의지였으나 버리는 것은 그들의 의지가 아니다. 빌어먹을 상제. 욕설을 내뱉다가 청요가 픽 웃는다. 온몸에서 힘이 쭉 빠져나간다. 희미한 푸른빛이 그의 몸을 감싼다.

"모르겠다, 백화. 어째서 그대는……."

말을 지독히 안 듣던 그의 어린 비. 매양 제멋대로 판단하고 날뛰어 그의 속을 어지간히도 썩였다. 그녀 뒤치다꺼리에 늘 투덜거렸지만 그것이 진정 싫었던 적은 없었다.

백화. 나의 백화. 나의 어린 비…….

그녀의 천진한 웃음이 떠오를 때마다 청요의 심장은 아프게 조여들 었다. 청요는 그냥 그 고통에 제 모든 것을 내맡겼다. 그의 몸을 휘감 고 있던 푸른빛이 점점 더 옅어지더니 이내 스러졌다.

청요는 손등으로 두 눈을 가렸다. 머릿속이 어지럽다.

'세나예요.'

이름 따위 알고 싶지 않았다. 백화가 아닌 인간 계집의 이름 따위가 무슨 대수이랴.

만약 그녀가 백화라면, 백화와 조금이라도 관련이 있다면, 그렇게 완전하게 아무 냄새도 아니 풍길 수는 없다. 누군가 백화의 존재를 감 춘 것이 아니라면, 그토록 완벽하게 인간의 냄새만 풍길 리 없다. 두 귀왕 중 하나였던 지귀 흑각이 사라진 지금, 청요에게서 백화의 존재 를 숨길 힘을 지닌 존재는 없다. 여러모로 따져보고 또 따져보아도 유 세나는 그냥 인간 계집일 뿐이다.

"……."

청요가 입술을 깨물었다.

안다. 그도 안다. 몇 날 며칠 생각하고 또 생각했다. 고민하고 또 고 민했다. 만에 하나의 가능성. 그 미약한 가능성에 제 모든 걸 내던지 고 싶어서 따지고 또 따져 보았다.

하지만 아무리 다시 생각해 보아도 답은 같다. 그녀는 백화가 아니 다. 백화일 수 없다. 심장이 아무리 아프게 뛰어도, 가슴이 쥐어 짜인 듯 고통스러워도 그녀가 백화가 아니라는 사실은 변하지 않는다.

소파에 늘어진 채 잠이 들었을까.

청요가 다시 눈을 떴을 땐 주변이 밝았다. 부스스 몸을 일으킨 청요가 습관적으로 금고와 달력을 확인했다. 그믐이 되면 조선으로 갈 수 있다. 상제가 유일하게 허락한 그 옛날 그때로.

"이융."

멸족의 원흉.

"이역."

멸족을 막기 위한 도구.

이융, 이역. 형제의 이름을 차례로 읊조리는 청요의 눈빛이 차다.

때는 서기 1506년. 현재는 '반란'으로 기록된 진성대군의 역모. 반정을 준비하는 무리의 힘은 미미하고, 성종이 다져놓은 왕좌 위의 폭군은 강대하다.

이융을 왕좌에서 몰아낸다 하여 멸족된 신귀가 되돌아오리란 보장은 그 어디에도 없다. 그러나 할 수 있는 일이 그것뿐이다.

거사에 대한 소문은 이미 흘러나갔다. 청요는 진성대군 이역을 도와 이융을 몰아내야만 한다.

'이 모든 것이 무의미해도 그대는 내게 하라고 하겠지. 가엾은 귓것을 살리고 나약한 인간을 살리는 길이라면 그 자체로 의미 있다 하겠지. 하지만 백화, 그대를 내게 다시 데려오는 일이 아니라면 내게는 모든 것이 실로 무가치하구나.'

해야 하기에 한다.

백화가 원할 것이기에 한다.

그러나 그것뿐. 홀로 남은 왕의 진정은 어디에도 없다.

'모든 귓것이여, 신귀여. 나의 아이들이여······.'

돌아오는 메아리조차 없는 부름이 허공에 흩어졌다. 청요는 부질없는 고독 속에서 바이없이 웃었다.

그믐이 되면 조선으로 가자.

많은 귓것이 살아 숨쉬고, 그들의 짓궂은 장난이 가득하던 그때로.

세나는 또 꿈을 꾸었다. 눈을 떠보니 베개보가 흠뻑 젖어 있었다. 쿵쾅거리며 뛰는 맥박이 온몸을 때려댔다. 세나가 눈가를 꾹꾹 눌렀다. 눈가가 뜨겁다.

"청요."

일 년여 전부터 머릿속을 빙빙 맴도는 그 이름. 청요라는 배우를 알기 훨씬 전부터 그녀는 그의 꿈을 꾸었다. 푸른색이 감도는 안개. 그 속에 우두커니 서 있는 아름다운 존재. 연회색의 눈동자가 저를 향할 때면 세나는 꿈속에서도 그리움에 몸부림치곤 했다.

"청요……."

왜 그가 자신을 보자마자 그토록 화가 났는지 알고 싶다. 자신을 알고 있는 것인지, 알고 있다면 우리가 서로를 어떻게 알고 있는 것인지 그에게 묻고 싶다. 청요, 그러면 답을 알 것이다.

'물을 수 없어.'

하지만 우리가 어떻게 알고 있느냐는 그 물음을 차마 청요에게 건넬 수 없었다. 그것은 너무도 잔인한 일 같았다.

세나는 손등을 이마에 댄 채 누워 가만히 천장을 응시하였다. 아무것도 모르겠다. 명치끝을 무언가가 툭툭 건드리듯 자꾸만 아프다.

'잊으면 안 되는 것이었는데 잊었어. 다른 모든 것을 잊어도 잊을 수 없는 것인데, 잊었어. 내가 나빠. 내가 잘못한 거야. 물을 수 없어.

청요에게 물어선 안 돼.'

기억해내. 기억해내줘. 제발.

두 눈을 질끈 감아 보았지만, 그래서 돌아올 기억이라면 애초에 잊어버리지도 않았을 것이다. 떠오르는 것은 아득한 감정의 파편뿐. 휘몰아치는 설움에 세나는 어깨를 떨었다. 입술을 꾹 깨문 채 눈을 뜬 세나가 쓰게 웃었다.

딩동딩동.

느닷없이 초인종이 울렸다. 부스스 몸을 일으킨 세나가 의아한 눈으로 현관문을 쳐다보았다.

"유세나, 집에 있어?"

영은이다. 벌떡 일어난 세나가 얼른 문을 열었다.

"아침부터 웬일이야?"

"웬일은?"

영은이 전날 세나가 촬영장에 두고 온 가방을 내밀었다. 세나가 미안한 표정을 지으며 가방을 받았다.

"이거 가져다주려고 온 거야?"

"뭐 그렇지. 어제는 어떻게 된 거야?"

"그게……."

어떻게 된 건지 설명할 수 있으면 좋겠다. 세나가 모호하게 말끝을 흐리는데 영은이 돌연 두 눈을 크게 떴다.

"너 울었어?"

"어?"

"눈이 부었잖아. 청요, 그 자식이 뭐래?"

"그런 거 아니야."

"아니긴 뭐가 아니야? 알바생이 실수 좀 할 수 있지. 도대체 뭐 대단한 실수를 했다고 애를 울려, 울리긴. 자기가 배우면 배우지, 알바생이라고 막 혼내고 그래도 되는 거야?"

상황을 자기식대로 해석한 영은이 화를 냈다. 세나는 자신을 걱정해주는 영은에게 고마워해야 한다고 생각했지만, 청요를 흉보는 영은에게 이상하리만치 강한 적대심이 일었다.

"아니야. 청요가 잘못한 거 아냐. 내가 잘못한 거야."

"네가 뭘?"

"내가 다 잘못한 거야. 그 사람 욕하지 마."

영은이 미간을 살짝 찡그렸다.

"너, 이상하다?"

"뭐가?"

"지금 상황 설명도 제대로 못하면서 청요 편을 들고 있잖아."

영은이 정곡을 찔렀다. 세나가 어색하게 웃으며 영은의 시선을 피했다.

"아침 먹었어? 기왕 왔으니까 뭐라도 먹고 갈래?"

세나의 서툰 화제 전환에 그녀를 빤히 쳐다보고 있던 영은이 잠시 입을 다물었다가 대답했다.

"좋아. 오랜만에 세나 어머님 솜씨 좀 보자."

영은을 안으로 들인 후 세나는 냉장고에서 반찬을 꺼냈다. 소형냉장고에 그녀의 모친이 보내준 반찬이 가득했다.

어제 한 밥을 한 그릇 가득 퍼서 세나가 영은에게 내밀었다.

"엑. 이렇게 많이?"

"많아?"

"많긴 한데……. 다 먹지 뭐."

영은이 웃으며 젓가락을 들었다. 젓가락질이 어렵다고 늘 투덜거리더니 이제는 제법 잘하게 된 듯했다.

"젓가락질 많이 늘었네."

"그래? 연습 좀 했지. 개파할 때 교수님 옆에 앉았다가 젓가락질 못한다고 오죽 핀잔을 들었어야지."

영은의 오른손 약지엔 붉은 빛깔 도는 반지 하나가 반짝이고 있다. 세나의 오른손 약지에도 같은 것이 있다. 세나의 20살 생일 때 우정반지라며 영은이 선물해준 것이었다. 가끔 귀찮게 구는 남자들이 있을 때 왼손 약지에 옮겨 끼우면 아주 그만이라고 영은은 히죽 웃곤 했다.

"역시! 세나 어머님 솜씨가 최고야."

영은이 엄지를 치켜세웠다. 연회색에 가까운 그녀의 눈동자가 새삼 세나의 눈에 박혔다.

세나가 미간을 살짝 찡그렸다.

뭔가, 아주 중요한 뭔가를 놓치고 있는데. 분명.

그믐밤이 찾아왔다. 청요는 그믐을 전후로 하여 아무 스케줄도 잡지 않는다.

인간이 개미처럼 보이는 높이. 베란다로 나가서 청요는 세상을 굽어보았다. 지네처럼 이어달리는 자동차도, 벌레처럼 꿈틀거리는 인간도 한없이 멀고 바이없이 작다.

다 마신 맥주 캔을 찌그러뜨리며 청요는 거실로 들어왔다. 시간이 된 듯 푸르스름한 방진이 모습을 드러내고 있었다. 금괴를 챙긴 후 청요는 그 중심에 섰다. 주변이 순식간에 고요해지며 어둠으로 뒤덮였다. 세상 만물 모든 것이 그 순간엔 덧없다. 육도, 영도 덧없다.

'상제여, 허락하시오. 모든 살아 있는 것과 살아 있지 않은 것. 모든 지나간 것과 차마 오지 않은 것. 한데 뒤엉켜 그 경계가 흐려지도록 허락하시오.'

인세와의 연결고리가 거의 끊어진 상제. 그가 허락한 과거의 시간. 그때로 돌아간들 무엇이 나아지며 무엇이 달라질까. 청요는 알 수 없다. 미래를 엿보는 것은 그에게 허락되지 않았기에.

그래도 가야 했다. 모든 귓것이 멸족되지 않은 그 순간으로.

검은 것이 청요를 에워싼다. 세상이 구겨지며 시간이 엉키었다. 시야가 빙빙 돌며 시끄러운 파열음이 고막을 찢을 듯 들려왔다. 활짝 열린 청요의 감각들이 바뀌어가는 주변을 쉴 새 없이 주인에게 인도했다.

매캐한 도시 공기가 멀어진다. 조선 산천의 맑은 공기가 다가온다. 청요는 멀어지는 것은 더 밀어내고 다가오는 것은 더 끌어당겼다. 끼이익, 타이어 미끄러지는 소리를 마지막으로 일순 깊은 적막이 내려앉았다. 그 적막을 깨뜨린 것은 산새의 울음이었다.

청요는 눈을 떴다.

바람소리. 흙내음.

밤을 밝히던 가로등은 어디에도 없다. 칠흑 같은 어둠이 내려앉은 조선의 밤.

'왔나?'

몸 깊숙한 곳에서 올라오는 헛구역질을 참으며 청요가 입을 틀어막았다. 왕복하는 횟수가 늘어날수록 몸에 무리가 가고 있었다. 앞으로 몇 번이나 더 이곳에 올 수 있을까. 쓰게 웃는 청요의 눈빛이 어둡다.

'어차피 많이 올 필요도 없지. 거사는 곧 일어날 테니. 기회는 한 번뿐. 그때가 마지막이다. 그 이상은 이곳으로 올 필요도 없을 것이다.'

청요는 사방에서 느껴지는 귓것의 수를 헤아렸다. 사귀[2]는 물론이고 신귀의 수도 많이 줄어 있었다. 당연한 일이다. 흑각은 소멸한 듯하고 이 시대의 청요는 잠들어 있으니 그 무엇도 약한 귓것을 지켜줄 수 없었을 것이다.

문득 뒤에서 인기척이 들려왔다. 반사적으로 뒤돌아보던 청요와 횟불을 든 군졸의 시선이 마주쳤다. 청요는 그제야 저가 성벽 위에 서 있음을 알아챘다.

여유롭게 감상에 젖어 있을 시간 따위 없다는 뜻일까.

"거기 웬 놈이냐? 침입자다! 침입자가 나타났다!"

군졸이 소리쳤다.

"잡아라! 수상한 자다!"

청요는 곧장 성벽 아래로 뛰어내렸다. 반사적으로 그를 따라 뛰어내리려던 한 군졸을 다른 군졸이 바닥에 패대기쳤다. 패대기쳐진 군졸은 저가 딱 죽을 뻔했다는 것을 깨닫고는 파리하게 질렸다.

그들에게서 등을 돌린 청요는 어둠 속을 내달렸다.

"저, 저기 침입자가 도망간다! 잡아라!"

달도 없는 어둔 밤.

어둠에서 태어나 어둠으로 살아가는 귀왕, 청요. 인간 따위가 그를 잡을 방도는 없다. 우왕좌왕하는 인간의 발소리를 비웃으며 청요는 성희안의 가택으로 향했다.

---

2) 귓것의 한 일족으로 흑각의 지배를 받는다. 난폭하고 과격한 구석이 있다.

이곳은 서기 1506년의 조선.

군주의 폭정이 도를 넘어서고, 그 폭정이 인간만이 아니라 귓것도 죽이고 있는 때.

과거에 이조참판을 지낸 성희안은 중추부지사 박원종과 합심하여 현 왕을 몰아내고 진성대군을 옹립하려는 계획을 세우고 있었다. 왕의 횡포가 극심해진 까닭이다.

왕은 날이면 날마다 계집만 끼고 놀았고, 제 어미를 몰아내는 데 조금이라도 협조한 양반이라면 어떻게든 죽이려고 기를 썼다. 벌써 수십의 현인이 학살당했거늘 어찌 가만히 죽을 때를 기다리겠는가? 후일 어떤 식으로든 폐비 윤씨와 관련되어 화를 당하고 말 터. 조선의 양반들은 왕을 바꿔서라도 살아남으려는 계획을 짜야만 했다.

"청요 님, 오셨습니까?"

반딧불을 모아둔 등을 켜고서 책을 읽고 있던 성희안이 가만가만한 어조로 입을 열었다. 아무것도 없는 것 같던 어둠 속에서 사람만한 형체 하나가 쓱 걸어 나왔다. 그자가 인간이 아니라는 것을 성희안은 잘 알고 있었다.

"준비는 어찌 되어 가느냐?"

무감한 물음. 감정이 없는 귀왕, 청요.

성희안은 그 초월적인 존재가 두려웠으되 반정의 성공을 위하여 기꺼이 그를 이용하기로 했다.

"잘 되어가고 있습니다. 염려 마십시오."

"실패하지 말라."

"실패하지 않을 것입니다."

오만한 귀왕 앞에서 성희안은 더할 나위 없이 공손하였다. 고개를 한껏 조아리는 성희안의 앞에 무언가가 툭 떨어졌다. 성희안이 손을 뻗어 보자기를 풀었다. 금괴가 가득 담겨 있었다.

　'정녕 요술방망이라도 있는 것인가? 어찌 이리 금이 끝없이 나올까?'

　금괴의 출처는 감히 묻지 않았다. 혹 청요의 심기를 거스르게 될까 저어된 까닭이다.

　"무기를 만들어 반군에게 나누어주어라."

　"여부가 있겠습니까?"

　인간사에 거의 무관심한 귀왕이 느닷없이 모습을 드러낸 지 이제 반 년째. 어찌 알았는지는 모르겠지만 그는 성희안이 박원종과 함께 반정을 꾀하고 있다는 것을 알고 있었다. 그는 이대로라면 거사는 필시 실패할 것이라며 도와주겠다고 나섰다.

　인간의 다툼에 귀왕이 이토록 적극적으로 개입한 적은 여태 없었다. 그 어떤 정사에도, 야사에도 이와 같은 일은 실려 있지 않다. 그들은 인간과 같은 땅에는 살되 자신들만의 질서를 가지고 인간과 동떨어져 살아왔다.

　그런 귀왕이 개입하여야 할 만큼 왕의 폭정이 지나친 것이겠지. 인간뿐만 아니라 식귀구[3]를 키워 귓것사냥을 일삼으니 더 이상 좌시할 수 없게 된 것이겠지. 성희안은 그렇게 생각하기로 했다.

　청요의 개입은 아직까지는 직접적인 행동 없이 자금만 대어주는 정도였지만, 어쨌든 성희안으로서는 손해 볼 것 없는 일이었다. 더욱이 그 폭군조차 제 혈육이라고 갈등하고 있는 우유부단한 진성대군도 설득해주고 있지 않은가.

---

3) 법력을 받아 온갖 잡귀를 잡아먹도록 키워졌다. 후각이 청요보다 뛰어나다.

그래도 역시 행동도 함께 해준다면 더욱 좋으련만.

전설로 내려오는 귓것의 신묘한 힘. 그 힘을 발휘해 주기만 한다면 거사는 틀림없이 성공할 것이다.

"하온데 청요 님."

온단 말없이 왔듯 간단 말없이 가려는 청요를 성희안이 돌연 붙잡았다.

"말하여라."

어둠 속에서 형형한 빛나는 그의 눈동자에 성희안이 흠칫 어깨를 움츠렸다. 그 차가운 눈빛에 기가 죽었지만 성희안은 청요에게 뜯어낼 만큼은 뜯어낼 심산으로 조심스럽게 말을 꺼냈다.

"직접 반정에 참여해 주실 수는 없는 것입니까?"

"무슨 뜻이냐."

"경복궁을 장악하는 데 힘을 보태 주십시오."

청요가 미간을 살짝 찡그렸다.

"약속이 다르다."

"다르긴 하오나……."

"내가 원하는 것은 이융의 목숨뿐이다."

차게 가라앉은 청요의 목소리는 지독히 무감하다. 그 무감한 목소리 아래 숨은 분노를 알아챈 성희안이 얼른 고개를 조아렸다.

"과한 청을 하였습니다. 용서하시옵소서."

성희안이 바로 납작 엎드렸다. 귀왕의 심기를 뒤틀리게 했다간 박원종이 그를 죽이려 들 터였다. 거사의 날이 코앞이라서 밑져야 본전이란 생각으로 던진 청일 뿐, 청요가 정말로 받아들여줄 거라는 기대는 애초에 없었다. 경복궁으로 진격하는 것은 반정군의 몫이었고, 청요는……

폭군의 목숨을 취하러 갈 것이다.

"본디 인간이란 하나를 내어주면 열을 달라 하는 족속임을 알고 있다. 때론 왕답게 자비를 베풀어야 할지니 인간의 아둔함으로 인한 네 무례를 탓하지 않겠다. 너희는 너희의 일을 하여라. 나는 나의 일을 하겠다."

바닥에 닿을 정도로 머리를 조아리는 성희안을 노려보며 청요가 나직이 읊조렸다.

"예, 청요 님. 명심하겠습니다."

불현듯 찬바람이 불었다. 성희안이 고개를 들었다. 청요는 이미 사라지고 없었다. 깜깜한 어둠이 불쑥 불쾌해져서 성희안은 꺼져버린 반딧불 등을 흔들었다. 화들짝 놀라 날아다니며 배에 불을 밝히는 반딧불이 애처로웠다.

갇힌 불빛.

금세 사그라지곤 하는, 그 나약한 빛.

그것이 작금 조선을 비춰야 할 태양의 모습은 아닐런가.

성희안의 가택을 나선 청요는 진성대군의 사저로 향했다. 반정이 실패하게 된 핵심적인 이유는 둘. 하나는 자금의 부족이요, 다른 하나는 응집력의 부족이다. 자금이야 충당하면 그만이지만 진성대군이 언제까지고 머뭇거린다면 역사는 변하지 않을 것이다. 반정은 또다시 실패할 것이고, 이융의 손아귀에 귓것은 멸절할 것이다. 청요는 그것만큼은 막아야 했다.

결정의 어려움. 그것을 이해하지 못하는 바 아니다. 언젠가 이복형의 칼날이 제 목을 향할 것을 알고 있어도 그것은 아직은 현실이 아니다. 미래에 일어날 일이라 해도 당장 체감되지 않는 것이 당연하다.

혈육을 죽이는 일. 형제를 죽이는 것은 물론이요, 어린 조카들 또한 내쳐야 할 터. 그것이 쉬운 결정일 리 없다.

"이역."

그러나 모든 것은 처음이 어려운 법. 거사는 진행되고 있고, 진성대군 이역은 그것을 알면서도 상황을 묵인하고 있다. 이미 난 아닐세, 하며 발 빼기에는 늦어도 한참은 늦은 것이다. 그렇다면 그에겐 마음을 더 모질게 먹고 적극적으로 세력을 규합할 책임이 있다.

"깨어 있는 것을 알고 있다."

진성대군의 답은 들리지 않았으나 어둠에 스윽 스며든 청요는 처음 서 있던 곳과 전혀 다른 곳에서 불쑥 나타났다. 자는 체하고 잇던 진성대군이 벌떡 일어나 그를 쏘아보았다.

"기척도 없이 무슨 짓이냐?"

"……."

"……말을 말지."

청요의 침묵에 진성대군이 한숨을 내쉬었다.

청요와 그의 인연은 반년 전으로 거슬러 올라간다. 왕의 사냥대회에 반강제적으로 참여해야 했던 진성대군은 일행과 떨어진 와중 맹수와 마주치게 된다. 그 위기에서 그를 구해준 것이 청요였다. 아름답고 잔인한 귀왕.

"언제까지 그리 우유부단하게 굴 것이지?"

"내가 무얼?"

"너는 왕이 되지 않으면 죽는다."

"……."

"네 손으로 네 형제와 조카를 죽이지 않으면 그들의 손이 너와 네 부인과 네 자식들을 죽이겠지."

"그만……. 그만 하여라, 청요."

"너 또한 그것을 알기에 성희안과 박원종의 계획을 묵인하는 것 아니더냐."

"……."

"적당히 묵인하다 그들이 너를 왕으로 추대해주길 바라느냐?"

진성대군이 두 눈을 질끈 감았다. 꾹 깨문 그의 입술이 바르르 떨렸다. 어둠 속에서도 청요는 그 모습을 선명히 보았다.

"이대로라면 거사는 필시 실패한다. 내가 돕는 것에는 한계가 있다. 자신들이 추대할 왕이 직접 이끌어주는 것, 그것이 반정군의 사기에 어떤 영향을 끼칠지는 네가 더욱 잘 알 것이다. 사기란 일당백의 장수를 만드는 법. 살아남고 싶다면 잘 판단하여라, 이역. 시간이 많지 않다. 다음번에 왔을 때도 네가 지금과 같다면 나는 다른 왕을 찾아보겠다."

"청요!"

바락 소리 지른 진성대군의 표정이 차츰 굳었다. 그는 이 냉정한 귀왕이 실로 다른 왕을 찾아낼 것을 알아챘다.

"청요, 그대는……."

"네 상냥하신 이복형을 몰아낼 수만 있다면 나는 무슨 짓이든 할 것이다."

청요가 어둠 속으로 사라졌다. 선득한 기운이 진성대군의 가슴을 훑어 내렸다. 청요의 선연한 붉은 눈동자는 사라지는 그 마지막 순간까지도 차게 진성대군을 응시하고 있었다.

"날더러 어쩌라는 것이야?"

주먹을 움켜쥔 진성대군이 신경질적으로 이불을 내려쳤다.

청요의 말이 어떤 의미인지는 그 누구보다 그가 잘 알고 있었다. 조선왕 이융의 잔혹함. 성군의 자질은 사라진 지 이미 오래. 왕은 그저 살육에 미친 광인일 뿐.

"안다, 청요. 나도 알고 있어. 이대로 나는 필시 숙청되겠지. 그대의 말처럼 나를 대신할 왕족은 얼마든지 있고, 이리 머뭇거리다간 다만 버려지겠지. 그러나 내 부인은 어찌해야 할까? 내가 전면으로 나서는 순간, 내 부인은 어찌 되는 것이냐?"

진성대군은 부인 신씨를 떠올렸다. 그녀의 아버지가 신수근이었고, 신수근의 누이가 왕의 비였다. 진성대군의 입장에서 왕을 등지는 것은 하나뿐인 부인을 등지는 것이기도 하였다. 거사가 성공한다면 귀애하는 부인의 운명은 바람 앞의 등불인 양 위태로워질 터. 결정이 어찌 쉬울까.

그러나 어이할까.

왕을 등지지 않으면 진성대군, 그 자신의 목숨이 위태로워진다. 그 자신의 목숨만이 아니라 조선이 위험해진다.

"하하!"

발작적인 웃음을 터트린 진성대군이 이불을 뒤집어썼다.

안다. 알고 있다. 전부, 알고 있었다.

앞으로 나서지 않으면 안 된다. 고뇌는 무의미하다. 그는 조선의 왕자. 제 목숨과 아울러 조선을 지킬 책무가 있다. 성희안과 박원종이 청요를 대동하고 찾아와 그들의 계획을 고했을 때, 그때 이미 진성대군은 거사에 가담한 것과 같다.

'부인, 나는 조선의 왕자요. 부인의 지아비이기 이전에 성종대왕의 적자요.'

진성대군이 두 눈을 감았다. 손등을 이마에 올리고서 한숨을 크게 내쉬었다.

그가 재차 차게 웃었다.

'부인을 생각하는 체하였으나 그뿐이오. 전하를 위하는 체하였으나, 그 또한 그뿐이오.'

조선과 부인 신씨를 저울 위에 올려놓고 무게를 재었다. 왕과 제 목숨을 저울 위에 올려놓고 또다시 무게를 재었다.

그는 진성대군 이역. 부인보단 조선이 귀하다. 폭군보단 제 목숨이 귀하다.

그럼에도 거사의 전면에 나서지 못함은 부인 신씨가 그의 심중에 여적 있기 때문이리. 버려야 할 정이라 하여도 조금만 더, 아주 조금만 더……. 다만 그런 욕심으로.

그믐밤이 저물기 전, 청요는 다시 현대로 돌아왔다. 조선에서 움직이는 내내 그의 숨통을 조이고 있던 묵직한 압박감이 일시에 사라졌다. 본래 존재할 수 없는 것을 지우려는 순리에 거스르느라 조선에 다녀오면 청요는 늘 만신창이가 되었다. 조선에 머무는 시간이 길어질수록 그의 얼은 계속 부서져 나갔다.

'언젠가 소멸하겠지. 필시.'

힘이 다해 소멸하는 것이 먼저일까, 이성을 잃고 폭주하는 것이 먼저일까. 청요가 픽 웃는다. 알게 뭔가. 어떻게든 되겠지.

청요가 고개를 들었다. 동녘이 밝았다. 어슴푸레한 여명. 눈을 감고서 한참 호흡을 가다듬었다.

조선으로 가는 길은 매번 더 힘들어진다. 시간을 미혹하여 금기된 문을 여는 것도, 그 문을 뛰어넘는 것도, 그곳에서 버티는 것도…… 전부 차츰 더 고통스러워진다.

당연한 것이다. 본디 '존재'란 스스로 속해있는 시간이 있는 법. 그것을 거스르려고 들면 존재의 육과 얼이 망가지는 것이 순리이다.

'이리 망가지고 부서지면…… 백화, 네게 갈 수 있겠느냐?'

청요의 입술 끝이 비틀려 말려 올라간다. 잔악한 웃음으로 스스로를 조롱하며 청요는 몸을 일으켰다. 매캐한 매연과 시끄러운 소음이 일시에 들이닥친다. 반사적으로 인상을 쓰던 청요가 두연 고개를 돌렸다.

'이 기운.'

사납고 맹렬한 살의.

'식귀구食鬼狗?'

불쾌한 것들이 있다. 귓것을 먹는 것들. 그 중에서 가장 위험한 놈은 당연 식귀구라 불리는 개들이었다. 법력을 받은 그 짐승은 잔악하고 무자비하여 어린 신귀를 대번에 물어 죽였다. 연종은 식귀구를 사육해 귓것사냥에 열을 올렸다.

어째서 그 위험한 놈이 이곳에 있나.

청요가 홱 등을 돌렸다. 그가 손을 휘두르자 파란빛이 흩뿌려졌다. 신력은 채찍처럼 길게 뭉쳐 청요의 주변을 할퀴었다.

'걸렸나?'

무언가 신력에 맞고 튕겨나갔다. 문을 건너온 지 얼마 되지 않은 상태에서 갑작스럽게 힘을 쓴 탓인지 당장 몸에 무리가 갔다. 현기증이 일어 눈앞이 캄캄해지자 청요는 식귀구에게서 잠시 멀어져서 호흡을 정리했다. 겨우 몸이 안정되었을 때, 식귀구는 이미 없었다.

'달아났나?'

식귀구가 쓰러져 있었을 게 분명한 곳을 살피는 청요의 얼굴에 흐린 조소가 어렸다. 식귀구 한 마리 처리하지 못하는 제 꼴이 우스웠다. 이런 나약한 왕을 위하여 백화는 그 자신을 희생시켰나. 이따위 왕을 위하여?

"백화……."

그대에게 가고 싶다. 그대에게 가는 길이, 너무 멀다. 상제는 내게 그 길을 허락하지 않았다.

생이 아니었으나 인간의 태를 갖춰 존재하게 되었다. 그러나 이것이 진정 '존재' 하는 것인가? 상제의 뜻을 거스를 수 없는 꼭두각시에 불과한데.

"나의 비여."

바닥에 주저앉아 청요가 손을 내뻗었다. 땅에 흩뿌려진 붉은 피는 식귀구의 것. 그러나 놈은 죽지 않았다. 다친 몸을 숨긴 것뿐.

꽃

존재하나 비존재인 모든 것은 항시 상제의 명에 얽매였다. 까마득한 세월 동안 그들은 자유롭지 아니했다.

어느 날 흑각이 단조로운 말투로 물었다.

"상제여, 내 저 바위를 던졌소. 그 바위가 떨어진 곳에 우연히 인간이 있었소. 하여 인간이 죽었소. 나는 생을 해하면 안 될진대 해한 꼴이 되었소. 하나

나는 인간을 해하려 바위를 던진 것이 아니오. 이제 나를 어찌하겠소?"

인간의 변화는 놀라웠다. 한 번 태어나면 수백수천 년의 시간을 살
아가는 귀가 보기에 인간의 생은 너무도 짧았다. 그럼에도 그들의 발
전은 눈이 부셨다.

"왕이여."

"말하여라."

백화는 청요와 등을 맞댄 채 하늘을 올려다보았다. 인간과 함께 어
울려 살던 기억이 아득하다. 그녀의 기억에서조차 이토록 아득하니
인간들은 이제 그때를 기억조차 못 할 것이다. 신화, 전설. 그런 이름
이 되어버린 시절이다.

"어째서 인간은 우리를 배척하오?"

"다르기 때문이지."

"다르기 때문이라? 다른 것은 죄가 아니지 않소?"

백화는 순수하게 의문했고 청요는 순수하게 조소했다.

"그들은 모두 같은 방식으로 태어나고 같은 방식으로 살아가지. 모
두 같으니 같지 않은 것을 두려워하게 된 것이다."

"우리는 그들에게 해를 끼칠 수 없잖소?"

아주 오래된 상제의 명. 생을 해하지 말지어다……. 그 명을 귓것은
거스를 수 없다. 상제가 말한 생生은 인간들. 귓것은 모든 짐승과 나무
와 꽃과, 심지어 같은 귓것마저도 해할 수 있지만 오직 인간과 자기 자
신만은 예외였다. 인간에게 있어 귓것보다 안전한 존재는 없으리라.

그럼에도 인간은 귓것의 다름을 두려워하여 몰아냈다. 백화는 그 것이 서글펐다.

"아주…… 못하는 건 아니지."

청요가 느리게 대답했다.

"그게 무슨 뜻이오?"

"아무 뜻도 아니다."

"왕이여. 왕은 가끔 나를 알쏭달쏭하게 만드오. 말해줄 듯 해주지 않고, 모르는 듯 다 알고 있으니 나는 왕이 매양 어렵소."

청요가 별안간 몸을 일으켰다. 그에게 등을 기대고 있던 백화가 우스꽝스러운 모습으로 넘어졌다.

"왕이여!"

"나의 비여."

청요가 손을 내밀었다. 뽀로통하게 입술을 비죽거린 백화가 새침하게 그의 손을 잡았다.

"못됐소."

"그럴 리가."

"예고도 없이."

"그대가 둔한 것이지."

청요가 백화를 일으켜 세웠다. 이제는 더 이상 어린 귓것도, 약한 귓것도 아니게 된 귓것 여인이 그의 품에 쏙 들어왔다. 작은 등을 다독이며 청요는 한숨을 삼켰다.

많이 것이 변한다. 인간은 너무 빠른 속도로 변한다. 그들의 삶이 찰나이기 때문일까, 인간은 쉴 새 없이 달라진다. 기나긴 시간을 견뎌야 하는 귓것와 달리…… 인간은 바이없이 빠르다. 그렇게 빠르게 살아가는 내내 인간은 다른 것을 배척한다.

배척, 배척, 또다시 배척.

쫓아내고 짓밟고 망가뜨리며 자신들의 우위를 점검한다.

역겹고 토악질 나는 그 작태에 청요는 아무것도 할 수 없다. 이것은 불공정한 싸움. 귓것은 인간보다 월등한 신력을 지녔으나 인간을 해할 수 없다. 인간은 귓것의 신력을 알고 있기에 귓것을 더욱 두려워하고 없애려 한다. 해가 지날수록 귓것을 향한 인간의 두려움은 커져만 가니, 우리네 운명은 어찌 될런가.

'생이나 생이 아니라 하였소? 상제여, 그렇다면 그대가 인정한 저 생生의 무리가 우리를 멸절시키려 할 때도 우리는 그저 당해야 하는 것이오? 그대가 준 생이 아니기에, 스스로 얼을 얻고 육을 얻어 탄생한 우리는 그저 멸해야 하오?'

그래야 한다면, 상제는 그들의 존재를 애초에 몰살시켰어야 하는 것이었다. 어차피 이런 식으로 인간들에게 배척당하여 멸족되는 길만이 귓것의 운명이었다면, 상제는 애초에 그들의 탄생을 묵인해서는 안 되는 것이었다.

태어난 이상 삶을 꿈꾼다.

그것은 모든 존재의 당연한 순리.

그 순리조차 부정당해야 하는가.

청요가 입술을 물었다. 연회색 그의 눈동자가 붉게 물들어 빛났다.

5장. 습격

언제나 당신을 사랑하였다.

무뜩 뇌리를 스치는 생각. 무방비하게 그 생각을 받아들이며 세나는 눈을 떴다.

'잤나?'

그랬을지도.

부스스 몸을 일으킨 세나가 피곤한 듯 눈두덩을 눌렀다. 시험이 코앞이다. 분명 열람실에 앉아 공부 중이었는데 어느 틈에 잠들었던 것일까.

마음이 피로하다. 요 근래엔 잠을 자도 잔 것 같지가 않다. 자고 일어나면 늘 마음이 아프다. 무언가가 명치를 건드리듯 답답하고 괴로운…… 이상한 감정.

이것은 분명 청요 때문이다. 그의 존재를 알게 된 후 증상이 더욱 심해졌다. 그가 누구라서. 그는 대체 누구라서.

'아냐.'

불현듯 조소하며 세나가 고개를 저었다.

이것은 청요 때문이 아니다. 이것은 그녀 자신 때문이다. 잊지 말아야 할 것을 잊은 스스로에 대한 분노, 증오, 경멸. 모든 것을 잃어도 결코 잃지 말아야 할 것을 잃어버린 나약한 자신에 대한 원통함.

'청요…….'

그가 보고 싶다.

억지로 교재를 들여다봐도 떠오르는 건 청요의 얼굴뿐이다. 강의 내용은 하나도 생각나지 않고 그의 목소리만 선연히 떠오른다.

'너 뭐야.'

그것은 혼란, 그리고 절망.

바라지 않아야 할 것을 바라서 바이없이 혼란스럽던 그의 내면.

'청요. 당신 생각이 떠나질 않아.'

세나는 결국 책을 덮었다. 아무리 노력해도 활자가 눈에 들어오지 않는다. 이럴 바에야 방에 돌아가서 쉬는 게 낫겠다는 생각에 짐을 챙겨 도서관을 빠져나왔다.

그를 몰랐던 때는 차라리 나았다. 그저 이상한 꿈으로 치부하면 그만이었다. 꿈의 내용조차 흐릿하기 짝이 없으니 언제고 잊힐 것들이라 믿으면 될 일이었다.

그러나 이 세상에 청요가 실재한다는 것을 알게 된 순간 일상의 모든 것이 변했다. 다른 대학생들처럼 공부에 치이고 과제에 시달리고 학비를 걱정하며 살아오던 순간이 실로 덧없게 느껴진다. 의도적으로 청요에 대한 소식엔 귀를 막아도 대한민국은 쉴 새 없이 그의 존재를 그녀에게 각인시킨다.

그는 나른한, 그러나 동시에 교만한 웃음을 지으며 모든 곳에 존재한다. CF, 건물 위 전광판, 화장품 브랜드 모델, 과자 포장지 등등 청요가 없는 곳이 없다. 대한민국은 실로 청요공화국이다. 서점에도, 카페에도 청요가 있다. 청요가 집에서 종종 만들어 먹는다는 무슨 셰이크는 일주일이 채 지나기도 전에 전국 카페에 신 메뉴로 등장했다. 청요가 쉬는 시간에 틈틈이 읽는다는 무슨 책은 단숨에 베스트셀러로 자리매김했다. 그렇게 대한민국은 청요라는 배우에게 열광하고 있다.

그것은 흡사 홀린 것과 같다. 맹목적인 추앙이다.

그 광신도들 한가운데 자신이 서 있는 것 같다고 세나는 생각했다.

세나가 불현듯 공허한 웃음을 지었다. 청요. 그가 아뜩하다. 보일 듯 보이지 않고 닿을 듯 닿을 수 없다.

'청요…….'

당신은 누구라서 나의 모든 것을 뒤흔드나요. 나의 무엇이 당신을 그토록 아프게 만들었나요. 내가 기억하지 못하는 것이 무엇이건대. 당신이 내게서 보는 것은 또 무엇이건대.

다시 당신을 만나 미친 척 물어봐 볼까. 매일 꾸는 꿈속의 당신에 대해, 매일 울며 깨어나는 나에 대해, 한 번만 물어봐 볼까.

당신, 나를 미친 사람 취급하지 않고 내 이야기 제대로 들어줄까요?

하루를 꼬박 잠들었다 깨어난 청요가 창가에 섰다. 흐려진 식귀구의 냄새가 멀리서 날아왔다. 조선으로 건너간 청요의 육과 얼이 그 시간의 간극을 이기지 못하고 망가지듯 식귀구 또한 빠른 속도로 죽어가고 있었다.

그냥 두어도 어차피 죽을 놈. 신경을 끌까?

"……"

청요가 열없이 웃었다.

그럴 수는 없겠지. 곧 죽을 놈이라 해도 그를 따라 이 세계로 건너온 놈이었다. 놈의 숨통을 끊어놓는 것은 청요의 책임이었다. 지금 청요를 버티게 하는 것은 오로지 책임감뿐. 책임을 놓을 수는 없다.

더욱이 귓것이 사라진 이 도시. 놈이 먹이로 삼을 만한 것은 기껏해야 반귀뿐이다. 놈이 최후의 발악으로 반귀에게 해코지라도 한다면 그것은 그것 나름으로 곤란한 일이 될 것이다.

지금은 반쪽짜리이나 더 이상 조선으로 건너갈 필요가 없게 될 때, 반귀들은 온전한 하나가 될 수 있을지도 모른다. 그들을 지키는 것 또한 청요의 책임이다.

'책임이라……'

책임. 그 두 글자의 무게가 새삼 무겁다. 그래도 아직은 무너질 수 없다. 버텨야한다.

청요는 능숙하게 신력을 지우고서 의복을 챙겨 입었다. 이질적 기운을 완전히 감춘 그는 인간과 완벽히 같게 보인다. 곧 재킷을 입고 밖으로 나온 그가 식귀구의 냄새를 찾아 어둠에 녹아들었다.

얼마나 놈을 찾아 움직였을까.

'여긴……'

청요의 눈빛이 붉어졌다.

그곳은 어느 오피스텔의 지하 주차장이었다. 가까이에서 김미리의 냄새가 났다. 어수룩하기 짝이 없는 신인 여배우는 자신의 근원조차 모르면서 감은 좋았다. 처음 본 날, 그녀의 무의식은 청요를 알아보았다. 귀찮을 정도로 생글거리며 다가오는 김미리는 몇 되지 않는 반귀 중 하나였다.

식귀구는 그를 따라왔다. 반귀들 중 그의 냄새가 가장 짙게 남아 있는 자를 먹잇감으로 점찍은 것이 분명했다. 제법 영리한 짓이다.

"으아악!"

주차장 구석에서 여자 비명이 들렸다. 김미리다.

'젠장!'

청요는 신력을 일시에 해방시키며 그대로 몸을 날렸다. 갑작스러운 살의에 미리의 어깨를 물어뜯다가 움찔하는 놈이 보였다. 미리의 목덜미를 단숨에 물어뜯으려고 했으나 그녀의 반항에 실패한 듯했다.

"아악! 뭐, 뭐야! 사람 살려!"

미리는 핸드백을 정신없이 휘두르고 있었다. 그녀의 등 뒤로 이동한 청요가 그녀를 끌어안았다. 아찔한 푸른 기운이 순식간에 미리를 감쌌다. 눈을 뜬 채로 쓰러지는 미리의 몸을 청요가 조심스럽게 내려 놓았다.

"험한 꼴을 당하게 했구나."

청요의 귓가에 낮고 위협적인 짐승이 울음이 들려왔다.

―크르릉.

청요가 고개를 돌렸다. 광기로 번뜩이는 식귀구의 눈동자엔 귓것을 향한 적의만이 가득했다. 먹이를 사냥하고 말겠다는 집념. 청요는 순수할 정도로 집요하게 먹이를 갈구하는 그 식욕을 보며 픽 웃었다.

"상대를 잘못 골랐어."

아무리 잘 훈련받아도 놈은 고작 개였고, 청요는 귓것의 왕이었다. 더욱이 이곳은 대한민국. 식귀구는 오백 년의 시간을 뛰어넘어 이곳에 왔다. 당장 소멸하지 않은 것만으로도 기적에 가까운 일이다. 반면 청요는 본래 이 시간에 속해 있다. 그 어떤 것도 청요의 힘을 제약하지 않는다.

청요의 몸에서 살기가 뿜어져 나갔다.

—크르릉.

놈은 영리하게 몸을 피했다. 그대로 살기에 짓눌러 짜부라졌으면 좋으련만. 아쉬운 듯 눈을 가늘게 뜬 청요가 몸을 일으켰다. 그가 본격적으로 싸울 것을 알아챘는지 식귀구가 뒤로 천천히 물러났다.

상황 판단이 빠른 놈이었다. 제 힘으로는 청요를 상대할 수 없다고 판단했는지 놈이 재빠르게 달아나기 시작했다. 놈의 주변으로 검은 것이 꿈틀거리며 모여들었다. 놈이 만들어낸 이형異形의 것이 놈에게 달아날 길을 열어주었다.

놈을 따라가 숨통을 끊어놓을 생각으로 몸을 날리려던 청요가 무뚝 멈추었다.

"으으……"

미리가 가늘게 신음하고 있었다. 청요가 고개를 돌렸다. 그녀는 식귀구에게 어깨를 물어 뜯겼다. 출혈이 심하다. 이대로 그냥 두면 무사하지 못할지도 모른다.

"빌어먹을. 멀리 달아나진 말아라. 쫓아가는 것도 피곤하니."

청요는 미리에게 다가가 지혈을 하며 그녀의 전화기로 구급차를 불렀다. 구급차가 오기 전까지 식귀구의 독을 빼내는 것도 잊지 않았다.

오늘 밤, 식귀구는 다시 나타날 것이다. 조금이나마 먹이를 섭취했으니 허기가 더 강해졌을 터. 김미리를 어서 병원에 넘긴 후 놈을 쫓아야 한다. 또 다른 피해자가 나오기 전에.

세나의 자취방은 학교에서 멀지 않은 곳에 있다. 학교 자체가 워낙 허허벌판에 자리 잡은지라 썩 가까운 것은 아니었지만 그럭저럭 걸어 다닐만한 거리는 되었다.

평소엔 아무 생각 없이 잘 다니는 골목이 오늘따라 으스스했다. 거리가 이상할 정도로 을씨년스럽게 느껴졌다. 지나가는 사람이 없어서 더욱 그럴지도 모른다.

'추워.'

어깨를 움츠리며 세나가 발걸음을 재촉했다. 그녀가 무뜩 걸음을 멈추었다.

'누구?'

무언가가 쳐다보는 것 같은, 오싹한 느낌. 오소소 소름이 돋는다.

두려운 눈으로 주변을 살폈지만 있는 것은 어둠뿐이다. 모든 것을 집어삼킬 듯 검고 깊은 밤뿐.

'……'

불길한 밤이다.

세나가 바쁘게 발을 움직였다. 으슥한 골목을 지나야 도착할 수 있는 방이 오늘따라 원망스럽다.

한 발짝 움직이고 뒤돌아보고, 또 한 발짝 움직이고 뒤돌아보고. 그녀의 등 뒤에 늘어진 골목은 너무 깜깜해서 도리어 숨을 곳이 없다. 오한이 든 듯 몸이 떨려 팔짱을 낀 세나가 미간을 모았다.

그녀는 걷고 또 걸었다. 계속, 쉬지 않고 걸었다.

세나가 돌연 멈추었다.

'왜……'

골목을 한참 걸었다. 숨이 찰 정도로 빠르게 걷기만 했다.

그런데 왜 아직도 도착하지 못한 것이지? 도서관에서 그녀의 방까지는 도보로 넉넉잡아 삼십 분이면 될 거리다. 도서관에서 나선 지 얼마나 지난 것인지 감조차 잡히지 않아 소매를 걷고 손목시계를 확인했다. 그녀의 미간이 더욱 찌푸려졌다.

시계가 언제부터 고장 났던 것일까. 시침과 분침은 괴이하게 짜부라져 있고, 초침은 미친 듯이 돌아가고 있다.

온몸의 피가 차게 얼어붙는다.

이것은, 정상이 아니다.

이곳은, 그녀가 사는 세상이 아니다.

세나가 입술을 깨물며 고개를 들었다. 깊은 밤. 뚝뚝 떨어지는 짙은 어둠. 키득키득. 무언지 모를 것들이 그녀의 무지를 비웃고 있다. 소름끼치는 환청이 세나의 심장을 조였다.

그러나 그녀를 둘러싼 건물들은 분명 익숙한 형체다. 형제분식, 와와김밥, 엄마손……. 밥을 해먹기 귀찮아하는 자취생을 공략한 값싼 밥집들이 한 건물 건너 한 건물씩 자리 잡고 있다. 벌써 두 해를 살아온 동네.

낯익은 풍경이 왜 이리도 생소한가?

'뭔가 잘못되었어.'

홱 뒤돌아선 세나가 곧장 왔던 길을 되돌아가기 시작했다.

형제분식, 와와김밥, 엄마손. 형제분식, 와와김밥, 엄마손……. 간판들이 사라지길 바라고 또 바라는데 사라지지 않는다. 지옥 끝까지라도 따라올 듯 같은 건물들이 끈질기게 그녀를 뒤쫓아 온다.

이곳은 어디인가. 뫼비우스의 띠 위인가, 무언가에 홀린 것인가, 혹 걸으면서 악몽을 꾸는 것인가.

가느다란 떨림이 세나의 온몸을 잠식해갔다. 거부할 수 없는 본능적 두려움이 고개를 바짝 쳐들었다.

그래, 이곳은 이상하다. 무언가 잘못되어도 크게 잘못된 곳이다. 이 공간에 있어서는 안 된다. 틀림없이…… 죽는다!

거기까지 생각이 닿자 세나는 무작정 달리기 시작했다.

'청요!'

죽음의 공포가 도래한 순간 떠오른 얼굴은 부모님도 아니고, 친구도 아니고 오로지 청요였다.

이제 겨우 만났다. 길고 긴 기다림의 끝에서 겨우 그와 함께 존재하게 되었다.

여기서 죽고 싶지 않다. 이렇게 죽을 수는 없다.

세나는 달리고 또 달렸다. 그러나 낯설고도 익숙한 풍경은 변하지 않는다. 그녀를 조롱하듯 끈질기게 따라온다. 키득키득, 소름끼치는 웃음소리가 웅웅 울려댄다.

"뭐야, 대체 왜……."

바닥에 넘어진 세나가 주먹을 움켜쥐었다.

일어나야 한다. 당장 일어나서 달아나야 한다. 그런데 몸이 말을 듣질 않는다.

그때 들려오는 짐승의 소리.

―크르릉.

온몸의 털이 쭈뼛 곤두섰다. 하얗게 질린 입술을 깨물며 세나가 고개를 들었다. 피를 얼어붙게 하는 무언가가, 어둠 속에서 그녀를 응시하고 있다.

―크르릉…….

'그것'은 아주 검었다. 어둠에 숨은 것인지 그 자체로 어둠인 것인지 분간할 수 없었다. 광기로 번뜩이는 그 눈동자는 먹잇감을 향한 강한 욕망을 품고 있었다. 핏발 선 눈알과 침이 흘러내리는 이빨은 틀림없이 맹수의 것. 저런 흉포한 짐승이 어째서 서울의 도심 한복판에 있는 것인지 세나는 알 수 없었다.

놈과 두 눈이 마주친 그 순간, 놈의 송곳니에 물어뜯긴 자들의 비명이 세나의 심연을 파고들었다. 온전한 공포와 맞닿아 있는 감정들이 홍수처럼 몰려들어 세나는 정신을 잃고 싶었다.

아아, 저 불쾌한 것이 왜 이곳에 있을까? 어째서 저것이 아직도 존재하는 것일까.

—크르릉. 크르릉.

놈은 한 발 한 발 신중하게 세나에게 다가왔다. 사냥감의 숨통을 단번에 끊어놓을 기회를 가늠하듯 놈의 동작은 섬세했다.

죽고 싶지 않아.

죽을 수 없어.

"윽!"

놈이 날카로운 발톱을 세우며 세나에게 달려들었다. 세나는 오른팔을 들어 놈의 송곳니에 내어주었다. 상상할 수 없는 고통과 함께 오른팔이 뜯기어 나갔다.

"아악!"

이대로 죽는 건가?

정말, 이렇게?

생명이란 아무것도 존재하지 않을 듯한 공간 안에 세나의 비명이 울렸다. 그녀의 몸에서 쏟아지듯 흘러나온 피가 바닥을 적셨다. 정신이 혼미해져간다. 죽음에의 공포에 이성이 질식되어 간다.

'청요……. 나의 왕이여.'

혼자 두지 않기로 하였는데. 약속, 하였는데.

아프다. 고통스럽다. 괴롭다. 슬프다.

의식이 차츰 흐려져 간다. 세나는 허망하게 웃었다. 다시…… 다른 인간의 육을 찾자. 다시 태어나서, 다시 청요를 기다리자. 혼자 두고 싶지 않은데. 이제 막 깨어난 그를 혼자…… 외롭게 하고 싶지 않은데.

원망하고 있겠지. 홀로 두고 사라져버린 맹랑한 비를 그는 많이 원망했겠지. 사라져버린 게 아니라고, 방법이 이것뿐이었다고 변명할 기회가 오지 않으려나…….

아슴아슴 꺼져가는 의식으로 세나는 자신조차 이해 못할 생각들을 하였다. 무의식에 새겨진 많은 기억들이 일시에 쏟아져 나왔다. 그것은 그립고 그리운 자신의 왕을 향한 연민이며 통곡이었다.

검고 거대한 짐승의 송곳니가 번뜩였다. 놈이 이번에는 팔이 아니라 제 목을 물어뜯을 것을 세나는 직감하였다. 체념하듯 세나가 눈을 감았다. 갑작스럽게 찾아온 목숨의 위협은 두려웠으나 모든 것을 체념한 순간 도리어 평온해졌다.

참으로 이상한 일이다. 살려고 하면 두렵고 죽으려고 하면 평온하다니. 이토록 평안한 것이 죽음일진대 인간은 어째서 저 홀로 살겠다고 그리 아등바등하는가. 어째서 무고한 귓것을 그리도 많이 사냥했는가. 저 하나 살겠다고, 오직 저 하나 살겠다고…… 그 수많은 생들을 상처 입히고 짓밟는데, 어째서 상제는 그들만 허락했는가. 고통만이 가득한 이승의 어디가 좋아서 인간들은 오늘도 살고 있을까.

세나의 몸을 채우고 있던 것들이 썰물처럼 빠져나간다. 물린 상처에서 흘러나온 피의 냄새는 끔찍하게 달큼하다. 세나는 그 냄새에 취해 축 늘어졌다. 우습게도 밤하늘이 보였다. 저 위에 존재하는 깜깜한 세상이 그녀에게 어서 오라며 손짓하고 있었다.

가만히 닫힌 세나의 눈가에서 눈물이 흘렀다.

이제 다 끝나겠거니 생각하는데, 왜인지 한참이 지나도 짐승의 송곳니가 느껴지지 않았다.

이상하다는 생각에 세나가 눈을 떴다. 그녀의 동공이 바이없이 커졌다.

거대한 짐승은 완벽히 두 동강 나서 바닥에 널브러져 있었다. 푸르고 아름다운 빛이 동강난 짐승의 몸뚱이 사이에 있었다. 꿀렁꿀렁 새어나온 더운 피가 도로를 적신다.

세나는 천천히 고개를 들었다. 푸른빛을 휘두르는 자의 얼굴을 보았다. 붉고 아름다운 두 눈이 그녀를 담고 있었다.

"청요?"

아, 나의 왕이여.

"너……."

그의 표정이 한순간 허물어졌다. 입술을 꾹 깨물며 천천히 다가온 그가 세나의 앞에 꿇어앉았다.

"어째서……."

그의 목소리가 떨린다. 알아듣기 힘들 정도로.

그의 두 눈에서 뜨거운 눈물이 떨어져 내린다. 세나의 마음이 무너지게 하는 그런 것이.

"내가 못 알아봤지?"

그가 세나를 꽉 끌어안았다. 그녀의 등을 꽉 안은 그의 손이 덜덜 떨렸다.

"어떻게 그럴 수가 있었지?"

혼잣말을 중얼거리는 그의 목소리가 울음을 참고 있다.

"나의 비여."

그 말을 들은 것을 마지막으로 세나는 정신을 잃었다.

……울지 마요, 나의 왕이여.

김미리가 병원으로 무사히 이송된 것을 확인한 후 바로 온 길이었다. 놈의 근처에선 반귀의 냄새가 나지 않았다. 아직 숨을 고르고 있나, 그런 한가한 생각을 하며 놈에게 접근하는 순간 무언가 잘못되었다는 것을 깨달았다.

갑자기 확 풍겨온 피 냄새. 그것은 백화의 것이었다.

그럴 리 없다. 그럴 리가 없다. 몇 번이고, 정녕 몇 번이고 백화의 냄새를 찾아 전국을 훑었다. 백화의 흔적이라면 무엇이라도 잡고 싶어서 미친놈처럼 그녀의 냄새를 찾아 헤맸다. 어디 전국뿐이겠는가? 대륙을, 열도를, 세계를 살폈다. 타국에서 살아온 이형의 귓것은 느껴졌으나 그 안에 백화의 것은 없었다.

백화는 이 세상에 없다. 그 숱한 방황 끝에 내린 청요의 결론이었다.

그래서 백화를 꼭 닮은 인간 계집의 얼굴을 보았을 때 더욱 혼란스러웠다. 그녀가 백화라면 모를 리가 없는데. 느끼지 못했을 리가 없는데. 몇 번을 다시 확인해도 그녀에겐 인간의 냄새만 났다. 백화의 얼굴을 한 인간 계집. 상제의 빌어먹을 장난질이라 생각하며 이를 악물었다.

백화는 없다, 끝없이 되뇌며 저에게 주어진 마지막 책무를 다하려 했다.

그런데 어째서.

대체 어째서.

"백화, 나의 어린 비여……."

청요는 세나를 더욱더 세게 끌어안았다. 아직도 제 품에 안겨 있는 그녀의 존재를 믿을 수가 없었다. 바로 조금 전까지만 해도 느낄 수 없던 백화의 냄새가 풍겨오고 있었다. 안절부절못하며 그녀를 끌어안고 있던 청요가 불현듯 정신을 차렸다.

이것은 인간의 육이다. 피를 너무 많이 흘리면 이 육은 죽는다.

청요가 곧장 그녀의 상처를 흡수하기 시작했다. 세나의 입술에 제 것을 포개고는 쉴 새 없이 그녀의 숨을 들이켰다. 식귀구의 이빨에 묻어 있던 독을 그녀의 몸은 감당할 수 없다. 그 독은 신귀든 반귀든 모든 귓것의 의식을 흐리게 하고, 종내는 아득한 꿈의 세계로 인도한다. 그렇게 먹잇감이 잠든 사이 식귀구는 먹이를 먹어치운다.

검은 것이 끝없이 빠져나와 청요에게 흘러들었다. 검은 것이 더 이상 흘러나오지 않게 되어서야 청요는 세나 입술 사이로 숨결을 불어넣었다. 푸른 것이 일렁이며 그녀에게 빨려 들어갔다. 신음하던 호흡이 차츰 안정되고, 식귀구에게 물어뜯긴 오른팔이 천천히 자라났다. 그녀의 고통이 사라질수록 청요의 고통은 커져갔다. 아무래도 상관없었다. 이 정도 고통엔 이골이 났으니까.

세나의 얼굴이 평온해지자 청요가 비로소 허물어진 얼굴로 웃었다. 입술로 그녀의 얼굴을 한참이나 더듬은 뒤에야 청요는 그녀가 허상이 아님을 확신할 수 있었다.

세나를 안고서 청요가 몸을 일으켰다. 그녀를 안전한 곳으로 옮기려던 청요가 불현듯 발걸음을 돌려 식귀구에게 다가갔다. 놈의 주인이 누구인지 확인할 필요가 있었다.

발로 놈의 머리를 걷어차자 명패가 흔들렸다.

청요의 표정이 찰나 사라졌다.

낙천樂天.

두 글자가 전하는 바가 선명하다.

※

지귀 흑각은 인간을 미워하였다. 나약한 인간을 해하지 못하게 하는 상제의 명을 저주하였다. 마침내 속박에서 벗어나 인간을 해할 방법을 강구하니,

"흑각을 용납할 수 없다. 내 너희 모두를 용납하지 못하게 되기를 바라느냐?"라는 상제의 물음이 하늘에서 들려왔다.

상제는 친히 일부 사귀의 생을 거두었다. 많은 사귀가 일시에 스러져 멸하였다. 그러나 흑각의 멸절만은 청요에게 맡겨졌다.

작자미상, 『조선망량야사, 흑각편』

붉은 화마가 휩쓴 신귀의 마을.

"왕이여."

백화가 울먹였다.

까만 연기가 하늘로 치솟고, 회색 잿더미가 바람에 날렸다. 확 끼쳐 오는 열기로부터 보호하듯 청요가 그녀를 감싸 안았다.

"듣고 있다."

"어찌 인간은 이리 잔악하오?"

"모르겠다."

"왜 우릴 해하오?"

"······모르겠다."

"나는 그저······ 그저 즐겁고 싶을 뿐이거늘."

귓것사냥이 도를 넘어서고 있었다. 인간들은 그것을 유희거리로 즐겼다. 고려가 망하고 조선이 건국된 이래 그와 같은 일은 더욱 잦아 졌다.

긴 시간 조선의 산천을 지켜온 귓것은 으슥한 곳에 숨어 있을 뿐인데도 인간은 그들을 용납하지 않았다. 상제도 그들을 용납하지 않고, 인간도 그들을 용납하지 않으니 힘없는 귓것은 계속 멸해갔다. 오랜 세월 견뎌온 사물에 얼이 깃들어 그 육을 새로이 하였을 뿐이거늘 그것이 그리 큰 죄인가? 태어남을 용납받지 못했다 하여 그 죽음조차 그리 쉽게 여겨져도 되는 것인가?

깊은 절망으로 백화는 울었다. 천진난만하고 호기심 많던 어린 귓것은 살아온 시간이 쌓일수록 더 자주 울었다.

"어쩌면······ 어쩌면 흑각 님께서 옳은 것인지도 모르겠소."

"백화!"

엄한 청요의 부름에 백화가 그의 품을 확 밀어냈다.

"어차피 모두 인간에게 죽을 것이라면 이리 당하고만 있지 않겠소!"

"아니 된다."

"아니 될 것은 대체 무엇이오? 알고 있소! 우린 인간을 해할 수 없다는 것을! 그것조차 어처구니가 없소. 우리가 생이 아니라서 모든 생을 해할 수 없는 것이라면, 어째서 그 생生에 인간만 포함되오? 토끼는 생이 아니오? 모기는 생이 아니오? 나무는? 꽃은? 상제가 밉소. 상제는 모순덩어리요!"

상제는 인간을 편애하였다. 오직 인간만이 하늘의 피를 이었기에 그들을 더욱 살뜰히 챙겼다.

상제는 모든 살아 있는 것의 주인. 새로운 육을 얻어 살아 있는 것처럼 움직이게 된 순간, 귓것은 그의 뜻을 거스를 수 없게 되었다.

"그는 자격이 없소!"

"백화."

"그자는 이승의 존재가 아니오! 그자는 하늘에 있지! 그자는 우리네 일에 간섭할 자격이 없단 말이오!"

빽 소리친 백화가 어디론가 사라져버렸다. 한숨을 내쉰 청요가 손바닥에 얼굴을 묻었다.

백화의 마음을 모르는 바 아니다. 그 또한 그녀 못지않게 화가 난다.

그러나 상제는 싸워서 이길 수 있는 상대가 아니다.

"상제여."

살랑, 바람이 불었다. 상제의 응답 같기도 했고 아닌 것 같기도 했다.

흑각은 사귀를 모아 반격에 들어갔다. 인간을 직접 해할 수는 없어도 간접적으로는 해할 수 있다. 여러 번 실험을 통해 확인한 사실이었다. 우연히, 아주 우연히 인간을 죽이는 것은 가능했다. 그 속에 살생의 의지만 없다면 상제의 속박조차 힘을 발휘하지 못했다.

지진을 낸다. 심심하여 큰 지진을 내본다. 그 땅에 인간의 마을이 있다. 인간의 마을이 부서지고 인간이 죽는다. 인간을 죽이려고 한 것은 아니나 인간이 죽었다. 지진을 일으킨 흑각에겐 아무 일도 일어나지 않았다. 완전히 살의를 없앤 채 행해야만 가능한 일이었으나, 어쨌든 반격이 가능해졌다.

그러나 언제까지 상제가 그 발칙한 꼼수를 용납할까. 상제가 격노하여 천벌을 내린다면 귓것 중 살아남을 수 있는 이가 몇이나 될까.

"인간들은 우리와의 좋았던 때를 잊어가오, 상제여. 그럼에도 그대는 인간만 지킬 것이오? 우리네를 끝내 속박할 것이오? 우리네 가여운 귓것들은 어찌하오? 우리는 정녕 사라져야 할 '것' 일 뿐이오?"

듣는 이 없는 물음이 흘러나왔다. 청요의 입가에 걸린 조소가 바이 없이 쓸쓸했다.

그는 다만, 백화와 오래도록 함께 하고 싶었다.

싸움은 나날이 격렬해졌다. 온전히 마음을 집중하여도 귓것들의 행동엔 순간순간 살의가 실렸다. 살의가 깃들면 인간을 공격할 수 없었고, 그 틈에 인간들은 반격해 귓것을 죽였다. 인간이 죽는 것보다 더 많은 귓것이 죽어 나갔다. 흑각을 따르는 사귀의 수는 급격히 줄어들었다. 흑각은 이대로 일족을 멸절시킬 심산처럼 보였다.

혹 백화가 흑각의 싸움에 말려들까, 청요는 백화를 격리시켰다.

"왕이여! 왕이시여!"

무엇이 최선인가. 멸족을 피하기 위해 어찌해야 하는가.

울부짖는 백화를 외면한 채 청요는 생각에 잠겼다. 흑각이 저리 날뛰는데도 상제는 아직 반응이 없다. 어쩌면 인세人世에 대한 관심을 진즉 끊어 이 세상에 어떤 난리가 일어나고 있는지 신경도 아니 쓰고 있을지도 모른다.

'흑각의 방법은 너무 무모하다. 저런 식으로는 필시 우리네가 먼저 멸절한다. 인간의 수는 너무도 많다.'

그러나 다른 수가 없었다. 선택지는 싸우거나 숨거나 둘 중 하나였다. 장난치기 좋아하는 귓것들은 숨어 사는 것을 거부하였다.

'방법이 없는가?'

이러지도 저러지도 못하는 사이에도 싸움은 계속되었다.

상제의 목소리가 들려온 것은 사귀의 반이 인간에게 사냥당한 뒤였다.

상제는 여전히 인간을 편애하였다.

흑각은 이미 도를 지나쳐 용납할 수 없다. 그를 따른 사귀들 또한 용납할 수 없다. 그들을 방관한 너와 신귀들 또한 용납하고 싶지 않구나. 지금 이것이 정녕 너희의 대답인 것이냐, 나의 못된 거울아. 마지막 기회를 주겠다. 흑각을 없애라. 그를 막는다면 안전한 '땅'을 허락하겠다.

상제의 전언이 끝난 순간, 사귀의 기운 중 절반가량이 사라졌다.

"이 무슨!"

청요는 놀란 눈으로 주변을 둘러보았다. 이런 식으로 상제가 직접 귓것의 생에 개입한 적은 여태 없었다.

"상제……."

상제는 청요에게 흑각을 없앨 것을 명하며 제 절대적인 힘을 내보였다. 자신의 명을 듣지 않으면 신귀에게 같은 운명이 닥칠 것을 천명한 것이다.

청요, 그는 일개 귀鬼. 상제는 하늘의 주인.

흑각을 멸하라는 상제의 명은 청요에게 특히 잔혹한 것이었지만 선택의 여지는 없었다. 제아무리 강력한 귓것이라 해도 땅에 붙어 살아가는 그들은 상제에 비하면 그토록 나약하였다.

"명을 받들겠소, 나의 상제여."

청요는 흑각에게 향하였다. 둘의 싸움은 오래도록 지속되었다.

6장. 혼몽

제 침대에 세나를 눕힌 청요가 입술을 깨물었다.

이해할 수 없었다. 백화를 못 알아볼 리가 없는데. 그가, 다른 존재도 아닌 그가 백화를 못 찾아냈을 리가 없는데.

'무엇이 방해한 거지?'

무언가. 지금의 청요가 파악하지 못한 어떤 것. 그런 것이 백화의 냄새를 가렸다. 그녀의 존재를 숨겼다.

'흑각에게 그 비슷한 능력이 있었지. 존재를 지우고, 냄새를 가리는 능력이.'

가장 먼저 생각이 닿은 이는 흑각. 그러나 흑각은 오래전 소멸하였다. 그는 청요와의 싸움에서 회생하지 못했을 것이다. 그와 함께 멸했어야 하는 청요만이 백화의 힘을 흡수하여 살아남았다. 그 대가로 청요는 백화를 잃었다. 아니, 잃었었다.

어쨌든 흑각은 없다. 그의 냄새는 이 세상 어디에도 없다. 존재하지 않는 흑각이 백화를 숨겨놓았을 거라고 생각할 수는 없다.

그렇다면 무엇이 그녀를 숨기고 있었을까? 그의 눈을 피해 그녀를 숨길 수 있는 힘을 지닌 존재가 이 세상에 과연 있을까?

"모르겠다, 백화. 나의 비여. 나는 다만 그대가 이곳에 있음에 안도하고 싶어."

땀에 젖은 세나의 머리칼을 쓸어 넘기는 청요의 눈빛이 잔잔히 가라앉았다.

"그럼 안 되는 것일까?"

소멸하지 못하였으나 백화를 잃어 청요는 죽은 것과 같았다. 태어남을 허락받지 못하였으나 세상에 존재하게 되었기에 마음을 얻었다. 제 모든 것을 바쳐 철없이 해맑은 귓것 계집을 지키고자 하였다. 그러나 지키지 못하매 그는 이 세상에 홀로 덩그마니 존재하게 되었다.

익숙한 것은 어느 하나 없어 막막하기만 했던 낯선 땅.

그러나 이제 백화가 있다.

"흐윽……."

세나가 신음을 흘렸다. 가만가만 그녀의 이마를 어루만지던 청요의 표정이 굳었다. 식귀구의 독을 거의 빼냈지만 아직 체내에 남아 있는 미량의 독이 세나의 기억 저편을 건드리고 있었다. 귓것의 얼은 신령하여 대를 거듭하여 과거의 기억을 남길지니 그녀가 지금부터 꾸게 될 꿈은 끔찍하고도 참담하리라. 죽고 다시 태어나는 윤회의 고리 위에 생의 고통이 끝없이 중첩되겠지.

"그대의 기억은 어디로 닿아 있을까?"

가진 힘의 대부분을 그에게 쏟아 붓고, 남은 힘을 긁어모아 겨우 반귀가 되었다면 백화는 아마 지난 오백여 년 동안 신귀의 멸절을 속절없이 지켜보았을 것이다. 그 어떤 수도 쓰지 못한 채 저가 사랑하는 것들이 스러져 가는 것을 그저 보아왔을 것이다.

그 여린 마음에 입었을 상처가 가없이 두려워 청요는 이를 악물었다. 저가 지켜주지 못한 시간의 고통이 아뜩하고 막막하다. 그 까마득한 과거의 파편 속에서 신음하는 백화가, 세나가 너무도 애틋하다.

무의식은 의식보다 자각이 빠르다. 세나의 꿈은 과거를 오갔다. 인간의 몸에 깃든 수백 년의 시간이 제멋대로 펼쳐졌다. 시간 순서는 뒤죽박죽이었다.

어쨌든 그 시간은 전부 백화가 반귀로 살아온 시간이었다. 청요가 잠들고, 흑각이 사라지고…… 두 왕을 일시에 잃어 바이없이 무력해진 귓것의 역사였다. 사귀가 먼저 멸한 후, 같은 궤적을 따라가는 신귀의 모습이었다.

「나의 왕이여. 이 백화는 왕 없이는 나약한 신귀들을 지킬 수가 없소. 미안하오. 정녕 미안하오.」

여인의 절망이 고스란히 세나에게 옮겨왔다. 저와 똑같은 얼굴을 한 그녀가 바로 자신이라는 것을 세나는 모르면서도 알았다. 모순적인 두 사실이 동시에 존재하니 기이하다.

「가엾은 우리의 아이들을 지킬 수가 없소.」

여인의 품에는 머리가 없는 주검이 안겨 있었다. 그 머리는 아마도 잘려서 왕실에 진상되었을 것이다. 그 가엾은 신귀를 죽인 자는 영웅이 되어 대대손손 칭송받을 것이다. 참담한 절망을 억누르며 여인은 구슬피 울었다.

장면이 뒤바뀌었다.

여인은 겁에 질린 아이를 안고서 뛰고 있었다.

「왕비이시여, 무섭소. 참말 무섭소, 으엉엉.」

「괜찮다. 괜찮을 것이다. 우리의 왕께서 돌아오면 전부 괜찮아질 것이다.」

「왕께서는 언제 오시오? 정녕 오시오?」

어린 신귀는 서럽게 울었다.

백화. 그녀는 왕의 비가 되어 모든 신귀의 어머니가 되었고, 하여 귓것으로의 제 육을 잃고 반귀가 되어서도 신귀를 지키기 위해 뛰었다. 인간의 몸으로 할 수 있는 모든 것을 하였다.

청요는 아직 돌아오지 않았다. 모든 신귀의 우두머리인 그는 여전히 깨어나지 못했다. 사귀는 상제의 분노와 인간의 사냥 때문에 이제는 찾아볼 수 없게 되었다. 흑각이 존재하던 때에도 급격히 줄어가던 사귀의 수는 흑각이 사라진 후 걷잡을 수 없이 빠른 속도로 멸절해 버렸다. 이제 귓것사냥의 화살은 오로지 신귀만을 향할진대 그 화살을 막아낼 방패가 신귀에겐 없었다.

—크르릉!

여인은 결국 붙잡혔다. 어리고 나약한 신귀는 식귀구의 이빨에 뜯겨 죽었다. 여인의 절규가 세나를 관통하였다. 불에 달궈진 듯 불에 지져진 듯 온몸을 꿰뚫는 상실의 고통에 그녀는 전율하였다.

「아아악! 아니 되오! 아니 되오! 이 아이를 빼앗아가지 마시오! 가엾은 내 아이들을 죽이지 말란 말이오!」

한때는 인간을 사랑하였다. 벌레처럼 짧은 생을 살아가면서도 매양 필사적인 그들을 경외하였다. 그때의 감정들이 뜨거운 인두가 되어 여인의 가슴을 지졌다.

어린 신귀의 머리를 뜯어 가져가는 이들에게 반항하며 여인은 발악했다. 식귀구의 주인일 게 분명한 그들은 여인에게 가혹한 발길질을

날렸다. 그들의 비웃음이 잔상처럼 여인의 시야를 뒤덮었다. 여인은
피눈물을 흘렸다.

다음도, 또 다음도 전부 같았다.

나잇대는 매양 달라졌지만 여인은 세나와 꼭 같은 얼굴을 하고서
처절하게 울었다. 짐승의 우짖음과 닮은 그 울음이 세나의 심장을 찢
었다.

세나는 울며 꿈꾸며 오롯이 깨달아갔다. 저와 같은 얼굴의 그 여인
들이 바로 그녀 자신이었고, 그 여인들이 빼앗긴 아이들이 그녀의 백
성이었다. 힘이 없어 지킬 수 없음은 죽어도 잊히지 않는 원통함이 되
어 세나의 영혼 깊숙이 각인되었다. 잃은 고통에 숨도 제대로 쉬지 못
한 채 세나는 가쁘게 가슴을 헐떡였다.

「왕이여. 나의 왕이여.」

세나는 항상 기다렸다. 그녀의 왕을. 그녀의 청요를.

그는 오랜 잠에 빠져들었다. 그것은 그의 의지가 아니었다. 그래서
세나는 슬펐다. 아주 오랜 뒤 눈을 떴을 때 세상에 아무도 없음을 깨
닫고 절망할 왕이 가여웠다.

장면이 또 바뀌었다. 세나는 화마에 휩싸인 어느 마을 어귀에 주저
앉아 있었다. 매캐한 연기 냄새만큼 지독한 것이 죽음의 냄새였다. 왕
과 왕비의 비호를 간청하며 절규하며 죽어간 신귀의 잔흔이 세나의
숨통을 조였다. 그녀는 울며 웃으며 절망하였다.

그곳은 마지막 남은 신귀의 마을이었다.

「나의 왕이여. 이 백화는 아무도 지키지 못했소. 왕께서 여적 혼몽
속에 계시거늘 그대의 비는 나약하여 아무도 지킬 수가 없었소. 왕께
서 언젠가 고독 속에서 눈 뜨게 될 것을 알면서도 나는 그 무엇도 막

을 수가 없었소. 어찌하오? 이를 어찌하오?」

세나는 울었다. 여인의 뜨거운 눈물이 그녀의 뺨을 타고 흘렀다.

폐허가 된 마을을 빠져나오는 길에 무언가를 만난 것 같다. 붉고 아름다운 무언가…… 그것이 무엇이었는지는 기억나지 않는다.

「이제 남은 것은 몇몇 반귀뿐이오.」

극소수의 강대한 신귀만이 인간의 태를 갖춘 귓것의 육을 버리고 인간에게 깃들었다. 나약한 것들은 그마저도 할 수가 없었다. 시간이 흐르고 환생을 거듭할수록 반귀가 되어 살아남은 것들도 약해질 것이다. 그들 또한 언젠가 소멸하고 말 터인데, 청요는 그 전에 깨어날 수 있을까? 만약 깨어난다면 반귀가 된 이들을 신귀로 되돌리기 위해 청요는 얼마나 큰 것을 잃어야 할까?

세나는 그 무엇도 알 수 없었다. 그저 청요를 만나고 싶었다. 아주 긴 잠에서 깨어났을 때, 이 세상에 그가 오롯이 혼자가 아니기를 바랐다. 늘 오만하고 고고한 그가 동족의 멸절을 알고 절망과 자책 속에서 살아가길 원하지 않았다.

……그 모든 것이 부질없구나.

체념과 절망과 무력감이 피어올랐다. 땅에 엎어져 세나는 흐느꼈다. 그녀는 웃었고 울었고 그렇게 부서져갔다.

환생이 거듭되었다. 인간의 육은 나고 자라고 쇠해 죽었다. 세대가 반복될수록 전생의 기억은 흐려졌다. 그것은 세나 또한 어쩔 수가 없었다. 그녀가 귓것의 기억을 잊는 속도 이상으로 다른 반귀들도 모든 것을 잊어갔다. 어떤 것들은 스스로의 근원을 잊고 온전히 인간에게 동화되었다.

처음 몇 번은 의식을 갖추게 된 즉시 자신이 청요의 비임을 알 수 있었다.

그러나 그다음 몇 번은 의식을 갖추고도 한참이 지난 뒤에야 자신이 청요의 비임을 자각하였다. 인간의 몸을 한 세나의 말을 헛소리라 판단한 그녀의 인간 부모는 울며불며 의원을 찾아가거나 무당을 찾아갔다. 그녀는 때론 미쳤다고 손가락질 당했고, 또 때론 정신이 나갔다며 동정 받았다.

그렇게 몇 번의 세대가 더 흐르더니 어느 순간부터는 특별한 계기가 있어야만 과거를 기억해낼 수 있게 되었다. 어떤 때는 자신이 청요의 비라는 사실을 아예 자각하지 못한 채 생을 마감하기도 했다.

그것이 비통하여 세나는 꿈을 꾸면서도 울었다.

더 슬픈 것은 이 꿈에서 깨어나면 아마도 이 모든 것을 또다시 잊어버릴 거라는 사실이었다.

수백 번 수천 번 같은 꿈을 꾸었다. 매 밤 매 순간 그녀는 자신의 전생을 꿈으로 보았다.

그럼에도 떠올리지 못했다. 눈을 뜬 그녀는 평범한 여대생이 되었고, 꿈에서 본 것은 모조리 잊었다. 청요를 향한 한없는 그리움과 지켜주지 못한 이들을 향한 연민이 무의식 한 귀퉁이에 남아 있을 뿐이었다.

이제 겨우 당신을 만났는데.

당신을 혼자 두고 싶지 않아요.

당신을 잊고 싶지 않아요.

나의 왕, 나의 신랑, 나의 청요…….

눈물이 멈추지 않는다.

열이 심했다. 밤이 다 가도록 세나는 뒤척거렸다. 청요는 침대 옆에 앉아 울며 흐느끼는 그녀를 애틋이 응시하였다.

꿈이 지독할 것이었다. 식귀구의 독은 그녀가 잊은 것들, 잊지 못한 것들 구분하지 않고 죄다 끄집어내 그녀를 집어삼키려고 최후의 발악을 해댈 것이다.

"청요……."

"여기 있다, 나의 비여."

세나의 손을 꼭 잡으며 청요가 속삭였다.

"나의 왕이여……."

혼자 두고 싶지 않아, 잊고 싶지 않아.

그녀의 눈에서 눈물이 멈추지 않는다. 흘러내리는 눈물을 닦아주며 청요가 아프게 웃었다.

"어리석은 나의 비여. 그대는 늘 나를 찾고 있었는데, 나는 왜 그대를 그토록 일찍 포기하였을까? 무엇이 그대를 숨기고 있든 나는 그대를 찾아냈어야만 하는 것인데, 나는 왜 그대가 이 세상에 없을 것이라고 그리 일찍 단정 지었을까?"

그녀의 이마를 청요가 입술로 눌렀다. 입술에 전해지는 열이 높다. 그녀의 육은 인간의 것. 인간의 육이 열을 어느 정도까지 견딜 수 있었던가?

구급상자에서 체온계를 꺼낸 청요가 조심스럽게 세나의 체온을 재었다.

39.4℃.

역시 높다. 해열제가 있었던가? 구급상자를 뒤적이다 청요가 쓰게 웃었다.

'하긴. 해열제가 있을 턱이 없군.'

세나를 혼자 두기 싫지만 어쩔 수 없다. 당장 밖으로 나간 청요가 열린 약국을 찾아 거리를 헤맸다.

어둠이 흐리게 깔린 대한민국의 깊은 밤.

휘황찬란한 가로등빛과 자동차 전조등, 간판불빛이 번쩍이고 있다. 그 불빛 아래를 바쁘게 걸어가는 사람들. 왁자지껄한 그들의 목소리. 틈틈이 울려대는 경적소리. 그 모든 게 싫었는데. 기억과는 너무 다른 이 땅이 진저리쳐지게 끔찍했는데.

그러나 더 이상 그렇지 않다. 모든 것이 순식간에 상관없어졌다. 불이 켜진 약국은 심지어 반갑고, 잠들지 않는 이 땅이 갑자기 고맙다.

"해열제 있습니까?"

약국 문을 열고 들어서며 청요가 물었다. 약사는 청요를 알아보지 못한 듯 졸린 얼굴로 해열제를 내밀었다. 인간의 눈을 속이는 것은 너무도 쉬운 일. 약사가 보는 청요는 청요이되 청요가 아닐 것이다.

"여기요."

"고맙습니다. 얼마죠?"

값을 치른 후 청요는 곧장 오피스텔로 돌아갔다.

세나의 열은 여전했다. 무엇을 보고 있는지 베개보가 흠뻑 젖도록 그녀의 눈물이 멈추지 않는다. 대신 아파 줄 수 있다면. 그럴 수만 있다면.

해열제를 입에 물고서 청요가 그녀의 입술에 제 것을 포갰다. 그녀의 턱을 살짝 움켜쥐고는 억지로 그녀의 입을 벌렸다. 벌어진 그 틈으로 해열제와 물을 밀어 넣었다. 그녀가 뱉지 못하도록 입술을 단단히 막고서 숨을 불었다. 그녀가 약을 삼킨 뒤에야 청요는 입술을 떼었다.

그가 그녀의 이마를, 뺨을, 입술을 쓸어 만졌다.

"백화."

백화가 그의 눈앞에 있다. 믿을 수 없지만, 그녀가 그의 곁에 있다. 손끝에서 전해지는 생생한 촉감. 귓것의 차가운 육과 달리 뜨거운 인간의 육.

그러나 그 육의 주인은 분명 그의 비, 백화. 아름다운 그의 피리.

"그대가 정말 맞나?"

세나가 이불을 끌어올리며 몸을 웅크렸다. 그녀를 가만히 바라보고 있던 청요가 문득 흐리게 웃는다.

"참으로 미련하지. 인간뿐만 아니라 모든 것이 미련하지. 어제까지만 하여도 나는 지옥 속에 있었어. 그대가 없어서 이 세상은 나에게 지옥보다 더했지. 한데 오늘은 그대가 있기에 모든 것이 변했어. 끔찍했던 시간은 전부 잊히고 살아 있어 다행이란 생각이 들 뿐이야. 나를 어찌할까, 백화? 이런 나를 어찌해?"

상제를 원망하였다. 삶도 죽음도 허락하지 않은 모든 것의 주인을 때론 저주하였다. 삶을 허락하지 않았다면 마음껏 죽을 수라도 있게 해줄 것이지, 상제는 그에게 그것조차 허락하지 않았다. 이 세상과의 연결고리가 거의 끊어진 상태에서도 상제는 끈질기게 청요의 모든 것에 관여하였다. 청요는 상제의 변덕을 이해할 수 없었다.

그 모든 원망이 덧없다. 백화가 있으매 다른 것은 전부 무의미해진다.

"그대가 그리웠어. 너무도 그리웠어."

물수건으로 세나의 몸을 닦아주며 청요가 소리 없이 웃었다. 그녀가 깨어나면 무슨 이야기부터 할까. 그녀는 또다시 그를 잊을 수도 있고,

어쩌면 잊지 않을 수도 있지만 어떤 말부터 하는 것이 좋을까.

"사랑하는 나의 어린 비여."

그리 부르면 그녀는 어떤 표정을 할까.

웃을까, 울까.

부디 그녀의 눈에서 눈물이 멈추면 좋으련만.

세나의 열은 동틀 무렵이 되어서야 가라앉았다. 밤새 세나의 곁에 머물며 그녀를 돌보던 청요가 비로소 안도의 한숨을 내쉬었다.

청요는 세나의 얼굴을 닦아주며 그녀의 얼굴을 보았고, 세나의 목덜미를 닦아주며 그녀의 목덜미를 보았다. 그녀의 이목구비는 오밀조밀했고 참 단아했다. 늘 그를 진정시켜주던 백화의 냄새가 은은히 풍겨오자 청요가 흐리게 웃었다.

왜 몰랐을까. 정녕 어떻게 모를 수가 있었을까. 이렇게 확연히 풍기는데, 도대체 무엇이 그녀를 숨기고 있었던 것일까.

후감이 그 무엇보다 뛰어난 식귀구가 그녀를 찾아낸 것을 보면 냄새가 완전히 사라졌던 것은 분명 아니다. 무언가가 그저 가리고 있던 것뿐.

그것이 무엇인지 모르겠다.

답을 알 수 없는 것을 고민하는 대신 청요는 지금 세나를 위해 할 수 있는 일을 하기로 했다.

"인간의 육이라면 역시 먹어야겠지?"

아플 땐 죽을 먹던가? 주방으로 나가 계량컵에 백미를 담으며 청요가 엷게 웃었다.

죽을 다 끓인 후 세나의 상태를 확인한 청요는 옷을 갈아입었다. 괜히 빡빡한 일정이 원망스럽다.

청요가 나가고 한참 뒤 세나는 멍한 상태로 눈을 떴다. 지난밤에 일어난 일들이 전부 아득하다.

커다란 검은 개. 번뜩이던 눈동자, 타액 때문에 번들거리던 그 이빨. 그 개에게 팔을 물어 뜯겼던가.

"내 팔!"

화들짝 놀란 세나가 벌떡 일어나 제 팔을 더듬었다. 양쪽 다 무사히 붙어 있다.

"꿈……이었나?"

그 고통이 꿈이었을까? 흘러내리던 피의 뜨거움이 정녕 거짓이었나?

세나가 혼란스러운 얼굴로 제 몸을 다시 살폈다. 오른쪽 소매가 뜯겨나가 있지만 팔은 멀쩡하다. 소매만 물어뜯긴 것일까? 그럴 수가 있나? 애당초 그 개가 존재하긴 한 것일까?

……모르겠다.

"반지가 없어?"

세나가 뜨악한 얼굴로 미간을 찌푸렸다.

오른손 약지에 끼우고 다니던 반지가 없었다. 영은과 나눠 낀 반지인데. 대체 언제 잃어버린 것일까.

"대체 무슨 일이야……. 그 개는 진짜야? 반지는 또 어디로 간 거야. 하아……."

한숨을 내쉬던 세나가 돌연 두 눈을 키웠다.

지난밤, 누군가 있었다. 그녀의 곁에 분명히.

'어째서…….'

'내가 못 알아봤지?'

'어떻게 그럴 수가 있었지?'

띄엄띄엄 기억나는 목소리. 고통에 찬, 경악이 어린 그 목소리.

"청요?"

두 눈을 크게 뜬 채 세나가 굳었다. 그녀의 얼굴에서 차츰 핏기가 가신다. 곁에 있어준 그는 분명 청요였다.

"아파."

마음이 아프다. 고통스러워하는 그의 모습을 떠올리는 것만으로도 심장이 뜯겨나갈 듯 아프다.

청요, 그를 만나고 싶다. 그의 잘못이 아니라고 말해주고 싶다. 나는 괜찮다고, 나는 다만 당신을 다시 만날 수 있음에 모든 것이 괜찮아졌다고 알려주고 싶다.

벌떡 일어난 세나가 급히 밖으로 나갔다.

텅 빈 집. 사람이 살고 있을까 싶을 정도로 삭막하다.

"청요?"

적막이 대답해온다. 청요가 없다. 아무도 없다. 어디선가 풍겨오는 고소한 냄새만이 세나에게 손짓한다.

세나는 천천히 주방으로 향했다. 의자 하나가 덩그러니 놓여 있는 식탁. 그 위에 뚜껑 덮인 그릇 하나와 노란 메모지 하나가 있다. 메모지에 적힌 글자를 확인한 세나의 표정이 미미하게 일그러졌다.

[먹어.]

무뚝뚝한 그 두 글자에 세나는 왈칵 울음을 터뜨렸다.

청요. 당신을 생각하면 난 어째서 이토록 아프고, 기쁘고, 슬프고, 행복하고, 미안하고, 고맙고…… 감당할 수 없는 수많은 감정에 휩싸이게 되는 거죠? 당신이 나의 무엇이건대. 나는 당신의 무엇이건대.

먹어. 그 짧은 메모에 심장이 감당할 수 없을 속도로 뛴다. 그의 목소리가 속삭이듯 들려오는 것만 같아 눈물이 난다. 청요의 목소리가 듣고 싶다. 그의 손을 잡고 싶다. 그의 체온을 느끼며 그의 품에 안겨 시간을 하염없이 흘려보내고 싶다.

청요. 나의 신랑, 나의 왕.

당신, 정말 여기에 있나요.

내가…… 정말 당신을 만났나요.

❀

"너는 존재를 허락받은 땅을 원하였고 나는 다만 나의 멸절을 원하였다. 이로써 나의 소망은 이루어질진대, 청요, 너의 소망은 어떠하냐?"

흑각이 단조로이 웃었다.

작자미상, 『조선망량야사, 멸족편』

검은 귓것과 푸른 귓것이 부딪혔다. 제 살과 뼈를 깎아 그들은 격돌하였다. 무언가 이상하다는 생각이 청요의 머릿속에 떠오른 것은 흑각의 공격이 교묘하게 제 급소를 피해가고 있음을 깨달은 순간이었다.

"흑각."

청요는 흑각에게서 멀찍이 떨어져 잠시 숨을 골랐다.

신력이 쇠할수록 두 왕의 존재 또한 흐려졌다.

"어째서 머뭇거리나, 청요."

흑각이 단조롭게 웃었다. 청요는 혼란스러운 눈으로 그를 노려보았다.

그들은 귀왕. 여타 귓것의 힘은 그들의 발끝에도 미치지 못한다.

그러나 사물로 태어나 생을 바란 그 원죄. 하늘의 허락 없이 삶을 갈구한 그 죄. 그 죄의 대가로 하늘의 피를 이은 생을 해할 수 없다는 상제의 속박에 묶인 것은 모두 같다.

귓것은 인간과 자기 자신은 해할 수 없다. 결코 스스로 멸할 수 없다. 다른 귓것은 사물로 인식하기에 동종의 손에 죽거나 죽이는 것은 가능하나, 자멸은 불가하다. 동종의 속에 죽는 것조차 자신보다 약한 것에게는 죽임당할 수가 없다. 다른 귓것들이 아무리 용을 쓰며 흑각과 청요를 해하려 하여도 두 귀왕은 상처 하나 입지 않는다. 귀왕을 상처 입힐 수 있는 존재는 다른 귀왕뿐이다.

"너."

작금은 신귀도, 사귀도 인간의 손에 죽어간다. 인간의 손에 멸해 간다.

인간과 대적하여 싸울 길은 요원하다. 방법을 찾아내긴 했지만 위험부담이 너무 크다. 어떤 식으로든 귓것은 결국 멸절하고 말 터. 그 멸족의 길 위에 서서 흑각은 무엇을 바라고 있는 것일까?

청요가 불현듯 조소했다.

"소멸하고 싶은 것이구나?"

그래, 그것이다. 그것일 수밖에 없다.

"그래서 내게 싸움을 건 것이구나?"

저를 꿰뚫을 듯 노려보는 흑각의 시선을 마주하며 청요가 입술을 짓이겼다.

무언은 긍정이리. 흑각은 자신의 소멸을 원하였다. 그러나 인간도, 다른 귓것도, 하다못해 그 자신조차 그를 죽일 수가 없다. 이 세상에서 그를 죽여줄 수 있는 존재는 청요뿐이다.

"네가 죽고 싶어 그 어린 귓것들마저 죽게 한 것이냐?"

"대답하지 않겠다."

흑각의 손에서 검은 것이 쏟아져 나왔다. 청요는 노련하게 몸을 피할 뿐 반격을 가하지는 않았다.

"그들은 너를 믿었다, 흑각! 너와 함께 살 길을 도모하고자 스스로 그 불덩이를 짊어졌다! 그 어린 것들에게 보내는 네 대답은 고작 이런 것이냐?"

검은 것이 재차 날아왔다. 그것은 이번에는 청요의 급소를 정확히 노리고 찔러왔다.

"그것들이 가엾다. 어리고 나약해서 사악해진 귓것들이 안쓰럽다. 흑각, 너는 대체 어째서!"

청요는 손을 뻗어 검은 것을 막았다. 그의 손을 꿰뚫은 검은 기운이 청요의 목을 파고들었다. 예리하게 집약된 살기였다. 청요는 짧은 시간 모든 신력을 개방하여 흑각의 살기를 튕겨냈다. 검은 살기에 베인 목에서 피가 흘렀다.

"그런 것은 상관없다, 청요. 모든 것은 시간의 문제. 어차피 사귀도, 신귀도 귓것사냥에서 살아남을 수가 없다. 인간과의 싸움은 애초에 불가한 것. 우리에겐 살아 있는 그것들에게 대적할 방법이 없지 않으냐? 너나 내가 아무리 노력해도 멸절은 피할 수 없다. 애초에 허락받지 못한 생. 우리의 멸절이 곧 상제의 뜻 아니겠느냐?"

"흑각!"

"끝내 너나 나, 둘만 남게 될 터. 태초에 그러했듯 또다시 우리만 남겠지. 천천히 사라져가는 동족의 공포를 느끼며, 그럼에도 죽음을 허락받지 못하겠지."

일족의 멸절을 확언하는 흑각의 목소리는 단조로웠다.

"그럴 바에야 나는 멸절을 꿈꾼다, 청요. 죽음만은 나의 선택이길 원한다. 네가 만약 나를 죽이지 않는다면 나는 네가 사랑하는 너의 비와 너의 신귀들을 모두 내 손으로 죽일 것이다. 이제 어찌하겠느냐?"

청요가 이를 악물었다. 애초에 선택은 하나였다. 흑각의 속내 같은 것은 고려할 바가 못 된다. 상제는 흑각의 멸滅을 명하였고, 청요는 백화와 살아남기를 위하여 그 명에 응하였다.

"결정을 한 모양이구나."

흑각의 단조로운 웃음 뒤 검은 것과 푸른 것이 격렬히 뒤엉켰다. 흑각에게 가하는 만큼의 충격이 청요에게 고스란히 되돌아왔다. 흑각이 사라지거나, 청요가 사라지거나, 둘 다 사라지거나…… 셋 중 하나의 결과가 나올 것이다.

힘의 아찔한 소용돌이 속에서 청요는 제 육이 조각조각 찢겨져 나가는 것을 느꼈다. 고통이 아득히 멀다.

비존재이면 존재인, 그 모순. 사물이면서 활물을 바란 그 죄악. 그로 인한 상제의 속박. 모두 무의미하다.

'나는…… 다만 살아남아, 나약한 내 귓것들과, 상처받은 내 어린 비와…… 그저 그렇게.'

흑각의 멸을 명한 상제의 진짜 바람은 어쩌면 이렇게 싸우다가 청요와 흑각 모두 소멸해버리는 것일지도 모른다.

그래도 버텨서, 견뎌서, 살아남아서 다시 백화와…….

"청요, 너도 알겠지. 지금이 우리 스스로 멸할 수 있는 유일한 기회이다. 자멸은 우리가 '살아 있는 것'으로서 할 수 있는 딱 한 번의 선택. 우리는 삶을 꿈꿔 인간의 태를 얻었다. 그러나 단 한 번이라도 우리가 진정 살아 있던 적이 있느냐? 삶을 꿈꾸었으나, 아주 찰나라도 우리가 삶을 허락받은 적이 있느냐?"

아스라하게 멀어지는 의식 너머에서 흑각의 속삭임이 재차 들려왔다.

'……살아 있던 적이 있느냐고?'

살아 있고 싶었다.

살아가고 싶었다.

모든 살아 있는 것들이 그러하듯, 마땅히 살아가며 사랑하고 싶었다.

그 단 하나의 유일한 소망이 내처 부정 당한다.

'모르겠다, 흑각. 그런 날이 있었는지, 앞으로 있을 수 있는 것인지…….'

그로 인한 순수한 절망. 너희는 '산 것'이 아니라는 하늘의 단정. 스스로는 살아 있다고 느껴도 동종은 살아 있지 않다고 인식하는 모든 귓것의 모순.

"청요, 살아 있는 것으로서 죽자. 모든 귓것의 멸절을 마지막까지 지켜보며 절망하며 무너지는 대신, 삶을 갈망하는 우리의 바람을 함께 이루자."

죽음을 갈구하는 것은 하늘의 피를 이은 인간만이 할 수 있는 것. 살아 있음을 증명하기 위해 도리어 죽음을 꿈꾸는 흑각이 달콤한 목소리로 내처 속삭인다.

"멸절은 우리가 태어나 오롯이 우리의 의지로 선택하는 것이 될 것이다. 태초부터 바란 생을 완성케 할 것이다. 나와 함께 해다오, 나의 형제여."

태초부터 바란 생을 완성케 할 것이다…….

그 말에 아주 찰나 미혹되었던가.

나 또한 생生이라는 것을 증명하고 싶었던 어리석은 탐욕이여.

7장. 자각

"인터뷰요? 피곤해 죽겠는데 웬 인터뷰예요!"

병상에 누워 있던 김미리가 빽 소리쳤다.

"저 죽을 뻔했다구요, 삼촌! 진짜 그 미친개에게 물려 죽을 뻔했단 말이에요!"

평소 사근사근하고 긍정적인 미리였지만 이번만큼은 그럴 수가 없었다. 황소만 한 개새끼가 저를 덮치던 기억이 아직도 생생하다. 어떻게 살아남았는지 아직도 의문이다.

"그래도 시청자들이 걱정하니까 한 번쯤 얼굴을 내비치는 게 좋지 않겠어? 안 그래도 요즘 연기력 논란 때문에 힘들잖아. 이렇게 아픈 모습 보여준 후에 촬영에 임하는 모습을 찍어 내보내면 여론이 좀 돌아설 것 같은데?"

"삼촌! 지금 나보고 동정표를 사라는 거예요? 연기력 논란은 연기로 잠재울 거라고요! 나 이번에 진짜 잘하고 있어요! 청요 선배와도 죽이 딱딱 맞고!"

남자는 미리의 외삼촌이자 그녀가 소속된 기획사 사장이었는데,

동정론을 만들어 연기력 논란을 잠재우자는 그의 말에 미리는 자존심이 상했다. 미리의 격한 반발에 결국 남자가 손을 내저었다.

"알았다, 알았어. 네 마음대로 해."

"삼촌이고 뭐고 또 그런 소리 하면 다신 안 볼 줄 알아요! 나 피곤해요. 얼른 나가 줘요, 쉴 거야."

"간다, 가. 거참, 삼촌도 바쁜 사람이야. 이거 왜 이래?"

"바쁘면 얼른 가서 일이나 하세요, 네에?"

미리가 삼촌의 등을 떠밀었다. 그는 뭔가 아쉬운 표정을 지으며 병실을 빠져나갔다. 드넓은 특실에 혼자 남은 미리가 짜증 섞인 한숨을 푹푹 내쉬었다.

"다들 촬영하고 있겠지?"

시계를 본 미리는 한없이 우울해졌다. 어느새 10시다. 얼른 촬영장에 복귀하고 싶은데 혹시 세균감염 같은 게 있을지도 모른다는 주치의의 말이 그녀의 발목을 붙잡고 있었다.

"아, 짜증나!"

모처럼 연기도 잘되고 신이 났었는데 그 망할 놈의 개새끼는 도대체 뭐람.

"진짜 이상했지……."

미리가 미간을 좁혔다.

오밤중에 주차장에서 마주친 그 개는 정말 이상했다. 그 개와 눈이 마주친 순간 주변이 텅 빈 듯 모든 것이 사라졌다. 주차장 가득하던 차들이 일순 보이지 않았다. 탈출할 구멍도, 엘리베이터 같은 것도 당연히 찾을 수 없었다. 정말 그대로 죽는 줄만 알았다.

경찰들이 그 개를 잡았을까? 얼른 잡아야 다른 피해자가 안 생길 텐데.

골똘한 표정으로 미리가 개에게 물린 상처를 어루만졌다. 그녀는 식귀구에게 물린 순간, 그녀의 무의식 깊은 곳에 잠들어 있던 어떤 본능이 더 확연히 깨어난 것을 아직 알지 못했다.

미리의 두 눈이 별안간 붉게 물들었다. 그녀가 무언가에 홀린 듯 침대에서 일어났다. 무의식에 의해 움직이는 손가락이 커튼을 활짝 열어젖혔다.

미리는 다소곳이 무릎을 꿇고 몸을 낮추었다. 그것은 경외인 동시에 경애.

한 번. 두 번. 세 번. 네 번. 미리는 절을 했다. 왕을 향한 예를 갖췄다.

사배를 끝내고 고개를 든 미리의 얼굴에 표정이 없다. 기묘하게 붉어진 눈동자가 형형히 빛난다.

"왕이시여."

그녀의 것이지만 그녀의 것이 아닌 목소리가 나직이 흘러나왔다.

왕이여, 모든 귓것의 두령이여, 나의 주인이여.

경외해 마지않는 '그'가 다가온다. 천천히 가까워진다. 지척. 그래, 지척에 계신다. 바닥을 짚은 미리의 손이 기쁨으로 덜덜 떨렸다. 까르르. 잔망스러운 웃음이 흩어진다.

문이 열리는 소리를 들으며 미리가 옆으로 풀썩 쓰러졌다.

청요는 차 감독을 비롯해서 몇몇 동료와 함께 미리가 입원한 병원을 찾았다. 머릿속은 세나에 대한 걱정이 가득했다. 어서 집으로 돌아가 그녀와 이야기를 나누고 싶을 뿐이다. 차 감독만 아니었다면 지금쯤 청요는 세나와 오랜 회포를 풀고 있었을지도 모른다.

그러나 차 감독은 청요를 김미리가 입원한 병원으로 끌고 갔다. 청요의 병문안이라면 기삿거리로 충분하니 간접적인 드라마 홍보가 될 것 같았던 것이다.

차 감독의 뒤를 따라 걷던 청요가 문득 멈추었다.

"청요?"

"……."

"왜 그래? 누구 있어?"

차 감독이 물었다. 청요가 굳은 얼굴로 미간을 찡그렸다.

"아뇨, 아무 일도."

미리의 병실에서 흘러나오는 기운이 심상치 않았다. 그녀의 몸속 깊숙한 곳에 묻혀 있는 귓것의 기억이 흘러나오는 것 같다. 온전히 제 근본을 각성하지는 못했겠지만 미리는 이미 인간보다는 귓것에 가까워진 듯하였다.

"그래?"

"그럼요."

청요가 어깨를 으쓱였다. 차 감독이 자연스럽게 그의 어깨에 팔을 둘렀다. 어디 도망갈 생각 마라, 하고 차 감독이 은밀하게 속삭였다. 청요가 도망갈 궁리를 하느라 멈칫거린 것이라고 생각한 모양이다. 청요는 다만 흐리게 웃었다.

차 감독이 청요를 질질 끌고서 미리의 병실 문을 두드렸다.

똑똑.

대답이 없다.

"김미리? 나다. 들어가도 되겠나?"

차 감독이 다소 퉁명스럽게 목소리를 높였다. 대답은 여전히 없다.

미간을 찡그리며 안으로 들어서던 차 감독의 동공이 커다래졌다.

"미리야!"

차 감독은 동물적인 상황판단으로 청요를 먼저 안으로 집어넣었다. 이것은 기회다. 자기관리 철저한 청요를 이용해서 이슈를 만들 기회!

얼떨결에 안으로 떠밀려 들어간 청요가 쓰러진 미리를 발견하고서 그녀를 안아 들었다. 그가 미리의 상태를 살피고 있는 것을 확인한 차 감독이 큰 소리로 간호사를 불렀다.

"간호사! 간호사! 여기 환자가 쓰러졌어요!"

간호사가 달려오기 전에 기자들이 먼저 달려들었다. 그들은 쓰러진 김미리를 안아든 청요의 사진을 신나게 찍어댔다. 앞뒤 문맥이 생략된 채 기사로 작성될 그것은 분명 좋은 가십거리가 될 것이다.

기자들 중에는 벌써 노트북을 켜고서 호들갑스럽게 타이핑을 하는 자도 있었다.

청요가 쓰러진 김미리를 애타는 눈빛으로 바라보고 있다. 며칠 전 대형 유기견의 습격을 받은 김미리는 이틀째 입원 중이었다. 그녀가 쓰러진 것을 본 청요는 누구보다 빨리 그녀에게 달려갔으며, 누구보다 애틋한 눈빛으로 그녀를 바라보았다. 드라마 속 사랑이 현실로 이어진 것일까? 두 사람이 단순한 동료인지, 혹 비밀스런 연인 사이는 아닐지 의심스러운 순간이다.

〈lca**@cmagazine.kr 씨매거진 이|**〉

차 감독은 몰래 인터넷을 확인했다. 이미 댓글이 폭발적으로 달리고 있었다. 김미리가 부러워죽겠다느니, 청요는 역시 매너 짱이라느니, 오늘 죽어도 좋으니 청요의 품에 한 번만 안겨보고 싶다느니 하는 댓글들이었다. 수없이 리트윗되는 기사를 보며 차 감독은 크게 만족하였다.

어쨌든 청요는 참으로 이상한 배우였다. 보통 톱스타라면 어설픈 스캔들이라도 번질라치면 팬들이 벌떼같이 일어나 상대 여배우를 지탄하는 것이 보통이었다.

하지만 청요의 팬 중 그 누구도 그러지 않는다. 청요를 향한 관심이 적거나 식은 까닭은 아니고, 그 스캔들이 진실일 리 없다고 일찍이 단정 지어버리기 때문이다.

이번 스캔들은 진짜일까 싶어서 호기심을 가졌다가, 한눈에 그 스캔들이 가짜라는 것을 파악해버린다. 애초에 청요는 그 어떤 인간의 것도 될 수 없음을 어리석은 인간들조차 무의식적으로 알고 있는 것이다.

차 감독에 의해 미리의 병실로 밀어 넣어졌던 청요는 겨우 병원을 빠져나와 이를 갈았다.

"정말이지, 인간들은."

문득 세나의 목소리가 듣고 싶었다. 그녀의 목소리를 들으면 이 화가 누그러질 것 같은데.

인간의 문명이 만들어낸 휴대폰을 바라보는 청요의 눈빛이 부드러워졌다.

청요가 끓여둔 죽을 먹은 후 세나는 등교했다. 마음 같아서는 청요가 올 때까지 그를 기다리고 싶었지만 안타깝게도 오늘은 중간고사를 보는 날이었다.

'청요…….'

세나는 시험을 보는 내내 청요 생각을 했다. 또는 벚꽃 생각을 했다.

벚꽃, 하늘에서 내리는 꽃비 같은 벚꽃……. 그 꽃비 내리는 길을 청요와 함께 걷고 싶다.

음, 하지만 청요에겐 매화가 더 잘 어울리겠지?

매화, 신기한 매화. 새 가지가 자랄 땐 마치 바늘처럼 반듯하게 자란다는 고집 센 나무. 그 매화나무는 꼭 청요 같다. 반듯하고 곧고 뾰족하다.

정말로 청요 같잖아. 세나가 피식 웃는다. 어떤 꽃이든 가득히 핀 길가를 청요와 함께 걷고 싶다.

"10분 남았습니다."

조교의 목소리에 세나가 번쩍 정신을 차렸다.

'뭐? 10분? 고작 10분 남았단 말이야? 방금 전에 시작한 것 같은데!'

울상이 되어 답을 적어 내려가면서도 세나는 청요 생각을 떨치지 못했다.

"1분 남았습니다. 정리해주세요."

'안 돼! 아직 다 못 썼어!'

세나가 속으로 절규했다. 그녀의 손이 답안지 위를 아예 날아다녔다. 마지막 문장의 '다.'를 찍는 순간 걷으라는 조교의 명령이 떨어졌다. 맨 뒤에 앉아 있던 학생은 매정히 세나의 손에서 시험지와 답안지를 가져가 버렸다. 망연자실한 세나가 숨을 헐떡거렸다. 백 미터 전력 질주를 한 것처럼 숨이 가빴다.

'망했다…….'

그야말로 망했다. 비문이 있는지, 오타는 또 없는지 확인할 틈도 없었다. 그나마 서술형 문제 하나뿐이라서 짧게나마 답을 작성할 수 있었다. 핵심이라고 생각되는 문장만 적어 넣었는데도 시간이 빠듯했다. 시험이 시작된 후 목차를 미리 적어뒀기에 망정이지 하마터면 마무리도 못 지을 뻔했다.

어쨌든 결과는 망할 망ㄷ. 뚜껑을 열어봐야 안다지만 이건 백 프로다.

'아, 몰라.'

책상에 엎어진 세나는 그대로 울고 싶었다. 몸을 축내가며 공부 했는데 시험을 망쳤으니 우울한 게 당연하다.

"세나, 유세나! 뭐하는 거야? 안 나가?"

누군가 세나의 등을 톡톡 두드렸다. 세나가 울상을 지으며 고개를 들었다. 영은이 그녀를 빤히 바라보고 있었다.

"나가야지."

"뭐야, 너 표정이 왜 그래?"

"망쳤어."

"뭐? 네가 시험을 망쳐? 천하의 유세나가?"

영은이 두 눈을 동그랗게 뜨며 놀랐다. 그게 괜히 약 올리는 것처럼 느껴져 세나가 그녀를 살짝 흘겨봤다.

"우리 세나가 시험을 망치다니! 이건 역사야, 역사! 앞으로 두 번은 없을 역사! 기념으로 이 언니가 한턱 쏜다."

"됐어."

"그러지 말고, 응? 오늘은 수업 더 없지? 나가서 점심 맛있는 거 먹자. 포크 쓸래, 나이프 쓸래? 이 언니는 오늘은 우울한 스파게티보다 우아한 스테이크가 먹고 싶다."

힘없이 일어나는 세나에게 팔짱을 끼며 영은이 능청을 떨었다. 그녀가 자신의 우울한 기분을 풀어주려고 한다는 걸 알았지만 세나는 차마 영은에게 장단을 맞춰 줄 수가 없었다.

몸이 심하게 피곤한 것도 있었고, 몸 못지않게 정신 또한 피곤했다. 시험은 둘째 치더라도 지난밤 무슨 일이 있었는지는 아직도 모르겠고 그저 청요가 보고 싶었다.

"영은아, 나 오늘 정말 피곤해. 점심, 다음에 먹자. 응?"

세나가 그녀답지 않게 애원조로 말했다. 팔짱을 끼고 있던 것을 풀며 영은이 멋쩍은 표정을 지었다.

"어디 아파?"

"아니."

"진짜?"

"응."

"그래. 그럼 할 수 없지."

영은이 어깨를 으쓱였다. 안심하라는 듯 살짝 웃어 보인 세나가 등을 돌렸다. 그런 세나를 영은의 무감한 잿빛 눈동자가 가만히 응시하였다.

밖으로 나온 세나는 지난밤부터의 일을 복기했다.

'큰 개……. 아주 큰 개가 있었어. 팔을 분명 뜯겼는데 청요가 왔지. 청요는 분명히 왔어. 하지만 그 개는 진짜일까?'

청요는 진짜였다. 분명 그의 집에서 일어났고, 그가 만들어둔 죽을 먹고 등교했다. 하지만 어떻게 그의 집에 갔는지는 기억나지 않는다. 기억에 구멍이 났다.

"으음."

세나가 왼손으로 오른팔을 주물렀다. 물린 상처는커녕 흉터 하나 없이 아주 매끈하지만 영은과 나눠 낀 반지가 없다. 반지를 잃어버렸다고 솔직히 말하고 사과해야겠지?

"아, 핸드폰 켜야지."

별생각 없이 전화를 켰는데 전원이 들어오기 무섭게 벨이 울리기 시작했다. 놀란 세나가 전화번호를 확인했다. 모르는 번호다.

"여보세요."

—나.

멍하니 두 눈을 크게 뜬 세나가 우두커니 멈춰 섰다. 혹여 전화기를 떨어뜨릴세라 두 손으로 받쳐 든 그녀의 뺨이 붉어졌다. 건조하고 서늘한 음성이 그녀를 사로잡는다.

"네."

세나는 '나'가 누구냐고 묻지 않았다.

—어디야?

"학교예요."

—…….

'그'의 적막이 아프다. 왜 나를 기다리지 않고 가버렸느냐는 질책 같다. 세나가 서둘러 변명했다.

"시험이 있었어요."

—그래? 조심히 들어가.

"네? 그게 다예요?"

통화가 뚝 끊겼다.

세나가 울상을 지었다. 목소리, 더 듣고 싶었는데. 발을 동동 구르며 괜히 죄 없는 휴대폰만 노려보다가 세나가 빙긋 웃었다. 전화번호

저장해야지.

　'청요' 라고 저장하려다가 그의 이름을 적는 것은 왠지 불경하게 느껴져서 '왕' 으로 바꿔 등록했다. 혹시 그럴 일은 없겠지만 누군가 그녀의 휴대폰을 만지작거리다가 청요의 번호를 발견하게 되는 상황이 싫기도 했다. 청요는 그녀의 것이었고, 다른 누구와도 공유하고 싶지 않았다.

　자취방에 도착한 세나는 욕실에 들어가 옷을 벗었다. 따뜻한 물줄기에 맡긴 그녀의 몸은 아름다웠다. 다 씻고 나서 가운만 걸친 채 방으로 나온 세나가 노트북 앞에 앉았다. 청요가 보고 싶었다. 그의 사진이라도 검색해볼 요량으로 인터넷 창을 연 세나가 얼마 지나지 않아 그대로 굳어버렸다.

　평소 그녀답지 않게 연예 기사 페이지를 연 것이 잘못이었을까. 아니면 '청요, 병원에서 그만…….' 이라는 자극적인 제목에 넘어간 것이 잘못이었을까.

　"뭐야……."

　세나의 두 눈이 붉어졌다. 김미린지 김마린지 알 수 없는 여배우를 끌어안고 있는 청요의 사진이 뇌리 깊숙이 각인되었다.

　속에서 끓어오르는 것이 분노인지 슬픔인지도 알지 못한 채 세나는 덧없는 우울 속에 빠져들었다. 청요는 그녀의 왕인데, 그녀의 신랑인데, 저 하찮은 계집은 대관절 뭐란 말인가?

　"미워."

　신경질적으로 노트북을 닫은 세나가 침대 위에 벌렁 드러누웠다. 종일 청요 생각만 하고 그의 짧은 전화에 세상을 다 가진 듯 기뻐한 자신이 우스웠다.

"미워."

미워, 라고 한 번 더 중얼거린 후 세나가 두 눈을 질끈 감았다.

그 누구에게도 청요의 곁을 내어주고 싶지 않다. 그의 비는 오직 나뿐. 그의 곁은 오직 내 것.

퇴근하고 귀가하는 길 청요는 세나의 집 앞에 들렀다. 갓길에 차를 세우고 내려 세나의 짧은 대답들을 반복해서 들었다. 숨소리마저 녹음되어 있었다. 순간순간 숨을 들이켜는 그녀가 곁에 있는 듯하다.

여보세요. 네. 학교예요. 시험이 있었어요.

"백화."

나의 비, 나의 신부.

고개를 꺾어 드니 불 켜진 방이 보였다. 세나의 방이다. 선연히 풍겨오는 백화의 냄새는 온몸이 떨릴 만치 달다.

무뜩 그녀의 기운이 동요했다.

'백화?'

무언가 불쾌한 일을 겪은 듯 거칠다. 인간이 있나 주변을 살핀 청요가 어둠 속에 녹아들었다. 어둠은 짙고 끈적거렸다. 청요를 집어삼킨 어둠이 도로 청요를 뱉어냈을 때 주변의 모습은 변해 있었다.

침대 위에 벌렁 누워 있던 세나가 놀라서 벌떡 일어났다.

"처, 청요? 어떻게?"

"왜 기분이 상해 있지?"

그녀에게 바투 다가선 청요가 낮게 물었다. 혼란 가득한 두 눈을 깜빡이던 세나의 얼굴이 확 붉어졌다.

"무슨 뜻이에요?"

"동요하고 있잖아. 불쾌해 견딜 수 없다는 듯."

한쪽 무릎을 침대 위에 올려 엎드린 자세로 청요가 세나를 바라보았다. 세나가 창백해진 얼굴로 청요를 마주보았다. 그녀가 잠시 입을 앙 다문다. 김미리와 그에 관련된 기사를 보고 기분이 나빠졌다고는 말할 수 없다. 그런 치졸한 사람이 될 수야 없다.

"그야…… 그것보다는 어젯밤엔 어떻게 된 거예요?"

시선을 피하며 세나가 물었다. 청요가 살짝 미간을 찌푸렸다.

"어젯밤?"

"네. 엄청 큰 개가 덮쳤는데…… 눈 떠보니 당신 집이었어요."

세나가 살짝 몸을 떨었다. 지나간 공포가 떠오른 듯하다.

두 눈을 가늘게 뜬 청요가 세나를 세심히 응시했다. 그녀는 혼란스러워 보였다. 기억이, 온전하지 않은 것이다.

"큰 개라. 그런 게 있었나."

"없었나요?"

"꿈이라도 꾼 모양이군."

"그럴 리 없어요."

도리질치는 세나의 코앞까지 청요가 돌연 다가갔다. 빨갛게 익어서 굳은 그녀를 보며 그가 입술 끝을 올려 웃는다.

'아직 모르는 게 낫겠지.'

오백여 년의 시간이 흘렀다. 귓것의 생에 비하면 짧은 시간이나 인간의 생에 비하면 너무도 긴 시간이었다. 인간의 육에 깃든 그녀의 기억이 완전할 리 없다.

그렇다면 지금은 그냥 이대로가 나을 터. 완전히 각성한다면 백화는 청요의 이상을 필히 알아챌 것이다. 여러 번 시간을 건너뛴 결과 극도로 쇠약해진 청요의 육과 얼을 눈치채겠지. 거사가 코앞인데 그녀를 걱정시키고 싶지 않다.

"꿈이야, 백화."

"네?"

세나의 입술 위에 그의 것이 내려앉았다. 한기와 또 다른 무언가가 그녀의 입술 사이로 흘러들어 갔다. 그녀의 검은 눈동자가 일순 빛을 잃고 감겨든다. 잠들기 직전 그녀의 사념이 흩어지며 청요에게 흘렀다.

"김미리?"

미리의 무엇이 백화를 이토록 불쾌하게 만든 것일까? 이유를 알 수 없어 청요는 반듯한 미간을 누볐다.

"김미리는 그대가 신경 쓸 존재가 못 돼. 그 아이는 그대에게 충성할 그대의 백성이자 나의 백성이지. 그 아이의 무엇이 그대의 심기를 거슬렀을까. 부디 자비롭게 그 아이를 용서해 줘. 자비는 그대가 내게 알려준 것이잖나, 백화."

청요가 세나를 달래듯 그녀의 귓가에 속삭였다. 그의 입에서 김미리의 이름이 나올 때마다 세나의 미간이 찡그려졌다. 청요는 그녀가 김미리의 이름을 듣고도 잠잠해질 때까지 몇 번이고 같은 말을 반복하였다.

"그래, 백화. 그들은 그대가 미워할 존재가 아니야."

잠든 세나를 바라보는 청요의 눈빛이 다정하다.

거왕은 태어난 지 오래되어 모든 것에 흥미를 잃었다. 왕의 비는 태어난 지 오래되지 아니하여 모든 것을 흥미로워 하였다. 왕의 비는, 흥미로운 모든 것들 중 오직 제 왕의 생만을 귀하게 여겼다.

작자미상, 『조선망량야사, 멸족편』

'왕이여!'

까마득한 어둠의 늪.

깊고 무거운 늪에 짓눌러 이대로 부서져 내리기를 소망하였나.

'왕이여! 나의 왕이여!'

머나먼 곳에서 들려오는 애달픈 목소리.

청요는 불현듯 눈을 떴다.

'백화?'

제 사지조차 분간할 수 없는 이 어둠은 소멸로 통해 있을 것이다. 흑각의 말처럼 제 의지로 소멸할 수 있는 유일한 길일 것이다.

'가지 마시오! 나를 두고 가지 마시오!'

어찌 우느냐, 백화.

입을 벙긋거렸지만 소리가 나가지 않았다. 멀리서 반짝이는 흰빛이 비통하게 흔들렸다. 그 빛이 곧 백화임을 청요는 오래지 않아 알게 되었다. 손을 뻗어 흰빛을 잡으려 들었다. 잡히지 않는다. 멀다. 너무 멀다.

'싫소! 싫단 말이오! 왕이여, 나의 왕이여. 그대 없이는 살 수가 없소.'

흰빛이 아래로 뻗어왔다. 그것은 빠르고 정확하게 청요를 향해 날아왔다.

'오지 마라, 백화. 네가 올 곳이 아니다.'

그의 명은 백화에게 닿지 않는다. 흰빛이 마침내 청요를 휘감았다. 백화가 쥐어짜낸 그 힘은 공격적으로 청요에게 달려들었다. 거부해보아도 흡수되는 신력을 어찌할 수가 없었다.

'백화, 그만!'

이대로는 그녀가 위험하다. 타고난 신력의 크기가 달랐다. 백화가 아무리 신력을 쏟아부어도 그것은 결코 청요를 채울 수 없다. 백화만 텅 빌 뿐이다.

'백화, 그만 하여라! 그만 하란 말이다!'

아득히 먼 그녀에겐 그 무엇도 들리지 않을 것이다. 청요는 울부짖었다. 짙고 깊은 늪이었다. 질기고도 그악스러운 어둠이었다. 청요에게 들러붙은 그것은 그를 영원한 소멸로 이끌기 위해 끈질기게 발버둥 쳤다.

비로소 그것으로부터 벗어난 순간 청요의 두 눈이 번쩍 뜨였다.

"백화!"

그곳은 그의 귀궁. 휘황찬란했을 휘장은 색이 바래 그 원색을 알 수 없고, 신력이 떨어져 나간 석벽은 흉물스럽게 변해 있었다. 본래의 화려함을 기억하는 자라면 그 쇠퇴에 필시 충격을 받을 터이다.

느리게 육신을 일으킨 청요가 천천히 귀궁을 걸어 나갔다. 흰 얼굴엔 표정이 없다.

밤은 깊고 하늘은 맑았으나 무언가 달랐다. 회복을 위한 긴 잠, 그것에 빠져 있었음을 청요는 알 수 있었다.

그러나 그뿐. 어찌 된 영문인지 파악할 수 없었다. 언제나 하늘에서 위협적으로 느껴지던 상제의 힘도 흐릿했고, 사방에서 천방지축으로 날뛰던 신귀의 기운은 전혀 느낄 수가 없었다. 풍요로운 산천이 여기저기 깎여나가 토해내는 신음만이 정신이 아찔해질 정도로 크게 들려왔다. 일순 치미는 현기증에 쓰러지듯 엎드린 청요가 입술을 물었다.

"백화, 그대가 나를 살렸어? 흑각에게 찰나 미혹되어 사라져버릴 결심을 했던 나를 붙들었어? 그런데 어찌…… 어찌 그대는 없어?"

생에 대한 탐욕을 저버릴 수 있음이 역설적이게도 생의 완성이라면, 청요는 흑각과 같이 멸절을 택하고자 하였다. 그것이 상제의 속박을 벗어나 행할 수 있는, 진정 살아 있는 것만의 특권이라면 그토록 갈망하였던 삶을 내던져도 달콤할 것 같았다.

삶을 바란 그 죄.

그 무엇보다 간절히 활活을 욕망하는 모든 귓것의 마음.

살아 있음을 증명할 수 있다면 무엇이든 할 수 있는 것이 그네들 귓것인 것을. 살아가기 위해 인간의 태마저 거짓되게 갖춘 그네들인 것을.

"백화……"

그러나 그런 것보다 더 소중한 것이 있다. 생이라 해도, 생이 아니라 해도, 그 따위 것 상관없이 귀중한 것이 있다. 인간에게 위협당하고 하늘로부터 인정받지 못해도 '함께 있음' 그 하나만으로 그를 오롯하게 해주던 그런 것이 있었다.

삶을 바란 그 마음보다 더 큰 마음으로 원했던 것이 있다는 것을 그 찰나 왜 잊었을까.

"제발······."

백화. 나의 백화, 나의 비. 나의······ 가장 소중한 것.

조선의 산천을 세세히 뒤지고, 조선을 넘어 대륙과 열도를 뒤져도 백화가 없다. 이 세상 그 어디에도 백화의 냄새가 없다.

저가 얼마나 길고 깊은 잠에 빠져 있던 것인지도 알 수 없는 귀왕은 아무도 남지 않은 세상에서 그렇게 홀로 깨어났다. 그의 곁에는 주인 잃은 흰 피리 하나가 고요히 놓여 있을 뿐이다.

8장. 이끌림

꿈을 꾸지 않았다.

잠에서 깬 세나가 두 눈을 깜빡거렸다. 몸이 가뿐하다. 요 근래 이리 푹 자고 일어난 적이 있었던가.

몸을 일으킨 세나가 고개를 갸웃거렸다. 이상할 정도로 마음이 포근하다. 잠들기 전 청요를 본 것 같은 기분이 든다.

"으아."

세나의 뺨이 발그레 물들었다.

이, 입맞춤……. 청요와의 입맞춤.

가늘게 떨리는 손으로 입술을 더듬어본다. 그의 입술이 이 입술에 닿았다. 꿈이었을까? 놀랍도록 달콤했던 그의 냄새. 정신이 아찔해지며 아무것도 생각할 수 없었다.

"미쳤어."

하다하다 이젠 꿈속에서 그를 덮칠 만큼 미쳤나 보다. 심장이 두근거리며 뛴다. 그악스러운 욕망. 청요, 그를 만나고 싶다. 그를 끌어안고서 그의 냄새를 맡고 싶다. 다른 그 누구도 그를 보지 못하도록 곁에

묶고 두고 싶다. 아아, 그것은 정녕 불가한 소망.

두 눈을 질끈 감았다 뜬 세나가 손바닥을 활짝 펴 제 창백한 손을 노려보았다.

작고 연약하여 볼품없는 손. 가늘기 짝이 없어 청요를 잡을 수 있을까 의심스럽다.

"모르겠어."

왜. 대체 왜. 당신은 무엇이기에, 나는 또 무엇이기에.

이토록 쉴 새 없이 생각나고 갈망하고 욕망하게 되는 까닭은 어디에서 오는 것인지.

내가 아니게 되는 느낌. 유세나일 수 없게 되는 느낌.

불현듯 그의 속삭임이 되살아난다.

'꿈이야, 백화.'

세나의 눈썹이 찡그려진다. 백화. 낯설고도 익숙한 이름을 속으로 읊조려보곤 세나가 허무하게 웃는다.

백화가 누구죠?

누구이기에 당신이 그토록 상냥한 눈빛을 하는 거죠?

마음이, 아릿하다.

남은 시험기간 내내 세나는 저기압이었다. 청요에게서 연락이 오지 않는다. 자신은 그의 그 무엇도 아니기에 그의 연락이 없는 것이 당연한 일임에도 세나는 끈질기게 그의 연락을 기다렸다.

"와아, 드디어 끝났다!"

시험이 끝난 게 매우 기쁜 듯 함박웃음을 지으며 영은이 다가왔다.

하지만 빈말로라도 무사히 끝나서 좋다고 대답할 수 없을 만큼 세나는 기분이 안 좋았다. TV만 틀면 나오는 게 청요 얼굴이었지만 그의 실물을 보고 싶은 감정이 자꾸 커졌다. 그 감정은 어그러진 욕망과도 같아서 세나를 곧장이라도 집어삼킬 듯했다.

"세나?"

"어? 어……. 왔어?"

의아한 듯 쳐다보는 영은의 시선에 세나가 어색하게 웃었다. 세나의 눈동자가 가늘게 떨렸다.

"무슨 안 좋은 일 있어?"

"아니, 안 좋은 일은 무슨."

"표정이 안 좋은데?"

"아니야, 진짜 아무 일도."

"흐음."

눈을 게슴츠레 뜨며 영은이 세나를 샅샅이 살폈다. 영은의 눈이 세나의 오른손에 고정되었다.

"반지, 안 했네?"

"아……."

반지는 여전히 찾지 못했다. 영은이 묻기 전에 먼저 말했어야 했는데.

"미안. 어떻게 빠졌는지 자고 일어나니 없더라고. 열심히 찾아는 봤는데……. 미안해."

자신의 무신경함에 잔뜩 죄지은 표정을 한 세나가 기어들어가는 목소리로 사과했다.

"뭐, 아쉽지만 잃어버렸다면 어쩔 수 없지. 네가 잃어버리려고 잃어버린 것도 아닐 테고."

영은은 대수롭지 않다는 듯 웃으며 세나의 어깨를 툭툭 쳤다. 그래도 표정을 풀지 못하고 영은을 바라보던 세나의 두 눈이 문득 커졌다.

마주한 영은의 눈. 웃고 있지만, 웃지 않는 듯 기묘하게 서늘한 느낌. 잿빛의 아름다운 눈동자. 청요와 닮은 그 아름다운 눈동자가 오늘따라 낯설다. 다정한 위로의 말조차 허공을 더듬듯 공허하다.

이질적인 무언가. 지금까지 알던 영은과는 전혀 다른 누군가가 눈앞에 서 있는 것 같다.

"표정 좀 풀어. 그렇게 미안하면 케이크이나 사주든가!"

영은이 능청스럽게 웃으며 세나에게 팔짱을 껴왔다. 서늘한 팔이었다.

'어?'

무언가 알 듯 모를 듯, 세나의 심장이 불안하게 두근거린다.

"뭐해? 얼른 가자. 나 배고파."

점심시간도 아니고 저녁시간도 아닌 애매한 시간이라 두 사람은 카페로 향했다. 영은은 조각 케이크를 잔뜩 시켜 제 앞에 늘어놓고는 흐뭇한 얼굴을 했다.

"좋았어! 내가 다 먹어주지!"

"천천히 먹어. 체하겠다."

"안 체해. 헤에, 맛있어."

영은은 행복한 표정으로 케이크를 먹었다. 세나는 물끄러미 그녀를 응시했다. 무언가 떠오를 듯 말 듯 답답하다. 영은을 보고 있으면 뭔가가 가슴에 얹힌 듯, 그렇게 답답해진다.

잊고 있는 것.

잊어버린 것.

그것이 무엇이지?

"안 먹어?"

영은이 두 눈을 동그랗게 뜨며 물었다.

"아, 아냐. 먹어."

"세나, 너 오늘 이상하다?"

"이상하기는. 난 평소랑 같은데."

"진짜? 나한테 할 말 없어?"

세나는 소리 없는 웃음으로 답하였다. 포크를 입에 물며 영은이 눈썹을 까닥였다.

"알았어, 봐준다. 나중에 말하고 싶을 때 말해."

영은은 다시 케이크 먹기에 열중했다.

케이크를 다 먹은 영은이 문득 두 눈을 반짝이며 케이크 접시를 들었다. 세나가 앞에 있다는 것을 잊은 듯 영은이 혼잣말을 중얼거렸다.

"이 접시 예쁘다. 오래된 거면 좋겠다. 오래된 거면…… 혹시 태어나주지 않을까? 하지만 그럴 리 없지. 이런 카페에서 쓰는 접시가 오래된 것일 리가 없지."

그녀의 눈빛이 아련해진다.

최영은, 세나와 같은 스물두 살. 서울에서 나고 자란 서울 아가씨. 시크한 면이 다소 귀여운 대학동기. 놀랍도록 아름다운 얼굴을 지닌 그녀.

세나는 새삼 그 사실을 '인식' 했다. 영은의 아름다운 외모. 인간의 것이 아닌 듯 매혹적인 이목구비와 하얀 살결, 매끈한 몸의 곡선,

그리고 허무로 가득 차 신비로운 눈동자.

그러고 보면 영은은 스물두 살 답지 않게 골동품에 관심이 많았다. 1학년 때는 인사동 골목을 헤매다가 수업을 곧잘 빼먹기도 했다.

어딘지 모르게 보통 사람과 다르다는 느낌이 든다.

"영은아, 너……."

"아! 세나야, 내일 알바 갈래? 지난번에 가보니 재밌더라. 시험도 끝났는데 가서 돈도 벌고 기분도 풀자. 잘하는 모습 보여줘서 청요 코도 납작하게 눌러주고. 응?"

영은이 막 생각난 듯 말했다. 그녀는 청요가 세나에게 보였던 행동 때문에 앙금을 품고 있는 것 같았다. 세나가 흐리게 웃었다.

"청요 코를 왜 눌러."

"누르고 싶게 생겼잖아?"

"그런가?"

세나의 표정이 미미하게 굳었다. 영은이 말을 끊지 않았다면 순간 내뱉어버렸을지도 모를 제 물음이 실로 어처구니없었다.

'너는 대체 무엇이야?' 라니. 그녀는 최영은인데. 그저 그뿐인데.

지갑 사정과 자취방 사정은 전혀 고려하지 않은 듯한 장바구니를 양손에 들고서 세나는 한숨을 내쉬었다. 영은과 헤어지고 귀가하는 길에 눈에 보인 마트를 도저히 그냥 지나칠 수 없었던 것이다.

"미쳤어……."

야채나 과일 따위가 가득한 장바구니는 분명 그녀가 채운 것이었다.

대체 무슨 생각으로 이런 과소비를 한 것인지……. 지금이라도 환불할까?

세나는 고개를 저었다. 청요의 얼굴이 눈앞에 어른거린다. 이 정도면 중증이다.

"진짜 중증이네."

픽 조소한 세나는 방에 도착하자마자 옷을 갈아입고서 싱크대로 향했다. 과일과 야채를 깨끗하게 씻었다.

야채로 이루어진 3단 도시락을 완성한 세나가 뿌듯한 표정을 지었다.

그가 좋아할까? ……좋아하면 좋겠다.

흐리게 웃은 세나가 침대에 앉아 휴대폰을 만지작거렸다. 평생 설정해본 적 없는 컬러링을 설정하는 그녀에게선 반짝반짝 빛이 났다.

이 노래가 좋을까, 저 노래가 좋을까. 아냐, 청요는 구식이니까 역시 이게 좋겠어.

세나의 눈빛이 부드럽게 풀어졌다. 그녀의 입가가 말려 올라간다.

청요의 하루는 늘 비슷하다. 촬영을 하고, 돈을 벌고, 돈을 금괴로 바꾸어 금고에 보관한다. 그 단조로운 일상에 일정 하나가 추가되었다.

……여보세요, 네, 학교예요, 시험이 있었어요.

녹음된 그녀의 목소리를 듣는다. 평온하고 따스하다. 들뜬 듯 가느다랗게 전해오는 떨림. 빙그레 웃으며 청요가 지그시 눈을 감았다.

백화를 만나고 싶다.

쉴 새 없이 몰아치는 일만 아니었다면 몇 번이라도 그녀에게 달려

159

갔을 것이다. 그러나 청요는 자기 자신과 약조하였다. 되돌려 보겠다고, 백화가 그토록 사랑한 신귀들을 되찾아 보겠다고.

"백화……."

시험 때문일까, 촬영장에 다신 오지 말라던 자신의 말 때문일까. 촬영장에 얼굴 한 번 내비치지 않는 그녀에게 서운함을 느끼다가, 그녀에게 내뱉었던 차가운 말들을 후회한다.

그런 말을 하는 게 아니었다. 어쩌자고 그런 상처를 주었을까. 쓰게 웃으며 청요가 휴대폰을 만지작거렸다. 녹음된 목소리로는 채울 수 없는 갈증이 인다. 결국 단 한 번만으로 외워버린 그녀의 전화번호를 눌렀다.

청요가 눈썹을 치켜 올렸다. 여대생에게 어울리지 않는 이 괴상한 컬러링은 대체…….

'살어리 살어리랏다 청산에 살어리랏다' 가 몇 번 흘러나오고 '얄리얄리 얄라셩' 하는 후렴구가 시작되려는 순간 세나의 목소리가 들려왔다.

─여, 여보세요?

"……."

─여보세요? 안 들려요?

세나가 초조하게 되물었다. 그녀의 목소리에 귀 기울이며 청요는 소파에 비스듬히 누웠다. 길게 뻗은 팔다리는 완벽히 균형 잡혀 있다.

"들려."

─아……. 악!

멍한 탄성에 이어서 짧은 비명이 들렸다. 미간을 찌푸리며 몸을 일으킨 청요가 물었다.

"뭐하는 거야?"

우당탕! 쾅탕! 요란한 소리가 계속된다.

—아, 아무것도 아니에요!

숨소리가 거칠다. 무언가를 참듯 세나는 잠시간 침묵하고 있다. 적막이 자리 잡은 수화기 너머에서 기이하게도 들뜬 기운이 전해진다.

—음……. 저, 끊었어요?

"아니."

—다행이다.

이번에는 안도한 느낌.

그녀는 대화가 끊긴 사이 청요가 전화를 끊을세라 질문을 조급하게 쏟아냈다.

—뭐하고 있어요? 어디예요? 일은 다 끝났어요? 밥은요? 밥은 잘 챙겨 먹고 있는 거죠?

다다다 이어지는 세나의 목소리에 청요는 픽 웃어버렸다.

"하나씩."

—네?

"하나씩 물어봐. 여기 제대로 있으니까."

—아…….

민망한 듯 웃는 그녀의 얼굴이 눈앞에 아른거린다. 그녀가 보고 싶다. 백화. 나의 백화…….

세나는 청요가 시킨 대로 천천히 앞서 한 질문을 차례로 반복했다.

—뭐하고 있어요?

"전화."

―어디예요?

"집."

―일은 끝났어요?

"오늘은."

―밥은요?

"아직."

―잘 먹어야죠.

백화는 늘 걱정이 많았다. 그에 대해서는 유독 더 그랬다. 자신과 비교할 수 없을 만큼 강한 그를 알면서도 백화는 늘 안절부절못했다. 그의 곁에 달라붙어 이것저것 챙겨 먹이고도 모자라 틈만 나면 그의 앞에 먹을 것들을 내밀어댔다.

"내일 와."

청요가 불쑥 말했다.

항상 그랬다. 늘 그녀가 그에게 왔다.

―네?

"와."

네가 내게로 와, 나의 백화.

숨소리만 들려온다. 그녀가 살아 있음에 안도하며 청요는 그녀에게 모든 신경을 기울였다.

―치, 다신 오지 말라고 해놓고.

그녀가 새침하게 투덜거렸다.

역시 그 말을 마음에 담아두고 있던 모양이다. 그냥 와주면 좋으련만. 오지 말라는 그 말에 화가 났다 해도 오라는 이 청에 마음 풀어주면 참 좋으련만.

"취소."

—에엑, 그렇게 쉽게요?

"미안."

—지금 사과한 거예요?

"어."

무뚝뚝하게 대꾸하면서도 청요는 슬며시 웃었다. 여전히 왜 자신이 진작 그녀의 냄새를 맡지 못했는지는 의문스럽다. 그러나 이유 따위 상관없다. 백화가 여기 있는 것을. 그녀가 아직 존재하는 것을. 그것만이 중요하다.

이내 낮은 웃음소리가 청요를 어루만지듯 전해져왔다. 바로 곁에서 웃듯 마음이 간지럽다. 청요의 창백한 뺨이 조금 붉어졌다.

—갈게요.

흠칫 커진 청요의 눈동자가 이내 부드럽게 휘었다.

—내가 갈게요.

"응."

갈게요, 내가 갈게요. 그 말이 놀랍도록 다정하다.

"네가 내게로 와. 늘 그랬듯이."

항상 그녀가 그에게 와주었다. 무뚝뚝한 그의 곁으로, 잔악한 그의 곁으로…… 백화는 늘 천진한 웃음을 띠고서 그에게 왔다. 그 뒤 청요의 세상은 백화와 백화가 아닌 것으로 나뉘게 되었고, 또다시 백화가 소중히 여기는 것과 그렇지 않은 것으로 나뉘었다. 세상 모든 것은 백화가 있어 청요에게 의미가 되었고, 백화가 없다면 그 자신조차도 무의미했다.

"끊을게."

—벌써요?

"자야지."

—아…….

"잘 자."

—네. 잘 자요.

전화를 끊은 후에도 청요는 한참이나 휴대폰을 귀에 대고 있었다. 그리 귀에 대고 있으면 세나의, 백화의 숨결이 와 닿을 듯하여서.

'왕'이라는 글자가 액정에 떠오른 순간부터 세나는 쿵쾅거리는 마음을 진정시킬 수가 없었다. 전화를 끊고도 새빨개진 그녀의 얼굴은 한참이나 가라앉지 않았다.

'하나씩 물어봐. 여기 제대로 있으니까.'

낮은 목소리. 짧은 몇 마디 대화는 순식간에 세나를 집어삼켰다. 그에게 붙잡힌 심장이 거칠게 뛰며 두근거렸다. 여기 있다는 그의 말이 다시는 그녀를 두고 어디에도 가지 않겠다는 말처럼 들려서 떨림을 주체할 수 없었다.

'네가 내게로 와. 늘 그랬듯이.'

그의 말은 그 자체로 신성한 언령이 되어 세나를 속박하였다. 침대에 걸터앉은 채 휴대폰을 꽉 움켜쥔 세나가 말갛게 웃었다.

그래요. 내가 갈게요. 늘 그랬듯 내가 당신에게 갈게요.

스르륵 엎어져 누운 세나가 천장을 바라보았다. 그녀의 긴 머리카락이 베개 위에 흩어졌다.

"청요."

그를 기억하고 싶다. 그를 알고 싶다. 무엇이, 내 무엇이 그를 이토록 간절히 원하는지 지독히 알고 싶다. 오직 그에 대한 앎을 갈망하고 소원한다.

"나의 청요."

어서 내일이 오면 좋겠다.

무심코 이마에 손을 얹다가 세나가 표정을 찌푸렸다.

"아얏."

청요의 전화에 너무 놀라서 휴대폰을 떨어뜨렸다가 급히 주워 일어서던 중 어딘가에 박은 것이었다. 혹이 났을까.

'멍들려나?'

아픈 이마에서 손을 떼며 세나가 걱정스러운 표정을 했다. 혹시 모르니 내일은 파우더를 챙겨야겠다는 생각이 들었다. 멍들어서 흉한 이마를 청요에게 보이고 싶지 않다.

세나는 거의 뜬눈으로 밤을 지새웠다. 청요를 만나러 간다는 생각에 좀체 잠을 이룰 수가 없었다. 꼼꼼히 화장을 해서 이마의 혹을 가린 후 미리 싸둔 도시락을 챙겨들고 집을 나섰다.

촬영장은 세나가 기억하고 있는 것보다 훨씬 부산스러웠다. 수백의 사람들이 바쁘게 왔다 갔다 하고, 대사를 하고, 땀을 흘렸다. 세나는 조연출의 명령에 여기저기 오가면서 청요를 찾아 바쁘게 두리번거렸고, 중간중간 그와 눈이 마주쳤다.

연회색의 눈동자는 그녀를 볼 때마다 아름다운 붉은색으로 빛났다. 투명한 핏빛의 그 눈동자에 사로잡힌 듯 세나는 순간순간 숨을 멈추었다. 매순간 심장이 떨렸다.

하지만 왜일까, 문득 느껴지는 청요의 시선이 날카롭다.

'화났어?'

무심해 보이는 얼굴이지만 분명 화난 표정이다. 아직 말 한 마디 못 나누었는데 무엇이 그를 화나게 했지? 도대체 이유를 알 수 없어서 세나가 고개를 갸웃거렸다. 그의 잘 벼려진 서슬 같은 눈빛이 집요하게 세나를 좇았다.

그의 궂은 기분만큼 촬영장 분위기도 급격히 굳었다.

"거기 궁녀! 뭐해! 제 위치로 가지 않고!"

스태프가 괜히 버럭 소리 질렀다. 번뜩 정신을 차린 세나가 급히 자리를 이동했다.

"죄송합니다."

"꾸물거리지 말고 얼른 못 뛰어가?"

세나가 다다닥 달려 자신의 위치로 갔다. 그녀는 영문 모를 청요의 화에 뽀로통해져서는 그를 생각했다. 아름다운 나의 청요, 나의 왕.

'독각귀……'

문득 떠오르는 단어에 세나가 어깨를 움츠렸다.

인간이 아니라면, 청요는 바로 그런 존재일 것이다.

"거기 궁녀! 뭘 멀뚱히 서 있어?"

또 다른 스태프가 세나를 꾸짖었다. 재차 정신을 차린 세나가 황급히 사죄했다.

"죄송합니다!"

세나는 시시때때로 청요를 바라보았고, 청요는 날카롭게 그녀를 쏘아보았다. 세나에겐 정녕 숨 막히는 시간이었다.

"컷! 지금부터 30분간 휴식! 각자 알아서 점심 먹고 위치로!"

차 감독이 메가폰에 대고 소리쳤다.

촬영장 중심에 선 청요는 팔짱을 낀 채 뭔가 못마땅한 듯 세나를 노려보고 있었다.

청요의 신경을 긁어 놓은 것은 세나의 이마에 난 혹이었다. 칠칠치 못하게 어디에 박은 것인지 혹이 톡 튀어나와 있었다. 화장으로 잘 가려 남들은 모르는 듯했지만 예민한 청요가 그걸 모를 리 없었다. 촬영하는 내내 세나의 혹이 신경 쓰여 견디기 어려웠다. 처음 그녀를 만난 날처럼 촬영에 지장을 줄 정도는 아니었지만, 청요는 계속 쉬는 시간을 기다렸다.

'백화, 나의 비여.'

모든 감각이 세나에게 고정되었다. 그녀가 어디에 있든 이제는 찾을 수 있다. 두 눈이 마주치는 순간에는 모든 것들로부터 구원된 듯 평온해진다. 그녀의 두 눈은 올곧고 맑다. 순결한 백옥처럼.

"컷!"

점심시간이 되자 청요는 곧장 세나에게 향했다. 그녀는 친구로 보이는 인간 계집과 도시락을 까고 있었다.

"역시 우리 세나! 준비가 철저하기도 하지, 나는 고작 김밥인데!"

세나의 곁에 붙어 호들갑을 떨어대는 인간 계집을 청요가 물끄러미 노려보았다. 그 계집을 가만히 보고 있으면 왜인지 시야가 어지럽고 현기증이 났다.

'뭐지.'

인간 계집인 것 같은데, 괴이한 일이다. 그 존재가 정확히 간파되지 않는다. 정확히 간파되지 않는다는 사실조차 제대로 인식할 수가 없다.

선명한 감각이 어그러지고 정체를 알 수 없는 기운이 청요의 신력을 동요시킨다.

"청요? 어디 아파요?"

어느새 지척에 다가온 세나가 그의 팔을 붙들며 물었다. 불현듯 정신을 차린 청요가 세나를 가만히 응시했다. 육신의 상태가 말이 아니다. 과거를 오가기 시작한 뒤부터 감이 가끔 오락가락한다. 저 인간 계집이 이토록 통찰되지 않는 것도 그런 까닭일까.

"배가 고파서."

"아침 안 먹었어요?"

"어."

"잘 챙겨 먹고 다녀야죠."

청요를 끌고 가서 신문지 위에 앉힌 세나가 포크에 토마토를 콕 집어 건네주었다.

"더 먹어요, 더."

청요가 토마토를 집어삼키자 세나가 또 다른 것을 포크로 찍어 건넸다. 인간의 태를 하고 있어도 그 알맹이는 역시 백화 그대로였다. 소식해도 상관없는 육신임을 알면서도 그녀는 집요하게 청요를 먹이곤 했다. 내내 잠들어 있었기에 그 시절의 기억이 그리 오래된 것이 아님에도 청요는 아주 먼 옛날을 떠올리듯 아득해졌다.

약해빠진 주제에 늘 자신보다 그를 걱정하던 그녀. 지금도 제 이마에 난 혹은 아무렇지도 않다는 듯 그만 염려하고 있지 않은가. 늘 그렇게, 제 목숨은 소홀히 했지.

"청요?"

청요의 표정이 무섭게 굳는 것을 본 세나가 움찔하며 작은 목소리로 그를 불렀다. 고개를 든 청요가 그녀를 똑바로 응시하였다. 붉은 눈빛. 처절하도록 붉어 아름다운 그의 눈빛. 무언가에 동요할 때, 참을 수 없는 감정이 치미는 그때 그의 눈은 붉은 핏빛을 띤다.

"왜 화가 났어요?"

그를 똑바로 바라보며 세나가 물었다.

"뭐?"

청요가 눈썹을 까닥였다.

"아까부터 계속 화난 얼굴이잖아요."

"……."

"내가 무언가 잘못했어요?"

청요가 화를 내면 무섭다. 무언가가 명치를 때리듯 아파온다. 어떻게 해야 그의 화를 풀어줄 수 있을지 알 수 없어서 바이없이 두렵다.

금방이라도 울음을 터트릴 듯 침울해지는 세나를 바라보고 있던 청요가 난처한 듯 입술을 깨물었다.

"잘못한 거 없어."

그가 불쑥 손을 뻗었다. 섬세하게 빚어진 그의 손끝이 세나의 이마를 톡 건드렸다.

"아얏."

"왜 다쳤어?"

"네?"

"어쩌다 다쳤어?"

세나가 멍하니 두 눈을 크게 떴다.

"화가 난 게 아니라 걱정한 거예요?"

그는 무뚝뚝하게 입을 다물었다. 세나는 얼굴을 붉힌 채 그의 시선을 피했다. 파우더로 가린다고 가렸는데 역시 그의 눈을 속이진 못한 모양이다. 그가 화난 게 아니라는 사실에 일순 안도감이 밀려든다.

　세나가 허탈하게 웃었다.

　"아프지 않아요."

　"정말?"

　"네, 걱정 말아요."

　"흐음."

　"진짜 안 아파요."

　그의 엄지가 그녀의 이마를 두어 번 어루만졌다. 세나의 얼굴에 빙그레 웃음이 피었다.

　"어, 다 같이 계시네. 저도 끼워줘요."

　좋은 분위기를 깨며 누군가 끼어들었다. 미리였다.

　"헤에."

　그녀는 천연덕스럽게 웃으며 세나의 옆에 찰싹 달라붙었다. 세나는 이상한 기분을 느꼈다. 왜인지 가엾고 안쓰럽고, 미안한 기분.

　"왕비님이시다, 헤헤."

　미리가 웃었다.

　"네?"

　"왕비님이시잖아요. 오래오래, 기다렸는데."

　"네?"

　세나는 알아듣지 못할 말을 미리가 중얼거렸다. 당황한 눈으로 세나가 미리를 쳐다보았다. 그녀의 표정이 몽롱하다.

미리는 깨어 있으나 깨어 있지 않은 것과 같았다. 그녀는 자신이 하는 말을 기억조차 못할 것이다. 식귀구의 독에 의해 깨어난 반귀로의 본능이 인간으로의 의식을 흐리게 하고 있다.

"저 미워하지 마세요!"

"그게 무슨……."

"왕께 미움 받는 것도 싫지만 왕비님께 미움 받는 것도 싫어요. 나는 충실한……. 아주 충실한……."

몽롱하던 미리의 표정이 더욱 흐려진다.

"김미리 씨, 정신 차려요."

세나가 그녀의 어깨를 잡고 흔들었다. 천천히 미리의 눈동자에 초점이 돌아왔다. 두어 번 두 눈을 깜빡거린 미리가 이상하다는 듯 고개를 갸웃거렸다.

"어머, 내가 왜 여기에 있지?"

"괜찮아요?"

멋쩍게 뒷덜미를 긁적이는 미리에게 세나가 걱정스럽게 물었다.

"내 정신 좀 봐, 매니저가 도시락 챙겨왔다고 했는데. 이만 가볼게요. 좋은 시간들 보내요."

갑작스럽게 왔던 것처럼 미리는 갑작스럽게 사라졌다. 미리의 뒷모습을 바라보는 세나의 마음이 느닷없이 조여 들었다.

'왜……. 왜 이렇게 아프지?'

지키지 못한 것. 지켜주지 못한 귓것들. 가여운 내 어린 신귀들. 그들을 향한 미안함과 애틋함이 한순간 휘몰아쳤다. 뜻 모를 감정의 소용돌이 속에서 세나는 허우적거렸다.

"울지 마."

나직한 청요의 목소리가 들렸다. 세나는 눈물 고인 눈으로 그를 쳐다보았다.

　"괜찮아, 내가 있어."

　그의 말에 왜인지 무척 안심되었다. 세나가 젖은 눈으로 배시시 웃었다.

　그래요. 당신이 여기 있네요. 나의 왕, 나의 청요.

　"점심시간 끝났습니다! 각자 위치로 돌아가 주세요!"

　잠시 후 휴식의 끝을 알리는 방송이 메가폰을 통해 흘러나왔다.

　청요는 끝나고 기다리라는 말을 남기고 돌아갔다.

　"뭐야? 전엔 잡아먹을 듯하더니, 언제 이렇게 친해진 거야?"

　그 상황을 내내 지켜보고 있던 영은이 신기하다는 듯 물었다. 세나는 그저 웃었다.

　'그것'은 본디 흰 피리였다. 그것의 주인은 호기심 많은 어린 인간 계집이었다. 피리의 어린 주인은 병들어 일찍 죽었다. 피리는 그 주인과 함께 긴 시간 묻혀 보냈다. 비바람에 흙이 무너지자 피리는 땅 위를 나뒹굴었다.

　긴 시간 땅을 나뒹군 피리가 마침내 두 다리를 얻어 인간의 태를 갖추니, 그 이름은 백화白火라. 그것은 죽은 제 어린 인간 주인을 닮아 천진하고 순진하였다.

작자미상, 『조선망량야사, 백화편』

왜 이런 일이 일어났을까.

백화는 울었다. 제 무력함에 진저리치며 청요를 불렀다. 인간이 미웠다. 퍼부었던 애정만큼의 증오가 되돌아왔다. 죄 없는 신귀를 해치는 그들을 용서할 수 없었다. 애초에 무심했다면 그토록 강렬한 미움 또한 없었을 터. 백화는 순진하고 천진했던 만큼 인간을 원망하게 되었다.

모든 귓것을 지킬 수만 있다면 인간 따위 사라져도 괜찮다고 여겼다. 모든 귓것이 안심하며 살 수 있는 땅, 다만 그런 것을 원했다.

그 결과가 청요의 소멸이라면 절대 바라지 않았을 터이다.

"싫소! 싫단 말이오, 왕이여!"

울부짖으며 백화는 제 신력을 청요에게 쏟아부었다. 제 모든 신력을 쏟아내도 청요를 채울 수 없음은 알고 있었다. 그러나 멸절로 가는 그의 발을 붙들 수는 있겠지. 그가 회복하여 깨어나려면 아주 긴긴 시간이 필요하겠지만, 그래도 그가 사라진 세상은 보지 않아도 되겠지.

"가지 마시오. 나를 두고 가지 마시오. 내가 잘못하였소. 왕이여, 내가 미안하오. 다시는 그 무엇도 바라지 않겠소. 그대만 있어준다면, 왕께서 이 곁에 있어만 준다면…… 나는 정녕 다 견딜 수 있소."

애원하고 또 애원하였다.

검은 것이 점점 더 진득하게 청요를 삼킨다. 그의 육이 차츰차츰 마모되어 부스러진다. 찰나. 아주 찰나의 미혹이었을 터이다. 생을 더 이상 갈구하지 않게 된 흑각의 말에 정녕 잠깐 넘어간 것일 것이다. 그 결과가 이런 것이라면 상제는 정녕 그네들에게만 너무 잔인하지 않은가.

귓것.

귀鬼라는 존재.

인간도, 생명도 아닌 것. 그럼에도 인간의 태를 입고 생명인 것처럼 행동한다. 그것이 죄인가? 그리 태어나 버린 것을!

이를 악물고서 백화는 제 신력으로 청요를 붙들었다. 바스러져가는 육의 조각을 붙잡아 그에게 돌려주었다. 제 모든 것을 다 바쳐서라도 그를 살릴 수 있기를 간절히 바랐다.

"가지 마시오……."

눈물이 속절없이 떨어져 내린다. 뜨겁지도 차갑지도 않은 미지근한 눈물이 뺨을 타고 흘러 그를 적신다. 가지 말라고, 나를 두고 가지 말라고, 그대 없는 생은 영생조차 무의미하다고…… 백화는 그에게 쉼 없이 애원하였다. 아슴아슴 꺼져가는 그의 기운이 슬그머니 다시 타올랐을 때, 백화는 불현듯 몸을 떨었다.

'왕이여, 내가…… 내가 혹 죽으면 왕은 어찌 되오? 내가 없으면 왕은 어찌 되오? 이제는 흑각 님조차 없는데, 왕께선 소멸조차 할 수 없는 채로 영겁을 견뎌야 하는 것이오? 그것은 살아 있는 것이오, 죽어 있는 것이오?

청요가 없는 세상은 상상도 할 수 없다. 그래서 그를 살렸다. 더 정확히는 그에게 자신을 죽이게끔 했다.

백화, 그녀 또한 귓것. 스스로 해할 수는 없다. 그러나 생을 갈망하는 청요의 본성을 이용하여 자신의 기운을 온전히 빨아들이게 할 수는 있다. 소멸 직전 청요의 본능은 탐욕스럽게 그녀의 신력을 흡수해 나갔다. 백화가 그것을 종용하였다.

이대로라면 그녀는 육도, 얼도 유지할 수 없게 될 것이다. 사라지는 것이다.

청요가 왜 흑각과 함께 소멸해버릴 생각을 하였는지는 모르겠다. 무엇이 그를 그토록 절망스럽게 했는지 역시 알 수 없다. 분명한 것은 백화의 전부를 흡수하여도 청요는 온전히 회복할 수 없고, 그로 인해 앞으로 긴긴 시간 잠들게 될 것이라는 것뿐. 그때, 이 세상에 귓것이 단 하나라도 남아 있을까? 두 왕이 사라진 이 세상에, 삶을 허락받지도 못한 나약한 귓것이 설 자리가 있을까?

없다. 없을 것이다.

청요는 혼자 남게 된다. 필연적으로 외톨이가 된다.

"아니 되오……."

백화가 두려운 눈으로 막 되돌아오기 시작한 청요의 육과 사그라지기 시작한 제 육을 번갈아 쳐다보았다.

영영 끝나지 않을지도 모르는 그 시간을 청요 혼자 견디게 하고 싶지 않다. 그를 외톨이로 두고 싶지 않다.

'싫소……'

잔악해 보여도 실은 외로움 많은 그이지 않은가.

백화는 필사적으로 살 방법을 궁리했다. 이미 너무 많은 기운을 청요에게 빼앗겨 본육을 유지하긴 글렀다. 얼이라도…… 그래, 얼이라도 지킬 수 있다면!

청요를 둘러메고서 백화는 급히 귀궁으로 향했다. 동쪽의 궁. 청요의 궁이다. 완벽히 결계 쳐진 침소에 청요를 내려놓고서 백화는 곧장 등을 돌렸다. 무의식 깊이 빠져든 청요의 본능이 그녀를 붙잡았다. 응집된 푸른 기운이 백화를 휘감았다. 이대로라면 잡아먹히고 만다.

"왕이여! 나를 놓으시오! 나를 정녕 죽일 셈이오?"

백화가 나오지 않는 목소리를 간신히 쥐어짜냈다.

"왕을 위해서라면 소멸하여도 괜찮소! 하지만 왕을 혼자 두고 싶지 않소! 나를 보내주시오! 나를 기다리시오!"

백화를 옭아매고 있는 푸른 기운이 움찔 동요한다. 그 틈을 놓치지 않고 백화는 전력을 다해 달아났다. 가물가물 흐려지는 의식 너머로 겨우 인가를 알아보았다.

'찾아 내, 백화! 찾아야 해!'

애초에 얼이 있어 육을 얻었다. 거짓으로 얻은 인간의 태는 포기하면 그만이다. 중요한 것은 얼이다.

아직 인간의 얼이 들어서지 않은 인간의 육을 찾아 백화는 남은 신력을 전부 해방시켰다. 아찔할 정도로 많은 소음과 내음이 밀려든다.

소리, 소리, 소리. 냄새, 냄새, 냄새. 눈을 질끈 감자 그 모든 것들이 더욱 선명해졌다. 갓 생성된 인간 태아가 느껴졌다. 육이 자라고 있지만 얼은 아직 들어서지 않았다. 이것이라면 그 안에 자리잡을 수 있으리라.

백화는 미련 없이 귓것의 육을 내던졌다. 그녀 스스로 말들어냈던 인간의 태가 바스스 부서져 내렸다. 바람에 흩날리는 그 사이로 흰 피리가 떨어졌다. 열기 없는 흰 불꽃은 주인 없는 인간의 육을 찾아 곧장 날았다.

나의 왕이여, 당신을 혼자 두고 싶지 않으오. 그 강렬한 염원이 부족한 신력을 대신해주길 바라고 또 바랐다.

만약 반귀가 되는 일에 성공한다면, 그래서 윤회를 거듭하여 당신을 기다릴 수 있게 된다면…… 그때의 나는 지금보다 더 차분하고 신중하여 부디 당신께 힘이 될 수 있기를.

백화는 마침내 인간의 육에 깃들었다.

9장. 답례

촬영이 끝나고 약속대로 청요가 그녀를 데리러 왔다.

"가자."

"옷 갈아입어야 해요."

"괜찮아."

뭐가 괜찮다는 것인지, 청요가 세나의 손을 잡아끌었다. 어쩔 줄 몰라 하던 세나가 결국 그를 따라갔다.

"타."

청요가 조수석 문을 열어주었다. 치렁치렁해서 불편한 치맛자락을 붙잡고서 세나가 차에 올라탔다. 운전석에 앉은 청요는 말없이 차를 몰았다. 곁눈질로 그를 힐끔거리며 세나는 얼굴을 붉혔다.

우린 뭘까. 묻고 싶었지만, 묻지 않아도 상관없을 성싶었다. 그가 있고, 그녀가 있고, 우리가 있다. 그것이면 충분하다.

그의 차는 정확히 세나가 사는 건물 앞에 멈추었다.

"고마워요."

"하나하나 감사할 필요 없어, 백화."

청요가 뚝뚝하게 대답했다. 세나가 무뜩 굳은 눈동자로 청요를 응시했다.

백화……. 그래, 전에도 분명 그리 부른 적이 있다. 백화라고.

불현듯 두려움이 치솟는다. 청요의 곁에 있으면 늘 이렇게 감정이 롤러코스터를 탄다. 백화가 누구이든, 제 무엇이든…… 만약 떠올려내지 못하면 어떻게 되지? 청요의 친절함이, 상냥함이 '유세나'가 아닌 '백화'에게 국한된 것이라면 어떻게 되는 것이지? 그가 백화를 기억하지 못하는 유세나를 원하지 않는다면?

"난 백화가 아니에요."

그녀도 모르게 날카로운 목소리가 쏘아져 나갔다.

"뭐?"

"나는…… 나는 백화가 아니에요."

앞으로는 몰라도 아직, 적어도 지금은 분명히 백화가 아니다.

"백화가 아니라면, 내가 필요하지 않아요?"

세나의 몸이 가늘게 떨렸다. 고개를 돌린 청요가 당황한 눈으로 세나를 응시했다. 그가 손을 뻗어 세나의 턱을 잡아 돌렸다.

"왜 이렇게 떨어?"

"나는……. 청요, 나는……."

"무엇을 두려워해?"

그의 차분한 목소리에 세나는 입술을 깨물며 울음을 참았다.

백화. 그 이름을 담을 때 청요가 어떤 표정을 짓는지 알고 있다. 그 이름을 들을 때마다 아프게 조여 오는 제 심장 또한 알고 있다. 백화, 그것은 그녀이되 그녀가 아닌 것이었다. 근원根源. 모든 것의 시작. 그런 것일 것이다. 기억은 하지 못하여도 심장이 맥동하며 그것을 방증한다.

그러나 기억나지 않는걸. 어떻게 알 수 있는지도 모르겠는걸.

모든 것을 단숨에 깨닫기엔 세나는 윤회의 굴레에 너무 오랜 시간 갇혀 있었다. 매 환생마다 흐려지는 본생의 기억을 붙잡고 있기에는 그녀가 가진 힘이 너무 미력했다.

세나는 다만 저가 영영 백화의 기억을 의식 위로 떠올리지 못할까 봐 두려웠다. 백화를 원하는 청요에게 백화와 다른 제 모습을 보여주는 것이 무서웠다. 그 결과 끝없이 백화만을 갈구하는 청요가…… 그녀를 다른 무엇으로 간주한 채 멀어져버릴까 봐 소름이 끼쳐왔다.

어쩌면 욕심일 것이다. 그래도 지금은 그냥 '유세나'여도 괜찮다고, 그렇게 말해주었으면.

"나를 봐."

많은 것을 잊은 그의 반려는 사시나무처럼 바들바들 떨었다. 버려질 것을 두려워하고, 기억하지 못할 것을 무서워하고, 떠나갈 것을 염려하며 그렇게 떨었다.

이 멍청이.

청요는 그녀에게 다가가 그대로 그녀의 입술을 삼켰다. 움찔 동공을 키운 채 세나는 얼어붙었다.

입술을 벌려 그녀의 혀를 탐했다. 여린 속살이 파르르 떨린다. 그 익숙하고도 낯선 감촉에 청요의 온 감각이 곤두섰다. 그녀의 반응 하나하나, 그 어떤 것도 놓치고 싶지 않다.

기억을 하지 못해도 그녀는 백화였다. 오랜 시간 쌓아온 귓것으로서의 모든 것을 잃고 인간의 육에 기생하고 있다고 해도 그녀는 백화였다. 언제나 백화였고, 그것만은 변함없다. 설령 함께 했던 지난 세월을 영영 떠올려내지 못해도 그것은 그가 더 똑바로 기억하면 될 일이었다.

과정이야 어찌 되었든 그녀는 오직 그를 위해 선택했을 것이고, 지금의 성질 또한 그를 생각하며 만든 것일 터. 미련하리만치 언제나 그만 생각하는 그녀를 알아서 청요는 가련하게 떨고 있는 제 비가 안쓰러웠다. 그녀의 이 두려움 또한 그가 실망할까 두려운 것뿐일 것이었다. 실상 과거를 잊은 그녀는 자신이 무얼 잊었는지조차 모를 터이니 스스로를 위해 두려워할 수는 없는 법이다.

"하아."

가늘게 흘러나오는 그녀의 신음마저 삼키며 청요는 집요하게 그녀의 속살을 탐했다. 세나의 가슴이 거칠게 오르락내리락했다. 그녀에게 숨 돌릴 틈을 주며 청요가 낮게 속삭였다.

"다 내어줄게. 다 가져가."

청요가 세나의 손을 잡아당겨 제 가슴 위에 얹었다. 두려움, 혼란, 그 모든 감정이 세나에게서 일순 사라졌다.

갖고 싶다. 그의 모든 것. 미약한 숨결까지, 전부 다. 무엇보다 그의 심장. 그래, 그것이 갖고 싶다. 그것이 여전히 제 것이라는 것을 확인받고 싶다. 제 것이 여전히 그의 것이라는 것 또한 확인받고 싶다.

그의 가슴 위에 얹어진 세나의 손가락에 힘이 들어갔다.

세나가 그의 목덜미를 끌어안았다. 차내의 어둠이 순식간에 모든 것을 밀어냈다. 차창 너머로 보이던 건물도, 지나가던 사람들도 전부 사라졌다. 오롯이 그녀와 청요만 남았다.

청요. 그는 귀왕. 모든 귓것의 우두머리.

그는 모든 것을 미혹한다. 인간의 눈도, 짐승의 본능도, 곳도, 때도

181

모두. 곳을 미혹하여 청요는 닿아 있지 않은 곳과 곳을 연결시키고, 때를 미혹하여 때와 때를 건너뛴다. 공간도 장소도 결국엔 미혹되는 것.

좁은 차내는 미혹되어 깊은 어둠으로 바뀌었다. 청색의 불빛들이 어지럽게 흩날린다. 그것들은 길게 줄이어 높은 곳으로 날아갔다. 이곳은 아마도 청요의 품, 그 자체일 터.

미끈거리는 어둠이 세나를 감싸며 흐른다. 세나는 어둠에 빠져 손을 뻗었다. 손끝에 닿는 그의 서늘한 체온. 세나의 검은 눈이 정염에 물들어 흐리게 번뜩였다.

"다 줘요. 당신의 전부, 내게 줘요."

오랜 세월 그를 기다렸다. 어렵게 얻은 귓것의 육을 버리고, 주인 없는 인간의 육을 윤회 때마다 찾아 헤매며 그렇게 그를 기다렸다. 동족을 잃은 괴로움도 슬픔도 그를 만나지 못한 고통에 비할 바 아니었다. 깊은 그리움은 채워지지 않는 갈증이 되어 세나를 괴롭혔다.

늘 단 하나, 청요를 바랐다.

결국엔 꼭 하나, 청요만을 원했다.

백화의 기억이 없어도, 온전한 백화가 아니라도…… 그가 저를 원하고 있음을 알고 싶었다. 세나의 무의식은 왜 깨어나자마자 나를 찾지 못하였냐고 그를 탓하고 싶었다. 그 방치된 시간 속에서 혹 그가 불완전한 저를 원하지 않는 것은 아닐까, 세나의 본능은 내처 두려움에 떨어댔다. 그의 입에서 '세나'가 아닌 '백화'라는 이름이 흘러나온 순간 그 두려움은 억눌러 밟을 수 없는 것이 되었다.

세나는 애타게 청요를 더듬었다. 손끝에 그의 육신이 천천히 각인된다. 그의 육신을 바듯하게 채운 섬세한 근육이 잘게 전율할 때마다 세나는 그를 느꼈다. 지독한 갈증으로 그를 갈구하였다.

세나는 간절히 그의 입술을 탐했다. 응대하듯 그의 섬세한 손가락이 그녀의 몸을 어루만졌다. 순식간에 거추장스러운 옷가지는 사라지고 완전한 나신이 되어 둘은 겹쳐졌다. 그의 손이 제 가슴을 쥘 때 세나는 숨을 헐떡였고, 그의 혀가 제 것을 휘감을 때 곧 흩어질 탄성을 내질렀다.

그의 입술을 사정없이 물고 빨며 세나는 성마르게 그를 느꼈다. 불완전한 상태로도 그와 하나 될 수 있음을, 여전히 저가 그의 반려임을 확인받고 싶었다.

"두려워 마. 초조해 마. 원한다면 몇 번이고 내어줄게. 내 심장마저 뜯어줄게."

열이 번진다. 기이하게도 차가운 열. 그의 체온을 닮아 서늘하고도 다정한, 그런 것.

세나의 눈가를 그의 혀가 훔쳤다. 아, 어느새 또 울고 있었나.

그가 간질이듯 그녀의 눈썹을 핥았다. 세나는 어둠 속에서도 또렷한 그를 응시하였다. 나의 왕, 나의 신랑, 나의 청요.

"지금 줘요."

세나의 이마를 살짝 입술로 누른 채 청요가 제 모든 것을 내어주듯 세나의 안으로 들어섰다. 거친 듯 부드러운 듯, 때론 성급하게 때론 느긋하게 그가 자신을 내어줬다. 세나는 신음을 흘리며 그를 안았다.

인간을 안기 위해 그는 제 힘과 본능을 얼마나 억누르고 있을까. 자칫 방심하면 깨어져버릴 나약한 인간을 잃지 않기 위해 얼마나 애쓰고 있을까.

"미안해요……."

그의 뺨을 감싸며 세나가 중얼거렸다.

"뭐가."

그의 입술이 세나의 것을 덮쳤다. 섬세하고 부드러운 입맞춤. 달고 달아서 더욱 지독한 갈망의 늪. 천천히 멀어지는 그의 뺨을 감싸고서 세나는 그의 표정을 제 두 눈에 새겨 넣었다.

"내가 어리광 부렸어요."

"그대의 모든 것이 나는 괜찮아."

"내가 오롯하지 못해 당신을 채우지 못할까 봐 무서웠어요."

청요는 아플 만치 순수한 제 비를 내려다보았다. 지금의 세나는 본래의 백화와 성격이 딴판이었다. 그것은 아마도 과거 제 천진한 성격이 청요에게 하등 도움이 되지 않았다고 스스로 질책한 결과일 것이다. 조금 더 차분하고 점잖은 존재가 되어 그에게 도움이 되고자 이와 같은 성격을 형성하게 되었을 것이다.

귓것의 육을 버리고 새로운 육을 찾아 헤매는 그 순간조차 오로지 자신을 생각했을 그녀를 청요는 알 수 있었다.

"멍청이."

제 뺨을 감싼 세나의 손 위에 제 손을 포개며 청요가 중얼거렸다. 멍청한 건 알지만 멍청하다는 소리를 들으니 분하다는 듯 세나의 표정이 새치름해졌다. 청요는 가볍게 웃고는 그녀의 이마에 제 것을 맞댔다.

"그대가 아무리 불완전해도 내겐 그대 자체로 완전해."

그의 달콤한 속삭임을 들으며 세나는 눈을 감았다. 까무룩 꺼지는 그녀의 의식을 느끼며 청요는 주변을 에워싼 어둠을 물렸다. 끈적거리면서도 미끈거리는 어둠이 물러나자 그들은 다시 차내였다.

고개를 비스듬히 한 채 청요는 조수석에 누워 잠든 세나를 한참이나 바라보았다.

조수석에서 자면 피곤할 것이다.

그런 생각이 든 것은 세나가 잠든 지 한 시간쯤 지나서였다.

불편한 듯 몸을 비틀며 세나가 작게 신음했다.

"으음……."

잠든 그녀의 이마를 어루만지며 청요가 픽 웃었다.

"잘 땐 업어 가도 모르겠어. 그것은 여전하다."

백화. 나의 비, 나의 모든 것.

"바로 찾지 못해 미안하다. 그로 인해 불완전한 그대를 원하지 않을지도 모른다는 생각을 심어주어 미안하다. 그대를 긴 시간 홀로 둔 것 또한 미안하다. 내 자각은 오래 지나지 아니하여 오직 나 홀로 있었던 시간은 실로 길지 않을진대…… 그댄 너무 오래 홀로 있었어."

사죄, 또 사죄.

인간의 태를 얻은 이래로 단 한 번도 자유롭지 못함에 한순간 어리석은 선택을 하였다. 살아 있는 것도, 그렇다고 죽어 있는 것도 아닌 존재. 멸절을 택하는 것이 '살아 있음'의 증거라면 멸절하고 싶었다. 찰나였지만 백화를 잊었다. 그녀를 망각하여, 그녀를 혼자 있게 하였다.

삶도 죽음도, 그녀보다 가치 있을 수는 없는데.

청요는 세나가 깨지 않도록 조심하며 그녀를 집으로 옮겼다. 그녀를 침대에 편히 눕힌 후 천천히 그녀의 머리끝부터 발끝까지 입맞춤했다. 제 흔적을 새겨 넣었다. 온전한 그녀도, 불온전한 그녀도 그의 모든 것인 것은 같다. 제 전부를 내어줘도 아깝지 아니했다. 언제나, 늘 그랬다.

"혼자 견디게 한 것, 용서하여라. 언제나 나를 사랑하여라. 늘 나만을 갈구하여라."

곧 그대가 소중히 했던 신귀를 되찾아 주마.

세나가 눈을 떴을 때, 청요는 어디론가 가고 없었다. 그를 찾아 주변을 두리번거리던 세나가 실망한 듯 입술을 뾰로통하게 내밀었다.

"바보."

언제나 청요가 제일 소중하였다. 청요만이 제 목숨보다 귀하고 또 귀했다.

"오직 당신을 사랑해."

반푼에 불과할지라도 이 마음만은 변함없다.

차츰차츰 모든 두려움이 사그라진다. 세나는 흐리게 웃으며 침대 시트에 코를 대고 킁킁거렸다. 청요의 냄새가 난다. 그를 닮아 서늘하고 포근한, 그런 냄새.

한참 엎드려 침대 위에서 빈둥거린 후에야 세나는 일어났다.

부엌에 가보니 전과 같이 식탁 위에 메모 한 장이 놓여 있었다.

[냉장고에 죽 있어. 데워서 먹어.]

먹어, 라고 짤막하게 남겨두었던 지난 메모보다 훨씬 길고 다정하다. 세나는 조용히 웃으며 냉장고를 열었다.

"이게 뭐야."

비명이 절로 튀어나왔다.

"냉장고가 아니라 거의 맥주보관소잖아."

청요가 소식한다는 것은 알고 있다. 하지만 이건 좀 심하지 싶다.

죽을 데워 먹은 후 세나는 잠시 머뭇거리다가 휴대폰을 들었다. 그를 닮아 무뚝뚝한 연결음이 두 번 채 울리기 전에 그의 목소리가 들렸다.

—나.

그는 전화를 걸 때나 받을 때나 참 한결같다. 세나가 작게 웃었다.

—왜?

"나 지금 오피스텔 나왔는데, 안에 지갑을 두고 나온 것 같아요. 비밀번호 좀 알려줄 수 있어요?"

—흐음.

단번에 알려줄 거라 생각했는데 청요가 의외로 뜸을 들였다. 세나는 조금 난처한 얼굴이 되었다. 비밀번호를 모르면 청요의 집에 다시 들어올 수가 없고, 그렇게 되면 방금 전 세운 이 완벽한 계획을 실행할 수가 없다.

"안 돼요?"

세나는 최대한 곤란한 목소리를 냈다.

—돼.

"그런데 왜요?"

—기껏 알려줬는데 다시 안 오면 실망할까 봐?

그가 다소 짓궂게 말끝을 올렸다. 농일 게 분명한 그의 말에 세나는 순간적으로 아무 반응도 할 수 없었다.

—뭐야, 왜 반응이 없어.

그의 목소리가 퉁명하다. 마이크 부분을 막고 크게 심호흡을 한 후에야 세나는 겨우 대답을 생각했다.

"오지 말라고 해도 올 거거든요."

—호오?

"쫓아내도 막 달라붙을 거예요."

—흐음.

"그러니까 얼른 알려줘요."

—오지 말래도 오고 쫓아내도 달라붙을 거라면, 그건 또 다른 의미로 무서운데?

낮게 터트린 웃음소리가 수화기 건너편에서 들려온다. 그에게 놀림당했다는 생각에 세나가 볼을 부풀렸다.

"못됐어."

—알아.

수화기 너머에서 누군가 그를 부르는 소리가 들렸다.

—끊어야겠어.

청요는 곧장 비밀번호를 알려주고는 전화를 끊었다. 혹시나 잊어버릴까 봐 세나는 얼른 메모장에 비밀번호를 적었다.

"장보기 되게 힘드네."

받기만 하는 건 싫다. 받은 만큼, 아니, 그 이상으로 답례하고 싶다. 비록 자신이 미약한 인간에 주머니 사정도 빈곤한 학생일지라도 세나는 청요를 위해 할 수 있는 일을 하고 싶다.

귀엽게 투덜거리는 세나의 표정이 더없이 밝다.

왜 느닷없이 비밀번호를 묻나 했다. 얌전히 집에서 그를 기다리는 건 역시 백화의 성미에 안 맞는다.

주방에서 부산스러운 소리가 난다. 보글보글. 지글지글. 청요는 소리 없이 움직여 세나를 와락 끌어안았다.

"꺅!"

"보고 싶었어."

놀라서 버둥거리는 그녀의 귓가에 청요가 속살거렸다. 그대로 나무토막이라도 된 양 굳어버린 그녀가 한참 뒤 고개를 돌렸다. 망연히 입을 벌린 그녀가 화들짝 정신을 차린 듯 물었다.

"어, 언제 왔어요?"

"방금."

"문 여는 소리 못 들었는데요?"

"보고 싶었다는 말에 대한 대답은?"

"네?"

어안이 벙벙해서 두 눈을 깜빡거리던 세나가 그제야 귓가에 속삭이던 청요의 말을 떠올리고는 얼굴을 붉혔다.

"아, 음…… 어, 나도요?"

"왜 말 끝이 올라가?"

그녀의 머리에 코를 묻고서 샴푸 냄새를 맡던 청요가 짓궂게 물었다. 그는 제대로 된 답을 듣기 전까지 그녀를 놓아주지 않을 기세였다.

"나는……. 나는 청요가 그리웠어요."

결국 세나가 작게 중얼거렸다. 그녀를 꽉 안고 있던 청요가 움찔 멈칫거렸다.

그녀의 대답은 '보고 싶었다'도 아니고 '그리웠다'였다. 수백 년 동안 겹겹이 쌓인 짙은 그리움이 세나의 안에 있다. 아주 큰 그리움이 넘실대며 청요에게 흘러간다. 청요는 숨을 멈춘 채 그녀의 귀를 살짝 깨물었다.

"으앗! 뭐예요?"

그녀의 시선, 내음, 몸짓. 모든 것이 그의 것이다.

"맛있어."

"내 귀가 맛있어요?"

"응."

"내 귀가요?"

"응."

"내가 고긴가."

잠깐의 망설임도 없는 청요의 즉답에 세나가 작게 투덜거렸다. 장난스럽게 대꾸하는 찰나찰나 그녀에게서 아뜩한 그리움이 넘쳐 온다. 자신이 여기에 있음을 각인시켜 주듯 청요는 세나를 끌어안았다.

"뭐하고 있었어?"

"아, 찌개 끓여요. 김치찌개."

"먹을 수 있는 거야?"

"당연하죠!"

국자를 뺏어들며 미심쩍어하는 청요를 향해 세나가 소리쳤다.

"흐음."

여전히 세나를 등 뒤에서 안은 채 청요가 간을 봤다. 고개를 돌려 그의 표정을 살피던 세나의 안색이 창백해졌다. 청요의 표정이 차츰 굳은 까닭이다.

"이, 이상해요? 그럴 리가 없는데."

청요가 빙긋 웃었다.

"아니, 안 이상해."

"진짜요?"

"응."

"못됐어! 이상한 줄 알고 놀랐잖아요."

"알아."

키득 웃으며 방방 뛰는 세나를 꽉 끌어안은 청요가 그녀의 머리에 입을 맞췄다. 얌전해진 세나가 머뭇거리다가 그의 품에 폭 안겼다.

"날 먹이려고 내내 고민했어?"

"……네."

"기특하네."

세나의 머리를 쓰다듬으며 청요는 잠시 눈을 감았다. 그녀는 그의 백화였으나, 지금은 유세나였다. 그녀가 두려워하는 것처럼 영영 지난 기억을 되찾지 못할 가능성은 무척 낮으나 전무한 것 또한 아니다.

그러나 청요는 다만 그녀를 사랑하여, 그녀의 이름 따윈 아무래도 상관없다. 설령 그녀가 그와 함께 했던 그 긴긴 시간을 모조리 영영 잊어버린다고 해도 그가 그녀를 원하고 소중히 여기는 것은 변함없을 것이다. 그녀가 그를 사랑하고 제 목숨보다 귀히 여기는 것 또한 변함 없을 것이다.

"고마워, 세나."

그의 품에 안긴 세나가 움찔했다.

"세나."

세나, 세나, 나의 세나……. 속삭이듯 불러본 그녀의 이름이 사랑스럽다.

딸꾹딸꾹. 갑자기 요란한 딸꾹질 소리가 난다. 청요는 가만히 세나를 놓아주고서 고개를 기울여 그녀의 얼굴을 빤히 들여다보았다.

고개를 숙이고 있던 세나가 깜짝 놀라 뒷걸음질 친다. 세나의 얼굴이 새빨갛다.

네가 누구이든 다 내어주겠다는 그의 말에도 미묘하게 불안해하던 세나는 그가 이름을 불러주었다는 것만으로 놀라울 정도로 설레어 하고 있었다. 그녀의 잘 익은 얼굴에서, 떨림을 감추지 못하는 손끝에서, 어떤 표정을 지어야 할지 몰라 하는 눈빛에서 청요는 그녀의 설렘을 읽었다.

팔로 그녀를 감아 제 쪽으로 당긴 청요가 입술을 내렸다. 번쩍 정신을 차린 세나가 황급히 손으로 얼굴을 가렸다.

"나, 나 김치찌개 먹었어요!"

그 외침이 실로 다급하다.

"알아."

청요는 상관없다는 듯 빙긋 웃었다. 그의 연회색 눈동자가 묘하게 빛났다.

"아, 안다면서……."

"나도 먹었어."

"내가 더 많이 먹었는걸요!"

세나가 울상을 지었지만 청요는 그녀의 손을 단호히 내려주고는 그녀의 턱을 붙잡았다. 다가오는 그의 얼굴에 세나는 마침내 포기하듯 순순히 눈을 감았다.

청요는 천천히, 그러나 집요하게 그녀의 입술을 훑고 깨물었다. 가지런한 이를 훑으며 그녀의 타액을 갈구했다. 세나에게 숨 고를 틈을 주듯 잠시 물러났던 청요가 재차 다가왔다.

"찌, 찌개 끓여야 해요."

"다 끓었어."

친히 전기레인지를 꺼주며 청요가 속삭였다. 유혹하는 것이 분명한 음성이다. 마음이야 이미 백 번은 그에게 넘어간 세나였지만, 일단은 그를 먹이고 싶은 마음이 더 컸다. 십중팔구 하루 종일 빵 하나 안 챙겨 먹었을 그이다.

"밥부터 먹어요."

"세나, 나는 피 끓는 청춘이야. 밥보다 중요한 게 있어."

이름을 불러주는 것에 세나가 약하다는 것을 제대로 간파한 청요가 능청을 떨었다. 한순간 그의 꾐에 넘어갈 뻔한 세나가 세차게 고개를 흔들어 가까스로 정신을 차렸다.

"청춘이라 하기엔 나이가 좀……. 아, 연센가?"

"나이는 숫자에 불과해. 중요한 건 정신이지. 내 정신이 언제나 청춘인 거 잘 알잖아?"

"그야 그렇지만……."

세나가 김이 모락모락 나는 김치찌개를 힐끔거렸다. 청요를 먹이고 싶다. 그런 것이라도 그에게 해주고 싶다. 지금은 해줄 수 있는 게 고작 이 정도이기에, 이것이라도 꼭.

하지만 청요는 음식에 눈곱만큼의 관심도 없어 보여서 세나는 이내 시무룩해졌다. 그녀의 침울한 표정에 청요가 짓궂은 눈빛을 지우고 부드럽게 웃었다.

"배고프다, 세나. 역시 밥 먹는 게 좋겠어."

의자를 빼 앉으며 청요가 말했다. 세나가 언제 시무룩했나 싶게 방긋 웃었다.

동의 소문이 북에 닿았다. 남에서 온 어린 비妃가 맹랑하게 물었다.

"왕이여, 서의 귓것은 본디 피리라 하오. 그것의 왕께서 흰 피리에 신비한 힘을 실어 그 귓것에게 주었다고 하오. 나의 왕께선 혹 내게 줄 것이 없으시오?"

어린 비는 본디 붉은 쌍가락지였다. 이에 왕은 단조로이 웃으며 제 힘을 불어넣은 쌍가락지를 그녀에게 주었다. 쌍가락지를 받아 들고 기뻐하는 어린 귓것은 적매赤每라 했다.

작자미상, 『조선망량야사, 적매편』

때는 아직은 평화로웠다. 인간은 스스로 질서를 잡느라 바빠 귓것에게 신경 쓰지 아니했다.

귓것사냥 또한 존재치 않았다.

지루하게 이어질 시간의 시작에서, 적매는 그를 만났다.

"이것이야?"

단조로운 목소리였다. 적매는 바짝 고개를 조아리고서 몸을 떨었다. 이제 겨우 인간의 태를 얻어 귓것 행세를 하게 되었다. 그런데 이 무지막지한 분께서 대체 무슨 볼일이실까.

아직 소멸하고 싶지 않다. 더, 더, 더 살고 싶다.

생을 얻어, 생을 갈구하게 되었다.

왕의 기분을 거스르지 않으려 애쓰며 적매는 눈동자를 데굴데굴 굴렸다. 위대하신 두 귀왕 중 한 분께서 저를 찾는 이유를 모르겠고, 이제 막 두 다리를 얻은 저가 무슨 잘못을 했는지도 모르겠고, 억누르지 않는 그의 신력에 짓눌려 죽지 않으려면 어찌해야 하는지도 모르겠다.

"너, 나와 갈래?"

"예에?"

저도 모르게 고개를 쳐들던 적매가 당황하여 얼른 이마를 땅에 쿵 박았다. 검은 땅의 귀왕이 키득거리며 웃었다.

"저 같이 갓 태어난 것을 어찌⋯⋯."

"마음에 들어, 네 얼굴."

"예?"

"네 그 곱상한 얼굴이 마음에 든다."

몸을 낮춘 왕이 적매의 턱을 붙잡아 들어 올렸다. 얼결에 그와 얼굴을 마주하게 된 적매가 마른침을 꼴깍 삼켰다. 허무로 가득 찬 연회색의 눈동자가 그녀를 꿰뚫듯 노려보고 있었다.

"저어, 왕이여? 무슨 뜻인지 모르겠소."

"모르겠어? 더 쉽게 말해줄까? 어린 귓것아, 네가 할 수 있는 선택은 둘 뿐이야. 하나는 나와 함께 가는 것, 다른 하나는 여기 남아 사라지는 것."

두루뭉술하게 사라진다 말한 그의 참뜻이 소멸, 즉 죽음을 말함을 적매는 단박에 알아차렸다. 손끝과 발끝에서 시작된 떨림이 온몸으로 번져갔다. 사시나무처럼 바들바들 떠는 그녀를 보며 귀왕은 짓궂게 웃었다.

"너, 살고 싶구나?"

"왕이여, 그야 당연히⋯⋯."

"제멋대로 인간의 태를 얻은 주제에 기어이 살고 싶은 거구나?"

영문을 모르는 표정으로 적매는 키득거리는 눈앞의 왕을 바라보았다. 칠흑처럼 검은 머리카락을 하나로 묶어 올린 그는 귓것보다는 미려한 신처럼 보였다.

"자, 붉은 쌍가락지야. 네게 긴긴 삶을 허락해주마. 상제가 허락하지 않은 그 삶을 내가 왕으로서 너에게 주마."

그가 손을 내밀었다. 살고 싶다면 그의 손을 잡는 것 이외의 다른 선택지는 없었다. 어린 귓것 계집이 머뭇머뭇 왕의 손을 잡았다.

그는 두 귀왕 중 하나. 북에서 온 검은 것, 흑각黑角이라 하였다.

10장. 그믐

식사 후 거실로 나온 세나가 발견한 것은 하얀 피리였다.

"이건 뭐예요?"

집주인의 흔적이 거의 없는 삭막한 청요의 집. 처음 만들어진 그대로 박제된 듯 그의 집은 적막하다. 흰색의 벽지와, 마찬가지로 새하얀 커튼. 그 흰 벽엔 흰 달력이 걸려 있고, 달력 아래 자리한 투명한 유리 상자 속 피리 또한 흰색이다.

흰 피리가 세나의 시선을 잡아끌었다. 필시 제 것을 알아본 것이리라.

"피리."

유리 상자 속 흰 피리를 보는 세나의 눈빛에 어떤 것이 깃들었다. 무엇이라 딱 정의 내리기 어려운 그것은 아마도 그리움, 애달픔, 기쁨, 슬픔……. 그 모든 것이어라.

"소리도 나요?"

청요는 대답 대신 유리 상자에서 피리를 꺼내 불어주었다. 소리가 새어나가지 않도록 차단해주는 검은 막이 두 사람을 둘렀다. 피리에서 흘러나오는 맑은 음색은 수천 년의 시간에도 여전했다.

"우와!"

세나가 눈을 반짝이며 손뼉을 쳤다.

"그대 것이야."

"네?"

얼떨떨한 얼굴이 된 세나의 손에 피리를 쥐어준 청요가 생긋 웃는다. 혹시 모를 위험을 대비하는 차원에서라도 피리를 세나에게 돌려주는 것이 마땅하다.

"다 주겠다고 했잖아."

"하지만 이건……. 소중한 거 아니에요?"

"소중하지. 소중하니까 돌려주는 거야. 진작 돌려줬어야 했는데 생각을 못했어. 늘 목에 걸고 다녀."

피리엔 그 옛날 청요의 마음이 깃들어 있다. 제 어린 비가 위험에 처하면 즉시 알 수 있기를 바랐던 간절한 마음. 그녀에게 저가 갈 때까지 그녀를 지켜줄 힘을 피리에 불어넣었다. 인간에게는 통하지 않으나, 그 외의 것에는 정확히 통했다. 백화를 향한 살의가 강할수록 피리의 힘은 치명적으로 작용했다.

"고마워요."

"말로만?"

"네?"

피리를 소중히 가슴으로 가져가는 세나의 이마에 청요가 살짝 입맞춤했다. 반응 빠른 그녀의 얼굴이 순식간에 달아올랐다. 귀엽다는 듯 둥글게 휜 청요의 눈이 무뜩 세나 뒤편의 달력으로 향했다.

그믐이, 다가온다.

"청요?"

그의 안색이 굳는 것을 본 세나가 걱정스럽게 불렀다. 청요가 얼른 표정을 풀며 웃어 보였다.

"어?"

"왜 그래요?"

"아무것도."

꽤 집요하게 쳐다보는 세나의 뺨을 청요가 쭉 늘렸다. 불현듯 그냥 세나와 이 세상에 안주하고 싶다는 충동이 일어 청요가 쓰게 웃었다.

그래선 아니 된다. 그는 귀의 왕, 그녀는 왕의 비.

백화가 사랑한 귓것들. 단 하나라도 더 살려낼 가능성이 있다면 청요는 능히 행해야 했다. 끝을 코앞에 두고 멈출 수 없다.

"아무것도 아닌 게 아닌 것 같아요."

세나가 손을 뻗어 청요의 뺨을 감쌌다.

"정말 괜찮아. 그런데 집에 돌아가지 않아도 돼?"

"아, 맞다. 내일 1교신데."

이제야 생각난 듯 세나가 입을 벌렸다. 장난스럽게 그녀의 아랫입술을 살짝 잡아당긴 청요가 키득 웃었다.

"므어예요."

"데려다 줄게."

"괜아나요."

청요가 세나의 입술을 놓아주었다. 살짝 얼얼해진 아랫입술을 문지르며 세나가 곱게 눈을 흘겼다.

"데려다 주고 싶어서 그래."

"흐음."

"가자."

청요가 손을 내밀었다. 졌다는 듯 세나가 손을 잡자 청요가 그녀를 가볍게 잡아당기며 단단히 깍지를 끼었다. 그의 손가락은 섬세하고 강인했으며, 언제까지라도 놓지 않을 듯 다정했다.

청요는 천천히 걸었다. 어둠은 그에게 미혹되어 접히고 얽히며 길을 열고 닫았다. 걸어서 한참 걸릴 것이 분명한 거리였는데, 청요와 함께하니 순식간이었다.

"우와."

세나가 놀란 듯 입술을 벌렸다.

"들어가 봐."

"가는 거 보고요."

"먼저 들어가."

"가는 거 보고 들어간다니까요."

"……알았어."

못마땅한 듯 표정을 찡그리면서도 청요는 뒤로 한 발짝 물러났다. 세나는 부드럽게 웃으며 그런 청요를 응시하였다.

청요. 그는 인간이 아닐 것이다. 아니, 그는 확실히 인간이 아니다. 그가 행하는 기행들이 모두 당연하게 받아들여진다.

"당분간 만나러 오지 못할 거야."

"왜요?"

"할 일이 있어."

"아."

"서운해?"

슬쩍 다가온 청요가 부드럽게 그녀의 입술을 훔쳤다. 세나가 그의 가슴에 이마를 콩 박았다.

"안 서운해요."

"씩씩하네, 유세나. 위험한 일이 생긴다면 어떻게 해야 하는지 알고 있지?"

세나가 목에 건 작은 피리를 꽉 쥐었다. 손에 저절로 힘이 들어갔다. 그 모습을 확인한 청요가 부드럽게 웃었다.

"갈게."

청요가 다시 뒤로 한 발짝 물러났다. 줄지어 달려든 어둠이 그의 흔적을 지운다. 그가 있었다는 사실이 거짓인 것처럼 청요가 사라진다.

"갔어요?"

돌아오는 대답이 없다.

"갔네요."

세나는 묘한 불안감을 누르며 방으로 돌아갔다. 침대에 걸터앉은 세나가 청요의 말을 골똘히 곱씹었다.

당분간 오지 못할 수도 있다니. 일 때문일까? 촬영이 많이 밀렸을까? 단순하게 생각하고 싶지만 어쩐지 청요의 분위기가 마음에 걸린다.

"위험한 일, 하려는 걸까."

사람을 싫어하고, 사람이 많은 건 더욱 싫어하는 청요였다. 그것을 감수하고 해야만 하는 일이 있는 것이다. 그것이 청요에게 위험한 일이 아니었으면 좋겠다.

'언제나 당신이 무사하길.'

나의 왕이여.

다소곳이 손을 모아 소망한다.

서기 1506년, 어느 어두운 밤. 때는 그믐.

진성대군의 사랑채는 늦도록 불이 밝았다. 서책을 펼쳐놓고 보는 둥 마는 둥 고민에 잠긴 진성대군 이역은 왕의 이복아우다.

성희안과 박원종은 폭군을 몰아내고 대비 윤씨의 윤허를 받아 그를 옹립할 계획을 세우고 있었다. 처음 그들의 계획을 알고 미적지근하게 반응했던 진성대군의 마음도 이젠 완전히 동참 쪽으로 기울고 있었다. 살아남으려면 어쩔 수 없는 일이었다.

그럼에도 미련하게도 진성대군은 제 부인의 안위가 염려스러웠다. 죄인의 가족이 왕후 자리에 앉을 수 있을 것인가?

'어찌해야 할 것인가?'

글자는 애초에 눈에 들어오지 않고 두통만 일었다. 결국 등불을 끄고 이부자리에 누웠으나 진성대군은 도통 잠들지 못하고 한참이나 뒤채었다.

'가만, 오늘이……'

진성대군이 돌연 벌떡 일어났다.

그믐밤이었다. 청요가 찾아오는 날.

확인할 것이 있었다. 고승에게 미리 받아둔 부적을 품에 넣으며 진성대군이 어둠을 응시했다. 때마침 어떤 기척이 느껴졌다. 어둠은 한데 뭉치며 들러붙었다. 이내 어둠은 넓게 퍼졌고 옅어졌다. 인간의 이지로는 이해할 수 없는 그 기묘한 움직임에 넋 놓고 있던 진성대군이 번쩍 정신을 차렸다.

조금 전까지만 해도 아무도 없던 곳에 귀왕이 서 있었다. 뿌연 푸른 불꽃이 그의 육신을 엷게 덮고 있었다. 그가 손짓하자 꺼졌던 등불에 불꽃이 되살아났다.

"청요."

"오는 길에 이야기는 들었다. 이제야 결심이 선 모양이지?"

"결심이라……."

진성대군이 짧게 조소했다.

"처음부터 내게 선택지 같은 것은 없지 않았느냐?"

"그렇긴 하지."

왕자는 얼마든지 있다. 진성대군이 끝끝내 망설인다면 다른 왕자를 내세우면 그뿐. 거사에 참여하지 않는다면 그런 그를 반정일파가 어찌 처리할지는 불 보듯 뻔한 일이고, 만약 거사가 실패한다고 해도 그의 목숨은 바람 앞 등불이리라.

청요는 가만히 서서 진성대군을 내려다보았다. 그에게서 풍겨오는 이질적인 위압감에 진성대군이 어깨를 살짝 움츠렸다.

귓것의 우두머리, 귀왕.

사냥대회 도중 처한 위기를 그에게 구원받아 넘길 수 있었다. 그때 본 경이로운 힘. 장정 서넛도 들지 못한 바위를 손짓 한 번으로 움직이고, 도저히 한 번에 이동할 수 없는 거리를 순식간에 움직이며, 새와 같이 날던 그 놀라움.

폭군이 귓것사냥에 왜 그토록 열을 올리는지 조금은 이해가 되기도 하였다. 귓것이 민가에 해를 끼쳤다는 이야기는 들어본 적 없지만 그들이 악한 마음을 먹고 인간을 해하려 들면 어찌 될까. 그저 상상하는 것만으로도 그 참담한 결과가 눈앞에 펼쳐지니 조선 백성을 위해서 귓것은 역시 사라지는 것이 나을지도 모르겠다.

"이역."

"왜, 왜 부르느냐?"

표정이 굳었을까. 청요의 차가운 부름에 진성대군이 화들짝 놀랐다. 저가 얼마나 수상하게 보일지 생각하며 진성대군이 애써 입귀를 늘려 웃었다.

"아무것도. 피곤할 테니 자두어라. 이제 정녕 바빠질 테니."

스멀거리는 어둠이 청요의 주변에 모여들었다.

"가는 것이냐?"

"일단은."

청요가 스르륵 사라졌다.

이불을 꽉 그러쥔 진성대군의 손끝이 가늘게 떨리고 있었다. 품에서 주섬주섬 부적을 꺼내 등불에 확인하는 진성대군의 표정이 차츰 굳었다.

부적의 색이 기묘했다. 고승이 말한 그대로였다.

'청요, 그대는 어디에 속해 있는 것이야?'

진성대군이 입술을 살짝 깨물었다.

식귀구의 냄새가 난다.

다른 냄새로 가려져 있지만 후감에 집중하니 확연히 난다.

'이역……'

이용을 몰아내기 위한 도구였다. 저 역시 그들에게 도구에 불과할 것이었다. 그러나 팽烹 당하는 것은 거사가 끝날 뒤일 거라고 생각했다.

'이렇게 지척에서 키우고 있었군.'

냄새는 곳간에서 났다.

―크르르.

위협적인 울음이 낮게 깔려 다가온다. 굳게 닫힌 곳간 문에 손을 대고서 청요는 안에 있는 것을 느꼈다. 그를 따라 문을 뛰어넘었던 것과 닮은 구석이 있는 냄새였다.

'그 식귀구 명패의 낙천樂天은 역시 진성대군의 자였나.'

인간을 믿진 않았으나 씁쓸한 마음은 어쩔 수가 없다. 의심하고 있었지만 막상 확인하니 헛웃음이 나왔다. 배신이 전제된 관계란 이 얼마나 허망하고 부질없는가.

곳간 속의 식귀구들은 필시 어린 귓것을 잡아먹을 것이다. 그리 키워지고 훈련받았으니 능히 그러할 것이다. 약해빠진 신귀들은 식귀구의 좋은 먹이가 될 터.

이 자리에서 저것들을 없애야 하나? 당장 없애 버리는 게 나을까?

청요는 천천히 고개를 저었다. 당장 식귀구를 없애 얻을 수 있는 것이 없다. 아직은 진성대군과 완전히 등 돌릴 때가 아니다. 어쩌면 왕의 눈 밖에 나지 않기 위해 대충 장단을 맞춰주고 있을 뿐일지도 모르지 않은가.

진성대군이 귓것사냥에 어느 정도 동참하고 있음을 이제 확신할수 있으나, 그럼에도 '혹시' 하는 일말의 미련이 청요의 발목을 붙잡았다.

이내 아무것도 하지 않고 등을 돌리는 청요의 주변으로 어둠이 몰려들었다. 검은 것이 질척거리며 들러붙자 그의 모습은 흔적도 없이 사라졌다.

어둠은 청요를 한 숲에서 뱉어냈다. 하늘에 알알이 박힌 별빛이

찬란했다. 쏟아지는 색색의 별빛 아래 거대한 고목이 위압적으로 서 있었다. 넓게 뻗친 가지에 매달린 잎사귀들이 바람에 사각거렸다.

청요는 땅 위로 드러난 고목의 뿌리를 베고 누웠다. 더럽혀지지 않은 정기가 모여들어 그를 덮었다. 시간을 건너뛰느라 피로해진 몸이 정기를 흡수하며 옅게 빛났다. 내일은 신귀들을 찾아다니며 상황이 여의치 않게 돌아가면 인간의 태를 버리고서라도 살아남으라고 일러 두어야 했다.

하룻밤 내내 청요는 깊은 수면을 유지하며 조선의 정기를 흡수했다. 새벽은 그 힘이 특히 청결하여 큰 도움이 되었다.

동이 트자 그럭저럭 운신할 정도가 되었다. 정신을 차린 청요가 신귀들이 많이 모여 사는 곳 위주로 위치를 머릿속에 그려보았다. 가장 가까운 곳은 이십 리 정도 떨어진 곳이었다. 천천히 일어난 청요가 몸에 묻은 풀잎을 툭툭 털어내고서 움직이기 시작했다.

그의 육신이 푸른 산야를 가로지른다. 빠르고 소리 없이 신귀의 냄새를 쫓는다.

"이곳인가?"

때는 아침. 귓것이란 본디 밤에 속한다. 갓 육을 얻은 귓것들이 아침에 활동하는 어려울 것이다. 어느 정도 신력이 쌓인 놈들만 움직일 수 있겠지. 빼꼼빼꼼, 늙은 거목 뒤 겁 많고 호기심 많은 것들이 눈알만 내밀어댄다.

"누가 이 여우산의 작은 두령[4]이냐?"

낮게 울리는 목소리에 신귀들이 움찔거렸다. 두 눈을 커다랗게 키운 한 녀석이 머뭇머뭇 거목 뒤에서 날아왔다. 눈이 달린 불같은 모양

---
4) 소규모 귓것 무리를 이끄는 역할을 한다.

새였다. 그는 청요에게서 살의가 느껴지지 않자 경계를 푼 듯하였다.

"왕이신가?"

낮에 녹아들어 엷게 보이는 푸르스름한 불덩이가 청요의 주변을 뱅글뱅글 맴돌았다. 녀석은 킁킁 냄새를 맡아보다가 별안간 후다닥 뒤로 날아갔다.

"왕이시다!"

황급히 인간의 태를 갖추는 그것은 꽤 어린 귓것이었다. 인간의 태를 갖춘 지 갓 일이십 년이 되었을까. 그럼에도 낮에 돌아다닐 수 있는 것을 보면 가지고 태어난 그릇 자체가 큰 모양이었다.

"네가 이곳의 작은 두령이냐?"

"그러하오, 왕이여!"

청요가 살짝 미간을 찌푸렸다. 타고난 그릇이 크다 해도 살아온 시간이 짧아 작은 두령으로서 다른 신귀를 보호하기엔 약할 터인데.

"이름은?"

"찬규燦奎! 빛나는 별이오."

작은 두령 찬규는 겁도 없이 청요의 바지자락에 매달렸다. 방끗 웃으며 천에 코를 박고는 재차 킁킁거렸다.

"무어하는 게냐?"

"왕에게서 좋은 냄새가 나오! 계집의 냄새. 애정이 가득하오."

백화의 냄새를 맡은 것일까. 어린 것이 감이 좋았다. 청요가 작은 두령 찬규의 머리를 쓰다듬었다. 그가 가진 신력의 크기가 가늠되었다. 낮에 인간의 태를 취할 만큼은 되었지만, 딱 그 정도였다. 이런 놈이 작은 두령이라…….

"너보다 강한 것은 없느냐?"

"어르신들은 모두 죽었소."

작은 두령의 목소리가 파르르 떨렸다. 청요의 옷깃을 붙잡고 있던 손에도 힘이 들어갔다.

"죽었다?"

"왕을 찾을 수가 없었소. 인간……. 인간들이 자꾸 공격해왔소. 반항할 수가 없었소. 어르신들은 우리네가 달아날 시간을 벌어주다 죽었소. 이 여우산에 남은 귓것 중에선 내가 가장 강하오."

작은 두령의 어깨가 힘없이 쳐졌다. 왕을 찾으려 했지만 찾을 수 없었다는 작은 두령의 말에 못 다 숨긴 서러움이 묻어났다.

"하온데 이상하오. 왕께 이곳에서 맡을 수 없는 냄새가 스며 있소."

작은 도령은 후각이 예민했다. 조선에서 나지 않는 냄새. 현대에서 묻어온 그것을 맡았다.

"왕이여."

청요를 부른 후 잠시 입을 다문 작은 두령이 붙잡고 있던 청요의 옷깃을 놓았다. 연회색의 눈동자가 청요를 똑바로 올려다본다. 흔들리는 그 눈빛에 담긴 것이 두려움인지 서글픔인지 청요는 가늠할 수 없었다.

"말하여라."

"왕은 기실 아니 있는 것이오?"

담담한 물음이었다.

"……그러하다."

청요가 어렵게 대꾸했다. 그는 이 세상에 속해 있지가 않다. 귓것들을 지키기 위해 최선을 다하겠지만, 그의 노력에는 한계가 있을 수밖에 없을 것이다.

"하오면 이제 우리네는 어찌해야 하오?"

"더 버틸 수 없는 때가 오면 인간의 태를 버려라. 반귀가 되어서라도 살아남아라. 내가 진정으로 돌아오는 때까지 그리 견뎌라."

"반귀도 될 수 없는 녀석들이 있소."

작은 두령이 중얼거리듯 대꾸했다. 청요가 입술을 깨물었다. 작은 두령의 말이 옳았다. 모든 신귀가 반귀로 화할 수 있을 만큼의 힘을 가진 것은 아니었다. 인간의 태를 버리는 즉시 스러져버릴 귓것도 많았다. 그 나약함, 연약함……. 그것들을 어찌 지켜야 하나.

"방법을 찾아보마."

"지금은 혹 그것이 최선이오, 왕이여?"

"그렇다."

"알겠소."

작은 두령이 고개를 주억거리더니 말갛게 웃었다. 그가 품에서 주섬주섬 무언가를 꺼냈다.

"왕께 드리겠소."

새빨간 나무열매였다.

"아주 맛있소. 왕께서 지금 있는 곳엔 없을 것 같으오."

청요가 나무열매 하나를 입 안에 넣고 꼭꼭 씹었다. 달큼한 맛이 입 안에 번졌다.

"잊지 마시오, 왕이여. 우리를, 이곳을 부디 기억해주시오."

"잊지 않는다."

"왕이여, 우리네는 왕을 사랑하오. 날 때부터 왕을 사랑해왔소. 왕께선 늘 우리네를 우리로서 존재하게 만드오. 우리가 신귀로서, 귓것으로서 살 수 있게 해주오. 왕이 있어야만 우리는 완전해지오. 그러니 기꺼이 기다리겠소."

"아주 오래 기다려야 할 것이다."

"내 비록 어려도 작은 두령이오. 그 정도는 알고 있소."

작은 두령이 배시시 웃었다.

"다른 신귀 무리를 찾아 살아서 버티라고 전하여라. 그것이 나의
명이다."

"염려 붙들어두시오."

묘하게 듬직한 대답이었다. 그의 머리를 한 번 쓰다듬어 주고 청요
는 산을 내려왔다. 찬규, 그 어린 것이 작은 두령이 되기까지 얼마나
많은 신귀가 희생되었을지 청요는 짐작해보지 않았다.

찬규와의 만남은 일전의 역사에는 없던 것이었다. 그 작은 변화가
큰 변화를 이끌지어다.

작은 두령이 준 나무열매의 단맛이 가시지 않았다. 품에 소중히 꽁
꽁 감춰 두었다가 한 치 망설임 없이 내어준 그 마음이 고왔다. 선물
이 그토록 정다운 것이었던가.

'선물이라……'

단 며칠이라 하여도 세나는 그를 간절히 기다리고 있을 것이다. 돌
아가 어여쁜 선물 하나를 내민다면 그녀는 필시 세상을 다 가진 듯 기
뻐하겠지.

웃는 세나의 얼굴을 머릿속에 그려보았다. 시전으로 발걸음을 돌
리는 청요의 입가에 슬금슬금 말려 올라갔다.

시전에 가까워질수록 거리는 시끌벅적해졌다. 나라의 제도가 정비
되어 개국 초의 혼란스러움은 많이 사라진 상태였으나, 그 활기 아래
진득한 두려움과 불안함이 깔려 있었다.

성군의 아들이 항상 성군이 되는 것은 아니라서 어미의 비극을 알게 된 현 왕은 유례없는 폭군이 되었다. 그의 폭정은 조선에 터를 잡고 살고 있는 귓것뿐만 아니라 조선 백성들까지 두려움의 진창 속으로 밀어 넣었다.

"청요?"

돌연 익숙한 목소리가 들렸다. 청요가 반사적으로 고개를 돌렸다. 바로 지난밤 만났다가 헤어진 진성대군이었다.

"그 해괴한 옷차림새 보고 혹시 하였네. 자네가 이런 곳에서 무얼 하는 겐가?"

그가 사람 좋은 미소를 지으며 물었다. 그 식귀구들은 다 무엇이냐고 묻고 싶은 충동을 억누르며 청요가 마주 웃었다.

"살 것이 있다."

"살 것?"

의외라는 반응이었다. 귓것이 돈을 내고 인간의 것을 사겠다고 하니 의외일 만도 하였다.

"그러는 너는 무슨 볼일이지?"

"내 부인에게 줄 것을 사러 왔다."

굳이 숨길 필요 없다는 듯 진성대군이 대답했다. 그곳은 패물가게가 있는 거리였고, 사내보다는 계집에게 잘 어울리는 곳이었다. 계집의 패물을 파는 거리에 알짱거리는 사내의 모습은 그다지 좋은 그림이 못 되었다.

"네 부인에게?"

청요는 가만히 진성대군을 응시하였다. 그의 회색 눈동자가 언뜻 붉어졌다 본래 색으로 돌아왔다.

"그래, 내 부인에게. 청요, 자네도 자네의 비에게 줄 것을 사려고 온 모양이지? 이 패물거리에 자네가 쓸 물건을 사러 왔을 리는 없고 말이네."

진성대군이 애처가라는 건 유명한 이야기였다. 용케 그 부인을 버릴 결심을 했구나.

그러나 우습다. 어차피 버릴 것이면서 버리기 전까지는 지금과 같이 귀애할 생각인 것일까? 후에 자기변명이라도 삼으려고?

청요의 눈빛이 차게 식는다.

"함께 가지 않겠나? 인간의 물건을 보는 눈은 자네보다 내가 더 뛰어날 터이니."

악심 없이 베푸는 것 같은 진성대군의 호의에 청요는 고개를 주억거렸다. 적이 될 때는 되더라도 지금은 아니었다. 제 손으로 살려준 그의 목숨. 언젠가는 무슨 수를 써서라도 거둬가야 할지 모를 일이지만 적어도 아직은 아니다.

"여인들은 아닌 척하여도 하나같이 진귀한 패물을 좋아해. 그것은 귓것도 마찬가지겠지? 자네들은…… 그 겉의 태가 우리와 같지 않은가?"

진성대군은 제 말에 어폐가 있나 살짝 고민하는 느낌이었다. 귓것은 인간의 태를 하고 있으나 인간은 아니다. 그들이 인간과 얼마나 비슷한 방식으로 사고하고 행동하는지 인간인 그가 모르는 것이 당연한 일이다. 귓것의 그 행동이 진정에서 우러나온 것인지 단지 인간과 비슷하게 흉내 내는 것인지 또한 알 수 없다.

"글쎄."

모호하게 대꾸하며 청요는 진성대군의 뒤를 따랐다. 지금의 세나는 인간이니 진성대군을 이용하는 게 나을 것 같았다.

진성대군은 나란히 늘어선 패물점 중 세 번째 집에 들어갔다.

"아이고, 대군 나리 오셨습니까요?"

점주와 잘 아는 사이인 듯하였다.

"비녀 좀 보러 왔다. 제일 좋은 것 좀 선보여 보아라."

"여부가 있겠습니까요? 하온데 뒤에 계신 분은……."

"내 벗이다. 이 친구도 하나 살 것이니 각별히 신경 써 보아라."

"예예, 나리. 이것들이 명에서 건너온 것인데……."

상인이 아래쪽에 감춰둔 비녀 몇 개를 꺼내 선보였다. 칠기 된 함에 하나씩 곱게 담아둔 것을 보면 값비싼 최상품인 듯하였다. 진성대군은 상인이 소개해주는 비녀를 하나하나 신중히 살펴보았다.

"청요, 어떤 것이 더 나으냐?"

오른손에는 붉은 보석이 박힌 은비녀를 들고 왼손에는 청옥으로 만든 옥비녀를 든 채 진성대군이 물었다.

"아무거나 하나 고르면 되지 않으냐?"

"아무거나 고르면 당연히 아니 되지! 첫째로 부인의 마음에 들어야 할 것이고, 둘째로 지나치게 금전적으로 부담되지 말아야 할 것이며, 셋째로 우리 마음에도 들어야 하지 않겠느냐?"

깐깐하게 구는 진성대군에게 인상을 찌푸려 보인 청요가 옥비녀를 가리켰다. 진성대군이 방긋 웃으며 옥비녀를 청요의 손에 쥐어주었다.

"이것이 자네 마음에 드는 모양이지?"

마음에 드느냐고?

글쎄. 옥비녀를 보는 순간 세나가 생각나긴 했다. 흰 피부와 흑단처럼 검은 머리카락. 그 긴 머리를 둥글게 말아 옥비녀를 꽂으면 참 잘 어울릴 것이었다. 선물로 삼아도 좋겠다고, 그리 생각했다. 그것이 마음에 드는 것일까.

"마음에 드는군."

"그럼 그걸로 하세. 나는 이걸로 하겠네. 다 해서 얼마인가?"

비녀 두 개의 값을 모두 치를 기세인 진성대군을 청요가 막아섰다.

"내 것은 내가 치르겠네."

진성대군에게 무언가를 받고 싶지 않다. 원수가 될지도 모르지 않은가.

"예예, 나으리. 그 비녀는 특상품이라 값이 조금 비싸긴 하온데……."

점주는 주절주절 말이 많았다. 청요는 군말없이 돈을 꺼내 상인에게 건넸다. 넙죽 값을 받은 점주가 연신 허리를 굽실거렸다.

진성대군도 제 부인을 위한 비녀 값을 치렀다. 비싼 비녀를 두 개나 판 상인이 방실방실 웃었다.

청요는 비녀를 소중히 갈무리하는 진성대군을 응시하였다. 소중한 이를 생각하는 그의 눈빛이 다정하였다. 그러나 그 소중한 이를 진성대군은 버릴 것이다. 그토록 연모하는 부인조차 버릴 수 있는 이라면 귓것들 또한 능히 버릴 수 있지 않을까. 제 목숨을 구해준 은인이라 하여도 만약 조선 백성들에게 해롭다 판단된다면 필시 멸절시키려 들지 않을까.

'너를 어찌할까.'

자신만만하게 말하긴 했지만 진성대군 외의 왕자를 찾아 대책을 갈구하기엔 청요에게 남은 시간이 많지 않았다. 진성대군이 저를 배신하고 귓것을 멸절시키려 들 거라는 확신도 없고, 애써 찾아낸 다른 왕자가 귓것을 두려워하지 않으리란 보장 또한 없다.

'어찌해야 할까.'

청요는 순진해 보이는 인간 왕자를 내처 응시했다. 그의 시선을 느낀 진성대군이 고개를 갸웃거리며 청요를 바라보았다.

"청요, 무슨 할 말이라도?"

"인간은 이런 것을 좋아하나?"

의아해하는 진성대군에게 청요가 옥비녀를 들어 보이며 대충 물었다.

"으응? 아, 물론이지! 여인치고 비녀 싫어하는 이는 없다."

"그러한가?"

"그러하다."

진성대군이 단호히 고개를 주억거렸다. 청요는 쓰게 웃으며 한 발짝 뒤로 물러났다.

"청요?"

"이만 가봐야겠다."

청요가 홱 뒤돌아섰다. 진성대군이 그를 부를 듯 입을 벙긋거리다가 다물었다. 청요의 모습이 보이지 않자 진성대군이 급히 품에서 부적을 꺼냈다. 어젯밤에 숨기고 있던 것과 같은 것이었다.

'이번에도 반응이 없다. 부적이 잘못된 것이 아니다.'

식귀구를 길들일 정도로 법력이 뛰어난 고승에게 받은 것이었다. 고승의 법명은 원상대사.

'그 고승의 말이 사실인 것일까?'

어젯밤엔 청요가 머무른 시간이 너무 짧아 부적이 아무 반응하지 않을 것일지도 모른다고 생각했다. 청요가 언제 어디서 튀어나올지 모르는 터라 부적을 품에 숨기고 있던 차에 시전에서 청요와 닮은 뒷모습을 보았다. 이번에야 말로 제대로 확인해보자는 생각으로 청요를 뒤따랐다.

그러나 결과는 어젯밤과 같다. 청요가 코앞에 있었지만 부적은 반응하지 않았다. 근처에 귓것이 있으면 붉게 변한다는 부적이 여전히 황색이었다. 강한 귓것이 있을수록 핏빛에 가까워진다는 부적이, 조금도 변하지 않았다.

존재하나 존재하지 않는 것. 그것이 지금의 귀왕이란 말인가. 눈앞에 있으나 정녕 이 세상에 속해 있지 않은 것인가. 그렇다면 원상대사의 말처럼 위험하기 짝이 없는 귓것을 멸절시킬 기회가 바로 지금인 것일까?

'청요, 자네를 볼 때마다 혹시 하는 생각을 했네. 강대한 귀왕인 자네가 있는데도 전하의 귓것사냥을 막지 못하는 이유를 생각하고 또 생각했지. 자네는 옆에 있어도 아득히 멀고 함께 이야기를 나누어도 들리지 않는 듯했어. 자네는 정녕 존재하는 것일까, 부재하는 것일까? 늘 고민하였지. 이제야 답을 안 것 같네.'

청요는 이 세상의 귓것이 아니다. 어찌 된 영문인지 모르겠으나, 저 귀왕은 결코 조선에 마음대로 개입할 수 없으리라.

청요가 조선에서 그나마 무리 없이 머물 수 있는 시간은 극히 짧다. 기껏해야 사흘. 그 이상은 청요의 육이 온전히 버티질 못한다. 조금씩 부서져 삭는다. 깨진 그릇을 새것과 같이 붙일 수 없듯, 한계를 넘어선 육은 완벽히 회복될 수 없다. 불완전한 육으론 완전히 회복될 수 없고, 그렇게 되면 다시는 조선으로 건너오지 못하게 될 것이었다. 따라서 한계 이상으로 조선에 머무르는 것은 딱 한 번, 거사의 때가 되어야 했다.

검은 어둠이 줄지어 청요를 감쌌다. 그것들은 일렁이며 주변을 삼켰다. 꾸물거리며 더 커지고 진득해진 어둠이 시간을 미혹하였다. 과거와 현재와 미래가 뒤범벅된 거대한 소용돌이. 온몸이 으스러지는 충격에 청요는 이를 악물어 신음을 삼켰다.

고통은 찰나. 아주 찰나.

"하!"

거친 숨을 토해내는 것과 동시에 무릎이 꺾이며 청요가 앞으로 쓰러졌다. 눈앞이 빙빙 돌았다. 그를 뒤따라 온 겁 없는 것들이 스러지는 것이 느껴진다. 어린 식귀구인 것 같았다. 시간을 넘기 전 그의 근처에 있던 두 마리가 그를 따라왔으나 현대에 떨어지자마자 그 이질적인 충격을 버티지 못하고 짜부라져 부서졌다. 저가 속해 있지 않은 세계로 넘어가는 것은 그만큼 위험한 일이다. 지난번 살아남은 그 식귀구가 지나치게 잘 훈련되고 강인했던 것이다.

쿨럭쿨럭 기침이 터지는 입을 청요가 손으로 틀어막았다. 손바닥을 펼쳐보니 붉은 핏덩이가 묻어 있다. 갈수록 조선으로 가는 것이 힘들어지고, 돌아오는 것 또한 버거워진다. 이제 남은 것은 한 번. 한 번만 더 이 짓을 하면 어떤 식으로든 결판이 난다.

'고통스럽군……'

청요의 의식이 흐려지며 그가 쓰러졌다.

"여, 여기 사람이 쓰러졌어요!"

누군가 경악해서 도움을 구하는 소리가 들린 것 같다. 인간의 도움 따위 필요 없다고 쏘아붙일 여력도 없다.

'백화……'

그녀가 보고 싶다는 생각을 하며 청요는 까무룩 정신을 놓았다.

조교에게 리포트를 제출하고 나오는데 영은에게서 전화가 왔다. 오늘 만나자고 약속을 했던가? 고개를 갸웃거리며 세나가 전화를 받았다.

―유세나! 너 들었어?

영은이 다짜고짜 소리를 질렀다.

"뭘 들어?"

―쓰러졌대!

"쓰러지다니, 누가?"

―누구긴 누구야? 청요가 쓰러졌대!

순간 세나의 손에서 힘이 빠졌다. 툭. 휴대폰이 바닥에 떨어졌다. 겨우 정신을 차린 세나가 휴대폰을 주워들었으나 액정은 이미 쩍 갈라진 뒤였다.

―세나야? 너 괜찮아?

"어? 어…… 괜찮아. 난 괜찮아. 내가 안 괜찮을 이유가 뭐 있겠어."

어떻게 통화를 끝냈는지 모르겠다. 전화를 끊은 후 세나는 한동안 복도에 멍하니 서 있었다.

쓰러졌다. 청요가, 쓰러졌다.

그럴 리 없는데. 그가 아플 리 없는데. 그는 어지간한 인간과는 비교할 수 없을 만큼 튼튼할 텐데. 그런데 쓰러졌다고?

'청요……'

그에게 가봐야겠다. 그에게 내가 필요할 것이다. 나를 부르고 있을 것이다.

'어디에요? 어디에 있어요?

세나가 두 눈을 질끈 감았다. 어디 있는지 알 수 있다. 알 수 있을 것이다. 틀림없이.

'나를 불러요. 나를 찾아요. 청요, 제발.'

아무것도 들리지 않는다. 청요의 부름이 들려오지 않는다. 입술을 꾹 깨문 세나가 크게 심호흡을 했다. 그와 보이지 않는 무언가로 이어져 있다. 분명 그러하다. 그러니까 그가 어디에 있는지 알려주지 않아도 그를 찾을 수 있을 것이다. 그가 부르지 않아도 그에게 갈 수 있을 것이다.

세상이 일시에 고요해졌다. 어느 순간 청요가 보였다. 세나가 정신없이 달리기 시작했다.

❀

남에서 온 어린 것것은 제 목숨을 귀히 여겼다. 제 목숨보다 귀한 것은 없으리라 다만 믿었다. 그런 것이 있을 수 있다는 것을 어린 것것은 알지 못했다. 그것을 알았을 때, 그녀의 왕은 이미 없었다.

"나의 붉은 쌍가락지야, 나와 함께 가겠느냐, 홀로 남겠느냐?"

그때 저가 한 답을 어린 것것은 두고두고 후회하였다.

작자미상, 『조선망량야사, 적매편』

적매는 제 약지의 붉은 쌍가락지를 보고 방싯방싯 웃었다. 제 본육과 꼭 닮은 그 쌍가락지는 그녀와 상성이 잘 맞았다. 두 개의 쌍가락지를 끼고 있으면 놀랍게도 흑각을 제외한 그 어떤 귓것도 그녀를 찾지 못했다. 그녀의 기운과 냄새를 완벽하게 가려주는 것이었다.

"왕이여! 이거 참말 신묘하오."

배시시 웃으며 적매가 왕에게 달려갔다. 아름다운 그녀의 왕이 단조로운 표정으로 그녀를 바라보았다.

"마음에 들어?"

"마음에 드오! 참말 마음에 드오! 그 하얀 귓것이 가진 것보다 훨씬 좋은 것일 것이오!"

적매는 신이 나서 떠들었다.

풍문에 따르면 서에서 온 하얀 귓것이 받은 것은 어디에서 불든 제왕에게 소리가 닿는 신묘한 피리라고 한다. 또 왕의 힘이 깃들어 그 귓것에게 살의를 품은 귓것을 능히 해한다고 한다.

그게 도대체 뭐람. 너무 폭력적이지 않은가? 그따위 것보다는 존재 자체를 가려주는 흑각의 귀물이 훨씬 훌륭하였다.

"이것만 있으면 오래오래 살 수 있을 것 같으오, 왕이여. 나를 찾을 수 없다면 나를 해할 수도 없을 테니 말이오."

그 어떤 존재보다 후감이 뛰어나다는 식귀구도 쌍가락지를 끼고 있으면 적매의 냄새를 맡지 못했다. 하나만 끼면 능력 좋은 식귀구가 냄새를 맡을 수 있을지도 모르겠지만, 두 개를 모두 끼면 흑각 외의 그 누구도 그녀를 느낄 수 없게 되었다. 적매는 제 기운을 완벽히 가려주는 쌍가락지를 보며 연신 방긋거렸다. 그 순진한 웃음을 보는 흑각은 무표정하다.

"너는 삶에 대한 열망이 실로 크구나."

"왕은 아니 그러오?"

"나는 아주 오래 살았다, 나의 쌍가락지야. 네가 상상할 수 있는 것 이상으로 긴 시간을 살았다. 크나큰 열망을 유지하기엔 그 시간이 실로 무료하였다."

"으음, 잘 모르겠소."

적매가 고개를 갸웃거렸다. 오래 살면 살아 있다 한들 더 이상 삶을 바라지 않게 되는 것일까? 아니면 살아 있는 것이 별 재미가 없어 그 열망을 잃어버린 것일까? 흑각의 깊은 무료를 이해하기에 적매는 너무 어렸다.

"나는 왕과 함께라면 언제까지라도 살고 싶을 것이오."

흑각은 아무 말도 하지 않았다.

11장. 고백

청요가 없는 세상, 청요를 만날 수 없는 세상. 그것은 소름 끼치게 끔찍한 세상이리라.

택시를 잡기 위해 세나는 도로변에서 손을 흔들었다.

"여기요, 택시! 택시!"

오늘따라 그냥 지나치는 택시가 야속하다. 대여섯 대의 택시를 보낸 뒤에야 세나는 택시에 올라탈 수 있었다.

"어디로 모실까요, 손님?"

"어······. 지명을 모르겠는데. 제가 방향을 설명 드릴게요."

가늘게 느껴지는 청요와의 연결을 놓치지 않기 위해 세나는 안간힘을 썼다. 이윽고 택시가 움직였고 청요가 천천히 가까워졌다.

'청요······.'

희미하던 연결의 끈이 차츰 진해져간다. 불안하게 뛰던 심장도 진정되어 간다.

"저기! 저기 세워주세요!"

"네, 손님."

병원 앞은 한산했다. 오가는 환자와 보호자 이외의 사람들은 보이지 않았다. 청요가 입원 중인 병원이란 사실이 새어나가지 않은 모양이었다. 덕분에 세나는 어렵지 않게 청요의 병실을 찾을 수 있었다.

흰 벽면 사이에 서 있는 회색의 이질적인 문. 세나는 그 앞에 섰다. 조심스럽게 문고리를 돌렸다. 달칵 소리와 함께 문이 스르륵 안으로 움직였다. 묵직한 존재감이 안에서부터 풍겨왔다.

"청요."

병상 위에 그가 있었다. 링거를 꽂은 그 모습이 기이하다. 그에게 링거 따위가 통할 리가 없는데.

천천히 그에게 다가가 그의 젖은 이마에 손을 얹었다. 차갑다.

"무리하지 마요."

세나가 작게 중얼거렸다.

그의 눈꺼풀이 파르르 떨리는가 싶더니 그가 눈을 떴다.

"내가 깨웠어요?"

"세나."

탁한 목소리로 그녀를 부른 청요가 그녀의 손을 잡았다. 이마와 마찬가지로 그의 손도 서늘하다. 세나는 그 서늘함에 안도했다.

"손이 차가워요."

"그게 정상이야."

"그래요?"

"응."

"……."

"어떻게 왔어?"

세나의 손을 잡은 채 청요가 느리게 눈을 감았다. 풀리지 못한 피로가 그를 좀먹고 있다.

"당신에게 내가 필요할 것 같아서."

"……영리하네."

"잘 왔어요?"

"아주 잘 왔어."

다시 눈을 뜨며 순순히 대답한 청요가 세나를 응시했다. 아름다운 회색 눈동자가 가만히 그녀를 담는다. 그 엷은 색 눈동자에 비치는 다정이 세나에겐 세상 그 무엇보다 소중하다.

"자요."

"자기 싫은데."

"자장가 불러줄까요?"

"……."

대답 없는 청요의 가슴을 토닥이며 세나가 노래를 흥얼거렸다. 청요의 눈이 이내 감긴다. 그의 표정이 평온해지는 것을 보며 세나도 부드럽게 웃었다. 무사한 그를 보고 나니 비로소 조금 안심이 된다.

나의 왕, 나의 신랑, 나의 청요.

그가 있어 그녀가 있고, 그녀가 있어 그가 있다. 그들은 둘이되 함께여서 완전해진다.

"청요, 나는 당신을 사랑해요. 당신이 무엇이든, 내가 무엇이든 당신만을 사랑해요."

너무도 당연히 그렇게 되었다.

꿈을 꾸었다. 백화의 꿈이었다. 신귀들을 지키지 못해 잃어가면서 절망하는 그녀가 있었다. 눈물범벅이 되어 화마 중심에 서 있는 백화가 처절히 절규했다. 인간을 좋아하고 흥미로워하던 백화는 어느 순간 인간을 저주하고 증오하게 되었다.

그러나 대가 계속될수록 그녀의 신귀로서의 의식은 흐려졌다. 반귀의 수명은 여느 인간보다도 짧았고, 어느 때는 아예 각성하지 못한 채 한생을 마감하기도 했다. 우습게도 적어도 각성하지 못한 때의 백화는 평온해 보였다. 천성이 순한 그녀는 인간과 잘 어울렸다. 인간을 도우며 좋아했고, 인간과 함께 하며 행복해했다. 그녀는 인간으로의 삶을 소중히 했다.

인간을 미워하는 것도, 인간을 좋아하는 것도 모두 백화였다. 그래서 청요는 슬펐다. 인간을 미워할 줄 모르던 백화가 인간을 미워하게 된 것이 제 무능 때문인 것 같았다. 저가 더 강력하여 인간을 저지할 수 있었다면 백화는 언제나 인간을 향한 호의를 잃지 않았을 것이다.

'백화······.'

새벽녘, 청요는 잠에서 깼다. 침대 맡에 엎드린 채 그의 손을 잡고 잠들어 있는 세나가 보였다. 청요가 세나의 머리를 쓰다듬었다. 그의 손길에 세나가 잠꼬대를 웅얼거린다.

"으음······. 엄마······. 아빠······."

엷게 번지는 세나의 미소에 청요도 흐리게 웃었다.

그대가 이 순간을 소중히 하길. 매 순간을 소중히 하며 행복해하던 그대가, 부디 앞으로도 반짝거리길.

'그대가 울지 않으면 좋겠어.'

꿈속의 백화는 매양 울었다. 맞잡은 손을 통해 그녀의 과거가 흘러들어온 듯하다. 그녀가 울 때마다 청요의 마음도 무너졌다. 그는 단지 자다 깼을 뿐이지만 백화는 그 긴긴 시간 홀로 견뎠다. 그녀는 내내 인간을 미워하여 울고, 인간을 미워할 수 없어 울었다. 또한 신귀를 지키고 싶어 울고, 신귀를 지키지 못해 울었다.

'인간인 지금 이 순간도 그대는 행복했으면 좋겠어. 언제나 행복했으면 좋겠어. 내가 함께 있어주지 못해 슬퍼했던 시간보다 훨씬 긴 시간, 그대가 슬프지 않으면 좋겠어.'

모든 일이 끝나면 그녀의 인간으로서의 삶도 끝날 것이다. 그를 제 목숨보다 소중히 아끼는 그의 비는, 그를 위해 당연하다는 듯이 모든 것을 버릴 것이다.

그것은 아마도 괴롭고 힘든 일이 될 것이다. 유세나로 맺은 모든 인연을 잘라내는 일, 그것이 쉬울 리 없다. 그 전까지라도 세나가 조금이라도 아프지 않았으면 한다. 더 나아가 그가 없는 동안 그녀를 지켜준 그녀의 인간 가족들 또한 아프지 않았으면 한다. 비록 우연으로 맺어진 인간 가족이라 해도 그들이 슬퍼하면 세나 또한 슬퍼할 테니까.

"나의 백화, 나의 세나……."

침대에서 일어난 청요가 세나를 천천히 안아들었다. 침대에 편히 눕힌 후 곁에 누운 청요가 그녀를 끌어안았다. 그녀가 잠결에 그의 품으로 파고들었다. 길게 흐트러진 그녀의 머리카락을 쓰다듬으며 청요가 작게 자장가를 흥얼거렸다.

'왕이여, 우리네는 왕을 사랑하오. 날 때부터 왕을 사랑해왔소.'

모든 신귀는 날 때부터 청요를 경애敬愛한다. 나약한 자신들을 보호해주는 보다 강하고 상냥한 힘을 본능적으로 느끼는 까닭이다.

'왕께선 늘 우리네를 우리로서 존재하게 만드오. 우리가 신귀로서, 귓것으로서 살 수 있게 해주오. 왕이 있어야만 우리는 완전해지오.'

신귀를 신귀로서 존재하게 하는 것. 귓것을 귓것으로서 존재하게 하는 것. 백화를 백화로서 존재하게 하는 것. 세나를 세나로서 존재하게 하는 것.

그것은 청요의 책무였다.

잃은 줄 알았던 어린 비가 그의 품에 있고, 그의 귀환만을 기다리며 반귀가 된 신귀들이 이 세상에 있다. 그들을 온전하게 되돌려 받고 싶다. 인간에 대한 미움도 원망도 없이, 그저 깨끗한 마음을 가진 그들을. 화내고 아파하기보다는 함께 오늘을 즐거워할 수 있도록.

세나의 머리카락에 입을 맞추며 청요는 눈을 감았다.

이른 아침 청요의 품에서 눈을 뜬 세나가 화들짝 놀라 몸을 일으켰다.

"깼어?"

다정한 목소리로 청요가 물었다.

"일어나 있었어요?"

"아니?"

"혹시 나 때문에 깬 거예요?"

세나가 울상을 지었다. 침대의 반을 차지하고 있는 걸로 모자라서 그의 잠까지 깨우다니.

당황해 하는 그녀를 보며 청요가 낮게 키득거리며 부스스 몸을 일으켰다. 벌어진 옷깃 사이로 바듯한 근육이 보였다. 그의 맨살에 세나의 심장이 콩콩 뛰었다.

"세나."

"네?"

"요즘이 대학생들 기말고사 기간 아닌가?"

"아, 맞긴 한데……."

"공부, 안 해도 돼?"

"……하고 있어요."

세나가 우물우물 대꾸했다. 청요의 입에서 나올 거라 생각하지 못한 질문이었기에 괜히 당황스럽다. 살짝 벌어진 그녀의 입술을 물끄러미 응시하다가 청요가 가볍게 입맞춰왔다.

"아!"

스치듯 가벼운 키스였다.

"지금을 소중히 하도록 해. 소중히 하지 못하면 그댄 또 울게 될 거야. 그대가 울지 않았으면 좋겠어."

"청요……."

"온전히 행복한 그댈 원해."

세나가 상기된 얼굴로 청요를 바라보았다. 그의 시선이 오롯이 그녀를 담는다. 그것이 새삼 가슴 벅차 세나는 그를 빤히 보았다. 반듯한 콧날, 사랑스러운 눈썹, 붉은 입술, 동그란 귀. 아름다운 이목구비를 찬찬히 아로새긴 뒤 시선을 아래로 내렸다. 우아한 목덜미, 뾰족한 목울대, 언뜻 드러난 쇄골. 그 모든 것이 세나를 사로잡는다.

"미움도 원망도, 죄책감도 없는 그댈 원해."

"무슨 말인지 잘 모르겠어요."

"아무것도 남겨두지 않고, 모조리 가지고 내게 왔으면 해."

세나가 미간을 찌푸리며 고개를 기울였다.

"그런 의미에서 오늘은 가서 시험공부를 해야 하지 않겠어?"

"에엑? 왜 결론이 그렇게 나요?"

청요가 작게 웃는다.

"시험 망치면 원망할 거잖아. 그거 싫어."

"원망 안 해요."

"멍청하다고 자학할 거잖아. 그것도 싫어."

"그건……. 음, 그럴 수 있겠네요."

"다 끝내고 웃으며 자신감 있게 내게 와."

"……알았어요."

세나가 마지못해 대답했다.

"어서 가."

"지금요?"

"응, 지금."

세나가 머뭇머뭇 자리에서 일어났다. 뭔가 미련이 남는 듯 청요를 돌아본 세나가 이내 말없이 짐을 챙겼다. 뒤돌아보면 가기 싫어질세라 부러 뒤 한 번 돌아보지 않고 병실을 빠져나가는 세나의 뒷모습을 청요는 다정히 마음에 아로새겼다.

사흘 전이다. 공부나 하라며 세나를 등 떠밀어 보낸 것이.

그 뒤로 세나는 코빼기도 비치지 않는 것은 물론이고 그 흔한 문자 연락조차 없었다.

'하여간 고지식해선.'

한 달. 이제 한 달 남았다. 한 달 뒤 조선으로 건너가면 거사가 진행된다. 폭군을 몰아내고 진성대군이 옹립될 것이다. 만약 진성대군이 왕이 된 후에도 달라지는 게 없다면, 그때는 어찌해야 할까.

'반귀로도 화할 수 없는 것들을 아주 외딴곳으로 이주시키는 것은 어떨까?'

살아남은 귓것의 수를 최대한 증가시키는 것이 청요의 목표였다. 외딴곳에 가둬둔다고 한들 호기심 왕성한 녀석들이니 툭하면 탈출하려고 들 것이다. 어디로 튈지 알 수 없으니 그 장소는 철저히 고립된 섬이어야 할 것이다.

청요의 힘이 가장 강대한 동해 한복판에 돌섬이 있다. 그곳이면 될까. 인간이 사는 섬과 충분히 머니, 어지간해선 달아날 수 없을 것이다. 불덩이가 되어 날아가는 것도 거리가 제한적이니, 힘이 다해 바다에 빠져 죽고 싶은 것이 아니라면 얌전히 그의 귀환을 기다릴 터.

'그 돌섬에 모든 신귀를 이주시킬 수는 없겠지. 시간도, 공간도 불충분해. 작은 두령들에게 책임지고 그것들을 숨겨두라고 명해볼까?'

제 생각이 어이없다는 듯 청요가 픽 웃었다.

'참을성이라곤 병아리 눈곱만큼도 없는 녀석들인데 과연 말을 들어줄까 싶군.'

귀왕이라고 하여도 실질적인 명령은 거의 내리지 않는다. 더욱이 더 이상 오백여 년 전 그때에 속해있지 않은 청요가 개입하여 그들을 통솔하는 데는 한계가 있다.

지루한 것을 죽는 것만큼 싫어하는 신귀들이다. 얌전히 숨어 있으라는 그의 명을 곧이곧대로 들을 리 없고, 언령으로 묶어둔다면 지루해서 미쳐버릴 것이다. 게다가 청요 혼자서 모든 반귀를 완전한 귓것으로 되돌릴 수 있다는 보장 또한 없다.

귓것의 육을 잃은 지 오래될수록 반귀가 지닌 귓것의 기운 또한 흐려진다. 종내 그것들은 온전히 인간에게 귀속될지니, 신력이 약한 귓것들은 청요가 깨어나기도 전에 사라져 버릴 것이다. 인간의 육과 삶에 미련이 많은 반귀들 또한, 영영 되돌리지 못할지도 모른다.

'세나……'

공부나 하라며 세나를 등 떠밀어 보낸 것 또한, 그런 계산이 전혀 없었던 것은 아니다.

인간의 삶에 미련이 남으면 안 된다. 미련이 남을수록 인간의 육을 떨치지 못하게 될 것이다. 공부를 마음껏 하고, 친구도 실컷 만나고, 부모님을 잔뜩 사랑한 후에야 반귀는 인간의 육으로부터 보다 완벽하게 벗어날 수 있게 된다. 그래야 백화를 오롯이 되찾을 수 있다.

최악이 아닌 방법을 생각하고 또 생각한다. 최선을 이끌어낼 수 없다면 차선이라도 성공시키기 위해 고민하고 또 고민한다. 청요는 병실 창가에 비스듬히 앉아, 조선과 같으면서 다른 하늘을 가만히 바라보았다. 앞으로의 계획을 점검하는 그의 눈앞에 펼쳐진 밤은 아름다웠다. 서울의 밤하늘답지 않게 어둠이 짙었고 별들이 눈부셨다. 언젠가 산기슭에 누워 백화와 함께 보았던 밤하늘과 닮은 구석이 있었다.

세나……. 그녀와 함께 밤하늘을 본 적이 있던가? 백화와 오랜 추억을 쌓았듯 세나와도 긴 시간 추억을 쌓고 싶어진다.

띠링, 적막을 깨며 문자 도착음이 났다.

[오늘 별이 참 예뻐요. 같이 보았으면 좋았을 텐데.]

세나에게 온 것이었다. 사흘 내내 연락 한 번 없더니 곁에 있으면 좋겠다고 생각한 순간 얄궂게도 연락을 해온다.

"그댄 늘 그랬어, 백화. 내가 그댈 필요로 할 때를 잘도 알아냈지."

청요의 표정이 살짝 일그러졌다.

안 되는데. 그녀가 인간으로서 할 수 있는 것을 마음껏 하게 놔두어야 하는데. 그런데 견딜 수가 없잖아. 보고 싶어서. 너무 많이 보고 싶어서.

창문을 연 청요가 휙 몸을 던졌다. 삽시간에 몰려든 검은 기류가 그를 집어삼켰다.

졸음을 깰 겸 자판기 커피 한 잔을 뽑아 마시며 올려다본 하늘이었다. 중도 앞 계단에 앉아 고개를 바짝 들자 흐드러진 월계수 잎 너머로 별들이 반짝였다.

왜인지 아름다웠고 눈물겨웠다.

이 감격을 청요와 함께 하고 싶었고, 사흘이나 그를 보지 못했다는 생각에 조급증이 났다. 연락을 해도 괜찮을까, 쉬는데 괜히 방해를 하는 것은 아닐까, 몇 번을 망설이다가 결국 문자를 꾹꾹 눌러 보냈다. 자판기 커피 한 잔을 마실 동안의 일이었다.

어둠이 기묘하게 일그러지는가 싶더니 밤이 요동쳤다. 예민해진 세나의 감이 그것을 알아차렸다. 익숙하게 풍겨오는 서늘한 체향. 세나가 두 눈을 크게 떴다.

"청요?"

아무도 서 있지 않던 자리에 그가 보였다. 그가 행하는 이적異蹟들은 인간이 보기에 마땅히 놀랄 만한 것이었으나, 괴이하게도 세나는 놀라움 대신 반가움만 느꼈다. 활짝 웃으며 그에게 달려가 안겼다.

"어떻게 왔어요?"

"같이 보면 좋겠다며."

"그런다고 이렇게 눈 깜짝할 사이에 오는 거예요? 슈퍼맨 같아."

"슈퍼맨보다 내가 나을 텐데?"

"그건 그렇지만."

배시시 웃는 세나를 끌어안고서 청요는 그녀의 머리를 쓸어 만졌다. 세나는 얌전히 그에게 안겨 쿵쾅거리는 그의 심장소리를 들었다. 제 것보다 세차게 뛰는 그의 것이 신기했다. 자신이 단 한 존재를 이렇게 온전히 원할 수 있다는 것 또한 신기했다.

"어서 기억이 나면 좋겠어요."

"세나."

"당신과 함께 한 순간들을 다시 기억할 수 없다면 너무 아까울 거예요."

청요가 흐리게 웃으며 세나를 응시한다.

"천천히 떠올려도 괜찮아. 설령 영영 찾지 못해도 괜찮아."

그가 작게 속삭였다. 찰나찰나 자라난 아쉬움이 눈 녹듯 사라진다.

"더 많은 시간이 우리 앞에 있어."

청요가 허리를 숙였다. 그의 숨결이 다가오더니 세나의 것과 합쳐졌다. 그의 부드러운 혀가 세나의 입술 사이를 비집고 들어가 그녀의 것을 탐했다. 말랑말랑한 혀는 아찔할 만큼 달콤하다.

"그대를 사랑해."

입술을 뗀 청요가 품에서 무언가를 꺼내 세나의 올린 머리에 꽂아주었다. 머리를 대충 둥글게 말아 올려 묶었던 세나가 의아한 표정으로 뒷머리를 만졌다. 매끈한 것이 머리에 꽂혀 있다. 조심스럽게 그것을 빼내 손에 쥔 세나가 청요의 눈에는 그 무엇보다 예쁜 표정을 지었다.

"이거 뭐예요? 비녀?"

그녀의 두 눈이 반짝반짝 빛이 난다.

"응."

"예쁘다! 나 주는 거예요? 고마워요."

"그대, 비녀가 무엇인 줄 알아?"

두 눈을 깜빡거리는 세나의 귀에 대고 청요가 속살거렸다.

"그것은 옛 사내들이 정인에게 주던 정표야."

"아."

세나의 얼굴이 엷게 달아올랐다. 세나는 어쩔 줄 몰라 하면서도 비녀를 더 소중히 품에 안았다.

"진짜 고마워요."

"맨입으로?"

"네?"

순간 청요가 짓궂은 눈을 했다. 세나를 확 끌어안은 그의 섬세한 손길이 세나의 허리선을 감았다. 잘록한 허리선을 따라 그의 손이 올라왔다. 당황한 세나의 뺨이 복숭아색으로 물들었다.

"어…… 음, 청요? 저……."

여긴 학교였다. 그것도 신성한 도서관 앞이다. 주변의 시선 따위 개의치 않는 듯한 청요의 과감한 행각에 세나는 말문이 막혔다. 그녀의 가슴을 스치듯 지나온 그의 손이 그녀의 뺨을 감쌌다. 당황한 세나의 반응이 재미있다는 듯이 청요가 키득거렸다.

"어차피 아무도 못 볼 텐데, 무얼 그리 걱정해?"

청요의 근원은 미혹迷惑. 세상 만물을 미혹하고 종내는 시간과 공간마저 미혹한다.

그 절대적인 것조차 미혹하는 청요에게 인간의 눈이란 참으로 속이기 쉬운 것이다. 그 사실조차 망각한 채 당황하여 주변을 두리번거리는 세나가 귀엽고 사랑스럽다.

"못 봐요?"

"누차 말해줬을 텐데. 보지 못한다고."

세나가 미간을 좁히며 울상을 지었다. 그러고 보니 그 비슷한 이야기를 전에도 들은 것 같긴 하다. 촬영의상을 그대로 입고 집 앞에 버려져서 지나가는 사람들의 비웃음을 사기도 했었지. 청요와 있을 때는 아무 일도 없었는데 청요가 가버리자 그런 일이 생겼었다. 어차피 보지 못할 것이라는 말이 그 뜻이었나.

"그래도요. 내 눈엔 이렇게 훤히 보이는데."

세나가 툴툴거렸다. 뾰로통하게 튀어나온 그녀의 입술이 귀여워 청요가 쪽 소리가 나도록 빨았다.

"으아."

"싫어?"

조금 풀 죽은 표정으로 청요가 물었다.

"싫은 게 아니라……."

차마 좋다고 말할 수는 없었다. 어차피 보지 못한다는 말로 당장 그녀를 발가벗기려 들면 어쩐단 말인가. 새삼스럽게 내외를 하는 것은 아니지만…….

"싫은 게 아니라?"

세나가 말끝을 늘이다가 끝내 속으로 삼켜버리자 청요가 집요하게 물었다. 세나는 그를 가만히 올려보다가 한숨을 푹 내쉬었다.

"내가 덮치면 어쩌려고 그래요?"

"뭐?"

"'이 남자가 내 남자다! 아무에게도 못 준다! 이 남자의 머리끝부터 발끝까지 전부 내 것이다! 머리카락 한 올 한 올 숨결 하나하나 모조리 내 것이다!' 이렇게 외치면서 덮치면 어쩌려고 남자가 그렇게 조심성이 없어요?"

"뭐?"

청요는 점점 더 황당해하는 표정이 되었다. 세나가 이마로 그의 명치 부근을 콩 박았다.

"이만 가봐요."

"이제 막 왔는데?"

"그래도요. 더 있으면 보내기 싫어질 것 같아. 이제 들어가서 공부도 해야 하는데."

"흐음."

"어서요. 응?"

세나가 청요의 등을 떠밀었다. 못마땅한 듯 눈썹을 까닥이던 청요가 마지못해 어둠을 불러들였다. 그를 보내기 아쉬운 듯 세나가 그의 손을 스치듯 잡았다 놓았다. 서늘한 체온이 그녀의 손끝에 선연히 각인되었다.

"사랑해요."

당신이 누구이든, 내가 무엇이든. 언제나 당신만을.

"사랑해요, 청요."

이성과 비이성. 현실과 비현실. 존재와 비존재. 그 모든 것을 뛰어넘어 오직 당신만을.

"……알아."

청요의 대답이 바람에 흩어졌다.

검은 기류, 어둠. 그것이 밤의 포옹과도 같이 청요를 감쌌다. 바람이 불자 이내 모든 것이 흩어지고 일상의 공간이 돌아왔다. 청요가 서 있던 곳엔 아무것도 없다. 평범한 돌계단일 뿐이다.

세나는 고개를 들어 월계수 잎 너머 빛나는 별을 바라보았다.

저 별을, 언제나 당신과 함께 볼 수 있기를.

그가 준 비녀를 꼭 안으며 세나는 웃었다. 그의 체온이 남아 있는 비녀는 서늘하여 다정한, 기묘한 느낌이 들었다. 그를 느끼듯 세나가 비녀를 뺨에 비볐다.

청요 냄새가 난다. 아주 소중한 냄새가.

❀

귓것사냥이 한창인 때에도 적매는 안전하였다. 북쪽 귀궁에 있는 그녀를 그 무엇도 찾지 못했다.

"나의 붉은 쌍가락지야."

귀궁의 주인만을 제외하고.

작자미상, 『조선망량야사, 적매편』

귀궁에 머문 지 긴긴 시간이 흘렀다. 귀궁은 남북의 정기를 빨아 당겼다. 덕분에 적매의 신력도 갈수록 쌓여갔다. 이제 웬만한 것들은 간단히 처치할 수 있을 정도가 되었다. 금방 죽을 듯 나약하여 볼품 없던 귓것은 없어지고 성장한 귀왕의 비만이 남았다.

"왕이여, 어째서 나는 귀궁 밖으로 나가면 아니 되오?"

적매의 진지한 물음에 흑각은 단조로이 웃었다.

"나가고 싶으냐?"

"여태 내 너무 나약해 귀궁만이 안전하다 하였소. 하오나 왕이여, 나는 이제 처음보다 배는 강해졌을진대 왕께선 내처 아니 된다고만 하오. 그 까닭을 알고 싶소."

"나의 붉은 쌍가락지야. 너는 아직 충분히 강하지 않다. 너는 삶을 원하였다. 그 어떤 귓것보다 긴긴 삶을 원하였지. 하여 내 너를 보호하였다, 나의 비여. 지금도 그댄 너무 나약해 귀궁 밖에서 살아남을 수 없다. 그 어떤 것에도 해를 입지 않도록 강해진 후에야 바깥으로 나갈 수 있을 것이다. 그 정도도 인내하지 못하면서 긴긴 삶을 바라는 것이냐?"

적매는 침울하게 입을 다물었다. 그녀는 찰나 위협하듯 개방되었던 흑각의 신력을 가늠해 보았다. 본디 타고난 그릇이 달라 그의 힘은 그녀를 능히 집어삼킬 만하였다.

바깥에 그와 같은 자들이 얼마나 있는지 적매는 알지 못했다. 그녀는 세상을 충분히 겪기도 전에 흑각을 따라 귀궁으로 왔다. 바깥의 기억은 너무도 흐릿하여 적매는 바깥을 알 수 없었다.

"그댄 이곳에 있기만 하면 돼. 이곳에 있으면 언제나 안전할지니. 설마 나를 믿지 못하는 것이냐, 나의 붉은 쌍가락지야?"

"아니오! 왕이여, 그런 것이 아니오. 내 잘못하였소. 괜한 말을 하였소."

적매가 시무룩하게 시선을 떨어뜨렸다.

그녀는 흑각과 함께 세상을 보고 싶었다. 흑각의 곁에서 많은 것을 함께하고 싶었다. 긴긴 시간, 오직 그의 곁이기를 바랐다. 아직 약하여 그와 함께 바깥으로 갈 수 없다면 신력을 더 쌓으면 될 일. 언젠가 그가 바깥으로 데려가주겠지.

"가서 쉬겠소."

"그리하여라."

적매의 두 눈이 흠칫 커졌다. 크고 서늘한 손이 그녀를 격려하듯 그녀의 머리를 뱌빗거렸다. 잔뜩 침울하던 적매의 얼굴에 함박웃음이 피었다.

사랑하오. 사랑하고 있소.

언젠가 함께 하는 바깥나들이를 허락받는다면, 그때는 그리 말씀드리리라. 이 마음 가득한 연모의 마음. 줄곧 품어온 크나큰 연정. 행여 흘러넘칠까, 나약한 반려가 짐이 될까…… 애써 꼭꼭 숨겨둔 모든 것들.

언젠가, 꼭 그대에게. 나의 왕께. 한 음절 한 음절 또렷하게, 온 마음을 실어서. 그렇게 전하리라.

'왕이여, 나의 왕이여. 사랑하오. 사랑하오.'

12장. 의심

"시험 끝났습니다. 펜 내려놓으시고, 맨 뒤에 앉은 학생분이 걷어와 주세요."

글자가 날아가는지 마는지도 모른 채 세나는 필사적으로 마지막 문장을 적어 넣었다. 기진맥진한 상태로 답안지를 빼앗기다시피 내놓은 그녀가 책상 위에 픽 엎어졌다.

'청요는 뭐하고 있을까.'

그녀는 이 와중에도 청요가 보고 싶었다. 보고 싶은 마음이 점점 더 억누르기 어려워진다. 그것은 끝없는 갈망이었고, 아무리 비가 내려도 젖지 않는 지독한 가물이었다.

"유세나! 안 나갈 거야?"

벌떡 일어난 세나가 고개를 저었다.

"아니, 나가. 나가야지."

영은이 그녀를 바라보며 빙그레 웃었다.

"왜?"

"너 요즘 연애하지?"

"뭐?"

"얼굴 좀 봐. 안색이 다르잖아. 누구야? 어떤 사람이야?"

"무슨 소리야, 뜬금없이 연애라니."

세나가 어색하게 웃었다. 연회색의 눈을 가늘게 뜨며 영은이 의미심장한 표정을 지었다. 그녀의 시선을 피하듯 고개를 숙였던 세나가 순간 흠칫거렸다.

'원래 두 개였나?'

영은의 오른손 약지에 두 개의 붉은 반지가 보였다. 우정반지라며 나눠끼웠던 것과 같은 디자인이다.

같은 디자인의 반지는 이제 없는 것 아니었나?

"설마 시치미 떼는 거야? 딱 연애하는 얼굴이면서? 혼자 맨날 방실방실 웃고, 매일 딴생각에, 얼굴엔 '나 봄이 왔소!' 라고 쓰여 있는데?"

영은의 재잘거림에 세나의 생각이 끊겼다. 고개를 든 세나가 민망한 표정을 지었다.

"그런 거 아니래도."

"에엑, 거짓말. 귀신은 속여도 나, 최영은은 못 속여."

영은이 책상 위에 놓여 있던 세나의 휴대폰을 홱 집어갔다. 신중한 얼굴로 휴대폰을 켠 영은이 귀엽게 인상을 찡그렸다.

"비밀번호 걸어뒀네? 것 봐, 역시 숨기는 게 있으니까 비번을 걸지. 뭐야? 비번 뭐야? 알려줘, 응?"

한참이나 통화기록을 보려고 끙끙대던 영은이 결국 포기하고 다른 메뉴를 살폈다.

"오, 앨범! 앨범 열렸어, 유세나. 너 두고 봐. 여기서 남자 사진 하나라도 나오면……."

암호로 잠기지 않은 앨범을 발견하고는 영은이 호들갑을 떨었다. 진짜 못 말린다.

기세등등하게 앨범을 살피던 영은의 표정이 차츰 굳어갔다. 남자 친구 사진은커녕 본인 사진도 거의 없는 세나의 폰 앨범에 흥미를 잃은 영은이 휴대폰을 돌려줬다. 세나가 거 보란 듯 머쓱하게 어깨를 으쓱였다.

"남자친구는 무슨. 공부하기 바쁜데."

태연하게 대꾸한 세나의 입가에 문득 쓴웃음이 피었다. 왜 영은에게 청요의 이야기를 할 수 없는 것일까. 어째서.

"원숭이도 나무에서 떨어질 때가 있다더니. 진짜 헛다리짚은 거야, 내가?"

영은이 침울한 표정으로 가방을 메고 일어나는 세나에게 팔짱을 꼈다. 세나는 영은을 지나쳐 불어오는 서늘한 바람에 잠시 넋을 놓았다. 차갑다. 팔을 붙잡은 영은의 손이 청요의 것처럼 서늘하다. 자기는 혈액순환이 잘 안 된다며 꿍얼거리던 영은의 모습이 언뜻 뇌리를 스쳐 간다. 세나가 고개를 돌려 영은을 바라보았다.

"왜? 내 얼굴에 뭐 묻었어?"

늘 다정한 친구.

'친구.'

이질적인 연회색의 눈동자. 지나치게 아름다운 외모. 그럼에도 신기할 정도로 주변의 이목을 끌지 않는다. 관심을 끌고 싶을 땐 능히 그럴 수 있지만, 영은이 원하지 않을 땐 그 누구도 그녀를 의식하지 못했다. 마치 두 눈이 미혹된 듯이.

"너……."

"왜에?"

영은이 해사하게 웃는다. 그 웃음에 세나는 숨이 막힐 것 같았다. 서늘한 체온, 연회색의 눈동자.

다만 그것만으로 영은이 이질적인 무언가일지도 모른다고 생각하다니. 어떻게 그런 어처구니없는 생각을.

"세나야?"

"아무것도 아냐. 그냥 이제 보니 너랑 내가 아는 다른 사람이랑 참 많이 닮았다 싶어서."

"날 닮았어? 그 사람, 참 예쁘겠네."

영은이 너스레를 떨었다.

"응. 참 예뻐."

세나가 웃으며 대답했다.

두 사람은 사이좋게 강의실을 빠져나갔다. 세나의 마음에 맺힌 묘한 느낌이 사라지지 않는다.

캠퍼스가 웬일인지 어수선했다.

"오늘 무슨 촬영하나 봐."

영은이 말했다.

"그러게."

굳이 주변을 두리번거리지 않아도 알 수 있었다. 누군가를 에워싼 카메라 장비와 인파들. 간간이 꺅꺅거리는 비명소리가 들려왔다.

"누구지?"

"영은아, 나 사람 많은 곳은 별로……."

"알았어, 알았어. 잠깐만 보고 가자. 누군지만 보고 가자, 응?"

체념의 한숨과 함께 세나가 고개를 끄덕였다. 허락이 떨어지기 무섭게 영은의 발걸음이 더 빨라졌다.

"컷! 잠깐 휴식!"

뭘 찍고 있는 것인지는 모르겠지만 휴식 사인이 떨어졌다. 촬영장에 감돌고 있던 긴장감이 일시에 풀어졌다. 애써 소리를 죽이고 있던 학생들이 다시 소리를 질러댔다.

"꺅, 언니 정말 예뻐요!"

"맞아요! 여신이에요!"

그 환호성의 중심에 '연산의 여자'의 장녹수 역 김미리가 있었다. 화보 촬영을 나온 것인지 궁중의상을 입고 있는 미리가 환하게 웃으며 사람들에게 손을 흔들었다.

"청요는 왜 안 와요?"

"청요 멋져요!"

"둘이 사귀세요? 잘 어울려요!"

김미리 가는 곳에 자동으로 따라 나오는 것이 청요였다. 워낙 드라마가 인기 있다 보니 커플로 나오는 두 사람이 진짜로 사귀길 원하는 팬들도 종종 있었다.

"아, 선배님은……."

그 소란 속에서도 미리의 목소리는 선명했다. 웃으며 학생들과 농을 주고받고 있던 미리의 시선이 순간 세나에게 향했다.

"어머!"

"김미리, 어디 가!"

감독의 말도 듣지 않고 촬영 저지선을 넘은 미리가 후다닥 세나에게 달려왔다. 미리가 인파 속으로 달려들자 손 한 번 잡아 달라 아우성치던 학생들은 되레 놀라 뒤로 물러섰다.

"왕비님."

"네?"

미리는 세나의 양손을 꽉 붙잡고서 황홀한 표정을 지었다.

"제 무례를 용서하세요. 청요 님은 절대 제 것이 될 수 없음을 알고 있답니다. 이런 곳에서 만나게 되다니 정말 영광스럽지 않을 수가 없어요."

방싯방싯 웃는 미리의 두 눈이 붉었다. 세대를 거듭하면서 인연의 증거는 많이 옅어졌지만, 그럼에도 불구하고 그들의 피에는 공통된 것이 흐르고 있다. 자신의 무언가가 미리를 끌어당기고 있다는 것을 알아챈 세나가 난색을 했다.

어쨌든 김미리는 지금 정상적인 이지의 인간이 아니다. 사람들이 그녀의 이상행동을 알아채면 곤란해질 것이다.

"김미리 씨, 저는 세나예요."

돌아와요. 어서 김미리로 돌아와요. 각성의 때가 지금은 아니에요. 부디, 사람들의 의심을 사지 마요.

미리의 두 눈이 멍하니 풀어졌다. 잠시 후 초점이 돌아온 미리가 화들짝 놀라 세나의 손을 놓았다.

"어머, 내가 왜 여기에 있지? 어…… 세나 씨? 오랜만이네요. 나 기억하죠?"

고개를 갸웃거린 미리가 다시 처음인 것처럼 세나에게 인사를 건넸다. 세나가 웃으며 고개를 끄덕였다.

"네, 기억해요."

"옆에 분은⋯⋯. 친구?"

미리가 이번엔 영은을 바라보았다. 영은이 살갑게 웃으며 그녀에게 손을 내밀었다.

"최영은이에요. 저도 세나랑 같이 갔었는데 설마 세나만 기억하시는 건 아니죠?"

영은의 손을 잡은 미리의 표정이 미미하게 굳었다. 손을 맞잡은 찰나 동종의 것만 느낄 수 있는 어떠한 상념이 흘러들었다.

"⋯⋯가엾은 분."

"네?"

"제가 무슨 말 했나요?"

영은이 손을 놓아주자 미리가 두 눈을 깜빡거리며 물었다. 영은이 어깨를 으쓱였다.

"아뇨. 별말 안 했어요."

"그래요? 아, 저는 이만 스태프들에게 가봐야겠어요. 우리 감독님, 나 없으면 왕따 당하시거든요."

김미리가 사람 좋게 웃었다. 갑자기 온 것처럼 갑자기 떠나가는 미리의 뒷모습을 세나가 가만히 응시하였다.

가엾은 분. 그렇게 말했다, 분명히.

영은은 남들과 어딘지 모르게 다른 구석이 있었다.

지나치게 아름다운 외모. 영은은 바로 곁에 있을 때도 아주 멀리 있는 것 같은 느낌이 들 때가 있다. 간혹 홀로 생각에 잠겨 아련한 눈을 하는 영은은 이곳에 속해 있지 않은 것 같다.

또한 영은은 일반적인 여대생들이 좋아하는 것을 별로 좋아하지 않았다. 쇼핑도, 영화도, 공연도 즐기지 않는다. 드라마를 본다는 이야기는 '연종의 여자' 이전에는 들어본 적도 없다. 좋아하는 배우도 없었다. 다른 동기들이 배우 이야기를 하면 시큰둥하게 반응하다가 은근히 대화에서 빠져버리기 일쑤였다.

그런 영은이 집요할 정도로 청요 타령을 했다. 그냥 보고 좋아하는 것으로 만족하지 않고, 알바를 해서라도 그를 가까이에서 보고 싶다고 했다. 그러나 정작 촬영장에 가서는 청요를 보겠다고 수선을 떨지 않았다. 몇 번 세나의 등을 떠밀어 청요와 엮어 넣은 적은 있어도 본인이 직접 얽히려고 한 적은 없었다. 영은 덕분에 세나는 청요를 알았고, 또한 그녀 덕분에 청요를 만났다.

관심 없었을 텐데. 배우나 드라마 따위에 거의 관심 두지 않는 영은인데. 그런데 왜 청요만 특별했지?

무엇을 놓치고 있는 거지?

'대체 무슨 생각을 하는 거야, 유세나!'

세나가 고개를 휘휘 저었다. 자취방에 도착하자마자 옷도 갈아입지 않고 침대 위에 벌렁 드러누워 버렸다.

모르겠다. 아무것도 모르겠다. 그냥 청요가 보고 싶다. 괜히 천장에 청요의 얼굴이 아른거리는 것 같다.

무언가 가늘게 진동하는 느낌에 벌떡 일어난 세나가 정자세로 전화를 집어 들었다. 그녀의 두 눈이 반가움으로 반짝 커졌다.

"여보세요?"

―나.

청요…….

"알아요."

보고 싶어 하는 마음이 그에게 닿은 것일까. 세나의 온 얼굴에 부드러운 미소가 번졌다.

—뭐해?

"이번 학기 마지막 시험 끝나서 쉬고 있었어요."

—자?

"아직이요."

불현듯 그에게 영은에 대해 이야기해 보는 건 어떨까 싶었다.

"저……."

하지만 말해서? 말해서 어쩌자는 것일까?

만약 영은이 인간이 아니라면? 다른 무엇이라면? 그럼 그녀를 어떻게 하겠다는 거지? 영은은 그냥 영은일 뿐인데. 딱히 해를 입힌 것도 없는데. 언제나 좋은 친구일 뿐인데.

"보고 싶어요."

—흐음?

세나가 말을 얼버무리자 청요가 콧소리를 냈다. 무언가 미심쩍어하는 듯한 기색이다. 잠깐의 침묵 후 청요가 세나를 불렀다.

—세나.

"네?"

—유세나.

그는 반복해서 세나를 불렀다.

무뚝뚝한 듯 다정하고, 짓궂은 듯 배려 깊은 나의 왕.

괜히 코끝이 시큰해서 세나가 콧잔등을 찌푸렸다가 폈다.

—세나야.

"……네."

─나는 오랜 시간을 살았어. 지금 네가 상상할 수 있는 것 이상으로 오래 살아왔지.

상상할 수 없을 만큼 오래. 그 '오래'는 대체 얼마나 오래인 것일까.

─가끔은 기대도 돼.

청요는 본질을 본다. 그라면 세나의 고민을, 이 기묘한 불쾌감을 없앨 방법을 찾아줄 것이다.

하지만 아직은, 지금은…… 안 돼.

"네."

세나가 작게 대답했다. 목소리가 가늘게 떨렸다. 그 떨림은 청요에게 분명 전해졌을 것이다. 그는 예민한 감각을 지녔으니 그녀의 거짓말을 눈치챘을 것이다. 그래도 지금은, 안 돼.

─그래.

이것은 일종의 두려움. 거짓으로의 도피. 근본적 해결책이 아닌 미봉책에 불과한 짓.

어리석은 선택이란 것을 알고 있지만, 잠깐만 더. 아주 잠시만 더 내 친구와 함께 하고 싶어.

─난 언제나 여기에 있어. 잊지 마.

"네."

세나가 무거운 마음을 눌렀다.

휴대폰을 턱에 댄 채 청요는 창문에 걸터앉았다. 세나의 파동이 불안정하다. 무언가 신경 쓰이는 일이 있는 듯했다.

'말을 해주지 않으니.'

걱정스러웠지만 그녀를 닦달하고 싶진 않다. 기다리면 세나는 분명 털어놓을 것이다. 무엇이 그리 신경 쓰이고, 무엇 때문에 그리 불안한 것인지. 그녀가 생각을 정리하고 말해줄 때까지 기다리는 것이 청요가 그녀에게 해줘야 하는 일이었다.

'네가 와, 백화. 그대가 내게 와. 어려운 것, 고민되는 것, 힘든 것 모두 품고서 내게로 와 줘. 여기 있을게. 그대를 기다리고 있을게.'

바깥을 바라보았다. 청명한 하늘. 그 아래 회색 도시가 끝없이 펼쳐져 있다.

목적지가 어디인지도 모른 채 앞으로 내달리기 바쁜 어리석은 인간의 땅. 백여 년도 채 되지 않는 그들의 짧은 삶. 그 삶을 성공적으로 살아내기 위해 빠듯하게 움직이는 가련한 것들.

그들을 미워한다. 그들을 저주한다. 그러나 그들의 육이 있어 백화가 살아 있기에, 어쩌면 용서할 수 있을 것도 같다.

어리고 나약한 귓것들을 수없이 해하였지만, 그것이 인간의 태생적 나약함 때문임을 안다. 다름을 받아들이지 못하고 다만 두려워하여 세상에서 멸절시키고자 했던 그 오만함조차 이제는 안쓰럽다.

무릎에 비스듬히 머리를 기대고서 눈을 감은 채 청요는 상제를 떠올렸다. 애증과 은원의 대상, 상제. 그의 명은 들리지 않는다.

그러나 그는 분명 건재하다.

문득 의문이 든다.

상제가 건재하다면, 흑각을 없애는 대가로 안전한 땅을 주겠다던 그의 약조는 왜 이행되지 않은 것일까?

'어째서지?'

또 한 번, 세나의 기운이 불안정하게 흔들린다. 고개를 저어 쓸데없는 생각을 털어낸 청요가 휴대폰을 꽉 쥐었다. 세나가 혹 다시 연락해 올까 기대했지만 휴대폰은 미동도 없이 잠잠하다.

그러는 동안 해가 지고 조명이 여기저기서 불을 밝혔다. 하늘의 별 보다 밝은 야경이 여전히 낯설다.

학기가 끝나고 일주일이 지났다. 세나는 도서관에 틀어박혀 있었 다. 청요에게 연락이 오지 않는다.

'가끔은 기대도 돼.'

'난 언제나 여기에 있어. 잊지 마.'

가끔이 아니라 매일 기대도 청요는 받아줄 것이다. 또한 부르기만 한다면 언제라도 와줄 것이다. 하지만 무작정 청요를 불러 기대기만 하는 존재는 되고 싶지 않다. 짐이 되는 것은 싫다. 청요에게 도움을 주진 못해도 결코 방해물은 되고 싶지 않다.

세나는 각종 귀(鬼)에 대한 책을 잔뜩 펴놓고 인상을 찌푸렸다. 전국 에 퍼져 있는 민간신앙을 정리한 책자는 세나가 감당하기엔 너무 두 꺼웠다.

……도깨비는 오래된 물건에서 태어난다. 그 형체는 일정치 않으며, 따라서 특색 또한 없다.

도깨비의 생김새에 대한 서술은 책마다 제각각이었다. 어떤 책은 뿔이 있다고도 하고, 어떤 책은 없다고도 하며, 또 어떤 책은 우두머 리만 뿔이 있다고도 했다. 얼굴은 털이 많고 장난스럽게 생겼다고도 하고, 키가 너무 커 그 누구도 얼굴을 보지 못했다고도 했다. 그나마 공통적인 서술이라곤 오래된 물건에서 태어난다는 것과 밤에 주로 활동한다는 것 정도. 도깨비의 공통적인 특징 같은 걸 묘사한 책은 어디에도 없었다.

"하아."

한숨과 함께 책을 덮은 세나가 책상에 길게 엎드렸다. 머리가 지끈거렸다. 이깟 책을 뒤적여서 알아낼 수 있는 답이라면 진작 알아냈겠다 싶긴 하다. 스스로의 한심함에 대한 짜증이 치밀었다. 마음이 요동친다.

'정신 차려, 유세나. 이 정도로 포기…….'

꿈틀꿈틀.

돌연 등 뒤에서 기이한 느낌이 났다. 무언가 움직이는 듯한 느낌이었다. 가방에 뭐가 들어갔나? 들어가서 꿈틀거릴 만한 게 뭐지?

설마 쥐 같은 것?

'으악.'

새하얗게 질린 세나가 고개를 돌렸다. 도대체 뭐가 들어간 것인지. 확인하고 싶지 않았지만 그렇다고 그냥 둘 수도 없어서 조심스럽게 가방을 열었다.

'비, 비녀가 움직여?'

비명도 지르지 못한 세나가 입을 꾹 다물었다. 누가 볼세라 황급히 가방을 들고서 도서관을 빠져나왔다. 학생들이 잘 다니지 않는 샛길까지 달려간 세나가 떨리는 손으로 가방을 재차 열었다. 청요에게 선물 받은 비녀가 꿈틀거리고 있었다.

"뭐야, 이거……."

비녀가 움직인다. 살아 있는 것처럼 꿈틀꿈틀, 답답한 듯 팔딱팔딱.

이럴 땐 어떻게 해야 하지? 살다 살다 이런 경우는 처음이다.

Rrrrr.

그때 휴대폰이 조급하게 울었다. 청요다. 세나가 얼른 전화를 받았다.

"처, 청요?"

—세나, 지금 무슨 일 없어?

"아, 저 그게 비녀가⋯⋯."

—곧 갈게.

세나의 말이 끝나기도 전에 청요가 말했다. 곧 오겠다는 그의 말에 세나는 크게 안도했다. 비녀는 여전히 금방이라도 어디로든 튀어갈 듯 팔딱이고 있다. 비녀가 달아나지 못하도록 가방 지퍼를 단단히 여민 세나가 가방을 꽉 끌어안았다. 나무그늘이 응축되며 한곳에 모였다. 그늘이 짙어지며 진한 어둠을 만들어냈다. 그곳에서 누군가 걸어 나온다.

"청요!"

"이리 보여줘."

세나가 급히 청요에게 가방을 내밀었다. 가방을 연 청요가 비녀를 꺼내들었다. 옥비녀가 푸르스름한 빛을 발하며 꿈틀거렸다.

"어떻게⋯⋯. 이 땅에선 더 이상 귓것이 태어날 수 없을 텐데."

그도 난감한 듯 작게 중얼거렸다.

"내가 뭔가 잘못했어요?"

"아니."

"그럼 왜 비녀가⋯⋯."

청요가 캠퍼스를 품고 있는 산을 바라보았다. 등산로가 아니라면 사람들이 없을 것이다.

"사람이 없는 곳으로 가자."

세나의 허리를 감은 청요가 몸을 날렸다. 기이한 광경이었다. 세나는 두 눈을 크게 뜨고서 낯설고도 익숙한 광경을 보았다. 사람과 나무와 건물이 기묘하게 비틀리며 응축했다. 그것들이 완전히 겹쳐져 뒤로 멀어졌다. 앞에서는 수많은 나무들이 그들을 향해 달려들었다. 청요는 능숙하게 나무 사이로 몸을 날렸다. 그가 땅 위에 발을 내딛은 뒤에도 세나는 하얗게 질린 얼굴로 그의 허리를 꽉 붙잡고 있었다.

"이쯤이면 되겠나."

사람이 없는 것을 재차 확인한 청요가 비녀를 놓아 주었다.

옥비녀는 바닥에 떨어지지 않고 공중에 부양한 채 푸르게 빛났다.

"청요, 저건……."

"태어나려는 거야."

"태어나다니, 뭐가요?"

오래된 물건에 얼이 깃들고, 그 얼이 인간의 태를 갖추어 귓것이 된다. 그러나 정기만 있다고 귓것이 탄생하는 것은 아니다. 모든 조건이 갖추어진 상태에서도 귓것이 태어나는 것은 극히 드문 일이었다.

삶을 도모할 수 있어야 그것들은 태어난다. 연종 이래로 쉼 없이 계속된 귓것사냥. 귓것의 죽음이 이 땅에 쌓일수록 귓것의 탄생은 줄었다. 귓것이 줄어들자 귓것을 먹던 것들도 줄어들었고, 어느 순간 귓것의 존재는 잊혔다. 더 이상 귓것을 위협하는 것이 없으니 귓것이 다시 탄생하기 시작할 만도 했지만, 그러기엔 이미 이 땅이 너무 오염되었고, 귓것이 깃들 만한 오래된 물건 또한 없었다.

'시간을 건너뛰면서 오백 년을 묵었다는 것인가? 귓것사냥도 없어진 지 오래이니 태어나도 괜찮다고 판단한 것이야?'

청요가 말없이 비녀를 응시했다. 푸른빛이 점점 진해졌다. 그것은 비녀를 집어삼키며 불덩이가 되었다.

"히익!"

푸른 불덩이가 소스라치게 놀라며 불꽃을 떨었다.

"이리 와라."

"와, 왕이여?"

푸른 불덩이가 주저주저 청요의 손에 내려앉았다. 청요는 복잡한 눈으로 어린 귓것을 바라보았다.

그는 상제의 뜻을 더더욱 헤아릴 수 없게 되었다. 연종을 몰아내고 귓것의 멸족을 막을 기회를 준 것이 아니라, 새로운 귓것을 탄생시킬 수 있도록 길을 열어준 것이었나? 도저히 어린 귓것이 새로이 탄생될 수 없을 것 같았는데.

'나의 상제여, 그대는 정녕……'

이 모든 일에 대해서 상제에게 물어볼 기회가 있을까.

"네 이름은?"

"푸른 옥비녀요!"

"그래, 나의 푸른 옥비녀야. 인간으로 화할 수 있겠느냐?"

푸른 옥비녀가 자신감 없는 태도로 불꽃을 내저었다. 하긴 이제 막 태어난 어린 귓것에겐 낮 시간에 불꽃으로 화한 것만으로 대단한 일이었다.

"네가 무엇인지는 알고 있겠지?"

"물론이오!"

푸른 옥비녀가 이번에는 힘차게 위아래로 불꽃을 끄덕였다.

"다시 옥비녀가 되어 밤까지 얌전히 있도록 해라. 지금의 너는 너무 약하여 낮에 움직이는 것은 아니 된다."

"알겠소."

"사람들이 있는 곳에서 불덩이로 변하는 것도 아니 된다."

"……아니 되오?"

"아니 된다."

"알겠소."

푸른 옥비녀가 시무룩하게 대답했다.

"확실히 전부 알아들은 게 맞겠지?"

"물론이오!"

푸른 옥비녀는 다시 씩씩해졌다. 청요가 픽 웃었다.

"그럼 되돌아가거라."

"또 만나오, 모두의 왕이시여."

불덩이가 점점 작아졌다. 불꽃이 완전히 꺼지자 청요의 손에 옥비녀가 툭 떨어졌다.

"어, 음, 이건……."

놀라서 그 모습을 보고 있던 세나가 더듬더듬 말을 잇다가 도로 다물어버렸다. 뭐라고 말해야 할지 알 수 없었다. 청요가 엷게 웃고는 그녀에게 옥비녀를 돌려주었다.

"다시 주는 거예요?"

"당연하지."

"하, 하지만 막 말을 하고 그랬는걸요?"

"괜찮아. 네가 가지고 있는 게 이 아이에게도 도움이 될 거야."

소중히 아껴주는 마음이 이제 막 태어난 어린 귓것을 보다 강하게 만들어줄 것이다. 머뭇거리던 세나가 다시 옥비녀를 받아들었다. 그녀가 옥비녀를 소중히 끌어안았다. 어찌 되었든 그것은 청요가 그녀에게 준 소중한 선물이었다.

"데려다 줄게."

청요가 세나의 허리를 감싸 안았다.

"어디로 모셔다 줄까?"

"으음."

도서관에 다시 갈까?

세나는 골똘히 미간을 모았다가 혼자 살짝 고개를 저었다. 이런 놀라운 걸 보았는데 책 따위가 눈에 들어올 리 없다.

"집으로 데려다 줄래요?"

"그래."

청요의 두 눈이 붉어졌다. 아름다운 빛깔이었다. 그늘이 응축하며 모여들었다. 햇빛이 닿지 않는 음지의 기운이 청요의 부름에 응해왔다. 모든 귓것은 본디 어둠으로부터 오는 것. 낮보다는 밤에 움직이는 것이 편했고, 빛보다는 그늘과 가까운 존재였다. 그늘은 홀린 듯 청요를 에워쌌다. 세나를 안아든 청요가 길게 늘어진 어둠의 길을 따라 걸음을 옮겼다.

"와아!"

청요가 세나를 내려놓자 그녀가 탄성을 내질렀다. 캠퍼스에 있나 싶더니 산중에 있고, 산중에 있나 싶더니 이젠 방 안에 있다.

"고마워요."

청요를 보고 환하게 웃던 세나의 뺨이 돌연 빨개졌다.

그녀의 좁은 방 안에 청요가 있다. 청요와 단둘이, 있다.

'으아.'

단둘이 있는 게 처음도 아닌데 세나가 허둥지둥 청요의 시선을 피했다.

"커, 커피 마실래요?"

"커피?"

"커피 싫어해요?"

청요를 침대 위에 앉히고서 세나가 여기저기 널려 있는 옷가지를 침대 밑으로 차 넣었다.

청요가 빙긋 웃으며 세나를 응시했다.

"아니. 좋아해."

"그래요? 그럼 잠깐만 기다려요."

서둘러 커피포트에 물을 붓는 세나를 청요가 물끄러미 바라보았다. 긴장한 듯 떨고 있는 그녀가 귀엽다. 하지만 조금, 아주 조금 불만스럽다.

"왜 아무것도 안 물어?"

"네?"

세나가 화들짝 놀라 고개를 들었다.

"아까 그건 무엇인지, 나는 또 무엇인지, 그댄 또 무엇이었는지 궁금하지 않아?"

"……."

"알고 싶지 않아?"

세나의 기억이 언제 돌아올지 알 수 없다. 하지만 언제까지고 순수하게 인간인 채로 있을 수는 없다.

그녀는 그의 비. 그녀가 무엇이었는지, 그가 무엇인지 알아야 한다. 적어도 알고 싶어 해야 한다. 하지만 세나는 아무것도 묻지 않는다. 인간의 눈으로 보면 이상한 일투성이일 텐데, 괴상한 일들뿐일 텐데.

"청요."

"왜 날, 궁금해 하지 않아?"

"……"

"내가 여기 있는데, 어째서 아무것도 묻지 않아?"

찰나 불안감이 일렁인다. 어쩌면 세나는, 백화는…… 인간으로의 삶에 아주 만족하여 더 이상 귓것으로 돌아오고 싶지 않은 것일지도 모른다는 순간의 두려움.

"그런 거 아니에요."

세나가 청요를 똑바로 바라보며 고개를 저었다.

"궁금하지 않거나, 알고 싶지 않거나 그런 거 아니에요. 알고 싶어요. 당신이 무엇인지, 나는 또 무엇인지. 하지만 내가 기억해내고 싶었어요. 기억해내서 깜짝 놀라게 해주고 싶었어요."

그것은 오롯한 진심이었다.

'세나'라고 부르면서도 '백화'를 그리워하는 청요가 느껴졌다. '세나'를 사랑하면서도 '백화' 또한 사랑하는 그의 마음이 느껴졌다. '세나'로도 충분히 행복해 하지만 '백화'가 돌아온다면 지금보다 몇 배는 행복해 할 그를 알 수 있었다.

그래서 기억하고 싶었다. 하나하나 청요에게 물어 알아가는 대신 혼자 열심히 기억을, 영혼을 더듬어서 잊은 것들을 떠올리고 싶었다. 아주 조금이라도 괜찮았다. 그렇게 된다면 청요가 기뻐할 테니까. 그가 기뻐하는 모습을 보고 싶었다.

"그게 청요를 화나게 할 줄은 몰랐어요."

"화내는 거 아니야."

"걱정시키려던 거 아니에요."

"세나."

"속상하게 하기 싫어요."

물이 끓던 포트 전원이 커졌다. 세나는 청요의 시선을 피하듯 컵을 찾아 등을 돌렸다. 그 모습을 바라보며 청요가 아랫입술을 물었다.

'저 바보가.'

약해빠진 주제에 백화는 언제나 청요 걱정을 했다. 그녀를 걱정하는 그의 마음도 모르고 그를 돕겠다며 제 몸을 사리지 않았다. 그 철없을 정도로 맑고 올곧은 애정은 왜 육이 바뀌어도 변하지 않는 것일까.

"좋아, 그럼 묻고 답하기 할까?"

그녀의 등 뒤로 걸어가 그녀를 꽉 끌어안은 청요가 속삭였다.

"네?"

"난 네게 궁금한 게 많아. 혼자 알아내기 좀 어려운 것들이야. 난 백화는 잘 알지만 유세나는 잘 몰라서, 인간 유세나의 생각은 가끔 이해하기가 어려워."

"……"

"그러니까 묻고 답하기 하자. 너를 내게 알려줘, 세나. 네게 나를

260

알려줄게."

세나가 소중하다.

그녀가 백화이기에 소중하고, 세나이기에 소중하다. 기억이 있든 없든, 세월이 흐르든 흐르지 않든 그녀의 올곧은 마음을 사랑한다.

"먼저 첫 번째. 그 컬러링, 뭐야?"

"컬러링이요?"

세나가 의아한 표정으로 고개를 돌렸다. 웬 컬러링이냐고 되물으려던 그녀의 얼굴이 순간 달아올랐다.

"그거 혹시 고백인가."

"네? 고, 고백이라니요!"

세나의 컬러링은 청산별곡이다. 청산에 살겠다는 노래였다. 청요는 청산을 닮았다. 푸르고 변함없고 다정하다. 그 노래는 그의 품에 있고 싶다고 에둘러 표현한 세나의 고백이었다. 세상에, 그걸 알아들었나.

"아니면 말고."

그가 짓궂게 웃었다.

"두 번째. 내가 무엇이든 사랑하나?"

다행히 두 번째는 쉬우며 당황스럽지 않은 질문이었다. 세나는 입으로 대답하는 대신 그의 손을 가만히 제 왼쪽 가슴 위에 올려주었다.

두근두근 심장이 기분 좋게 뛰고 있다.

"대답이 돼요?"

"응."

청요가 웃었다.

"내가 두 개 물었으니 이번에 네 차례야. 두 개만 물어. 딱 두 개만 대답해주지."

"흐음, 두 개요?"

"응. 두 개."

"그럼 먼저, 청요는 뭐예요?"

그가 무엇일지는 반쯤 짐작하고 있다. 그래도 이 기회에 확인은 해둬야겠지. 지레짐작만 하는 것보다는 확실히 아는 게 나을 테니까.

"귀왕."

"귀왕?"

귓것의 왕인가.

"그럼 나는 왕비 정도 되나?"

세나가 장난스럽게 묻자 청요가 그녀의 목덜미 옆에 얼굴을 묻고는 키득 웃었다.

"잘 아네."

"으아, 진짜요?"

"응."

"알고 보니 나 대단한 사람이었네요?"

"사람?"

"일단은 그냥 사람이라 해요."

"그러지 뭐."

인간이 아닌 자가 인간 행세를 하고, 인간이 아닌 자가 인간으로 태어나 살아가고 있다. 그렇게 되기까지 얼마나 긴 사연이 있었을지 지금의 세나는 알 수가 없다.

"음……. 그럼 그 귓것은 얼마나 있어요?"

"지금은 없어."

"네?"

"지금은 너와 비슷한 상태로 가까스로 살아남은 녀석들만 몇 있지. 더 많이, 되돌려 낼게."

청요가 맹세하듯 읊조렸다. 그의 목소리가 너무 아프게 들려 세나는 잠시 입을 다물었다. 귀왕과 귓것들. 귀왕이라면 귓것들을 지켜야 했을진대 그들을 지키지 못해 청요는 이토록 괴로워하는 것일까.

"없다는 건……."

"아, 정정하지. 푸른 옥비녀가 태어났으니, 지금은 순수한 귓것은 나와 그 녀석 둘인가?"

청요가 고개를 갸웃거린다.

단둘.

청요와 푸른 옥비녀.

그렇다면 영은은, 역시 청요와 같은 것이 아닌 것일까?

"우와, 엄청 소국이네요."

"그런가."

"그들을 되돌리기 위해 늘 그렇게 바쁜 거예요?"

"그런 셈이지. 그런데 질문이 두 개 넘었는데?"

"치, 치사해. 먼저 물어보라고 부추길 땐 언제고 진짜 두 개만 답해 줄 생각이었단 말이에요?"

세나가 뾰로통하게 물으며 웃었다.

"약속엔 철저하지."

청요에 대해 조금은 더 알게 된 것 같다. 자신이 무엇인지도 아주 조금 더 알게 되었다. 그것만으로 행복해져서 세나가 말갛게 웃었다.

마음 한편에 쌓인 의심을 애써 지우며.

둘뿐이라니까, 영은은 아닐 거라고, 그렇게 믿으며.

⚉

"왕이여, 사귀의 기운이 점점 줄어드오. 왜 그런 것이오?"
적매가 물으니 흑각이 무심히 대답하였다.
"나의 붉은 쌍가락지야, 그댄 늘 안전하니 걱정할 것 없다."
적매가 원한 답은 그런 것이 아니었다.

작자미상, 『조선망량야사, 멸족편』

북쪽 귀궁에 오고 나서 얼마의 시간이 흘렀는지 적매는 알지 못했다. 그녀는 흑각 이외의 그 어떤 귓것과도 만나지 못했고, 인간 세상이 어찌 흘러가고 있는지 또한 전혀 알지 못했다. 그녀는 북쪽 귀궁의 꽃으로 그렇게 보호받았다.

그러는 동안 바깥은 시시각각 변했다. 세상이 급변하고 있음은 갇혀 있는 신세라 해도 알 수 있었다. 이따금 바람이 전해주는 이야기에 적매는 바들바들 떨었다.

"왕이여."

흑각이 적매의 부름에 고개 돌렸다. 파도치듯 굵게 굽은 머리카락이 흑단처럼 검었다. 냉철한 듯 무감한 듯 연회색의 눈동자가 적매를 비췄다.

"말하여라."

"사귀의 기운이 점점 사라지고 있소. 괜찮은 것이오?"

불안한 눈빛을 하며 적매가 물었다. 흑각은 단조로운 표정을 지었다.

"그댄 언제나 괜찮다."

그는 아름다운 왕이었다. 그러나 속을 알 수 없는 왕이기도 하였다. 적매는 그를 알고자 했으나 그를 알 수 없었다.

사귀를 보호해야 하는 귀왕이면서 흑각은 늘 괜찮다고만 한다. 모두 괜찮다고만 한다. 그러나 이미 사귀의 수는 반절로 뚝 떨어졌다. 정녕 괜찮은 것인가?

……괜찮을 리 없지 않은가.

"내가 왕을 돕게 하시오."

무언가 사귀를 해하고 있다면, 그래서 흑각이 곤란한 상황에 처한 것이라면 적매는 그를 돕고 싶었다. 그저 그의 곁에서 그의 도움이 되길 원했다.

"적매."

그가 적매의 이름을 부르는 경우는 드물었다. 사실 몹시 화가 났을 때를 제외하곤 거의 없는 일이었다. 적매는 움찔 얼어붙었지만 물러나지 않았다.

"왕이여. 나는 왕을 돕고 싶소."

"그댄 오래 살고 싶다고 하지 않았나?"

"오래 살고 싶소."

왕과 함께 오래오래, 아주 오래 살고 싶소.

"오래 사는 것이 제일 소망이라고 하지 않았나?"

"그것이 제일 소망이 맞소."

왕과 함께라면.

"그럼 되었다."

흑각이 불현듯 다가왔다. 그의 서늘한 손이 적매의 이마를 짚었다.

"와, 왕이여!"

기운이 쭉 빨려나가는 느낌이었다. 다리에 힘이 풀려 주저앉는 적매의 허리를 흑각이 감싸 안았다.

'왜……. 어째서……? 나의 왕이여…….'

적매는 이해할 수 없다는 듯 충격에 빠진 눈으로 흑각을 보았다. 눈앞이 아슴아슴 흐려진다.

"나의 붉은 쌍가락지야. 날 돕는다면 그댄 제일 소망을 이룰 수가 없게 돼. 모든 것이 끝날 때까지 잠들어 있거라. 그대가 깨어날 즈음엔 그대를 해할 만한 어떤 위험도 없을 것이니."

단조로운 흑각의 목소리가 적매의 꺼져가는 정신 속으로 흘러들었다.

그 후 제법 긴 시간이 흘렀다.

원치 않았던 깊은 잠에서 깨어난 적매는 흑각을 느낄 수가 없었다.

그녀의 왕을 찾을 수가 없다. 사귀 또한 없다. 간간이 꺼져가는 신귀의 기운만 희미하게 감지될 뿐이다.

적매는 그렇게 홀로 눈을 떴다.

청요와 흑각의 싸움 후, 두 귀왕 모두 부재하고 있는 시기였다. 청요는 잠들고, 흑각은 사라진 때였다. 자초지종을 알 수 없는 적매는 찾을 수 없는 흑각의 냄새를 애타게 좇으며 주저앉아 울었다.

일족의 기운이 느껴지지 않는 세상에, 흑각을 찾을 수 없는 세상에 홀로 깨어나고 싶지 않았는데…….

반귀가 된 백화와 처음 만난 것은 그로부터 얼마 후.

적매는 홀로 바깥을 헤맸다.

13장. 적매

"왕이여."

한 몸 누이면 빠듯한 공간. 푹신한 침대에 누워 손을 이마에 얹고서
계집은 가만히 눈을 감았다.

"나의 왕이여."

감각을 열고서 세상을 훑었다. 흑각의 기운은 어디에도 없다. 반귀의
수만 일전보다 늘었다. 여전히 극소수이긴 하지만.

'......'

천천히 몸을 일으킨 계집이 창가로 걸어갔다. 창문을 활짝 연 그녀가
바깥을 물끄러미 응시했다.

하나, 둘, 셋, 넷······.

'역시 늘었군.'

일 년 전쯤이었나, 청요가 깨어난 것이.

언제고 깨어날 것이라 믿고 백화가 화한 반귀를 찾아 곁에 머물렀
다. 귓것은 물론이고 귓것의 적인 식귀구조차 사라진 이 땅. 승려들은
더 이상 전과 같이 강력하지 못했고, 아무 힘없는 인간들이 계집에게

입힌 상처는 금방 회복되어버렸다. 계집이 아는 한 그녀의 왕의 곁으로 가는 방법은 청요를 이용하는 것뿐이었다.

'깨어난 이상 신귀를 되돌리기 위해 그대가 무슨 일이든 할 것을 알고 있었소, 청요. 그것이 시간을 미혹하는 것일 줄이야……. 그대들, 귀왕은 역시 나의 이해를 뛰어넘소.'

계집은 그믐마다 사라지는 청요의 기운을 느꼈다. 이 시간에서 그의 존재가 완전히 사라지는 것이었다. 그 경이로운 이적에도 계집은 큰 감흥을 느끼지 못했다.

'뭐, 이해 따위 할 필요 없겠지. 내가 바라는 것은 나의 왕의 곁으로 가는 것. 다만 그것뿐. 그 외의 것은 모두 무의미하오.'

……나의 왕이여, 어째서 나만 두고 가시었소?

부질없는 물음.

답 없는 절규.

이제 모두 끝낼 수 있다.

단둘뿐이라 했다. 현재 이 세상에서 완벽한 귓것은.

그럼에도 왜 이렇게…….

"세나, 너 이상해."

영은이 세나의 팔을 잡아당기며 미간을 살짝 찌푸렸다.

"뭐가 이상해?"

세나가 어색하게 웃었다.

재잘거리며 하루 일과를 미주알고주알 이야기하는 영은이 왜 이렇게 낯선지 모르겠다.

"봐, 지금도. 눈이 하나도 웃질 않잖아."

"피곤해서 그렇지."

자꾸 영은의 시선을 피하며 세나가 대꾸했다.

모르는 것, 알고 싶지 않은 것이 있다. 똑바로 마주하기 싫어 자꾸 피하게 되는 그런 것이.

"내가 뭐 잘못했어?"

"아니! 네가 무슨 잘못을 해?"

"그럼 진짜 많이 피곤한 거야? 너 쉬어야 하는데 내가 영화 보자고 억지로 불러낸 거야?"

"그런 거 아니야. 나도 보고 싶었던 거야."

세나가 겨우 영은을 쳐다보며 안심하라는 듯한 표정을 지었다.

"정말이야?"

"응."

"마음이 딴 데 가 있는 거 아니지?"

"아니야. 팝콘 먹을래?"

영은의 예리한 질문을 어영부영 넘기며 세나가 화제를 바꾸었다. 미심쩍은 눈으로 세나를 쳐다보고 있던 영은이 반짝 웃었다.

"응! 나는 캐러멜 맛이 좋더라. 달달한 게."

"그래."

둘은 팝콘을 사서 상영관에 들어갔다.

영화를 보는 내내 세나는 영은을 힐끔거렸다. 영은은 아름답다. 인간인가 싶을 정도로, 그렇게 소름끼치게 아름답다. 칠흑의 머리카락이 비단처럼 흘러내린다. 늘 웃음짓고 있는 그녀의 신비로운 눈동자는 박제된 동물의 것처럼 감정이 없다. 이토록 아름다운데, 이토록 신비한데, 사람들은 이상하리만치 그녀에게 주목하지 않는다. 영은을 보지 못하는 것처럼, 영은의 아름다움을 깨닫지도 못하는 것처럼 그렇게.

"유세나? 안 나가? 영화 끝났어."

"어? 아, 가야지. 가자."

언제 끝났는지도 모르게 영화가 끝났다. 급히 짐을 챙긴 세나가 자리에서 일어났다. 새침한 표정으로 세나를 쳐다본 영은이 키득 웃으며 세나에게 팔짱을 꼈다.

"뭐야, 유세나. 너 오늘 진짜 이상하다. 영화는 안 보고 내내 내 얼굴만 보던데? 내 얼굴에 뭐 묻었어?"

"아, 아니야. 영화 봤어."

"무슨 내용이었는데?"

"......"

내용을 알 리가.

세나가 입을 꾹 다물었다. 흐응 콧소리를 낸 영은이 어깨를 으쓱였다.

"너 혹시 나한테 할 말 있어?"

"응?"

"예를 들어, 남자친구가 생겼다거나? 그래서 이젠 나랑 이렇게 여유롭게 못 놀아준다거나? 뭐 그런 거?"

남자친구. 그 말에 자동적으로 청요가 떠올랐다. 세나의 동요를 알아챈 영은이 놀란 표정을 지었다.

"뭐야, 애 좀 봐. 진짜야?"

"아, 아니야……."

"아니긴 뭐가 아니야. 말해봐. 하루 종일 이상했던 이유, 정말 그거 구나? 남자친구! 나한테 말해야 하는데 부끄러워서 말 못하고 있었던 거구나? 그런 거지? 역시! 나 최영은이 나무에서 떨어지는 원숭이일 리가 없지!"

영은이 손뼉까지 짝짝 치며 호기심 가득한 두 눈을 반짝거렸다. 세 나는 난처한 웃음을 지으며 그녀를 쳐다보았다.

역시 영은이다. 그냥 최영은.

"부정도 안 하네? 진짜야? 진짜구나? 누구야? 뭐하는 사람이야? 키는 커? 잘생겼어? 어디에서 만났어? 사귄 지는 얼마나 됐고? 그러 고 보니 그 피리. 그 손가락만 한 피리, 매일 목걸이처럼 차고 다니더 라. 그 사람이 준 거야?"

영은이 피리를 향해 손을 내밀었다. 세나가 무의식적으로 피리를 가렸다.

"세나?"

"아……."

영은의 손끝이 피리를 덮은 세나의 손등을 스쳤다. 영은의 손끝이 차갑다. 서늘하다.

피리에 신경 쓰느라 찰나 붉어진 영은의 눈동자를 세나는 보지 못 했다.

"소중한 거구나?"

영은이 다정히 물었다.

"응? 응……."

"나중에 소개시켜줘."

"응?"

"남자친구 말이야. 유세나의 남자친구. 내 친구를 빼앗아 갔으니, 어떻게 생긴 사람인지 얼굴 정도는 보고 싶네."

"응. 나중에…… 나중에 소개해줄게."

세나가 대답했다. 영은이 만족한 듯 활짝 웃으며 고개를 끄덕였다.

"근데 그 피리 귀엽다. 불면 소리는 나는 거야?"

"……불면 안 돼."

"어?"

세나는 더 말하지 않고 모호하게 웃었다. 불면 안 된다는 생각이 들었다. 영은의 앞에서는 불면 안 된다고, 절대로 안 된다고…… 그런 직감이 들었다.

영화가 끝난 저녁, 하늘에 진 노을은 유독 붉었다. 여름 바람은 따뜻했지만, 살짝살짝 스치는 영은의 손끝은 여전히 차갑다.

김미리는 요즘 들어 시름시름 앓았다. 청요는 그녀의 상태가 염려스러웠다.

'한계란 건가.'

육에서 떨어져 나와 다른 것에 깃든 영靈이 한계에 다다른 것일 터이다. 시간이 더 지체되면 어찌 될지는 뻔했다. 그대로 영원히 귀鬼로 돌아오지 못하게 되겠지.

"김미리 씨."

"왜요."

어차피 이제 마지막이다. 더는 허락되지 않는다. 거사가 성공하여 역사가 바뀌든, 실패하여 멸절의 길로 치닫든.

"그렇게 누워서 맞아도 됩니까?"

촬영에는 최선을 다해 집중했지만 자기 씬만 지나가면 미리는 어디론가 가서 엎어져 있었다.

"안 될 건 또 뭔데요?"

미리는 세상을 다 산 말투였다.

"김미리 씨."

"네네, 위대하신 우리 선배님."

마지못해 부스스 몸을 일으킨 미리가 새침하게 청요를 쳐다보았다. 엄지를 살짝 깨문 청요가 그녀의 이마로 손을 뻗었다.

"선배, 손에서 피……."

"가만히 있거라."

청요가 미리의 이마에 기하학적 문양을 그렸다. 문양이 다 그려지기 무섭게 엄지의 상처는 아물어 피가 멎었다. 가물가물 흐릿해진 눈으로 미리는 청요를 응시했다.

"나의 어린 신귀여."

"……왕이여."

"끝이 멀지 않았다. 견디어라."

"왕이여……."

푸른 기운이 피의 문양 속으로 흘러들었다. 청요의 힘을 받아들이며 미리가 흐려져 가는 목소리로 작게 웅얼거렸다.

"가엾은 분이…… 가엾은 왕의 비가……. 그분을 부디……."

미리의 머리가 툭 기울었다. 그녀가 넘어지지 않도록 받쳐 안은 청요가 미간을 찌푸렸다.

"가엾은 왕의 비?"

백화를 말하는 것일까.

"그녀는 내가 지켜. 나의 어린 신귀여, 그대는 그대의 걱정을 해."

"으음……."

잠시 후 미리가 정신을 차리고 일어났다.

"어? 선배? 나 기절했어요?"

"아니, 잠깐 잠든 거야."

미리는 어리둥절한 듯했지만 더 이상 묻지 않았다.

촬영을 끝내고 청요는 차에 올라 가만히 생각에 잠겼다. 김미리의 옛 육肉은 금가락지였다. 귓것들은 태생이 비슷한 것들끼리 유독 서로를 잘 알아보았다. 아마 다시 귓것의 육을 얻을 때 비슷한 형태의 골동품이 있으면 귓것으로 되돌리는 일이 한결 수월할 것이다.

푸른 옥비녀의 경우를 생각해보면 조선에서 가져온 물건들은 뛰어넘은 그 시간만큼 나이를 먹는 것이 분명했다. 현재 존재하는 반귀들을 살펴 그들의 옛 육과 비슷한 것을 다음번에 조선에서 가져온다면 그들을 되돌리는 데 큰 도움이 될 것이다.

푸른 옥비녀가 태어나긴 했지만 그와 같은 행운이 계속되리란 보장은 없다. 되도록 많은 신귀를 살려내어야 한다. 그래야 멸절을 막을 수 있다.

"내가 무얼 놓치고 있나?"

청요가 무뜩 미간을 찡그렸다.

'가엾은 왕의 비가……. 그분을 부디…….'

미리의 부탁이 머릿속을 맴돈다. 그녀는 금가락지였다. 특이할 것 없는 이력이다. 예부터 여인들은 가락지를 몹시 아껴 딸에게, 또 그

딸에게 물려주기를 좋아했다. 가락지는 귓것이 가장 많이 태어나는 물건 중 하나였다.

그녀가 새삼 백화를 부탁한 것일까?

어째서?

무언가 놓치고 있는 느낌이 든다. 중요한 무언가를.

그때, 적막을 깨며 진동이 울렸다.

[촬영 끝나면 전화해줄래요? 목소리 듣고 싶어요.]

세나의 문자였다. 그러고 보니 만나지 못한 지 꽤 되었다. 그녀가 보고 싶다. 안전한 것을 확인하고 싶다.

"목소리로는 부족하지."

픽 웃으며 청요가 휴대폰을 주머니 속에 넣었다. 감각을 열자 천태만상의 기운이 흘러들었다. 수많은 각각의 파동 중 세나의 것이 있었다. 그녀의 달콤한 향이 풍겨온다.

그녀는 자신의 집에 있었다. 그는 모든 것을 미혹하는 귓것의 왕. 청요는 그대로 어둠에 녹아들었다.

주차장이 사라지고 다른 공간이 펼쳐진다. 막 샤워를 끝내고 잠옷으로 갈아입고 있던 세나가 그대로 얼어붙었다.

"꺅!"

한 박자 늦은 비명이 세나의 입에서 터져 나왔다.

세나는 베개를 가지고 청요를 흠씬 두들겨 팼다. 솜으로 된 베개로 때려봤자 아프면 얼마나 아프겠는가.

결국 제풀에 지친 세나가 베개를 툭 떨어뜨리고서 얼굴을 가렸다.

"내가 전화하랬지 언제 여기로 오라고 했어요?"

환한 조명 아래에서 반나체의 몸을 보여줬다는 게 창피했다. 그렇게 바로 올 줄 알았다면 옷이라도 다 갈아입고 문자를 보내는 거였다.

"보고 싶으니까."

나직이 속삭이며 청요가 그녀를 뒤에서 끌어안았다. 언뜻 들으면 감정이 읽히지 않는 목소리. 그러나 분명 다정하고 상냥하다.

"놀라서 심장마비 걸리는 줄 알았잖아요."

"인간의 심장은 그 정도로 멈추지 않아. 의외로 튼튼한걸."

"말이 그렇다는 거죠."

세나가 구시렁거리며 자신을 끌어안고 있는 청요의 손을 붙잡았다. 더운 여름 청요가 곁에 있으면 참 편할 것 같다. 천연 아이스 팩이다.

"보고 싶었잖아."

주어가 모호한 말이었다. 자기가 보고 싶었다는 것인지, 그녀더러 보고 싶었으면서 웬 투정이냐고 하는 것인지. 어쩌면 둘 다일 수도 있겠다는 생각을 하며 세나가 별수 없다는 듯 한숨을 내쉬었다. 청요가 키득 소리 내어 웃었다.

"못됐어."

"그럴 리가."

"나 놀리는 거 좋아하죠? 즐기는 거 맞죠?"

청요는 대답 없이 세나의 목덜미에 입을 맞추었다. 그의 숨결이 간지러워 세나가 어깨를 움츠렸다.

"간지러워요."

"알아."

"짓궂어."

청요가 세나를 더 꽉 끌어안았다.

"세나."

"······청요."

"네가 불러주는 게 좋아."

"나도 청요가 불러주는 게 좋아요."

세나를 그대로 끌고서 침대 위에 앉은 청요가 벽에 등을 기댔다. 세나는 그에게 기대앉은 채 잠시 눈을 감았다.

"있잖아요."

"뭐가?"

"단둘이라고 했죠?"

"으음?"

"그러니까, 지금 청요와 완전히 같은 건 푸른 옥비녀 하나뿐이라고 했죠?"

이미 한 번 확인받은 것이었다. 그러나 이상했다. 아무리 생각해도 이상했다.

"그랬지."

"정말 더는 없어요? 찾을 수 없는 존재가 있을 수 있다든가?"

"왜 그런 걸 물어?"

청요가 고개를 기울였다.

"단둘이라니, 너무 잔인한 것 같아서요, 인간이."

세나는 말을 얼버무렸다. 청요는 곰곰 생각하는 듯 세나의 정수리에 턱을 괴었다.

"찾을 수 없는 존재라, 그런 존재가 있긴 했지."

청요는 적매와 흑각에 대해 몇 가지 이야기를 들려주었다. 북에서 온 귀왕, 지귀 흑각. 그의 붉은 쌍가락지, 적매.

흑각은 적매를 북의 귀궁에 숨겨두고 어떤 귓것과도 만나지 못하게 했다. 그녀의 아름다움에 대한 소문이 간간이 떠돌았지만 흑각과 그의 최측근을 제외하곤 그 어떤 귓것도 적매의 실체를 보지 못했다.

흑각은 제 기운을 숨기는 데 능했다. 그는 마음만 먹는다면 모두의 감각으로부터 숨을 수 있었다. 그에게 특별한 쌍가락지를 받은 적매 또한 그 쌍가락지를 끼고 있는 한은 찾을 수 없었다.

"하지만 지금은 없어."

청요가 단언했다.

"없어요?"

"살아남았을 리 없어."

흑각은 소멸을 결정하였다. 그것이 제 스스로 내릴 수 있는 유일한 선택이라며, 상제의 꼭두각시로 사는 것은 더 이상 바라지 않는다며.

소멸 직전까지 갔던 청요를 붙잡은 것은 백화였다. 그러나 흑각을 잡아줄 것은 없었다. 더욱이 매사 무심하고 단조로워 보이는 흑각은 한 번 내린 결정을 번복하는 법 없었다.

그가 소멸했다면 적매가 받은 쌍가락지도 힘을 잃는다. 그녀를 보호해줄 곳은 북쪽 귀궁뿐인데, 그곳은 황폐화된 지 이미 오래. 그 어떤 신묘한 힘도 북쪽 귀궁에서 전해오지 않는다. 누군가, 혹은 무언가가 철저히 부순 느낌. 귀궁이 그 모양인데 그 혹독했던 귓것사냥에서 적매가 살아남았을 가능성은 없다. 반귀로 화하였을 가능성은 배제할 수 없지만, 어쨌든 지금은 온전한 귓것이 아닐 것이다.

"그들이 안쓰러워?"

세나를 안은 팔에 힘을 주며 청요가 물었다.

"잘 모르겠어요. 혼자였다면, 아무도 만나지 못하고 늘 혼자였다

면……. 외로웠겠네요, 적매는. 그녀의 왕이 떠난 후 홀로 살아 있는
동안은 특히 더 많이 외로웠겠어요."

청요가 세나의 머리에 입을 맞추었다. 세나는 그의 품에 더 깊숙이
기대며 입술을 깨물었다.

마음이 아릿하다. 자기 자신보다도 사랑하는 존재가 어느 날 갑자
기 돌아오지 않는다면, 그때의 슬픔은 어느 정도일까. 그때의 외로움,
고독, 원망……. 그 감정들은 감당할 수 있는 크기인 것일까.

❀

왕이 돌아오지 않는다. 왕이 돌아오지 않는 궁이란 기실 무가치하다.

"왕이여, 어찌 나를 버리셨소? 왜 나를 혼자 두시었소?"

적매가 날뛰었다. 북쪽 귀궁이 무너져 내렸다. 폐허 위 엎어진 적매는 오래
도록 울음을 울었다. 그녀는 홀로 남은 사귀가 되었다.

작자미상, 『조선망량야사, 멸족편』

세상이 텅 비어 있었다. 인간은 넘쳐나는데, 사귀는 이미 없고 신귀
또한 그 수가 극도로 적었다. 이것이 멸절이란 것이구나, 이렇게 멸족
하는 것이구나.

적매는 흑각을 부르짖으며 울었다.

"싫소! 혼자는 싫단 말이오!"

혼자 오래 살고 싶던 것이 아니었다. 흑각과 함께 하고 싶었다. 그
무심한 웃음, 단조로운 손짓……. 그의 모든 것을 사랑하였다.

"아아악!"

비명을 질렀다. 목이 쇠도록 비명을 지르고 또 질렀다. 흑각이 오지 않는다.

"나의 왕이여……."

혼자 남았다는 것을 인정하기까지 긴 시간이 걸렸다. 버려진 아픔을 견딜 수 없었다. 기운을 전부 소진하면 죽을 수 있을까. 며칠에 걸쳐 귀궁을 부수었다. 완전히 폐허로 만들어버렸지만 적매는 소멸할 수 없었다.

"어째서……."

생을 해하지 말라는 상제의 속박은 여전히 작용하고 있었다. 적매는 스스로 죽을 수 없었다.

그녀는 멍하니 제 왼손 약지에 끼워진 쌍가락지를 내려다보았다. 이 쌍가락지를 빼면 식귀구가 달려와 나를 물어뜯어줄까?

적매는 쌍가락지를 뺐다. 식귀구 한 마리가 나타났다. 놈은 맹렬한 기세로 적매를 물어뜯었다. 그러나 적매는 그것에게 죽을 수 없었다. 식귀구에 의해 소모되는 힘은 미미했다. 나약한 것들이었다. 저 나약한 것들이, 나의 사귀들은 죽였구나.

팔을 물어뜯는 식귀구를 내동댕이친 적매가 폐허에 주저앉아 무릎을 끌어 모았다. 남아 있는 신귀들 중 그녀를 죽일 능력이 있는 놈은 없다. 인간의 육에서 귓것의 기운이 흘러나오는 괴이한 것들도 있는 것 같지만, 그것들 역시 그녀를 죽이지 못할 것이다. 남아 있는 모든 것들이 터무니없이 약하다.

죽을 수가 없다. 소멸할 수가 없다.

"어떻게 해야 하지?"

방법을 생각하자. 떠올리자. 할 수 있어. 왕의 곁으로, 그의 곁으로 가겠어.

적매는 텅 빈 제 손을 바라보았다.

쌍가락지가 있다. 그녀의 존재를 숨겨주는 귀물. 흑각의 선물.

적매가 서글프게 웃었다. 남은 것은 이 가락지 한 쌍뿐이다. 그 외 엔 아무것도 남지 않았다.

그런데 이상한 일이다. 다른 곳에선 흑각의 그 무엇도 느껴지지 않 는데 어째서 이 가락지만큼은 전과 같은 느낌이 나는 것일까? 귀물을 만들어낸 당사자가 소멸하여도 귀물이 가진 힘은 그대로인 것일까?

모르겠다. 흑각은 그녀에게 아무것도 알려주지 않았다. 적매는 모 든 것으로부터 철저히 고립당한 채 아주 긴 세월을 살았다. 그 긴 시 간 동안 적매가 알아온 것은 오직 흑각뿐이다. 그런 까닭에 적매는 아 주 어린 귓것들보다도 귓것에 대해 아는 게 없었다. 적매는 그저 흑각 의 곁으로 가고 싶었다.

14장. 반정

'연종의 여자' 마지막 방송이 끝났다. 장녹수가 끝내 중전을 몰아내고 중궁전을 꿰차며 극은 막을 내렸다. 사약을 받고 죽는 중전의 처연한 얼굴이 클로즈업되었고, 바로 이어서 호사스러운 연회를 즐기는 연종과 장녹수의 모습이 전파를 탔다.

세나는 청요와 침대에 앉아 방송을 시청했고, 방송이 끝난 후 함께 축배를 들었다.

"짠. 드라마 종영 축하해요."

청요가 빙글 웃었다.

"고마워."

청요가 다정히 그녀의 어깨에 팔을 둘렀다. 고개를 돌려 세나가 그를 비스듬히 올려보았다.

아름다운 잿빛 눈동자. 밤보다 짙은 검은 머리카락.

"왜?"

세나가 쳐다보기만 할 뿐 아무 말이 없자 청요가 물었다. 조금은 날카로운 눈매를 내리며 그가 웃는다.

"방송에선 그렇게 웃지 마요."

"으음?"

"질투날 것 같아."

세나가 투덜거렸다. 그런 그녀가 귀엽다는 듯이 청요가 또다시 눈웃음친다.

"어차피 이젠 방송에서 웃을 필요 없어."

"어? 왜요?"

고개를 갸웃거리던 세나가 무뜩 굳었다.

청요는 무언가를 준비하고 있다. 위험할지도 모르는 어떤 것. 그 준비가 끝난 것일까? 그래서 이제는 더는 싫은 것을 감수하며 인간들 속에 끼어 있을 필요가 없게 된 것일까?

"청요가 위험한 거 싫어요."

"위험하지 않아."

"진짜요?"

"……응."

대답이 조금 늦었다. 분명히.

입술을 꾹 깨물고서 생각에 잠겼던 세나가 잠시 후 입을 열었다.

"얼마나 걸려요?"

"한 달쯤?"

"그 동안은 못 만나요?"

"응."

세나가 청요의 어깨에 머리를 기댔다. 서늘한 그의 체온이 좋다.

"다시 올 거죠?"

"네 곁이 내 자리야."

"······알았어요."

한 달이나 떠나 있으면서 하려는 일이라면 분명 굉장히 중요한 일일 것이다. 세나가 다만 바라는 것은 그의 안위뿐이다.

"이대로 자도 돼요?"

세나가 남은 맥주를 마저 마신 후 물었다. 빈 캔을 내려놓고는 품에 안겨오는 세나를 청요가 꼭 안았다.

"응."

다시 또, 그믐이 온다.

마지막 기회가 온다.

청요는 주변을 정리하며 바쁘게 보냈다. 하루 두어 시간만 자며 남은 일에 매달렸다. 맡아둔 일을 전부 처리한 후 떠나야 소동이 일지 않을 것이다.

세나에게도 연락하지 못했다. 괜히 피곤한 목소리를 들려주어 그녀를 걱정시키고 싶지 않았다.

백화는 늘 제 몸보다 그를 걱정했었다. 저와 비교할 수 없을 만큼 튼튼한 청요를 알면서도 백화는 늘 그가 조금이라도 마를까 봐 안절부절못했었다. 기억이 설령 없어도 세나 또한 그럴 것이 분명하다.

오피스텔 주차장 입구.

서행하던 것마저 멈춘 청요가 문득 미간을 찡그렸다.

"세나?"

주차장 입구 옆에 쪼그려 앉아 있는 사람은 분명 세나였다. 차문을 열고 내린 청요가 그녀를 불렀다.

"유세나."

"아! 청요, 왔어요?"

그녀가 활짝 웃으며 반가운 표정을 지었다.

"뭐하는 거야?"

"기다리고 있었어요."

"당분간 바쁘다고 했잖아."

"만나러 오지 말라는 말은 아니었잖아요."

세나가 뽀로통하게 대꾸했다. 딱히 틀린 말은 아니었기에 청요가 입을 다물었다.

하지만 화가 나는 것은 어쩔 수가 없다. 요 며칠 오피스텔 근처에는 오지도 않았었다. 세나가 얼마나 오래 주차장 입구에서 저를 기다리고 있었을지 생각하며 청요가 미간을 찌푸렸다. 하다못해 문자 한통이라도 해주었다면 그녀를 이렇게 대책 없이 기다리게 만들지는 않았을 텐데.

"화내지 마요. 안 그래도 바쁠 텐데 방해하고 싶지 않았어요."

그의 마음을 읽은 듯 세나가 선수 쳤다. 잘못한 것도 없이 미안한 표정을 짓는 그녀에게 차마 화낼 수 없어서 청요가 신음을 흘렸다. 더욱이 곧 그믐. 당분간 떠나 있어야 하는데 세나와 승강이를 벌이느라 시간을 낭비하는 것은 싫다.

"화, 안 났어."

"진짜요?"

세나가 청요의 품에 폭 안겨왔다.

"진짜로."

"언제 가요?"

세나가 픽 웃으며 그의 가슴에 뺨을 비볐다.

"곧."

"보고 싶겠다."

세나의 뺨이 엷은 살굿빛으로 물들었다.

두근거리며 뛰는 그의 심장 소리가 좋다. 조금 서늘한 듯 차가운 그의 온도가 좋다. 바람을 닮은 듯 밤을 닮은 듯. 언제나 그가 좋다.

"금방 다녀올게."

"응. 기다릴게요."

세나를 꼭 끌어안는 청요의 표정이 미미하게 굳었다. 이번에 건너가면 무슨 일이 일어날지 알 수 없다. 진성대군을 온전히 믿을 수 없다.

그러나 누가 새로운 왕이 되든지 연종보다는 나을 것이다. 최악을 막을 수만 있다면 청요는 기꺼이 모든 것을 감내할 것이다.

이 끝이 부디 파국이 아니기를.

⚜

진성대군은 사랑채 마루에 앉아 달도 뜨지 않은 밤하늘을 물끄러미 바라보고 있었다. 늑대처럼 길게 울부짖는 개 울음소리가 어디에선가 들려왔다. 귀뚜라미 울음이 뒤엉켰다. 으스스하고 스산했다.

기척 없이 인영人影 하나가 걸어와 부복했다.

"준비는 다 되었나?"

진성대군이 물었다.

"예, 대감."

반정反正의 날이 다가오고 있다. 이제 돌이킬 수 없다.

"귀승만 믿겠네."

"예, 대감."

인영이 물러났다. 진성대군은 텅 빈 마당을 바라보다가 한숨을 삼켰다.

'부인……'

여전히 부인이 마음에 걸린다.

'나는 조선의 대군이오. 나를 용서하겠소?'

그러나 그는 왕자였다.

성종대왕께서 작금의 이 폭정을 보신다면 원통하여 어찌 눈 감으시겠는가.

침울한 얼굴로 진성대군은 손에 쥐고 있던 종이를 바라보았다. 마루 기둥에 꽂혀 있던 화살에 매달려 있는 것을 아침에 발견하였다. 하나하나 보면 별 것 아닌 세 글자가 한데 모여 심히 끔찍한 미래를 예언하였다.

귀식인鬼食人.

귀가 인을 먹는다.

귓것이 사람을 먹는다.

'청요……'

반정이 성공한 후 귓것을 어찌할지 결정하지 못했었다. 그들의 신묘한 힘은 사람의 두려움을 불러일으키나 청요의 도움이 있었기에 반정 준비가 이만큼까지 될 수 있었음을 알고 있다. 더욱이 청요에게 한번 구원받은 목숨. 은혜를 원수로 갚아도 되는 것일까. 그래도 용서받을 수 있는 것일까.

'미안하이.'

두 눈을 질끈 감은 진성대군이 종이를 접어 품에 넣었다.

그는 이미 왕이 되기로 결정하였다. 비록 시작은 그의 뜻이 아니었으나 이제는 그의 뜻이 되었다. 귓것보다는 인간이 중하고, 부인보다는 조선이 중하다. 더 이상의 심적 갈등은 무가치하다.

무언가 꾸물거리는 느낌에 진성대군이 눈을 떴다. 어둠이 꿈틀거리며 한곳에 모여들고 있었다. 진성대군은 어둠을 응시하며 청요가 모습을 드러내기를 기다렸다.

소름끼치도록 아름다워, 하여 모든 인간을 능히 미혹시킬 귀왕이 천천히 어둠을 가르며 걸어 나왔다.

"청요."

"이역."

제 백성의 명운을 손에 쥔 두 왕이 마주섰다.

거짓을 행하는 자, 거짓을 알면서도 속는 자. 신뢰는 이미 없다.

누구도 틀리지는 않았다. 나쁘지도 않다. 길이 다를 뿐이다.

훗날 연종이란 시호를 받는 조선의 제10대 왕 이융은 잔뜩 신경이 곤두서 있었다. 녹수는 겁도 없이 그런 그의 옆에 딱 달라붙어 아양을 떨어 댔다.

"전하, 어찌 심기가 그리 불편하시옵니까?"

녹수가 교태 섞인 웃음을 흘리며 물었다.

"바람이 불쾌하다."

이융이 용안을 찡그렸다.

오늘이었다. 바로 오늘이 귓것을 몰살시킬 날이었다.

그런데 이상한 일이다. 기분이 들떠야 마땅할진대 기이할 정도로 가라앉는다.

원상대사가 그에게 진상한 식귀구가 멀리서 길게 울부짖었다. 귓것의 냄새를 맡은 모양이다. 사귀며 신귀며 일족을 나누어 부르는 것은 무의미하다. 그것들은 전부 없어져 마땅한 잡귀이다.

"바람이 말이옵니까?"

녹수가 고개를 갸웃거렸다. 이용은 그녀에게 눈길 한 번 주지 않고 입술을 짓이겼다.

바람인 척 불어와 뺨에 들러붙는 끈적거리는 감촉. 그것이 무엇인지 이용은 알고 있었다.

"피가 섞여 있구나."

그렇다. 그것은 피였다.

붉고 끈적거리는, 비릿하다 못해 달콤한 냄새를 풍기는 것.

이용은 눈을 감고서 가슴을 폈다. 이 세상의 피는 모두 그의 것이다. 이 피 냄새의 주인을 원한다. 그들을 찾아 갈기갈기 찢어 어미의 묘에 뿌리리라.

"하하하!"

이용이 웃었다. 그가 왜 웃는지도 모른 채 녹수도 입을 가리고서 웃었다.

그 시각, 텅 빈 경복궁에 박원종 일당이 들이닥치고 있었다.

청요는 진성대군에게 받은 군사를 이끌고 이용의 뒤를 쫓았다. 동족을 수 없이 죽인 자, 일족의 원수. 그의 끝만큼은 제 눈으로 보아야 했다.

　머리가 어지럽고 속이 뒤집힐 것 같은 것을 참으며 청요는 말을 몰았다. 얼이 하루하루 삭아간다. 이미 조선에 속해 있지 않은 그의 육은 얼을 보호할 수 없다.

　그래도 아직은 괜찮다.

　얼이 조금 삭는다 하여 크게 잘못될 것은 없다. 소멸하지 않는다면 언제고 회복될 터.

　문제는 제 안위 따위가 아니다. 멸절한 신귀를 되돌리는 것, 그들과 함께 새 세상을 맞는 것, 그것만이 중요하다.

　'이융!'

　일이 실패한다면 이번 귓것사냥으로 신귀는 반절 이상 죽을 것이다. 이융이 준비한 사냥의 규모는 살 떨릴 정도로 무시무시했고, 스스로를 지킬 힘이 없는 신귀는 당할 수밖에 없다.

　'내가 깨어 있었다면 그것들을 안전한 곳에서 보호해 줄 수 있었을지도 모르지. 흑각이 썼던 방법을 이용해 인간에게 대항할 수 있었을지도 모르지. 이제 와 그런 게 다 무슨 상관일까? 지키지 못한 것이 현역사인 것을.'

　신귀들이 죽어가는 이 때, 청요는 아무것도 할 수 없었다. 회복을 위한 길고 긴 잠에 빠진 그는 그 누구도 돕지 못했다.

　두 왕을 잃은 귓것들. 그들이 할 수 있는 일은 산골짜기 어딘가 웅크리고 숨어 있는 것뿐이었고, 이융이 할 일은 그들을 찾아내 죽이는 것뿐이었다.

　"청요 님! 피 냄새가 납니다!"

　"알고 있다."

뚝뚝하게 대답하며 청요가 말의 고삐를 당겼다. 그를 따르고 있던 반정군이 일제히 멈추었다.

반정군의 숫자는 대략 백여 명. 귓것사냥을 떠난 이용의 무리가 서른쯤 된다고 하였다. 수적으로는 확실히 우세하다. 이용이 이끄는 무리와의 거리를 가늠한 후 청요가 작전을 지시했다.

"여기에서 둘로 갈라진다. 반은 그대로 직진, 나머지는 나와 함께 우회하여 후미를 친다."

"알겠습니다, 청요 님. 다만 우회하는 길은 제가 안내하여도 되겠습니까?"

한 사내가 물었다. 행색을 보니 승려인 듯했다. 어디서 맡아본 듯한 체취가 그에게서 흘러나왔다.

'어디서 만난 적이 있나?'

청요가 미간을 살짝 찌푸렸다.

"청요 님? 서두르셔야 합니다."

고승이 청요를 재촉했다. 신귀의 피 냄새가 어느새 더 짙어졌다. 오래 생각할 시간이 없는 청요가 이내 고개를 끄덕였다.

"알겠다. 귀승이 안내를 맡아라."

고승이 앞장섰고, 반정군은 둘로 나뉘었다.

고승은 구불구불 산길로 말을 몰았다. 사냥 중인 이용과 가까워지는 느낌이 들지 않았다. 그런데도 피 냄새가 점점 더 짙어진다.

'무언가 잘못되었나?'

퍼뜩 깨달은 청요가 급히 말고삐를 잡아당겼다.

"저런, 이제야 눈치 채셨습니까?"

앞장서 달리던 고승이 곧장 말에서 뛰어내려 몸을 바로 세운 후

합장을 했다. 그의 입에서 웅얼웅얼 진언이 흘러나왔다.

'주박술!'

어디서 맡아본 듯한 체취라고 언뜻 생각하였다. 어디서 맡았는지 이제야 떠오른다.

식귀구를 길들인 놈의 냄새였다. 세나를 위협했던 식귀구에게서 희미하게 풍겨오던 냄새가 이 자의 것이었다.

"원상대사!"

"위대하신 귀왕께서 소승의 법명을 알고 계십니까?"

원상대사가 빙긋 웃었다.

"너는 폭군 쪽 사람이 아니었나?"

"소승은 귓것을 멸절시킬 수만 있다면 누가 왕이 되든 상관없습니다. 이왕이면 인간에게 해롭지 않은 왕이면 더욱 좋겠지요."

청요가 입술을 깨물었다.

"귀왕께서도 사실 대군마마를 의심하고 계시지 않았습니까? 의심스러웠다면, 그때 멈추셨어야지요. 덫일지도 모른다고 생각하면서도 빠져드는 이유를 소승은 모르겠습니다. 어떤 덫이든 빠져나올 수 있다고 자신하시는 것입니까?"

청요가 열없이 웃었다.

이리될 것을 어쩌면 낙천이란 명패를 단 식귀구를 본 날 예감하였을지도 모른다.

낙천. 그것은 진성대군의 자.

아니길 바랐다. 진성대군 이역이 비록 식귀구를 키우고 있어도 그것은 왕 이용의 눈을 속이기 위한 것뿐일 거라고 믿고 싶었다. 그 어리석음은 작금부터 이용의 손에 죽어갈 수많은 신귀들이 눈에 밟힌 까닭이다. 설령 운좋게 푸른 옥비녀와 같이 새로운 귓것들이 탄생해 준다 하여도 소멸된 것들은 되돌아오지 않는다.

하여 아주 미약한 가능성에 모든 것을 걸었다. 세나와 함께 돌아온 신귀들을 맞아주고 싶어서, 어리석은 짓이라는 것을 알면서도 그 가능성을 저버릴 수 없었다.

그러나 이제 확실해졌다. 진성대군이 왕이 되어도 귓것사냥은 끝나지 않는다. 반정을 돕는 것은 귓것을 되살릴 방법이 아니었다. 처음부터 틀렸던 것이다. 이젠 기회가 없는데. 더는 시간이 없는데.

"어째서 그대들은 우리네를 그토록 증오하지?"

쓴맛을 삼키며 청요는 주박술의 위력을 가늠해 보았다. 깨려고 들면 깰 수 있을 정도였다.

그러나 아직은 아니 된다. 그가 쓰러져야 반정군이 움직일 것이고, 그래야 작금 행해지는 이용의 귓것사냥이 잠시나마 멈출 것이기에.

"위험하지 않습니까?"

"우리네가 위험하다?"

"인간이 아닌 주제에 인간의 태를 입고, 새가 아닌 주제에 새처럼 하늘을 날며, 그 어떤 것도 필요 없이 불을 만들어 쓰는 당신네들이 설마 위험하지 않다고 생각하십니까?"

원상대사가 또다시 방긋 웃었다.

"……나를 어찌할 셈이지?"

"소승의 힘으로는 당장은 청요 님을 죽일 수가 없습니다. 차차 방법을 찾아볼 생각입니다."

"찾을 수 있기를 바라지."

"그거 고맙군요."

원상대사가 재차 웅얼웅얼 진언을 외웠다. 법력이 청요에게 쏘아져 왔다. 튕겨낼 수 있었지만 청요는 그냥 맞았다.

"의외로 순순히 맞아 주시는군요. 태생이 왕이라 그런 것입니까?"

비아냥거리는 원상대사의 목소리를 끝으로 청요는 까무룩 정신을 놓았다.

궁궐 깊숙한 곳의 옥사에서 청요는 정신을 차렸다. 보이는 곳마다 부적이 빼곡하고, 바닥엔 그를 주박하기 위한 진이 그려져 있었다. 주박진과 원상대사의 법력이 뱀처럼 뒤엉켜 옥사를 휘감고 있다.

'몇이나 살아남아 있지?'

감각이 둔해져 바깥 상황을 제대로 알 수 없었다. 궁이라는 것은 작은 창 너머로 보이는 북악산을 보고 겨우 알 수 있었다. 흐릿하게 흘러오는 신귀의 기운을 가까스로 붙잡았다.

어금니를 사리물며 청요가 주먹을 쥐었다. 자신이 경복궁에 갇혀 있는 것을 보면 거사는 성공한 모양이었다. 그가 성공시킨 거사였다. 실패해서 모조리 참형당할 놈들을 그가 살려낸 것이었다. 그런데 돌아온 대가가 고작 이것이라니.

"……모르지 않았다."

청요가 쓰게 웃었다. 결과가 이리될 수 있음을 아예 예상치 못했던 바 아니다. 그럼에도 최악을 막을 수 있다면 어쩔 수 없다고 생각하며 자행한 일이었다.

"짐작하였으나, 원통하구나."

상제의 속박만 아니었다면 인간들 하나하나 그의 손으로 친히 죽였을지도 모른다. 그리할 수만 있다면 정녕 그리했을지도 모른다.

295

그러나 청요에게 중요한 것은 인간의 멸절이 아니다. 우선순위를 잊어서는 안 된다. 그의 최우선은 신귀의 멸절을 막는 것과 세나에게 돌아가는 것.

분노에, 증오에, 원망에 먹히지 말지어다. 마음을 잃으면 괴물이 될 뿐이다.

'백화, 세나, 백화, 세나……. 나의 어린 비여.'

주문처럼 백화를, 세나를 불렀다. 이성을 잃지 않기 위해서. 원상대사가 쳐놓은 주박진을 부수겠다고 앞뒤 없이 날뛰어 돌아갈 힘마저 잃지 않기 위해서.

진의 구조를 알아내는 게 먼저였다. 구조를 알면 보다 적은 힘으로 결계를 부술 수 있다.

청요는 낮게 엎드린 채 바닥을 짚은 손에 힘을 주었다. 차갑고 딱딱한 돌바닥이 손에 닿자 머리가 차츰 맑아졌다.

자박자박. 발소리가 들려온다.

청요가 고개를 들었다. 그의 얼굴이 무섭게 굳었다.

"이역."

역시 살아 있다. 인간의 역사는 바뀌었다. 그러나 크게 바뀌지는 않았겠지. 역사 전체가 뒤바뀔 정도의 변화는 상제가 용납했을 리 없으니까.

얼마나 바뀌었을까? 향후 일이십 년? 길게는 백여 년?

모르겠다. 현대로 돌아가기 전까지는 뭐가 얼마나 달라졌는지 알 수가 없다.

"몸은 좀 어떠하냐?"

"그대가 물을 것은 아닌 것 같군, 이역."

"입이 살아 있는 것을 보니 죽진 않겠군."

청요가 진성대군을 노려보았다. 아름다운 연회색 눈동자가 붉게 물들었다.

차가운 청요의 표정이 한순간 허물어졌다. 픽 조소를 흘린 청요가 창살 앞으로 바짝 다가갔다.

"은혜를 원수로 갚는 것, 그것이 그대들의 정의인가?"

"이해는 바라지 않는다, 청요. 그래, 그대가 나를 구했지. 나 또한 실로 그대를 좋아하였어. 하나 어찌하겠어? 그대가 나라면 어찌하겠어? 그대들의 힘은 우리의 이해를 뛰어넘네. 그 불명확한 존재와 어찌 함께 살아갈 수 있겠나?"

모두 같은 방식으로 태어나는 인간은 다름을 받아들이지 못한다. 그것은 귓것과 인간의 근본적인 차이였다.

귓것은 모두가 각자의 방식으로 태어난다. 어떤 것은 가락지에서, 어떤 것은 피리에서, 어떤 것은 거울에서 태어난다. 그 태생이 본디 모두 다른 까닭에 귓것은 다름을 받아들이는 데 익숙하다. 반면 모두가 하나같이 어미의 배를 빌려 태어나는 인간은 저와 다른 식으로 탄생하는 존재를 이해하지 못했다.

"그대의 말이 옳다, 이역. 내 언젠가 그대의 숨통을 친히 끊어주지."

"그때는 결코 오지 않을 것이야."

청요는 웃었다.

은혜를 주고받았고, 정을 주고받았다. 이리 틀어질 것을 어렴풋이 예상하면서도 미련하게도 '혹시'를 놓지 않았다. 인간을 좋아한 백화를 알아서, 백화가 너무도 소중하여, 백화가 소중히 여긴 모든 것을 지키고 싶었다.

"내가 네 목숨을 구했다, 이역. 내가 너를 왕으로 세웠다. 그런데도 그대는 나를 배반하였지. 생명의 은인조차 배반한 그대는 앞으로 그 누구도 믿지 못하게 될 것이다. 그대가 지킬 수 있는 유일한 신의를 그 손으로 저버렸기에 그대는 곁을 누구에게도 내어주지 못하게 될 것이다. 왕위에 올랐으되 그 누구에게도 기대지 못한 채, 마음 또한 보여주지 못한 채 고독히 말라 죽을 것이다."

진성대군의 표정이 차츰 굳었다.

"저주이냐?"

"예언이다."

"……내게 죄가 있다면 조선의 백성을 위해 최선을 택한 것뿐이다."

"조선의 백성을 위해 모든 신귀를 죽이겠다? 웃기지도 않구나. 그대의 배반을 미사여구로 치장하지 말라."

푸른빛이 넘실댄다. 빛은 한데 뭉쳐 불꽃이 되었다. 청요를 감싼 푸른 불꽃이 커질수록 빼곡히 붙은 부적이 요란한 소리를 내며 흔들렸다.

진성대군이 긴장한 얼굴로 부적을 살폈다. 원상대사는 부적이 깨지기 직전 빛을 내며 쪼개어진다고 하였다. 다행히 빛이 나는 부적은 없었다.

"나를 너무 원망하지 마라, 청요."

품에 넣어왔던 종이뭉치를 옥사 안에 떨어뜨린 후 진성대군은 등을 돌렸다. 부적의 힘과 충돌하여 시끄럽게 울어대는 신력을 모두 거둬들인 청요가 종이뭉치를 집었다.

온갖 곳의 냄새가 났다. 조선 방방곡곡에서 모여든 것이었다. 수십 장의 종이엔 모두 같은 글자가 쓰여 있었다.

"귀식인鬼食人……."

청요의 표정이 일그러졌다. 근거 없는 모함이었으나, 전국 곳곳에 같은 내용의 종이가 뿌려졌다면 귓것을 향한 조선인들의 두려움은 극에 달했을 것이다.

이 잔망스러운 짓을 저지르다니.

"원상대사."

청요는 나이를 가늠할 수 없던 그 고승을 떠올렸다. 보통 인간보다 월등히 오래 살아온 것 같은 그에게선 귓것을 향한 맹목적인 적의가 풍겨왔다.

그는 누가 왕이 되든 귓것사냥을 지속할 것이다. 앞으로 인간의 발길이 닿고 손길이 미치는 곳에 귓것이 살 자리는 없을 것이다.

'함께 살아갈 수 없는 것인가? 더는 방법이 없나.'

청요가 천천히 눈을 감았다. 반정으로 인해 대규모 귓것사냥이 일단은 중지되었다면 더 갇혀 있을 이유가 없다. 차분히 주박진의 구조를 헤아리는 그의 몸이 푸르게 빛났다.

꽃

사람이 있고 귓것이 있은 이래 다툼은 항시 존재했다. 사람은 신묘한 방식으로 태어나 신묘한 일을 일으키는 귓것을 두려워하였고, 귓것 또한 상제에게 보호받는 인간을 두려워하였다.

둘은 매양 서로를 두려워하기에 결코 친親할 수 없으리라.

작자미상, 『조선망량야사, 인간편』

귓것사냥이 시작된 그때, 아이는 변방의 한 고을에서 태어났다. 두 귀왕이 아직은 건재하던 때였고, 갈수록 심해지는 귓것사냥에 반격을 가할 방법을 궁리하던 때였다.

"아부지! 그거 들으셨오?"

"무어?"

"귓것인지 뭔지를 많이 잡아갖고 가면 나라님께서 땅을 준다 하였오."

"에끼, 이놈아! 그런 말 하는 거 아녀. 사람도 짐승도 아닌 것들과 얽혀서 무어 좋은 일이 있겠누?"

괜한 말을 하였다고 아이는 꾸지람을 들었다.

꿀밤을 크게 얻어맞은 아이가 눈물을 그렁그렁 매단 채 제 눈치를 보자 아이의 아비는 아이를 꼭 끌어안았다.

"이 애비 화내는 거 아녀."

"참말이라요?"

"참말이제. 이 애비는 니만 있으믄 되어. 험한 델랑 가지 말구, 험한 일일랑 엮이지도 말구. 알긋제?"

아이가 고개를 끄덕였다. 저만 있으면 된다는 아비의 말처럼 아이 또한 아비만 있으면 충분하였다. 밭이 없어도, 하여 매양 굶어도 아비가 있으면 행복하였다. 아비와 누렁이와 셋이서 평생 함께 살고 싶었다.

"아부지 품이 젤루 따뜻하오. 날랑 아부지가 젤루 좋으오."

귓것과의 갈등이 점점 심해지고 있던 때였다.

찌르르.

땅이 울었다.

"아부지, 땅이 흔들리지 않았오?"

"땅이 말여?"

아이는 아비의 품을 벗어나 고개를 바짝 들었다.

하늘이 새까맸다. 온갖 산새가 날아올라 하늘을 뒤덮고 있었다. 개들은 쉴 새 없이 길게 울음을 내고 외양간에서 뛰쳐나온 소들이 날뛰어 댔다.

"이것이 뭔 난리여……."

아비가 넋 빠진 얼굴로 중얼거렸다.

"아부지! 바, 방! 방으로 들어가소! 얼른…… 아악!"

아비와 함께 초가로 들어가려던 아이는 마당에 패대기쳐졌다.

모든 것이 느리게, 아주 느리게 각인되었다.

땅이 꿈틀거린다. 똬리 튼 뱀이 몸을 일으키듯, 그리고 스멀스멀 기어가듯 느리게 요동친다. 요동이 점점 더 커진다. 성난 육신을 뒤틀어 대듯, 온 땅이 뒤틀리며 뒤집힌다.

"아부지! 아부지!"

초가가 무너졌다. 무너진 초가는 뒤집힌 땅과 어우러지듯 합쳐졌다. 아비와 다정히 살아가던 조붓한 초가가 순식간에 사라졌다.

"아부지!"

위로 솟았다 아래로 꺼지기를 반복하는 마당에 엎드려 아이는 아비를 불렀다.

짐승의 울음, 사람의 울음. 부처가 말하는 지옥의 모습이 이런 것일까?

한참 후 땅울림이 멈추었다. 아이는 손톱이 다 빠지도록 땅을 헤집었다. 해진 손에서 피가 뚝뚝 떨어졌다.

"아부지! 아부지!"

지진에 놀라 달아났던 누렁이가 돌아와 아이의 곁에서 낑깽거렸다. 날이 지고 새벽이 밝도록 맨손으로 땅을 파던 아이는 아무것도 찾아내지 못했다. 누렁이를 끌어안은 아이가 길고 구슬픈 비명을 토했다.

"으아아아!"

이해할 수 없었다.

왜 이런 일이. 도대체 왜 이런 일이.

"귓것의 짓이구나."

맑은 목탁 소리 후에 들린 사람 소리였다.

"무어라 하시었오?"

눈물을 닦으며 아이가 고개를 바짝 들었다. 승려 하나가 서 있었다.

"귓것의 짓이라고 하였다."

"귓것?"

"이 부근에 사는 것은 사귀라고 부르지."

"사귀?"

"사귀든 신귀든 근본은 같다. 위험하고 잔악하지. 사람을 해하는 일을 이토록 쉽게 한다. 그런 것들이니 나라님께서 나서서 귓것사냥을 독려하는 것이겠지."

"귓것사냥……."

아이가 누렁이를 꼭 끌어안았다. 그때 이미 아이에겐 이성 따위가 남아 있지 않았다.

죽인다. 사귀를 죽인다. 귓것을 죽인다. 하나도 남김없이, 모조리 죽이겠다.

"죽일 거요······."

제 모든 것이었던 아비를 잃은 아이는 귓것을 향한 증오 외의 모든 감정을 버렸다.

법력을 쌓은 아이는 보통 사람보다 월등히 긴 수명을 받았다. 그를 아는 모든 이들이 죽을 때까지, 아이는 살아 귓것을 사냥하였다.

훗날 아이의 법명은 원상대사라 한다.

15장. 탈출

부적에 담긴 것이 그것을 만든 자의 마음이라면 원상대사의 마음은 어떤 모양인 것일까.

차르르. 차르르.

청요가 흘리는 신력에 부적은 예민하게 반응하며 울어 댔다. 부적의 울음은 점점 더 커져 창살을 흔들었다.

귓것을 멸절시키고 말겠다는 그의 집념이 바이없이 청요에게 흘러들었다. 청요 역시 미움으로 그의 미움에 대적하였다. 상반된 두 힘이 맞부딪히자 땅이 찌르르 울었다.

'이 정도로는 안 되나?'

청요가 힘을 거두었다. 꾸물거리며 펼쳐져 나가던 푸른 불꽃이 그의 주변으로 뭉쳐들었다. 신령한 귀의 불꽃은 주박진을 깨지 못한 것이 분한 듯 파르르 떨어댔다.

구조는 이미 파악하였다. 평소의 몸 상태라면 고작 인간 따위가 친진을 아직도 깨지 못했을 리 없지만, 불행히도 지금의 청요는 평소 상태가 아니었다. 그는 시간을 미혹하여 이 땅에 왔다. 인간의 역사를 뒤집어엎었다. 그 변화는 고스란히 커다란 충격이 되어 청요에게 부딪쳐왔다. 아무것도 하지 않아도 두통이 일어 청요를 집어삼키려 했다.

"세나……."

이성을 놓고 힘을 최대한 폭발시키면 이 진은 깨질 것이다. 하지만 힘 조절이 제대로 되지 않을 가능성이 있다. 옥사를 부수는 것에서 멈추지 않고, 경복궁을, 한양을, 조선 전체를 부수려 날뛰게 될지도 모른다.

게다가 그렇게 날뛰고 나면 회복될 때까지 긴 시간이 걸릴 것이다. 그 시간동안은 현대로 돌아갈 수가 없다. 조선에서 머물며 회복할 수 있을까? 그대로 이 시간에 갇혀 소멸하게 되지는 않을까?

'진퇴양난이란 건가?'

열없이 웃은 청요가 결정을 내렸다.

어쨌든 이곳을 빠져나가지 못하면 전부 끝이다. 일단은 탈출해야 신귀의 회생을 도모할 수 있다.

'돌아가겠다고 약속하였다.'

세나를 떠올리며 청요는 재차 힘을 응축시키기 시작했다.

설령 이성을 잃고 날뛰게 되어도, 그래서 인간을 해하고 상제의 벌을 받게 되어도, 방법이 그것뿐이라면 기꺼이 하겠다.

'상제여.'

청요가 이를 악물었다.

그의 눈이 아름다운 붉은 빛으로 물들었다. 피보다 붉고, 루비보다 아름다웠다.

반정이 있고 며칠이 지났다.

진성대군은 대관식을 치르고, 폐주를 연산군으로 강등하여 유배 보냈다. 비로소 정正이 바로 선 것이다.

그런데 왜 이리 기분이 나쁜 것일까.

용안을 찌푸린 이역이 궐 안쪽 깊숙한 곳에 시선을 두었다. 한때의 벗이자 은인이었던 귀왕이 그곳에 갇혀 있었다.

저가 그를 배신하였다.

'그것이 최선이었다.'

뒤늦은 죄책감을 억눌렀다. 마음이 바사삭 갈라지는 것 같다.

'최선이었단 말이다!'

겨우 동요를 가라앉힌 이역이 고개를 들었다. 조선의 가을을 바라 보았다. 하늘은 푸르고 대지는 풍요롭다. 곧 고운 단풍이 들 나뭇잎을 하나하나 헤아리며 이역은 내년에도, 내후년에도 싱그러울 조선을 쓸 쓸히 축하하였다. 연산군이 계속 통치하였다면 피로 물들었을 이 땅 에 비로소 깃든 평온함에 거짓으로나마 안도하였다.

'과인은…… 다만, 조선의 왕자로서…… 조선의 왕으로서……'

이역이 입술을 깨물었다.

조카들은 하루아침에 왕족에서 죄인이 되어 쫓겨났고, 부인 또한 죄인의 가족이란 이유로 내쳐지게 될 것이다. 피붙이와 아내에게조차 이토록 매정해야 하는데, 고작 귓것 따위를 위해 자책할 여유는 없다.

'조선, 조선이라……'

와르르 무너지는 마음을 무시하며 이역은 고요히 궐 밖 너머를 응 시했다.

하늘에 닿을 듯 높은 궐 담 너머 그의 조선이 있다. 지켜주고 보듬어주지 않으면 금방 죽어버릴 허약한 백성이 있다. 조선의 그 모든 것을 지키고 싶어 이역은 신의를 버렸고, 형제를 버렸고, 조카를 죽일 것이고, 조강지처도 내칠 것이다.

'과인이 조선의 왕이다.'

이미 돌이킬 수 없는 길이다. 왕권이 안정되면 청요를 비롯한 모든 귓것을 멸절시키는 일에 돌입할 것이다.

한 달 전 청요에게 명받은 작은 두령 찬규는 착실히 조선 산천을 헤매며 신귀를 찾아다녔다. 반귀로 화할 힘을 지닌 귓것들에겐 여차하면 육을 버리라고 전했고, 그만한 힘도 지니지 못한 어린 귓것들은 사람의 손길이 미치지 않는 깊은 곳으로 도망가게끔 하였다.

작은 두령은 조선왕이 대규모 귓것사냥을 시작했다는 소식을 접하고 급히 그곳으로 향했다가 청요가 잡히는 것을 보았다. 귀왕이 인간 승려 따위에게 붙잡히는 것에 화들짝 놀랐던 작은 두령은 그 후 귓것사냥이 중지된 것을 보고 크게 안도하였다. 인간들 사이에 무슨 일이 일어나고 있는지는 몰라도 그의 왕은 귓것사냥을 중단시키기 위해 일부러 인간에게 잡혀준 것이 분명했다.

하지만 귓것사냥이 중지되었는데 귀왕께선 어찌 탈출하지 아니하실까?

'왕이여, 이제 어찌해야 하오?'

인간의 궁궐 주위를 빙글빙글 맴돌며 작은 두령은 청요를 구할 방법을 모색했다. 하지만 궁궐을 빙 둘러싼 부적 때문에 가까이 접근할 수도 없었다. 자칫 부적의 경계 안으로 들어갔다가는 붙잡힐 것이 뻔했다.

작은 두령은 머리를 싸맨 채 끙끙 앓았다.

'금일도 그냥 돌아가야 하오?'

날이 밝아오고 있었다. 작은 두령의 얼굴이 일그러졌다. 낮 시간에도 인간의 태를 유지할 수는 있지만, 밤에 비하면 힘이 크게 약해진다. 재수 없게 식귀구 따위에게 걸리기라도 하면 골치 아파질 것이다.

작은 두령은 차마 떨어지지 않는 발걸음을 옮기며 연신 뒤를 힐끔거렸다. 날이 새기 무섭게 인간의 궁궐은 시끄러워졌다. 하여간 부산스럽다. 그 부산스러움이 작은 두령은 싫지 않았다.

사람과 귓것이 사이좋게 지낼 수 있으면 좋으련만.

그것은 정녕 이룰 수 없는 꿈일까?

"어?"

산으로 향하던 작은 두령이 돌연 멈추었다. 길가에 작은 것이 쓰러져 있었다. 형체를 보아하니 어린 인간 계집이다. 행색이 초라한 것이 꼭 거지같다.

작은 두령이 작은 머리를 쥐어뜯으며 소리 없이 절규했다. 저 어린 인간 거지 계집은 왜 하필 이런 곳에 쓰러져 있을까? 가뜩이나 사람과 귓것 사이의 갈등이 갈 때까지 간 상태인데! ……저것을 도와줘도 되는 것일까?

인간이 밉다. 그러나 아주 미운 것 또한 아니다. 인간으로 인해 많은 귓것이 죽었지만, 죽임에 죽임으로 응수하는 것을 작은 도령은 원치 않는다. 태어난 지 얼마 되지 않은 작은 두령 찬규는 그 마음이 아직 순하고 선하였다.

"에잇, 모르겠다."

결국 작은 두령은 어린 인간 거지 계집을 둘러메고 산으로 향했다.

햇볕이 잘 드는 바위 위에 거지 계집을 내려놓은 작은 두령이 가쁜 숨을 몰아쉬었다. 거지 계집은 보통의 불처럼 뜨거웠다. 차가운 불덩이를 만들어 계집의 몸 곳곳에 붙여준 작은 두령이 벌렁 드러누웠다.

"하여간 인간은 너무 무겁소."

끙끙 앓던 계집은 불덩이가 시원한지 희미하게 웃었다.

계집은 정오 무렵이 되어서야 깨어났다.

"누, 누구시오? 왜 여기 있으시오?"

거지 계집이 작은 두령을 발견하고는 화들짝 놀라 물었다.

"김 서방이 길에서 쓰러져 있는 걸 보고 좀 주웠소. 열이 높아 그냥 두면 죽을 것 같기에 아직 예 있소."

작은 두령이 무뚝뚝하게 대꾸했다. 최대한 사람처럼 굴어 보았다. 이런 작은 인간 계집에게 당할 만큼 약하지는 않지만 그래도 들키지 않는 게 나을 듯했다.

"김 서방?"

경계하듯 몸을 움츠리고 있던 거지 계집이 두 눈이 끔뻑거렸다. 저가 뭘 잘못 말했나 싶은 작은 두령의 표정이 일그러졌다.

"독각귀요?"

"독각귀라니! 나는 신귀요!"

"그것이 그것 아니오?"

거지 계집이 두 눈을 크게 뜨며 물었다.

"독각귀는 김 서방들이 우리네를 부르는 이름이지. 우리는 우리네를 그렇게 부르지 않소!"

"우리도 우리를 김 서방이라 부르지 않으오."

따박따박 말대꾸하며 거지 계집이 말갛게 웃었다. 피찬일반인가 싶어 입술을 비죽인 작은 두령이 고개를 홱 돌렸다.

"이제 괜찮은 것 같으니 가보시오. 김 서방이 관아에 나를 고할지도 모르니 나도 이만 가겠소."

"잠깐! 관아에 고하다니? 당치 않으오! 나를 살려주었잖소? 은혜를 갚게 해주시오."

일어나는 작은 두령의 옷깃을 꽉 붙잡으며 거지 계집이 말했다. 작은 두령은 계집을 뿌리치려다 말고 잠깐 생각에 잠겼다.

"보은을 하겠다는 거요?"

"나는 빌어먹고 사는 계집이오. 은혜는 갚을 줄 아오."

이 인간 계집을 믿어도 될까.

작은 두령은 고민하며 입술을 잘근거렸다.

"김 서방을 어찌 믿겠소? 김 서방들은 특기가 배신이라 들었소. 더욱이 우리네 귓것만 보면 잡아먹지 못해 안달이지 않소?"

"모든 사람이 그런 것은 아니오!"

거지 계집이 바락 소리쳤다. 은혜도 모르는 놈 취급을 받은 게 억울한 듯 눈물까지 그렁그렁 맺혔다. 계집의 눈물에 작은 두령은 심히 당황했다. 우는 인간 계집을 달래는 법은 그 누구에게도 배우지 못했다.

"우, 울지 마오! 내 미안하오!"

작은 두령이 안절부절못하며 거지 계집에게 다가갔다. 계집은 닭똥 같은 눈물을 뚝뚝 흘렸다.

그 눈물에 거짓은 없었다. 작은 두령이 한숨을 폭 내쉬며 계집의 눈물을 닦아주었다.

이 어린 인간 계집의 말처럼 모든 인간이 같은 것은 아닐 것이다. 귓것들 또한 모두 다르니, 인간들 역시 모두 다를지도.

역시 사이좋게 지낼 수 있으면 좋을 텐데.

"하면 참말 나를 도와주겠소, 김 서방?"

"나는 김 서방이 아니라 나래요. 나래는 거짓말을 하지 않소."

"나래?"

나래가 고개를 끄덕였다. 계집의 이름 따윈 궁금하지 않았지만 작은 두령도 일단은 제 이름을 밝혔다.

"나는 찬규. 동에서 온 푸른 귀왕의 백성이며, 여우산의 신귀 무리를 이끄는 작은 두령이오."

"무슨 소린지 모르겠소. 찬규? 여하튼 그것이 이름이란 말이오?"

나래가 고개를 갸웃거리다가 방긋 웃었다. 찬규, 하고 작은 두령의 이름을 읊조려본 나래의 볼이 발갛게 변했다.

"내 무엇을 도우면 되오?"

찬규는 조금 갈등하다가 사정을 말했다. 머리를 요리조리 굴려봐도 이 어린 계집이 위험할 것 같진 않았다.

"인간의 궁에 우리네 귀왕께서 갇혀 계시오. 내 구하러 들어가고 싶은데 부적이 겹겹이 둘러쳐져 있어 쉬이 접근할 수가 없소. 나래는 김 서방이니 아마 부적 가까이까지 갈 수 있을 것이오. 그 중 아무 부적이나 하나만 떼어주오."

"그것이면 되오?"

찬규가 고개를 끄덕였다. 알겠다며 활짝 웃는 나래의 배에서 꼬르륵 소리가 났다. 발갛게 변했던 나래의 얼굴이 아예 새빨개졌다.

"배가 고프오?"

"이, 이틀째 물밖에 먹지 못했소."

"예서 기다리오. 가까이에서 나무 열매라도 따오겠소."

"참말이오? 고맙소, 찬규!"

나래가 방긋 웃었다. 잘 웃는 계집이었다. 찬규는 픽 웃고는 산속으로 들어갔다. 나래는 바위 위에 누워 햇볕을 쬐며 그를 기다렸다. 찬규가 곧 새빨간 나무열매를 한아름 안고서 돌아왔다.

"와아!"

"내 무섭지 않으오?"

나래에게 열매를 주며 찬규가 물었다.

"나를 구해 주었는데 어찌 무섭소?"

"사람은 귓것을 싫어하지 않소."

"모든 사람이 그런 것은 아니오. 사실 내 어릴 적 산에서 종종 길을 잃었는데, 늘 독각귀불이 나를 산 아래까지 데려다주었소. 참말 다정하지 않소? 다정한 이는 무섭지 않으오."

열매를 오물거리며 나래가 대답했다. 찬규는 말없이 그녀의 옆에 앉았다. 역시 아무리 싸움 중이라고 해도 이 인간 계집을 그냥 지나치지 않기를 잘했다. 인간들 모두가 나래와 같아서, 귓것들은 그저 장난을 좋아할 뿐 사실 모두 다정한 존재라는 것을 알아주었으면 좋겠다.

"그 부적이란 것은 언제 떼면 되오?"

"저녁 무렵이 좋겠소. 완전한 밤이 되면 나래가 돌아다니기 힘들 것이고 낮에는 내가 운신하기 힘드니."

"알겠소. 나만 믿으오, 찬규."

나래가 가슴을 내밀며 배시시 웃었다.

저녁놀이 지자 찬규는 계획을 실행했다. 나래를 옆에 끼고서 산을 내려갔다. 청요만큼 빠르지는 않았지만 인간인 나래가 깜짝 놀랄 정도는 되었다.

"와아! 벌써 산을 다 내려왔소, 찬규!"

"쉿."

그녀의 입을 막으며 찬규는 경계가 허술한 곳을 찾았다. 궁궐이 넓으니 모든 곳을 같은 밀도로 경계하기는 힘들 터였다. 인간은 한 번에 운신할 수 있는 폭도 특히 좁으니까.

찬규는 모든 감각을 열고서 궁궐 안팎을 샅샅이 살폈다. 나래에게 붙어 있는 덕분인지 식귀구는 찬규의 접근을 알아채지 못한 듯했다.

"나래, 저거 보이오?"

"빨간 그림이 그려진 것 말이오?"

찬규가 고개를 끄덕였다.

"저것들 중 하나만 떼어내 주오."

"나만 믿으오."

나래가 찬규의 품에서 빠져나갔다. 그와 동시에 찬규의 냄새를 맡은 식귀구들이 동요하기 시작했다. 나래는 살금살금 걸어가 부적 하나를 짝 찢었다. 인기척을 느낀 금군이 나래를 발견하기 직전 찬규가 나래를 끌어안고서 어둠 속으로 숨었다. 나래를 끌어안자 냄새가 가려졌는지 식귀구의 동요도 재차 가라앉았다.

"여긴……."

"궐 안이오."

"와아! 나라님은 이리 좋은 곳에 산단 말이오?"

"나래, 내게서 떨어지지 마오."

찬규가 나래를 더 꽉 끌어안았다.

"내게서 떨어지면 나래는 저 군졸들에게 들켜 죽을 것이고, 나는 식귀구에게 들켜 죽을 것이오."

"아, 알겠소."

나래의 얼굴이 괜히 붉어졌다. 심장이 두근두근 기분 좋게 뛰었다.

청요는 만 하루를 꼬박 힘을 응축하는 데 사용했다. 이제 남은 것은 신력을 일시적으로 방출하여 주박진을 무너뜨리는 것이었다. 그 후 제 이성이 남아 있기를 다만 바랐다.

차르르르.

청요의 준비가 끝나기 직전 부적이 잘게 울기 시작했다.

'무어지?'

신력을 가진 무언가가 가까이에 있다. 경계하듯 눈매를 가늘게 뜬 청요의 귀에 익숙한 목소리가 들려왔다.

"왕이여!"

어둠 속에서 불쑥 튀어나온 그것은 여우산의 작은 두령이었다. 이름은 찬규라고 했다.

"네가 어찌 이곳에 있느냐?"

"왕을 구하러 왔소!"

찬규는 구질구질해 보이는 웬 인간 계집 하나를 끼고 있었다. 청요가 미간을 홱 찌푸렸다.

"그 인간 계집은 또 무어고?"

"나래라 하오! 나래, 저 부적을 뜯어줄 수 있겠소?"

찬규의 부탁이 끝나기 무섭게 나래는 부적으로 손을 옮겼다.

"잠깐!"

청요가 반사적으로 소리쳤다. 움찔 놀라서 손을 멈춘 나래가 의아한 얼굴로 청요를 바라보았다.

"진을 파괴하려 한다면 인간이라 해도 무사할 수 있을 리 없다."

"하지만, 나의 왕이여. 궁궐 벽에 있던 부적을 떼었을 땐 아무 일도 없었소."

찬규가 시무룩해서 대꾸했다. 골치가 아프다는 듯 청요가 미간을 찡그렸다.

"나의 작은 두령아. 궁궐 벽에 붙어 있던 것과 이 옥사 벽에 붙어 있는 것이 같은 것으로 보이느냐?"

찬규가 살짝 고개를 저었다.

"그것은 괜찮았을지 몰라도 이것은 괜찮지 않을 것이다. 그 인간 계집을 데리고 밖으로 나가거라."

"하지만 왕이여."

"어서!"

찬규가 부루퉁하게 입술을 앙다물었다. 둘의 눈치를 보고 있던 나래가 방끗 웃었다. 총총 걸어서 옥사 바로 앞까지 온 나래가 청요를 똑바로 바라보았다.

"고맙습니다. 쇤네 걱정을 하신 것이지요? 혹 쇤네가 잘못될까 염려해주신 것이지요? 역시 쇤네가 만난 독각귀분들은 모다 친절한 분들 뿐입니다. 이리 다정들 하신데 왜 싸워야 하는 것인지 쇤네는 도통 모르겠는걸요."

나래가 부적을 향해 손을 뻗었다. 청요가 말릴 틈도 없이 나래는 부
적을 쭉 찢었다.

차르르, 차르르.

모든 부적이 일시에 잘게 울기 시작했다.

"쿨럭쿨럭!"

멀리 튕겨나간 나래가 피를 토했다.

"나래!"

청요의 안색이 새하얘졌다.

땅이 찌르르 울린다. 주박진에 문제가 생겼다는 것을 원상대사가
곧 눈치챌 것이다. 이곳을 서둘러 떠나야 한다. 망설일 틈이 없다. 청
요는 응축시켰던 신력을 부적이 찢어진 자리에 모조리 쏟아부었다.
옥사가 큰 소리를 내며 흔들렸다. 철창이 우지끈 부러졌다.

옥사를 빠져나온 청요가 황급히 작은 두령과 인간 계집을 양쪽에
끼었다. 삽시간에 그의 주변으로 진한 어둠이 모여들었다.

"놓칠 것 같으냐!"

달려온 원상대사가 소리쳤다. 분통해하는 그의 모습이 어둠 너머
로 사라졌다.

붙잡아 둘 것을 잃은 부적들이 폭주하며 불타올랐다. 궐 곳곳에서
화염이 치솟았다. 검은 연기가 하늘을 뒤덮고, 붉은 화마가 궐을 삼
켰다.

원상대사는 분노로 입술을 짓눌러 물었다. 다 잡은 귀왕을 놓치
다니!

"불이야! 불이야!"

궐 안은 난리가 났다. 궁인들이 비명을 꺅꺅 지르며 불을 끄러 다녔다.

"이 어찌 된 일인가?"

무뜩 들려오는 용음에 원상대사가 깊게 엎드렸다.

"청요, 그 요망한 귓것이 궐에 불을 지르고 달아났사옵니다. 소승의 불찰이옵니다."

청요가 달아나자 부적이 힘을 쏟을 곳을 잃고 폭주하였다고 사실대로 고할 필요는 없었다.

"청요가 불을 질렀다?"

빨갛게 타오르는 화마를 보며 이역이 작게 웅얼거렸다.

"예, 전하. 송구하옵니다."

"역시 과인의 판단은 틀리지 않았군. 귓것, 그것들은 너무도 위험하다. 변덕스럽고 난폭하며 사람은 갖지 못한 괴이한 힘마저 가지고 있지. 그것들이 오늘과 같이 조선의 백성을 해하기 전, 과인은 그것들을 필히 멸절시킬 것이다. 귀승이 그 선봉에 서줄 수 있겠는가?"

원상대사의 두 눈이 흠칫 커졌다. 왕이 그에게 귓것사냥을 위한 절대적 지원을 해주겠다고 말하고 있다.

"성은이 망극하옵니다!"

본격적인 귓것사냥이 시작되었다. 그것은 누가 왕이 되든지 결국엔 일어날 일이었다.

상제는 청요에게 역천逆天의 기회를 주었으나 결코 모든 것이 뒤바뀌도록 허하지는 아니했다. 귀왕이며 천귀이되, 청요는 언제나 상제에 비하여 그토록 무력하였다.

적대의 불꽃이 타오른다. 끝없이. 하염없이.

청요가 자리를 비운 동안 세나는 고향에 다녀오기로 했다.

세나의 고향은 남도에 위치한 작은 섬이다. 지금은 연륙교로 연결되어 자동차로도 갈 수 있지만 80년대 초만 해도 목포에서 배를 타고 들어가야만 했다.

"으, 엉덩이."

기차도 닿지 않는 곳이라 세나는 항상 버스를 탔다.

고향에 도착하기까지는 늘 오랜 시간이 걸렸다. 막 터미널에 도착해서 찌뿌듯한 몸을 쭉 펴며 얼얼한 엉덩이를 두드리는데, 터미널 의자에 앉아 있던 중년 여인이 세나에게 다가왔다.

"어이구, 우리 딸. 왔어?"

"엄마!"

매사 무뚝뚝한 편인 세나도 이 순간만큼은 애교 많은 딸이 되어 엄마에게 안겼다. 엄마는 이제 세나보다 작았다.

"밥은 먹었어?"

"엄만, 밥을 어떻게 먹어? 내내 버스 타고 왔는데."

"어머, 그렇지. 얼른 집에 가자. 엄마가 불고기 해놨어."

터미널을 나가자 광고판이 보였다. 세나의 시선이 광고판에 고정되었다.

청요의 인기는 대한민국의 이 작은 섬에까지 미치는 모양이다. 광고판 속 청요가 시원한 이온음료를 들고 있다. 그가 광고하는 게 무엇이든 세나의 눈에는 청요만 보였다.

세나의 눈매가 무뜩 가늘어졌다. 광고판 아래 적힌 문구가 이상했다.

'연산군의 여자?

언제부터 '연종의 여자' 가 '연산군의 여자' 가 된 것이지?

'청요……'

당신, 지금 어디에서 무얼 하고 있나요.

그저 무사히, 다만 무사히…… 이 곁으로 와 줘요.

❀

사람도, 짐승도, 귓것도 그 성향이 제각각이라. 결코 하나같지는 아니했다. 각각 제 의지를 타고났으니 모두 같을 수는 없었다.

적때 속에서도 인연因緣은 피었다. 변회는 가장 구석에서, 가장 미약한 이들로부터 왔다.

작자미상, 『조선망량야사, 인간편』

계집은 강원도 두메산골에 살았다. 계집이 예닐곱 살이 되었을 무렵 큰 산사태가 났다. 쏟아진 흙더미는 마을을 삼키고도 한참을 더 흘러갔다.

"으아아악!"

괴성에 계집이 두 눈을 떴다. 흙더미가 쏟아져 내려오는 소리를 분명 들은 터였다. 흉흉한 비바람 소리에 뒤엉켜 우지끈 나무 부러지는 소리가 무섭고도 두려웠었다. 그런데 저 푸른빛은 무엇인가?

"누, 누구요?"

'그것' 은 아름다웠다. 그것은 쏟아지는 토사를 온몸으로 막아서고 있었다.

"아아아악!"

그것이 괴성을 내질렀다. 계집은 몸을 웅크리며 푸른빛을 내고 있는 사내를 보았다. 입을 벌리며 괴성을 지르는 그것은 사람이 아니었다. 계집은 그 사실을 본능적으로 깨달았다.

"크아아아악!"

그것의 손끝에 응집된 신비로운 불꽃이 사방으로 튀어나갔다. 그것은 불꽃이었으나 평범한 불꽃이 아니었다. 토사물을 밀어내며 바깥으로 쏟아져 나간 불꽃은 내리는 비에도 꺼지지 않았다.

"헉헉."

그것이 거친 숨을 몰아쉬며 계집을 돌아보았다.

"괜찮소, 김 서방?"

계집은 아무 대답도 하지 못한 채 달달 떨었다.

인간이 아니나 인간과 닮은 것. 오래전부터 마을에 내려온 이야기 중 그것들에 대한 것이 있었다. 사람과 꼭 같게 생긴 그것들은 흉포하고 잔악하며 인간을 산 채로 먹는다고 하였다.

"김 서방? 왜 그러오? 어디 다쳤소? 다치진 않은 것……."

그것이 다정히 손을 뻗자 계집은 소스라치게 놀라며 몸을 옹송그렸다.

"내, 내가 무섭게 했소?"

그것이 당황한 목소리로 물었다.

"나, 나를 잡아먹을 거잖소!"

"엑? 그게 무슨 헛소리요?"

"도, 독가귀가 인간을 사, 산 채로 먹는다고 들었소! 나, 나를 잡아

먹으려고……."

그것은 계집을 잠시 말없이 바라보았다. 미간을 살짝 찌푸린 그것
이 한숨을 길게 내쉬었다. 무릎을 굽혀 계집과 눈높이를 맞춘 그것이
계집의 머리를 다정히 쓰다듬었다.

"김 서방은 내 식성이 아니오. 잡아먹지 아니할 것이오. 그러니 두
려워 마오. 산사태는 이제 끝난 것 같소만 아직 길이 어두워 김 서방
에겐 위험할 것 같소. 날이 밝으면 인간들 마을에 데려다 주겠소."

그것은 날이 밝자 약속대로 계집을 인간 마을이 보이는 곳까지 데
려다 주었다.

"잘 지내시오."

그것이 멀어져 갔다. 계집은 멍한 표정으로 멀어지는 그것을 바라
보았다. 나라님께서 그것들을 닥치는 대로 사냥하고 있다는 소문은
두메산골에서도 들을 수 있었다. 그것들은 사납고 흉포하여 도저히
같이 살아갈 수 없는 것들이라고도 하였다.

거짓말.

저토록 다정한데. 저토록 상냥한데.

"내, 내 이름은 나래요! 나래라고 하오! 고맙소! 살려주어 고맙소!"

나래가 뒤늦게 소리쳤다. 귓것 사내는 이미 보이지 않았다.

그 후에도 나래는 산에서 길을 잃을 때면 이따금 귓것의 도움을 받
았다.

16장. 파각

　나래를 이고 찬규를 팔에 끼고서 청요는 산 깊숙한 곳으로 이동했다. 그 짧은 시간 동안 나래는 연신 쿨럭쿨럭 피를 토했다.

　"나래! 나래, 죽지 마오!"

　청요가 나래를 땅에 내려놓기 무섭게 찬규가 울며 나래를 끌어안았다.

　"비켜라."

　"하지만!"

　"비키라 하였다!"

　청요가 버럭 소리치자 찬규가 주춤주춤 물러섰다.

　'빌어먹을…….'

　주박진을 깨기 위해 힘을 개방하기 직전, 이성을 잃지 않기를 바랐지만 한편으로는 잃어도 상관없다고 생각하였다. 이깟 조선, 다 뒤집어져도 좋겠다 싶었다.

　나약하여 그런 것이라 이해하고 싶었다. 그럼에도 미움과 원망은 차츰 청요의 마음속에 쌓여, 증오에 먹히지 말자고 수없이 다짐하면서도 끝내 그리 되어 버렸다. 홀로 멸절하느니 조선과 함께 파국으로 가는 결말이 꽤 괜찮게 느껴졌었다. 기다리고 있을 세나마저 잊고서, 그런 바람을 품었다.

그런데 이 인간 계집은 어째서. 이 어리석은 계집은 왜.

청요가 엄지를 꽉 깨물었다. 붉은 핏방울이 뚝뚝 흘러 떨어진다.

"와, 왕이여!"

놀란 찬규가 두 눈을 크게 떴다.

"괜찮다."

청요는 곧장 나래의 이마에 진을 그렸다. 인간에게 회복술을 사용해본 적이 없다. 부디 통하기를.

불안한 눈초리로 저를 쳐다보는 찬규에게서 눈을 뗀 청요가 진언을 읊조렸다.

"으윽……."

신음을 흘리며 몸을 비트는 나래의 각혈이 멈추었다.

"나래?"

이내 가늘게 눈을 뜬 나래가 벌떡 일어났다. 그녀가 까만 눈을 또록또록 굴리며 청요를 바라보았다.

"아, 안녕하시어요?"

나래가 애써 입꼬리를 올리며 웃었다.

청요는 말없이 나래를 노려보았다. 백화가 사랑한 것들. 미워하면서도 오롯이 미워하지 못한 족속들. 왜 그토록 백화가 인간에게서 마음을 떼지 못한 것인지 이제야 어렴풋이 이해가 간다.

"와, 왕이여? 우시오?"

함께 살아갈 수 있다면 좋을 텐데.

"어디 아프오? 어, 어찌해야 하오? 왕이 아플 땐 어찌…….."

"괜찮다."

청요가 흐리게 웃으며 찬규의 머리를 쓰다듬었다.

"왕이여…….."

"나의 작은 두령아, 어린 인간 계집아. 너희의 인연을 귀히 여겨라."

미움에 먹히지 말지어다. 절망에 삼켜지지 말지어다.

청요가 다정히 웃었다.

"귓것사냥이 더욱 살벌해질 것이다. 네 힘으론 그들을 당해내지 못할 것이다. 깊은 곳, 더 깊은 곳으로 숨어라."

"얼마나 숨어 있어야 하오?"

"아주 오랜 시간 숨어 있어야 할 것이다."

찬규의 연회색 눈동자가 파르르 떨렸다.

"부디 네 생을 지키거라, 나의 작은 두령아."

"왕이여…….."

청요가 천천히 몸을 일으켰다. 눈물이 흔적 없이 마른 얼굴이 무심한 듯 애틋하였다.

함께 살아갈 수 있으면, 정녕 좋을 것이다. 그러나 함께 살아갈 길이 요원하다면 달아나야 할 것이다. 오랜 시간. 아주 긴 시간. 인간이 귓것을 잊을 만큼의 시간 동안, 숨죽인 채 숨어야 할 것이다.

그 방법뿐이었던 것이다, 이 길의 시작부터.

"언제나 기다리겠소, 나의 왕이여."

찬규가 청요의 발밑에 엎드렸다. 찬규는 선량하고 고집스러워 바이 없이 반짝거렸다. 이들이 저가 지켜야 할 신귀임을 청요는 인지하였다. 인간을 해하는 것이 아니라 신귀를 지키는 것이 그의 소임이었다.

먼 미래, 세나와 함께할 돌아올 그를 그들이 기다려주고 있기를 간절히 바랐다.

인간의 발로는 며칠이나 걸릴 거리를 청요는 순식간에 이동했다.

"쿨럭."

기침이 나오는 입을 틀어막았다. 육신이 정상이 아닌 까닭인지 조금만 힘을 써도 금세 이상이 나타났다. 손바닥에 묻은 검붉은 핏덩이를 가만히 쳐다보며 청요가 픽 웃었다.

'이 정도론 괜찮다.'

아직 괜찮다. 견딜 수 있다.

최대한 많은 신귀를 살릴 것이다. 그리고 세나의 곁으로 돌아갈 것이다. 사랑스러운 귓것들과 애틋한 그의 어린 비와, 그 먼 미래에서 함께 다시 살아가고 싶다.

청요가 두 눈을 굳게 감았다 떴다. 연회색의 눈동자가 붉게 물들었고, 푸른 불꽃이 그를 감쌌다.

"신귀여, 나의 백성이여."

삶이 이곳에 있다. 인간의 삶, 짐승의 삶, 나무의 삶, 귓것의 삶. 모든 삶이 이곳에 있다.

주변이 차츰 수선스러워졌다. 웅성웅성. 낮게 깔린 웅성거림이 슬금슬금 청요에게로 다가왔다. 나무 뒤에서, 혹은 땅 밑에서 푸른 불덩이들이 빼꼼 눈을 내민다.

"예를 표하여라. 나의 건방진 신귀들아."

"히이익!"

왕의 음성에 불덩이들이 깜짝 놀라 비명을 지르며 파르르 떨었지만 그것도 찰나였다. 그들은 곧 자신들의 왕을 알아보았다.

"왕이시다!"

"진짜 왕이시다!"

"꺄악, 왕이시여!"

열댓 개는 될 법한 불덩이들이 환호성을 내지르며 청요의 주변을 빙글빙글 돌았다. 개중 용기 있는 한 녀석이 먼저 청요의 어깨에 척하고 달라붙었다. 곧 나머지 불덩이들도 청요의 몸 여기저기에 달라붙었다.

"무어하는 게야?"

"반가움의 인사요, 왕이시여. 자리를 오래 비우시어 모르시겠지만, 오랜만에 만나면 이리 인사를 하도록 우리가 규칙을 세웠소."

"나를 속이려 드는 것이냐?"

"소, 속이다니! 당치 않소!"

화들짝 아니라고 소리치면서도 슬금슬금 떨어지는 것을 보니 과연 속이려고 했던 것이 맞는 모양이다. 그들의 실없는 장난에 청요가 엷게 웃었다.

"그냥 붙어 있어라. 갈 곳이 있다."

"와아! 붙어도 되오?"

갈 곳이 있다는 말보다는 붙어도 된다는 말이 더 신나는 모양이었다. 풀이 죽어 떨어졌던 신귀들이 다시 청요에게 달라붙었다.

"어머어머, 어서 붙자. 어서어서!"

"어서들 붙으시오! 두 번은 없을 기회요!"

"까르르! 신난다! 신나오, 왕이여!"

철없는 신귀들이 맑게 웃었다. 춤추듯 일렁이는 푸른 불꽃들이 떨어지지 않도록 주의하며 청요는 어둠을 불러 모았다. 응집된 어둠이 전혀 다른 곳으로 통하는 길을 열어주었다.

"한데 왕이시여, 어디로 가오?"

"꽃이 많은 곳이 좋아요."

"대나무가 맛있어요!"

각자 떠들며 신귀들이 까르르 웃었다.

"먼 곳으로 갈 것이다. 인간의 손이 닿지 않는 곳으로, 그래서 안전한 곳으로 너희를 데려다 줄 것이다."

"와아! 이주다, 이주! 제비 같아, 기러기 같아."

"제비! 제비!"

"기러기! 기러기!"

신귀들이 다시 까르르 웃었다.

"이주라……. 그래, 그런 셈이지."

보통의 신귀는 청요에 비하면 형편없이 약해서 청요처럼 먼 거리를 한 번에 이동할 수 없다. 하루 동안 이동할 수 있는 횟수도 제한되어 있다. 그들을 안전한 곳으로 이주시키기 위해서는 청요가 직접 그들을 옮겨야 했다.

열다섯의 신귀를 몸에 붙인 채 청요는 어둠을 걸었다. 신귀들은 뭐가 그리 신나는지 내처 까륵 웃었다.

그들이 도착한 곳은 바다 위 덩그마니 떠 있는 작은 돌섬이었다. 치솟은 절벽 위에 청요가 모습을 드러냈다. 그에게 붙어 있던 신귀들이 하나둘 떨어져 특유의 맑은 웃음을 터트렸다.

"바다다! 바다!"

"파랗다! 파래!"

신귀들이 청요의 주변을 뱅글뱅글 돌았다. 서늘한 바닷바람이 불어올 때마다 푸른 불꽃이 흔들렸다. 서쪽으로 해가 지는 것이 보였다.

"인간이 없어."

"인간이 없네."

"없어요, 왕시이여. 없어."

소란을 떨던 신귀들은 곧 시무룩해져서 청요에게 매달렸다. 인간이 없다고 울상을 짓는 그들의 머리를 쓰다듬어준 청요가 무심히 말했다.

인간이 제 목숨을 위협해도, 귓것은 인간을 쉬이 미워할 수 없었다. 모든 귓것은 오래된 물건으로부터 탄생한다. 얼을 얻고 인간의 태를 갖추기 전, 그저 물건이던 시절의 그들을 보듬어주던 인간의 손길을 기억하고 있는 까닭이다. 그것이 귓것사냥이 아무리 횡행하여도 인간의 마을 근처를 냉큼 떠날 수 없는 귓것의 모순이었다.

"저쪽 섬엔 인간이 산다. 그러나 가진 말거라. 육지의 식귀구가 모두 죽게 되는 그때까진 이곳에서 살거라. 왕명이다."

허공에 우뚝 멈춰 선 신귀들이 저들끼리 속닥였다.

"왕명? 왕명이 뭐요?"

"몰라. 그런 걸 어떻게 알아?"

"바보들! 왕의 명령이잖아! 어기면 안 되는 말!"

"그런 게 있소? 왕께선 한 번도 명령한 적이 없잖소?"

"방금 하셨어, 이 멍청아!"

"그럼 우리네는 이제 인간 못 만나오?"

"식귀구가 다 죽으면 된대!"

"그게 언제요?"

"낸들 아니?"

"싫소! 이건 폭정이오, 폭정! 얼마 전에 쫓겨난 인간 왕처럼 쫓아내야 하오!"

자신들의 왕이 듣고 있다는 것을 아는지 모르는지 한 신귀는 비명까지 지르며 혼란 속으로 빠져들었다. 청요가 비식 웃었다.

"쫓아내려면 오백 년은 기다려야 할 것이다."

"으악, 들었다! 왕께서 들었어!"

"죄를 묻진 않을 테니 걱정 말라."

"오, 자비로운 왕이시여."

신귀가 청요의 팔뚝에 철썩 달라붙었다.

순간 청요의 표정이 구겨졌다. 아찔한 현기증이 밀려왔다. 청요가 비틀거리는가 싶더니 풀썩 쓰러져버렸다.

"꺄아악! 노란 대접이 왕을 죽였다!"

"아, 아니야! 내가 죽인 거 아니야!"

"소란들 떨지 마오! 왕께서 아직 살아계시오!"

"뭐야? 살아계셔?"

"그냥 잠드신 것이오! 엄청 졸리셨나 보오."

걱정스러운 듯 불꽃을 떨며 신귀들이 왕을 둘러쌌다. 그들은 비로소 약해진 왕의 힘을 느꼈다.

해가 거의 지자 그들은 서서히 인간의 모습으로 화했다. 육과 얼을 분리할 수도 없을 만큼 나약한, 이제 갓 인간의 태를 갖춘 어린 신귀들이었다. 대여섯 살밖에 안 되어 보이는 어린 신귀들이 어두운 표정으로 왕을 바라보았다.

"왕께서 삭아가고 있어."

"죽어가고 있어."

"우리가 지켜드려야 하오."

폐위니 뭐니 농 삼아 지껄였지만, 그들은 셀 수 없이 긴 시간 청요의 보호를 받아왔다. 하여 그들은 왕을 사랑한다. 그것은 갓 태어난 신귀들도 가지고 있는 일족의 기억이다.

왕은 신귀를 지키고, 신귀는 왕을 지킨다. 그것이 자유분방한 신귀들이 맹목적으로 지키는 유일한 규칙이었다.

❋

무언가 변하고 있다.

"딸, 왜 그래?"

운전하던 모친이 걱정스럽게 물었다. 세나는 어색하게 웃으며 고개를 저었다.

"그냥 좀 추워서요."

"추워? 여름인데?"

모친이 에어컨을 꺼주었다. 세나는 어깨를 바짝 조이며 입술을 깨물었다. 일전까지만 해도 세상에 없던 것들이 먼 곳에 하나둘 나타나고 있다. 가사 상태에 빠진 듯 미동조차 없는 그 기운들이, 이상하게도 익숙했다.

'뭐지?'

그것들에게선 서늘한 기운이 풍겼다. 청요에게서 풍겨오고, 푸른 옥비녀에게서 풍겨오는 것과 비슷한 기운이.

'……귓것?'

설마 그것들일까.

그들이 되돌아온 것일까.

하지만 어떻게?

'청요, 대체…….'

청요가 어디에 있는지 알 수 없었다. 무슨 일을 하고 있는지 또한 알 수 없었다. 어디에선가 중요한 일을 하고 있는 것은 분명했다.

사라졌다는 귓것들을 되찾기 위한 일, 그들을 되찾아 예전의 평화를 되돌리기 위한 일. 그런 일을 하고 있는 것일까?

"다 왔다. 내리자."

어느 새 집이었다. 설에 오고 못 왔으니 근 반년 만이었다.

"네."

차에서 내리기 무섭게 십 년째 키우고 있는 블랙탄 두 마리가 세나를 반겼다. 한 마리는 암컷이고, 한 마리는 수컷이었다.

"이리 와, 짱아."

꼬리가 아플 정도로 흔들어대는 그들을 보자 청요와 변해 버린 무언가에 대한 걱정이 누그러졌다. 그녀가 여기에서 마음 졸이고 있어 봤자 나아질 것은 없었다. 오랜만에 집에 왔으니 부모님과의 시간을 누리는 게 세나가 할 수 있는 전부였다.

약 5분간 격하게 세나를 맞아준 짱아는 지쳤는지 세나의 손에 혀만 살짝 대더니 이내 제 집으로 들어가 버렸다.

"야!"

황당하다는 듯 미간을 찡그리던 세나가 빙긋 웃었다.

짱아는 그게 매력이었다. 주인을 사랑하되 매달리지 않는 것. 늑대

같은 도도함이 있었다. 이름을 부르면 항상 귀를 쫑긋 세우고 고개를 돌린 채 꼬리를 두어 번 살랑살랑 흔들지만 경박하게 달려와서 핥아대진 않는다.

세나는 그 도도함을 사랑했다.

'청요가 돌아오면 좀 도도하게 굴어볼까.'

10년의 세월, 주인의 사랑을 유지해온 짱아의 도도함. 경우가 좀 다르지만, 때때로 청요에게 도도하게 굴어보는 것이다. 그럼 청요도 조금쯤 더 안달하겠지? 당분간 연락 못 한다는 말만 달랑 남기고 사라져버렸을 때 기다려야 하는 쪽의 걱정을 그도 알게 되겠지.

짱아를 잠시 응시한 후 세나는 검둥이에게 손을 내밀었다. 검둥이는 수컷 주제에 애교가 무척 많았다. 손을 뻗으면 일단 배부터 보여주는 녀석이었다.

그 대책 없는 애정공세 또한 세나는 사랑했다. 제 애정을 하나도 숨기지 않고 온전히 드러낸 채 주인의 관심을 갈구하는 순수가 좋았다.

"어이구, 우리 검둥이."

세나가 검둥이의 배를 만져주었다. 녀석은 기분이 좋은지 배를 보이고 누운 와중에도 열심히 꼬리를 흔들었다.

"자존심도 없어? 몇 달 만에 온 주인이 뭐 그리 좋다고."

세나는 불퉁히 중얼거리면서도 빙긋 웃었다.

도도함도, 맹목적 애정도 좋다.

'후우.'

하지만 역시 지금은 청요가 맹목적으로 보고 싶다. 무얼 하고 있는지 걱정스럽고, 그가 안전한 것인지 알고 싶다.

'청요……'

보고 싶을 때 보고 싶다고 전하고, 좋아한다고 말하고 싶을 때 좋아한다고 전하며, 그렇게 솔직한 마음으로 청요와 함께 하고 싶다.

검둥이에게 손을 떼며 몸을 일으킨 세나가 앞을 바라보았다. 마을에서 멀지 않은 곳에 개울이 있고, 그 개울 너머 산이 하나 있다. 서울로 대학을 가기 전까지 매일 아침 보던 풍경이다.

세나는 그 푸른 산을 보며 청요를 생각했다. 그 산은 말 그대로 청산이라 청요와 정말 잘 어울릴 것이었다.

'나도 참.'

세나가 불현듯 바람처럼 웃었다.

문득 깨닫는다. 매일 청요를 생각하고 있다는 것을. 매 순간 청요만 생각하게 되었다는 것을.

엄마를 보면서도 청요를 소개할 날이 올까 생각했고, 짱아와 검둥이의 판이한 성격을 보면서도 청요를 생각했다. 그렇게 매분 매초 청요와의 내일을 꿈꾸게 되었다. 모든 순간 청요를 위해 존재하고 싶다.

"딸! 개들이랑 그만 놀고 들어와서 손 씻고 밥 먹어!"

"네, 지금 들어갈게요."

앞산에서 시선을 거두며 세나가 대답했다.

부엌에 들어가자 불고기를 가득 내어놓는 엄마가 보였다.

"엄마는, 내가 돼지야? 고기가 왜 이렇게 많아?"

"많이 먹으라고 많이 했지. 얼른 먹어."

의자에 앉아 세나가 수저를 들었다. 갑자기 콧등이 시큰해지며 눈물이 핑 돌았다.

"엄마, 고마워."

"다 큰 애가 왜 그래? 징그럽게."

"나 시집가면 엄마랑 아빠 둘이 외로워서 어떡하지?"

이 평온한 삶이 오래 남지 않았다는 생각이 든다. 청요와 같은 것들이 돌아오고 있다. 청요는 그것들의 곁으로 갈 것이다. 자신 또한 그와 함께 떠나게 될 것을 세나는 본능처럼 느꼈다.

인간이 아닌 것의 삶. 그 삶으로 돌아간다.

"딸 시집가면 세상 편하지. 아빠랑 엄마랑 손잡고 산책 다니고 놀러 다니고."

모친이 생각만으로 즐겁다는 듯이 깔깔 웃었다. 그 웃음 한 귀퉁이에 쓸쓸함이 묻어 있다.

"진짜?"

세나가 젖은 눈으로 물었다.

"오늘따라 우리 딸이 왜 이럴까? 어디 아파?"

"아니, 아프긴. 불고기가 맛있어서."

말갛게 웃는 세나를 모친이 걱정스러운 눈으로 바라보았다. 세나는 울음을 꾹 참으며 밥을 입속으로 밀어 넣었다.

"엄마도 드세요, 얼른. 다 식는다."

청요, 그는 귀왕. 모든 신귀의 우두머리.

시간도, 공간도 능히 미혹할 존재. 그의 곁으로 돌아가면 필시 평범한 모든 것들을 잃게 되리라.

'청요, 당신 곁이 내 자리라면 지금 내 자리는 포기하는 게 맞죠? 그런 거죠?'

이별이 차츰 다가온다.

영은은 도서관에서 책을 보고 있었다. 세나는 며칠 전 고향에 다녀오겠다며 내려갔다.

'흐음.'

희고 가는 손가락에 책장이 팔랑거리며 넘어갔다. 보통 책보다 훨씬 크고 두꺼운 책 표지엔 '조선왕조실록'이라고 써져 있다.

영은의 손은 연산군일기 부근에서 멈췄다.

조선은 적장자로 하여금 왕위를 잇게 하였으나 역설적이게도 적장자가 무탈하게 왕위에 오른 경우는 손에 꼽을 정도였다.

연산군은 성종의 적장자로 조선의 왕들 중 보기 드물게 강력한 왕권을 바탕으로 왕위에 올랐다. 실록은 그 어떤 왕보다 좋은 조건을 가지고 왕위에 오른 그가 12년에 걸쳐 패악과 폭정을 일삼다가 쫓겨났다고 적고 있다.

그 잔인하고 비참한 역사는 참으로 담백한 문자로 다만 기록되어 있을 뿐이다. 오백 년이 흐른 폐주의 기록은 실로 사막처럼 건조하다.

"연산군이라……."

영은이 픽 웃으며 자리에서 일어났다. 볼 내용은 다 봤다는 듯 반납대 위에 책을 올려두고서 도서관을 빠져나온 영은이 곧장 휴대폰을 꺼내 들었다. 방긋 웃음을 머금은 영은이 숫자 하나를 길게 눌렀다. 오래 걸리지 않아 '여보세요' 하는 목소리가 들렸다.

"유세나! 아직 서울 안 올라왔지?"

─응? 아, 응. 아직 집이야. 무슨 일이야?

"언제 와?"

─이번 주말에?

"뭐어? 주말? 뭐 그렇게 오래 있어? 이 언니 혼자 외롭단 말이야!"

영은이 콧소리를 섞어 애교를 부렸다.

"거긴 어때? 좀 시원해? 서울은 아주 죽을 것 같아. 찜통이 따로 없어, 찜통이."

—여기도 뭐, 한국이 다 거기서 거기지.

"바다 옆은 시원하지 않아? 아, 섬은 좋겠다. 바다도 바로 갈 수 있고! 나도 바다 가고 싶어!"

—바다가 바로 보일 정도는 아니야.

세나가 난처한 듯 낮게 웃었다. 생글생글 입으로만 웃으며 조잘거리던 영은이 재차 더 밝은 목소리를 냈다.

"아무튼! 마음만 먹으면 바로 갈 수 있을 거 아냐?"

여름 바다에 대한 낭만을 속사포처럼 쏟아 놓은 영은이 두 주먹을 불끈 쥐며 말했다.

"그러니까 내 결론은 바다에 가고 싶단 거야. 아! 그러면 되겠다!"

—뭘 어떻게 하겠다는 거야?

세나가 묻자 영은이 의기양양하게 웃었다.

"기대하고 있어, 유세나."

—어?

"나, 너희 집에 놀러 갈 거야!"

—뭐?

"기다려라! 최영은이 간다!"

영은은 신난다는 듯 까르르 웃고는 전화를 뚝 끊어버렸다. 왼손 약지에 낀 쌍가락지를 만지작거리는 두 눈에 그리움이 흐리게 묻어났다.

"나는 그분께 갈 거야. 무엇을 이용해서라도 갈 거야. 원망해도 좋아. 미워해도 좋아. 그래도 나는 가겠어."

설령 피안彼岸이라도 그가 있는 곳이라면 기꺼이. 제 손으로 갈 수 없다면 수백 년을 기다려서라도 반드시.

❀

흑각의 비는 매양 북쪽 귀궁에 갇혀 지냈다. 북궁의 왕은 제 비에게 아무것도 가르치지 아니했다. 수백수천의 시간이 지나도록 왕의 비는 무지하여 순수하였다.

작자미상, 『조선망량야사, 적매편』

긴 시간이었다.

흑각의 곁으로 갈 수 있기를 바라며 보낸 아주 긴 시간. 저를 죽여줄 이를 찾아 떠돌며 보낸 그 긴 시간. 그 나날들은 쌓여 절망이 되었다.

귓것이 보이기만 하면 사냥하려고 날뛰던 인간들도 차츰 잠잠해졌다. 사귀가 멸절하고 신귀의 수조차 극도로 줄어들자 인간들은 귓것을 잊었다. 먹이가 없어지자 식귀구는 점차 사라졌고, 시간이 흐르자 반귀의 기운도 흐려졌다.

'이대로 영원히 홀로 절망하며 살아야 하는가?'

더 강한 귓것의 손에 죽는 것 외의 방법은 알지 못했다. 나약하게 태어났으나 오랜 시간 묵으매 적매는 점차 강해졌다. 그녀를 없앨 수

337

있는 것은 이미 귀왕 정도가 전부였다. 그러나 흑각은 이미 없으니 어찌 죽어야 하는가?

"하하……."

적매가 허망하게 웃었다.

'흑각 님……'

왜 나만 두고 가버리셨느냐고 수도 없이 물었다. 목이 터지도록 소리쳤다. 들려오는 대답이 없어서 적매는 또 울었다. 땅 위에 엎어져 목이 쉬도록 울었다. 그럴수록 점점 더 선명해지는 것이다. 혼자라는 사실이.

'내 오래 살고 싶었던 것은 왕의 곁에 있고 싶었던 까닭이오. 나 홀로 오래 살고 싶었던 생각은 없었소. 추호도 그런 것이 아니었소.'

마지막 남은 신귀 마을이 적매의 등 뒤에서 타오르고 있었다. 혹 저를 죽여줄 이가 있을까 하는 실낱같은 희망을 갖고 찾아온 길이었다.

"그댄 누구요?"

불현듯 미성이 들려왔다. 무너졌던 몸을 일으킨 적매가 고개를 돌렸다. 아름다운 계집이었다. 계집은 울고 있었고, 귓것의 냄새가 미미하게 풍겼다.

"반귀?"

"나를 알아보다니, 귓것이오?"

계집이 미간을 찡그렸다. 적매의 정체를 꿰뚫을 듯 검은 시선이 날아들었다.

"인간은 아닌 듯한데, 어찌 귓것의 냄새가 나지 않으오?"

계집이 다시 물었다. 적매는 입술을 깨물며 계집을 노려보았다. 반귀치곤 풍기는 냄새가 범상치 않았다. 지금은 비록 반귀로 변하여 인세를 떠돌고 있으나 그 근본은 필시 맑고 깨끗한 귓것일 것이다. 귓것 중에서도 특별히 강한 것이었으리라.

적매는 쌍가락지를 잠시 뺐다가 꼈다.

"어?"

계집의 두 눈이 커다래졌다.

"그건 무어요? 어찌 귓것의 냄새를 완전히 가릴 수 있소? 게다가 그대는 사귀이오? 어찌 사귀가 아직 존재하오?"

"알 것 없다. 반귀 따위에게 알려줄 생각도 없고."

적매가 비딱하게 대답했다. 순간 흘러나간 제 신력에 기가 질려 도망갈 법도 한데 반귀 계집은 흥미롭다는 듯 두 눈을 반짝였다.

계집이 불현듯 흐리게 웃었다.

"하긴, 다 무슨 상관이겠소? 사귀든 신귀든 귓것은 귓것일 뿐. 잘 숨어 있으시오. 언젠가 나의 왕께서 깨어나실 때까지. 그때까지 그 목숨, 잘 보전하시오."

반귀 계집이 적매를 지나쳤다. 표정을 홱 찌푸린 적매가 반귀 계집의 옷자락을 붙잡았다.

"방금 무어라 하였지?"

"무어 말이오?"

"'나의 왕께서 깨어나실 때까지'라고 하지 않았어? 신귀의 왕이, 설마 죽지 아니했어?"

적매의 입술이 달달 떨렸다. 고개를 갸웃거리며 적매를 바라보던 반귀가 희미하게 웃었다.

"왕께선 죽지 않았소. 그분께선 깊이 잠든 것뿐이오."

반귀 계집의 옷자락을 붙잡고 있던 적매의 팔이 툭 떨어졌다.

이 반귀 계집은 무엇이기에 천귀 청요가 살아 있다고 확신하는 것이지?

"그댄 누구지?"

"나 말이오?"

반귀 계집이 되물었다. 적매는 고개를 끄덕였다.

"나는…… 백화. 서에서 온 하얀 불꽃."

적매의 두 눈이 커다래졌다.

"그럼 이만."

서에서 온 하얀 불꽃, 백화.

동쪽 귀왕의 유일한 비. 바람에 실려 오는 이야기만을 간간이 접했던 바로 그 신귀.

차츰 멀어지는 백화의 뒷모습을 적매는 한없이 응시했다.

"살아 있다고?"

청요가 정말 살아 있다고?

"죽을 수 있어?"

멍하니 중얼거린 적매가 허물어진 얼굴로 웃는다.

17장. 부름

그믐이 있고 몇 번의 밤이 지났을까.

아무리 귀왕이라 해도 시간을 미혹하는 일이 쉬울 리 없다. 그믐에서 멀어질수록 시간과 공간은 단단히 결속되어 그 틈을 비집고 돌아오는 길은 더더욱 힘겨워질 것이다.

'왕이여, 적매가 가오. 그대의 비가 가겠소.'

연종이 연산군이 되었다. 청요, 그는 아주 멀리 있다. 그가 멀리 있는 만큼 그에게 가 닿아야 하는 피리의 힘도 강력해질 것이다. 그가 제 비의 안위를 염려하여 만들어낸 피리는 모든 힘을 쥐어 짜 제 주인을 지킬 것이다. 적의를 품은 귓것의 숨통을 조이며, 그렇게 청요를 부를 것이다.

'긴 기다림이었소.'

차창 너머로 지나가는 풍경을 지루하게 쳐다보며 적매가 눈을 감았다. 평소 진저리나게 싫어하던 고속버스 엔진소리마저 오늘은 용서할 수 있었다.

"학생, 옥수수 좀 먹을래?"

옆에 앉은 늙은 여인이 적매의 어깨를 톡톡 건드렸다. 귀찮은 기색을 감추며 눈을 뜬 적매가 난처한 듯 고개를 저었다.

"아니요, 괜찮아요. 제가 멀미가 좀 심해서요."

"그려?"

"네, 할머니 맛있게 드세요."

할 수 없다는 듯 할머니가 옥수수를 도로 가져갔다. 적매가 쓰게 웃었다. 상대가 저와 다르다는 걸 모른다면 이토록 친절한 인간들은 상대가 저와 다르다는 걸 알게 되는 순간 돌변하곤 했다. 그것이 긴긴 세월 홀로 살아오며 적매가 깨달은 바였다.

'흑각 님, 나의 왕이시여…….'

그의 곁으로 가고 싶은 열망만 나날이 자랐다. 무심한 웃음, 단조로운 눈빛, 모든 것이 지루한 듯 먼 곳을 가만히 응시하던 시선. 그 모든 것이 그립다.

적매가 탄 버스는 다섯 시간이 넘게 지난 뒤에야 목적지에 도착했다. 휴게소도 두 번이나 들렀다.

"우욱!"

단출한 가방을 챙겨 내린 적매가 헛구역질을 했다. 속이 미식거렸다.

"영은아! 괜찮아?"

터미널에서 그녀를 기다리고 있던 계집이 걱정스러운 표정으로 달려왔다. 고개를 들어 그 익숙한 얼굴을 확인한 적매가 픽 웃었다. 뒷머리를 둥글게 말아 꽂아 넣은 옥비녀에서 익숙한 기운이 풍겨왔다.

'신귀인가.'

돌아온 다른 것들은 아직 가사 상태인 것과 달리 녀석은 깨어 있는 듯했다. 그러나 무척 약하니 일에 딱히 방해되지는 않을 것이다.

"안 괜찮아! 죽을 것 같아. 화장실 어디야? 토하고 싶어."

천연덕스럽게 죽상을 지은 적매가 계집에게 매달렸다. 수십 번의 윤회를 거듭하고도 늘 같은 얼굴의 반귀 계집. 저가 무엇이었는지도 잊어버린 주제에 왕은 잃지 않은 얄미운 계집. 서에서 온 하얀 귓것이었던, 그것.

"영은아?"

"으아, 진짜 멀미 나. 화장실 갈 힘도 없다. 그냥 잠깐만 앉아 있자, 세나."

적매가 대기실에 있는 의자에 털썩 주저앉았다. 계집의 어깨에 머리를 기대고서 적매가 숨을 쌕쌕 몰아쉬었다.

무뜩 가슴이 서늘해진다. 이 순해 빠진 계집은, 필시 상처받겠지.

"진짜 괜찮아?"

문득문득 계집의 두 눈에 의혹이 어리는 것을 알고 있다. 청요와 만나게 되고, 귓것이란 것을 알게 되면서, 계집은 적매의 정체를 의심하고 있었다. 그럼에도 끝내 친구라고 믿어버리고, 모든 의심을 내려놓는다.

'나는 네가 부러웠다, 백화. 귓것으로의 삶을 잃고, 언제 깨어날지 알 수 없는 왕을 기다리는 삶이라도 기다릴 이가 있는 네가 부러웠다. 내가 아무것도 모른 채 귀궁에 머물고 있던 그때, 너는 너의 왕을 지켜냈다는 게 진정 질투 났다.'

만약 우리가 더 일찍 만났다면, 그땐 진짜 좋은 벗이 될 수 있었을까.

"충전 완료! 바다로 가자!"

기대고 있던 머리를 번쩍 든 적매가 부러 더 씩씩하게 소리쳤다.

밤바다.

달빛 아래 서 바람을 맞으며 영은이 말갛게 웃었다.

"우와! 끝내 줘!"

그 모습을 보는 세나의 마음은 왜인지 선득했다. 서글프고 아픈
기분.

"위험하니까 깊이 들어가진 마."

"내가 애야? 그 정도는 나도 알아!"

밀려왔다 빠져나가기를 반복하는 파도를 보며 영은은 팔딱팔딱 뛰
었다. 매끈히 드러난 그녀의 종아리에 파도가 철썩 부딪혀왔다.

흰 달빛, 검은 바다, 그 사이에 서 있는 영은은 숨 막히게 아름다웠
다. 붉은 것이 언뜻언뜻 그녀를 감쌌다가 부서져 떨어져 나갔다. 그녀
는 붉게 반짝이는 것 같았다.

"바다 냄새! 이게 바다구나!"

바다를 처음 본 사람처럼 좋아하는 영은을 세나는 물끄러미 바라보
았다. 웃고 있는 영은이 그저 멀게 느껴진다. 하염없이 멀어 손 뻗어
도 닿을 수 없을 만큼.

세나가 떨리는 손으로 목에 건 피리를 감싸 쥐었다.

바로 얼마 전, 귓것들이 되돌아오기 시작했다. 청요는 여전히 연락
이 없다. 이런 때에 이 남단의 섬까지 영은이 찾아온 것이 과연 우연
일까.

"세나! 너도 들어와 봐!"

영은이 손을 크게 흔들었다. 머뭇머뭇 세나가 바다로 들어갔다. 영
은이 웃으며 세나를 끌어안았다. 그녀의 체온이 서늘하다. 아무리 아
닐 거라고 생각하고 싶어도, 청요와 같은 체온이다. 힘겹게 고개를 든

세나가 달빛 아래 반짝이는 영은의 눈동자를 보았다. 그녀의 연회색 눈동자가 신기할 정도로 선명하다.

눈이 마주친 순간, 영은의 웃음이 거짓말처럼 사라졌다. 그녀의 눈동자에서 흐린 슬픔이 묻어나온다.

"최영은!"

세나의 목에서 피리를 홱 뜯어낸 영은이 뒷걸음질 쳤다.

"오지 마!"

영은이 피리를 꽉 쥐고서 날카롭게 소리쳤다. 영은에게 달려가려던 세나가 주춤거리며 멈춰 섰다.

무언가가 일어난다.

"하지 마. 영은아, 그러지 마."

세나가 간절히 고개를 저었다. 영은이 희미하게 웃었다.

"내가 이래야 한다는 걸 너도 알 거야."

"난 아무것도 몰라! 제발 불지 마!"

피리엔 청요의 일부가 깃들어 있다. 나약했던 자신의 비를 지키기 위해 청요는 자신의 비와 상성이 잘 맞는 피리를 귀물로 만들었다. 청요가 아무리 멀리 있든 피리는 청요에게 가 닿고, 제 주인에게 악의를 품은 귓것을 해한다.

"너는 내가 무엇인지 알아."

"최영은!"

"내가 무엇인지 처음부터 알고 있었을 거야."

"너, 너는……."

"너는 날 이해하지 못하겠지, 너의 왕은 너의 곁에 있으니. 유일한 왕을 잃은 나를 영원히 이해하지 못하겠지. 내게 삶은 의미 없어. 그분

없는 삶은 단 한 순간도 바란 적 없어. 죽지 못해서 살았어. 나를 죽일 수 있는 이가 없어서, 그래서 살았어. 이제 비로소 죽을 수가 있는데, 이런 날 안쓰러워 마."

영은이 피리를 입으로 가져갔다.

"영은아, 제발!"

세나가 영은에게 달려갔다. 영은이 한 손을 들었다. 그녀의 손끝에서 피어오른 붉은 불꽃이 세나를 둥글게 둘러쌌다. 하늘 높이 솟아오르는 그 불꽃을 세나는 빠져나갈 수가 없었다.

"영은아! 최영은!"

피리 소리가 들린다. 서글픈 울음이 울린다.

내내 불안해했던 것이 있다. 무엇이 두려운지조차 몰라 줄곧 더 무서웠던, 그런 것이 있다.

"최영은, 제발! 제발 그만 해!"

영은을 볼 때마다 느꼈던 익숙한 이질감. 그러면서도 깊이 공감하였던 낯선 동질감.

맑게 웃고 있을 때도 그녀는 슬퍼 보였다. 재잘거리며 곁에서 떠들 때에도 마냥 멀었다. 언제나 함께인 줄 알았으나, 사실은 늘 혼자였다.

피리 소리가 끊겼다. 세나를 감싸고 있던 불꽃도 차츰 작아졌다. 세나는 불꽃을 뚫고 밖으로 달렸다. 얕은 바다에 엎드린 채 숨을 쌕쌕거리고 있는 영은이 보였다.

"최영은!"

"……적매다."

적매가 힘겹게 정정해주었다. 붉은 것이 그녀의 입가를 타고 흘러내렸다.

"어째서……. 대체 어째서……."

이해하고 싶지 않다. 죽음을 향해 달려가는 그 이유, 결코 알고 싶지 않다. 세나의 눈에서 눈물이 툭툭 떨어진다.

적매는 손을 뻗어 세나의 뺨을 닦아주었다.

"119……. 119를 부를게. 조금만……."

"소용없어."

"소용없지 않아!"

"이미 늦었어."

"싫어! 싫어……."

적매를 끌어안고서 세나는 미친 듯이 고개를 내저었다.

잃고 싶지 않다.

영은을, 적매를 잃고 싶지 않다.

긴 시간 혼자 외로웠을 그녀를 이렇게 보낼 수는 없다. 왕을 잃고 죽음만 바라며 홀로 버텨온 그녀를 이리 허망하게 놓칠 수 없다.

"싫어! 죽지 마……. 죽지 마, 제발. 네가 적매든 뭐든 상관없어. 날 속인 거 용서할게. 날 이용한 것도 용서할게. 그러니까 살아줘……."

함께한 시간이 모두 거짓이라 해도 괜찮다. 곁에 있어준 추억이 가짜에 불과해도 용서하겠다.

"울지 마라, 백화."

"영은아, 나는……."

적매는 담담히 웃었다. 그녀의 초점이 흐려졌다.

"백화, 나는 늘 그대의 이야기를 들었다. 나의 왕밖에 만날 수 없는 북쪽 귀궁에서, 바람이 실어다 준 그대의 이야기는 신기했다. 나와 같은 운명을 타고난 유일한 존재가 항상 궁금하였다. 너는 너무도 나약하고, 형편없이 어리석고…… 그럼에도 상냥하여 나를 대신하여 울어줄 것을 알았다."

"제발……."

"너의 왕을 지켜라, 백화. 하염없이 보호만 받다 잃지 말고, 네 모든 것을 다해 지켜라. 그에겐 그럴 가치가 충분할 테니."

살아서 기다리는 자와 죽어서 쫓으려는 자. 그 결과는 다를지라도 그 마음은 같았다. 그것을 알아서 세나의 눈물은 멈추지 않았다. 왕을 잃은 왕의 비는 살아갈 수가 없어서, 만약 청요를 잃었다면 저 또한 적매와 똑같은 선택을 하였을 것을 알아서, 세나는 적매의 선택이 다만 비통하였다.

"적매, 그댄 죽으려고 살고 있었어?"

적매가 흐려진다. 그녀의 육이, 얼이 점점 사그라져간다. 소모한 신력을 제대로 회복할 수 없는 이 오염된 땅에서 피리의 힘은 적매에게 치명적이었을 터. 적매의 신력은 스스로 회복할 수 있는 한계치 이하로 떨어졌다.

이대로라면 적매가 소멸하고 만다.

이토록 다정한 그대를…….

"싫어……."

보내고 싶지 않아.

"널 살릴 거야."

청요가 돌아올 때까지만이라도.

그때까지만이라도, 제발.

조선엔 험한 산이 많다. 겁이 많거나, 제법 생각이 깊은 녀석들은 깊은 산 속에 숨어들었다.

　"나오너라."

　앞서 신귀 마을을 한 차례 다녀왔기에 청요의 몸엔 이미 스물은 될 법한 신귀들이 다닥다닥 붙어 있었다. 근처에 사는 신귀들이 낯선 방문자의 정체를 파악하려는 듯 빼꼼거렸다.

　"왕께서 나오라고 명하잖아!"

　청요의 어깨에 매달려 있던 신귀가 버럭 소리쳤다. 그제야 동류라는 걸 확신한 듯 숨어 있던 신귀들이 쭈뼛거리며 모습을 드러냈다. 열댓 개의 푸른 불덩이였다. 낮엔 인간의 태를 갖추지도 못할 만큼 약한 녀석들이었다.

　"진짜 왕이신가?"

　모습을 드러내는 것에는 소극적이었지만, 성격은 전혀 그렇지 않았다. 겁도 없이 청요의 코앞까지 날아와 그를 뜯어 살피는 신귀의 불꽃이 이채롭게 반짝였다.

　청요는 닫아두었던 신력을 찰나 개방했다가 다시 닫았다.

　"왕이시다!"

　"쯧, 왕을 이제야 알아보다니. 니들은 눈구녕이 하나냐?"

　청요의 몸에 붙어 있던 신귀 하나가 혀를 끌끌 찼다. 세상 최고로 우스운 농지거리를 들은 듯 신귀들이 일제히 깔깔 웃음을 터트렸다. 어디선가 작은 목소리로 '나는 눈구녕이 하난데.' 라고 불퉁히 중얼거리는 소리도 들렸다.

"붙어라."

아무렴 상관없다는 듯 청요가 새로운 신귀 무리에게 손짓했다.

"왜요?"

새로운 신귀 하나가 당돌히 물었다.

"어디서 왕께 말대꾸야! 얼른 붙으라면 붙어! 왕께 붙을 수 있는 기회는 흔치 않단 말이야!"

이미 청요의 몸에 붙어 있는 신귀가 타박했다.

"그런가?"

갸웃거리며 새로 찾은 신귀들이 빈 곳을 찾아 청요의 몸에 붙기 시작했다. 불덩이의 크기도 다양해서, 그들은 용케 제 크기에 맞는 빈 공간을 찾아냈다. 신귀들이 알뜰히 제 몸에 달라붙은 것을 확인한 청요가 만족스러운 표정을 지었다.

그는 소란스러운 신귀들을 데리고 동쪽의 섬으로 이동했다. 그곳은 조선 본토와 멀리 떨어져 있어 어리고 약한 귓것을 숨겨두기에 안성맞춤이었다. 더욱이 돌섬이라 오랫동안 무인도로 유지될 것이었다. 인간들이 이 돌섬을 찾아올 때엔 이미 귓것이란 것이 잊힌 뒤겠지.

"왕이시다!"

"왕이 돌아오셨다!"

먼저 섬에 옮겨둔 녀석들이 나타나서 청요를 반겼다.

"도착하였다. 이만 떨어져라."

바위에 붙어 있던 따까리가 떨어져 나가면 이런 기분일까. 마치 한 몸처럼 붙어 있던 녀석들이 일제히 떨어져 나가자 무슨 변덕인지 청요는 조금 아쉬워졌다.

"왕이시여, 이 녀석들은 뭐야?"

"맞아, 뭐야?"

먼저 와 있던 녀석들이 물었다.

"너희는 함께 이곳에서 살 것이다."

"에엑? 같이 살아?"

"싫어! 이렇게 많이는 같이 못 살아!"

당장 녀석들이 반발했다. 처음 보는 녀석들에게 다짜고짜 이 좁은 돌섬에서 오손도손 살라고 했으니 당연한 반응이었다. 청요가 무심한 눈으로 소란을 떠는 녀석들을 노려보았다. 녀석들이 딸꾹질을 하며 소란을 멈추었다.

"히잉, 싫은데."

최후의 반항이라도 하듯 누군가 조그맣게 중얼거렸다. 청요는 미간을 찌푸리다 돌연 입을 틀어막았다. 쓰러지듯 바닥을 짚은 그의 안색이 창백해졌다.

"왕이시여!"

"왕이여!"

그가 이 조선에 와서 가장 많이 들은 말이 아마도 저 '왕이시여!' 일 것이다. 그가 귀왕이라는 사실을 어린 귓것들은 그에게 끝없이 각인시켜주었다.

"왕이시여?"

"왕이 아프시다!"

"세상에, 거짓말!"

호들갑을 떠는 녀석들 목소리가 청요에겐 아득히 멀게 느껴졌다. 먹은 것도 별로 없는데 속이 메스꺼렸다. 조선에 너무 오래 머문 것이 문제인 듯했다. 하지만 당장은 방법이 없다. 이제 현대로 돌아가면 다시는 지금으로 돌아오지 못할 것이다. 한 인간 계집과 작은 두령 덕분에 힘을 아낄 수 있었지만 그것뿐이다. 대세는 변하지 않는다.

청요가 입을 막았던 손을 뗐다. 어둠 속에서도 선연히 보였다. 검붉은 피가 살아 있는 짐승처럼 꿈틀거리는 것이.

"나는 너희를 지키고 싶다. 단 한 놈이라도 살리고 싶다. 그러니 싫다, 못 한다 토 달지 말거라."

정신이, 육신이 점점 더 망가지고 있다.

"왕이여……."

"잠깐만 자야겠다."

그대로 돌밭 위에 쓰러져 청요는 눈을 감았다. 놀란 표정으로 그를 지켜보고 있던 신귀들이 하나둘 인간의 모습으로 화하였다. 해가 지고 있었다.

오십여 명의 신귀들이 청요의 주변에 옹기종기 모여 앉았다.

"어쩌지? 왕께서 아프시다."

갑작스러웠던 두 귀왕의 부재. 그동안 자행된 귓것사냥. 강한 것부터 약한 것까지 귓것들은 매일 죽어나갔다. 왕께서 돌아오기만 하면 끝날 것이라 믿었던 그 사냥이, 아무래도 끝나지 않을 것 같다. 그들의 왕은 쇠약해졌다.

"어쩌지? 왕께서도 해결 못할 것 같아."

"어쩌긴! 모든 것이 끝날 때까지 여기 얌전히 있어야지."

"히익! 여, 여기에서? 말도 안 돼! 그동안은 뭘 먹고 살아? 풀밖에 없잖아."

"풀 같은 소리하네! 이끼도 풀이야?"

신귀들이 머리를 싸맨 채 바동거렸다.

"바닷속에 들어가면 미역 같은 게 있지 않을까?"

누군가 두 눈을 반짝이며 말했다.

"우웩! 난 미역 싫어! 그거 최악이야! 미끄덩거려서 불쾌하단 말이야!"

"물고기도 있잖아? 그거라도 잡아먹는 건?"

"물고기라니! 싫어! 무슨 사귀 시주하는 소리야? 물고기 먹고는 못 살아! 언제 육지로 돌아갈 수 있을지도 모르는데!"

긴 싸움이 될 것이다. 그때까지 자신들이 살아남을 수 있을지 어린 신귀들은 알 수 없었다. 마음 약한 녀석은 울먹이기까지 했다.

"싫다고만 하지 마! 왕께서 이것이 최선이라잖아! 왕의 명을 어기고 육지로 나가선 안 돼! 모르겠어, 이 멍청아? 왕께서 삭아가고 있잖아."

울먹이던 신귀가 울음을 뚝 그쳤다. 그들은 침통한 눈으로 잠든 청요를 바라보았다. 그의 육신과 정신이 만신창이라는 것은 어리고 약한 그들도 알아볼 수 있었다. 스스로 삭아가면서까지 이 돌섬으로 그들을 이주시킨 왕의 마음을 헤아리려 했다.

"우리가 지켜드려야 해. 우리의 왕이야."

"우리가······."

밤 아래 모여 앉은 어린 신귀들을 푸른 불꽃이 휘감았다. 일렁이는 불꽃은 차가웠으나, 또한 상냥하였다. 지친 왕을 어루만지듯 청요를 감싼 불꽃이 잠잠해졌다.

"지키자."

"우리가, 지키자."

스스로 살아남자.

왕께 기대지 말자.

적어도 왕께 짐이 되지 말자.

그것이 나약한 신귀가 왕을 지키는 유일한 방법이리라.

신귀들은 마음을 다잡으며 청요가 눈 뜨기를 기다렸다. 한참 후 청요가 천천히 눈을 떴다.

"왕이여."

몸을 일으킨 청요가 저를 부른 어린 신귀를 바라보았다.

"말하여라."

"왕을 기다리겠소. 이곳에서 왕을 기다리며 살아남겠소. 왕은 우리 걱정일랑 말고 왕의 일을 하시오. 천년이고 만년이고, 왕께서 다시 불러주실 날을 기다리고 있겠소."

어린 신귀가 환하게 웃었다.

청요가 말없이 그들을 향해 손을 뻗었다. 청요의 주변에 앉아 있던 신귀들이 일제히 불꽃으로 화하여 그에게 달라붙었다. 몇 녀석은 흐느꼈고, 몇 녀석은 사시나무처럼 떨어댔으나, 그 누구도 어리광을 피우지는 않았다.

신귀들이 떨어져 나가자 청요는 곧장 어둠을 끌어 모았다. 인간만 없다면, 신귀들은 어떻게든 살아갈 것이다. 어리고 나약하나 굳은 의지를 가진 녀석들이니 필시 살아남을 것이다.

"기다리고 있거라. 긴 기다림이 될 것이다."

어린 신귀들의 모습이 차츰 어둠 너머로 물러났다. 청요는 왕궁이 내려다보이는 지붕을 밟고서 모습을 드러냈다. 잠에서 깬 직후부터 느껴지는 기운이 심상치 않았다.

'이역, 이번엔 또 무슨 일을 꾸미고 있는 것이냐?'

한양 한복판.

수십 만 인간이 사는 그곳에 오십여 개에 이르는 신귀의 기척이
깜빡이고 있다.

왕이 된 진성대군 이역이 왕좌에 앉아 제일 처음 계획한 것은 대규
모 귓것사냥이었다. 폐주의 뒤를 이을 생각은 아니었지만 신귀든 사
귀든 조선에 위험한 것은 분명했다. 인간의 이지理智를 뛰어넘는 귓것
의 힘은 조선의 파멸을 불러올 터였다. 그리되기 전에 그것들을 멸절
시키리라.

"청요의 움직임은 잡아냈는가?"

"송구하옵니다, 전하. 아직 별다른 것이 없나이다."

원상대사가 깊이 엎드렸다.

"……귀승이 생각하기에 그가 오겠는가?"

"함정임을 알아도 필히 올 것이옵니다. 그는 귀왕鬼王이옵니다, 전하."

귓것이 탄생한 이래로 청요는 쭉 귀왕이었다. 쉰이나 되는 신귀가
한 번에 죽을 위기에 처했는데 나타나지 않을 리가 없다.

"귀왕이라……. 그래, 올 것이다. 그는 왕이기에 올 것이다. 귀승은
가서 그를 붙잡도록 하여라."

"예, 전하. 명 받들겠나이다."

뒷걸음질로 안전에서 물러나온 원상대사는 곧장 궐 문 밖으로 향했
다. 그가 만든 결계를 목에 찬 귓것들이 잔뜩 겁에 질린 채 대궐 문 앞
에 쪼그리고 앉아 있었다. 달아나지 못하도록 이중 결계를 쳐둔 탓에
귓것들은 심히 지쳐 보였다.

"김 서방은 왜 우릴 미워하오?"

열다섯 살쯤 되어 보이는 귓것이 원상대사에게 물었다. 주변을

비추고 있는 횃불에 그것의 눈동자가 보였다. 연회색의 아름다운 눈동자였다.

"미워하지 않는다."

"미워하지 않소? 그럼 왜 우릴 죽이려고 하오?"

"싫으니까."

원상대사가 빙긋 웃었다. 그 조소에 분노한 귓것 하나가 튀어 오르 듯 일어나 원상대사에게 달려들었다.

"으악!"

어린 귓것은 결계에 부딪히더니 그대로 튕겨나갔다. 바닥에 처박 힌 어린 귓것이 쿨럭쿨럭 피를 토해냈다. 형편없이 약했다.

"쿨럭! 쿨럭쿨럭!"

한참 피를 토하다가 고개를 바짝 쳐든 어린 귓것의 두 눈이 붉게 물 들었다. 이글이글 타오르는 눈빛으로 원상대사를 쏘아보던 어린 귓것 이 재차 몸을 일으켰다.

"또 달려들 테냐? 그래봤자 결과는 같을 텐데."

"다만 싫어서 우릴 죽이겠다는 것이오? 우린 인간에게 아무 해도 입히지 않았소! 어째서 상제는 그대들처럼 잔인한 족속만 소중하다 하는지!"

어린 귓것이 기력을 개방하였다. 동쪽에서 온 귓것 특유의 푸르스 름한 빛이었다. 귓것의 신력과 충돌한 결계의 법력이 우우웅 울었다.

"굳이 죽겠다면 말리지 않겠다. 내 손에 묻을 더러운 피가 조금이 라도 줄어든다면 그 또한 족하니."

우우웅.

결계의 울음이 커진다.

두두두두.

땅이 잘게 진동한다.

어린 귓것이 재차 온몸으로 결계에 부딪혀왔다. 그것은 쿵 소리와 함께 나가떨어졌다. 첫 번째보다 훨씬 많은 피를 쏟아내는 그것의 모습은 남은 신귀들을 공황 상태로 몰아넣었다.

"아, 아아…… 아아악! 싫어! 죽지 마오!"

"어째서……! 인간은 대체 어째서!"

남은 신귀들이 일제히 원상대사를 향해 달려들었다. 형편없이 나약한 그들의 신력은 원상대사의 법력을 뚫지 못했다. 결계에 부딪혔다 나가떨어진 신귀들은 연신 붉은 피를 쏟아냈다. 일렁이는 횃불이 비추는 곳마다 검붉게 물들어갔다.

"우리네 귓것은…… 결코 멸절하지 않을 것이오……."

신귀 하나가 죽어가며 원상대사를 노려보았다. 원상대사는 그들을 비웃듯 입꼬리를 말았다.

"너희의 왕은 이미 이 세상의 존재가 아니다. 그렇다면 이 세상의 존재인 내가 더욱 유리하지. 너희는 필히 멸절될 것이다."

귓것들의 불꽃이 하나둘 스러져갔다.

"왕이여!"

함정인 것을 알면서도 뛰쳐나가려는 청요를 붙잡은 것은 작은 두령 찬규였다. 청요가 노한 눈으로 찬규를 노려보았다.

"깊은 곳에 숨어 있으라고 했을 터! 왜 네가 여기 있느냐?"

"왕이 걱정되어 왔소."

"걱정? 내 걱정은 필요치 않다. 네 걱정이나 하여라."

"어찌 걱정을 아니 하겠소? 왕께서 잘못되면 아니 되오."

찬규가 맑은 눈으로 청요를 응시했다. 이를 악문 청요가 작은 두령의 손을 뿌리쳤다. 찬규는 모든 신귀와 같았다. 어리고 약하고 순수하다. 청요가 지키고자 하는 귓것들, 백화가 지키고 싶어 했던 귓것들. 그들 모두가 찬규였다.

"지금 가면 왕께선 필히 잡히오."

"저깟 인간 따위에게?"

"왕은 약해져 있소. 나조차도 알 수 있으오."

"너……."

"저 어린 귓것들이 결계를 벗어나지 못할 것을 알면서도 왜 저러는 것 같으오? 저 중이 싫어서? 인간이 미워서? 아니오, 왕이여. 왕께서 예 계신 것을 알았기 때문이오! 자신들로 인해 왕께서 위험을 자초하실 것을 알아서, 그것을 막고자 스스로 멸하는 것이오!"

모든 귓것은 귀의 왕을 사랑한다. 그것만은 수천수만의 시간이 흘러도 변치 않는다.

청요는 간절한 찬규의 두 눈을 마주하며 허탈하게 웃었다.

"나는 너희에게 해준 것이 없어."

"그렇지 않소."

"아니, 나는 너희에게 아무것도 주지 않았다. 귀왕이란 자리에 앉아 그저 모든 것을 흘려보냈지. 너희를 전부 잃고서야 나는 후회를 하였다. 너희가 없는 시간 속에서 깨어난 후에야 너희의 소중함을 알았다. 이제야 알았는데, 그럼에도 아무도 지키지 말란 것이냐?"

찬규가 고개를 저었다.

"왕께서 존재해서 우리가 존재하오. 왕께서 무사해야 우리가 수백

수천의 시간을 감내할 수 있으오. 언젠가 돌아오실 왕을 기다리며 그리 견딜 것이오. 왕께서 잘못되면 우린 길을 잃게 되오. 부디 스스로를 할퀴지 마시오."

청요의 단단한 표정이 허물어졌다. 깨어난 이래로 매일매일 통감해온 제 무력함이 이 순간 또다시 절감되었다.

"왕이시여."

찬규는 청요의 옷깃을 붙들고서 그를 여우산으로 이끌었다.

찬규燦奎. 빛나는 별이라 하였다.

여우산의 작은 두령. 인간의 태를 얻은 지는 오래되지 않았으나 영특하고 선량하였다. 그는 청요와 처음 만난 그곳에 그대로 살고 있었다.

"더 깊은 곳으로 들어가라고 명하지 않았느냐?"

"이곳은 정기가 맑아 길 잃은 신귀들이 앞으로도 찾아올 것이오. 그들을 두고 갈 수 없었소. 부디 화내지 마시오, 나의 왕이여."

찬규는 보기와 달리 고집이 셌다. 청요가 못마땅한 표정을 했다.

"찬규!"

어디엔가 숨어 있던 인간 계집이 쪼르르 달려 나왔다. 처음의 꾀죄죄함은 온데간데없이 말끔한 모습이었다.

"나래, 잘 있었소?"

"이것 보오, 찬규. 저쪽에 버섯이 잔뜩 있소."

헤실 웃으며 나래가 두 손 가득한 버섯을 보여주었다. 찬규가 잘했다는 듯 나래의 머리를 쓱쓱 쓰다듬었다. 나래는 꼬리가 있다면 힘차게 흔들고 있을 것처럼 행복한 얼굴을 했다. 서로를 보는 둘의 눈빛에 신뢰가 가득하다.

"서로 다른 것이 함께 살아갈 수 없는 법. 인간은 인간과 사는 것이 옳다, 나의 작은 두령아."

"왕이여, 하지만……."

찬규가 잠시 미간을 모았다. 볼을 살짝 부풀렸다가 내뱉는 찬규의 목소리가 불퉁하다.

"나래는 아직 너무 어리오. 어리고 보잘것없는 인간 계집에게 인간의 사회는 험악하기 짝이 없소. 그네들 속성이란 본디 그렇지 않으오? 나래가 무사히 어른이 될 때까지라도 지켜주고 싶소. 아니 되오?"

내 일은 내가 알아서 할 터인데 웬 잔소리냐는 표정이다. 불손하기 이를 데 없는 그 표정에 청요가 어처구니없다는 듯 웃었다. 인연을 소중히 여기고 지키려는 작은 두령은 나래를 포기하지 않을 터였다. 나래도 딱히 찬규에게 해가 될 것 같지 않았다.

어딘가. 어디에선가는 인간과 귓것이 함께 어우러져 살고 있을 것이다. 이들처럼.

"찬규! 피, 피가 나오!"

나래가 양손에 들고 있던 버섯을 와르르 쏟아 버린 채 찬규에게 달려들었다. 엄지를 힘껏 물어뜯었던 찬규가 난처한 표정으로 나래에게서 달아났다. 뒤늦게 제 행동이 인간에겐 흔치 않은 것이라는 점을 떠올린 찬규가 두 손을 들어 나래를 저지한 후 상황을 설명했다.

"나래, 이건 괜찮소. 한계 이하로 떨어진 것이 아니라면 우리네 상처는 그리 오래가지 않소. 왕께서 지금 너무 지쳐 계시고, 하여 내 기력을 조금 나눠줘야겠다고 판단한 것뿐이오. 기력을 나눠주는 일은 우리네에게 있어서 상당히 흔한 일인데…… 그러니까 저, 그리 울먹울먹하지 마오. 응?"

"하지만 찬규, 피가……."

"정말 괜찮소. 보오. 금방 낫지 않소?"

찬규가 엄지를 들어 보여주었다. 핏물이 뚝뚝 떨어지던 상처는 벌써 반이나 아물어 있었다. 울먹울먹하던 나래가 두 눈을 휘둥그레 떴다. 그녀가 상황을 이해했다고 생각한 찬규가 다시 엄지를 깨물고는 청요에게 다가왔다. 제 손등에 진을 그려 기력을 조심스럽게 흘려보내는 찬규를 보며 청요가 황당한 얼굴을 했다.

"나의 작은 두령아, 내 아무리 쇠약해졌어도 네 기력을 받을 정도는……."

"왕이여, 거짓말 마오. 우리네는 멍청이가 아니오. 예 아니 계시는 왕의 회복능력은 어린 귓것만도 못하오."

찬규는 단호히 말하고는 회복 한계를 넘어서기 직전까지의 모든 기력을 청요에게 쏟아부었다.

"우리네가 아는 것을 인간들이 모를 리 없소. 그들은 어리석지 않소. 영리하고 영악하오. 그들은 왕께서 약해졌다는 것을 알 것이오. 왕께서 예 속해있지 않다는 것 또한 알 것이오. 왕을 없애려면 지금이 적기라고 판단하였을 것이오. 그들은 왕을 찾아내 죽이기 위해 무슨 짓이든 할 것이오."

찬규는 제 엄지의 상처가 아물어가는 것을 가만히 바라보았다. 그보다 강대했던 여우산의 신귀는 고승과 식귀구와 싸우다가 다들 죽었다. 인간 쪽의 피해도 일부 있었으나 애초에 공정할 수 없는 싸움이었다. 보통 인간에겐 없는 신력이 있으나 그 힘으로는 인간에게 대적할 수 없고, 보통 인간의 힘을 뛰어넘은 고승은 신귀가 싸워 이길 수 있는 적이 아니었다.

그럼에도 희망을 잃지 않은 것은 왕께서 소멸한 것이 아니라는 믿음 덕분이다. 더욱이 그 믿음이 헛되지 않았다는 것을 이제는 안다.

"왕이여, 왕의 시간으로 돌아가시오. 그곳에서 우리를 기다려 주시오. 왕께서 무사하다면 우리는 절망하지 않을 수 있소. 왕께서 언젠가 깨어나 우리를 찾을 것을 안다면 우리는 그 어떤 것이라도 감수할 수 있소."

"나의 작은 두령아, 미래는 네가 말하는 것과 많이 다르다. 너희는 나를 기다려주지 않았다."

힘겹게 말을 내뱉은 청요가 입술을 꾹 깨물었다.

"이제는 달라졌소."

찬규가 그를 위로하듯 잔잔하게 웃었다.

"우리는 왕의 생사를 확신할 수 없었소. 하여 반귀로 능히 화할 수 있는 자조차 쉬이 그럴 수 없었소. 왕께서 아니 계신다면 반귀로 수십 수백 대를 견뎌도 다시 귓것으로 돌아올 수 없을 터이니. 그러나 이제는 왕의 존재를 아오. 우리는 기꺼이 반귀의 삶을 감수할 것이오. 이곳은 내게 맡기고 왕께선 돌아가시오. 돌아가서, 우리를 기다려주시오. 우리 또한 왕을 기다리겠소."

청요의 얼굴이 일그러졌다. 어린 귓것의 말에 그는 구원받았다.

이 어린 귓것을 조금 더 일찍 만났으면 좋으련만.

쓰게 웃는 청요에게 막 생각났다는 듯이 찬규가 물었다.

"그런데 왕이여, 백화 님은 무사하오?"

그 순간 흐릿한 피리 소리가 들려왔다. 피안에서 들려오듯 멀고 아득하다.

"백화."

벌떡 일어난 청요가 멍하니 중얼거렸다.

백화의 피리가 그를 부르고 있다. 시간을 넘어와서 간절히.

❀

"인간도, 짐승도, 귓것도 모두 같다. 그들은 살아 있어 살아간다. 내가 허락
하든 허락하지 않든 삶을 영위한다. 그 누구도 그들의 가치를 평가해선 아니
될 것이다."

……라고 상제는 말하였다.

작자미상, 『신新 조선망량야사, 귀도편』

귀왕이 떠나고도 이역의 귓것사냥은 계속되었다.

"잡아라!"

"앗! 사람 살려!"

앞에서 쪼르르 달려가던 것을 물어뜯으려던 식귀구가 멈칫거렸다.
식귀구에게 붙잡혀 바닥에 패대기쳐진 계집은 두 손으로 얼굴을 가리
고서 벌벌 떨고 있었다. 계집의 몸에 대고 코를 킁킁거리던 식귀구가
고개를 들어 주인을 바라보았다.

쓰러져 있는 계집에게 다가간 원상대사가 표정을 일그러뜨렸다.
계집에게선 귓것이 기척이 느껴지지 않았다.

"너, 인간이었느냐?"

"으어엉! 무섭습니다! 스님, 사, 살려주세요. 살려주시어요. 쇤네는

아무 잘못도 안 했습니다요! 으어어엉!"

어린 계집이 목청 높여 울었다. 난처한 표정으로 계집을 바라보고 있던 원상대사가 입술을 깨물었다. 식귀구는 분명 귓것의 냄새를 맡고 그것의 뒤를 쫓았다. 대체 언제 귓것이 인간으로 바꿔치기 된 것일까?

"너를 해칠 생각은 없다. 그만 울고 일어나거라. 이 밤중에 도대체 왜 이런 산중에 있는 것이냐?"

"어, 엄니가 아프셔서 약초 좀 구하러 왔습니다, 스님. 흐엉. 그런데 그만 길을 잃어서 요기조기 헤매다 보니……."

계집은 서럽게 눈물을 뚝뚝 흘렸다.

"일어나라. 가까운 마을로 데려다주마."

원상대사가 혀를 차며 계집을 일으켜주었다.

"고맙습니다요, 스님!"

"그래, 이름이 무어냐?"

"나래! 나래라 합니다요, 스님."

나래가 구질구질한 얼굴로 말갛게 웃었다. 꾀죄죄한 어린 계집을 바라보며 원상대사가 미간을 찡그렸다. 오늘 사냥은 아무래도 그른 것 같았다. 한숨을 푹 내쉰 원상대사가 나래를 데리고서 산에서 내려갔다.

나래는 원상대사 모르게 뒤를 힐끔거렸다.

'찬규, 무사해서 다행이오.'

하마터면 찬규가 큰일을 당할 뻔했다. 나래는 멀리서 날아오르는 푸른 불꽃을 본 뒤에야 비로소 안심했다.

다음날 정오, 나래는 원상대사의 눈을 피해 다시 산으로 들어갔다.

"찬규!"

나무 위에서 그녀를 기다리고 있던 찬규가 급히 아래로 내려왔다.

"나래, 어젯밤은 그 무슨 무모한 짓이오? 하마터면 나래가 큰일을 당할 뻔하지 않았소!"

"찬규가 무사해서 다행이오. 이 보오. 어제 그 스님께서 꿀떡을 이래 챙겨 주시었소. 찬규에게 하는 짓을 보면 참말 못된 분 같았는데, 꼭 그렇지도 않은가 보오."

잔소리를 쏟아내려는 찬규의 입에 나래가 꿀떡을 밀어 넣었다. 불퉁한 표정으로 우물우물 떡을 씹는 그를 보며 나래가 방긋 웃었다.

"모두가 함께 행복하게 살 수 있으면 참말 좋을 것 같소. 아니 그러오, 찬규?"

찬규는 부루퉁하게 떡을 오물거렸다.

"어차피 우리네 인간은 백 년도 채 살지 못하는데, 왜 그리 미워하고 싸우려 드는지 모르겠소. 다들 실은 다정한 분들이실 터인데. 아차, 어제 그 신귀 분은 어찌 되었소? 무사히 잠드셨소?"

찬규가 살짝 고개를 끄덕였다. 청요가 자신의 시간으로 돌아간 직후부터 남아 있는 신귀들이 무작위로 쓰러져 잠들기 시작했다. 이유는 알 수 없었다. 상제가 무슨 수를 쓴 것 같았다. 상제가 아니라면 그토록 광범위하게 영향을 끼칠 수 없을 테니까.

찬규는 무방비로 쓰러진 자들을 찾아 안전한 곳으로 옮겼다. 그에게 발견되지 못한 신귀들은 속수무책으로 원상대사에게 당했다. 하나라도 더 구하기 위해 찬규는 바쁘게 움직였다.

"참말 다행이오. 찬규도 너무 무리하지 마오."

"나는 괜찮소."

고개를 젓는 찬규를 가만히 보며 나래가 배시시 웃었다. 무언가 할 말이 있는 듯 입술을 달싹이다 닫아버리는 그녀에게 찬규가 물었다.

"무슨 말 하려고 하였소?"

"말은 무슨 말. 그저 찬규가 잘생겼다 생각했소."

"그것이 참말이 아닌 것 같은데?"

찬규가 눈을 가늘게 떴다. 떡을 오물거리던 나래가 흐리게 웃었다.

"실은 내 오래 살아 찬규네 왕을 다시 뵐 수 있으면 좋겠다고 생각하였소. 인간이 많은 귓것을 해했으니 그분도 우리네가 참 많이 밉지 않겠소? 하지만 나 같은 인간도 있으니 조금만 용서해 달라고 청하고 싶었소."

"왕께선 이미 나래를 미워하지 않으오."

현대로 돌아가기 전, 청요는 인간과 싸우지 말 것을 당부하였다. 그들은 먼 미래에 다시 만날 것을 손가락 걸고 약조하였다. 찬규는 그의 말을 성실히 따랐다. 잔잔히 웃는 찬규를 바라보던 나래가 별안간 두 눈을 반짝이며 벌떡 일어나 크게 소리쳤다.

"찬규! 내 크면 나랑 혼인해주오!"

"쿨럭!"

먹던 꿀떡이 목에 걸려 찬규가 컥컥거렸다. 벌겋게 변한 찬규를 보며 나래가 꺄륵 웃었다.

함께 살 수 없을 리가 없다. 함께 살아갈 방법이 없을 리가 없다.

믿음은 바람이 되고, 바람은 믿음이 되어 꺼지지 아니했다.

18장. 귀도

"미쳤어? 그만 해! 쿨럭!"

세나는 적매를 끌어안았다. 눈물을 멈추고 엄지를 깨물어 피를 냈다. 이성보다는 본능에 의한 것. 제 피를 나누면 적매의 소멸을 잠시간 막을 수 있다.

"죽을 셈이야? 백화!"

온힘을 쥐어짜서 적매는 세나를 밀어냈다. 각혈을 거듭한 적매의 안색은 창백했다.

세나는 반귀로 반천 년을 살았다. 기력이 쇠약해질 대로 쇠약해진 상태. 귓것으로의 그릇을 온전히 유지하고 있는 적매를 채우기엔 세나의 기력이 너무도 미약했다. 그래도 세나는 적매에게 매달렸다.

청요가 온다. 올 것이다.

그가 올 때까지라도 제발.

"오지 마!"

헉헉거리며 적매가 뒷걸음질 쳤다. 그러나 한계에 다다랐는지 오래 서 있지 못하고 무릎을 꿇고 엎어졌다.

"영은아!"

"적매! 적매라고! 영은이 아니야, 이 멍청아! 널 속였어! 널 이용했
어! 죽어서 따르기 위해 너를 가지고 논 거라고! 살리려고 들지 마! 살
고 싶지 않아! 날 살린다면 이번에야말로 어떻게든 인간을 죽이겠어.
조선 전체를 뒤집어엎는 한이 있더라도 네 부모부터 기필코 죽여 버
리겠어! 그러니 더 다가오지 마!"

적매가 바락바락 소리쳤다. 입술을 꾹 깨문 채 세나는 고개를 내저
었다. 적매가 그럴 수 있으리란 생각은 들지 않았다. 그녀는 죽고 싶
어 하는 것이지 무언가를 죽이고 싶어하는 것이 아니었다.

"싫어. 죽게 내버려 두지 않아, 적매."

"오지 마! 경고했어!"

새빨간 불꽃이 순식간에 적매를 휘감았다. 세나가 다가가기엔 너
무 뜨거웠다. 세나의 머리에 꽂혀 있던 푸른 옥비녀가 불현듯 빠져나
왔다. 여기저기 데려다 달라던 푸른 옥비녀의 부탁에 머리를 둥글게
말아 올려 꽂아둔 것이었다. 가방에 들어가 있는 것보다 머리에 꽂혀
있는 것이 세상 구경에 좋다며 푸른 옥비녀는 좋아했었다.

"왕비여, 싸우지들 마오."

푸른 옥비녀가 온몸을 날려 적매를 감쌌다. 제 신력이 푸른 옥비녀
를 산산 조각낼 것을 염려한 적매가 반사적으로 힘을 거두었다. 그 모
습을 보고 세나가 엷게 웃었다.

"돌았어? 죽으려고 그래?"

"붉은 왕비께서도 죽으려고 하지 않았소?"

푸른 옥비녀가 대수롭지 않게 대꾸하고는 적매에게 달라붙었다.

"하얀 왕비여, 어서어서!"

번뜩 정신을 차린 세나가 적매에게 달려갔다. 적매는 푸른 옥비녀를 뿌리치기 위해 몸부림쳤다. 아무리 약해진 상태라 해도 이제 갓 태어난 귓것을 이기지 못할 리 없었다. 문제는 푸른 옥비녀가 너무 약하다는 것이었다. 힘 조절을 잘못했다가는 푸른 옥비녀를 소멸시키고 말 것이다. 적매는 그런 위험을 감수할 수 없었다.

"놓아! 놓으라고!"

푸른 옥비녀는 적매를 놓지 않았다. 그는 집요하게 적매에게 붙었다. 그 사이 적매에게 접근한 세나가 제 기력을 흘려 넣었다.

인간의 육과 귓것의 육이 담을 수 있는 기력의 크기는 천양지차이다. 적매의 의지와 반대로 적매의 육은 세나의 기력을 게걸스럽게 흡수했다. 눈앞이 흐려지며 세나의 입에서 신음이 절로 흘렀다.

"윽."

"백화!"

기력이 한계치 아래로 떨어진 세나를 겨우 뿌리친 적매의 안색이 새파래졌다.

"정말 죽을 생각이야? 너의 왕을 두고서!"

"죽지 않아. 죽지 않을 거야. 너도 죽게 내버려 두지 않을 거야. 청요가 올 때까지……."

세나가 풀썩 쓰러졌다. 버둥거림을 멈추고서 적매는 조심스럽게 세나의 기운을 살폈다. 불규칙하고 거친 숨소리가 들린다.

"이 멍청이가. 왜, 나를……."

적매는 울었다. 제 존재가 스러져가는 것은 슬프지 않았다. 그러나 저와 마찬가지로 옅어지고 있는 백화는 슬펐다. 어리석고 멍청하고 다정한, 태어나서 처음으로 얻은 벗이었다.

"싫어! 안 돼! 다들 나를 두고 가! 나만 두고 떠나가! 싫어, 백화……. 나는 죽어서 따르려고 하였어. 너는 살아서 기다려야지. 이건 내가 바란 게 아니야."

시간이 어그러진다.

강한 무언가가 시간을 미혹하고 건너온다. 제 비의 부름을 들은 귀왕이 돌아오고 있다. 적매는 망연자실한 채 세나를 끌어안았다.

"백화를 살려줘요."

아름다운 귀왕이 어두운 밤 아래 나타났다. 엷은 재색의 눈동자가 붉게 물든다.

"제발……."

적매가 울며 애원하였다.

청요는 적매를 응시했다. 귓것의 기운이 전혀 느껴지지 않았다. 젖은 회색의 눈동자는 귓것의 것이 분명한데, 계집에게 나는 냄새는 오직 인간의 것이었다. 그래서 별로 신경 쓰지 않았다. 제 앞에 닥친 일들을 처리하는데 급급해 세나의 곁을 맴도는 이 계집을 더 조사해볼 생각을 하지 못했다.

청요가 적매의 맨손을 홱 붙잡았다. 닿는 순간 확연히 귓것의 기운이 느껴졌다.

백화의 냄새를 맡지 못한 것처럼 적매의 냄새를 맡지 못했다. 미간을 찌푸린 청요가 적매의 손에 끼워진 가락지를 노려보았다.

미리가 말했던 '가엾은 왕의 비'는 적매였나. 같은 가락지라 보다 예민하게 서로를 느낀 것이었나.

"그대가 적매였나?"

어째서 상제가 약조를 이행하지 않은 것인지 의문했던 적이 있다. 흑각은 사라졌는데, 왜 안전한 땅이 허락되지 않아 모든 귓것이 멸절하게 된 것인지 설명을 듣고 싶었다.

그 이유가 이토록 단순한 것이었다니.

"세나를, 백화를…… 제발."

허탈하게 웃는 청요에게 매달려 적매가 울었다.

지귀의 비를 가만히 응시하다가 청요는 세나를 끌어안았다. 제 기력을 세나에게 흘려 넣으며 그는 적매의 기력을 가늠했다. 한계치 이하로 떨어진 그녀는 당장 소멸해도 이상하지 않을 듯했다. 소멸하지 않고 버티고 있는 것은 정신력 덕분인가.

"그대가 피리를 불었나?"

"나는…… 나는 죽고자 하였소. 스스로 죽을 수 없어서 나를 죽여줄 자를 찾아 헤맸소. 내 깨어났을 땐 이미 나를 죽일 만한 것들이 없었소. 인간들의 손에 죽어보고자 했지만 그들이 입힌 상처는 금방 나았소. 식귀구도 나를 해칠 수 없었소. 그러던 차 청요, 그대가 죽지 않았다는 것을 알았소. 하여 그대를 기다렸소. 그대가 그대의 비에게 준 피리의 이야기는 나 또한 들어 알고 있었기에 그것을 이용하면 죽을 수 있을 거라 생각했소. 백화를 다치게 하려는 것은 아니었소."

눈물을 뚝뚝 흘리며 적매가 연신 고개를 내저었다. 횡설수설하는 적매의 말을 이해 못 한 청요가 인상을 찌푸렸다.

어째서 죽고자 하는 것이지? 죽을 이유가 없을 텐데.

청요의 시선이 적매의 쌍가락지에 머물렀다.

"왜 죽으려고 하였지?"

설마 하는 마음으로 청요가 물었다.

"나는 왕을 잃었소. 왕께서 아니 있는 이 세상에 내가 살아 있을 이유가 없소."

적매가 즉각 대답했다. 그녀의 눈가가 일그러지며 또다시 눈물을 떨어뜨렸다.

청요는 잠시 입을 다물었다. 무수한 소문만 들었을 뿐 한 번도 본 적 없는 흑각의 비를 가만히 쳐다보았다. 소리 죽인 울음을 쏟아내는 그녀에겐 그 어떤 악의도 느껴지지 않았다. 피리를 부는 순간 백화를 향해 품었을 살의는 필시 거짓이었으리라.

"백화를 숨긴 건 그대였나?"

"그렇소. 내가 숨겼소."

백화의 냄새를 가렸던 것은 역시 적매의 손에 끼워진 쌍가락지와 같은 것이었다. 그래서 식귀구의 습격을 받아 오른팔을 잃은 후부터 세나가 다시 본연의 냄새를 풍기게 된 것이었다.

"왜 그랬지?"

"내가 모르는 틈에 그대와 백화가 만나지 못하게 하기 위해서였소. 그대는 내가 정해준 때에 백화와 만나야 했소. 그래야 이용하기 쉬울 것 아니오? 한데 백화는…… 괜찮소?"

세나의 표정이 조금씩 풀어졌다. 적매는 괴로운 얼굴로 세나를 바라보았다.

"그녀는 괜찮을 것이다."

"정말이오?"

청요가 고개를 끄덕이자 적매가 크게 안도하며 울었다. 눈물 많은 계집이었다.

"그럼 이제 나를 죽여주시오."

적매가 말갛게 웃으며 청했다. 청요가 표정을 찌푸렸다.

이 귓것은 정말 아무것도 모른다. 어린 귓것이 기본적으로 알고 있는 상식조차.

몰라도 이렇게 모를 수가.

청요가 그녀를 향해 손을 뻗었다.

"무, 무슨!"

적매가 화들짝 놀라며 몸을 뒤로 뺐다. 그녀에게도 기력을 넣어준 후 사정을 설명해줄 생각이었던 청요가 인상을 썼다. 그를 노려보며 적매가 사납게 소리쳤다.

"나는 죽을 것이오! 죽여 달란 말이오!"

"정말 죽겠다고?"

"그렇소! 나는 죽어서 따르기 위해 살아왔소! 이제 겨우 죽을 수 있게 되었소! 그러니 나를 구할 생각일랑 절대로 하지 마시오!"

"흑각이 그대에게 정말 아무것도 알려주지 않았군."

청요를 노려보던 적매가 움찔하며 크게 동요했다. 흑각의 이름을 듣는 것만으로 그녀의 눈은 고장난 수도꼭지인 양 눈물을 쏟아냈다. 지금까지 뚝뚝 흘리던 눈물과는 비교할 수 없을 정도였다.

"흐, 흑각 님을…… 욕보이지 마시오. 내, 내가 용서 아니 할 것이오……."

적매가 기어이 어깨를 들썩이며 으앙 울음을 터트렸다.

청요가 이마를 꾹 짚었다. 골치가 다 아프다.

"그 손을 내밀어 보아."

"싫소!"

"그댈 살리지 않을 테니 시키는 대로 해. 멋대로 하겠다면 억지로라도 기력을 흘려 넣겠어."

사실 적매 따위 어떻게 되든 상관없다. 하지만 그녀가 죽는다면 백화가 슬퍼할 것이다. 더 이상 그 무엇도 백화를 슬프게 하지 않기를 바란다.

"시, 싫소! 여, 여기 내밀었소!"

어지간히 사는 게 싫은지 적매가 예민하게 청요를 살폈다. 픽 헛웃음을 지은 청요가 그녀의 손가락에 곱게 끼워져 있는 쌍가락지를 빼냈다. 적매의 두 눈이 번쩍 뜨였다.

"그것은 내 것이오! 흑각 님께 받은 내 소중한 귀물이란 말이오!"

쌍가락지가 빠지기 무섭게 지독히 달콤한 냄새가 확 풍겨온다. 그저 신체가 접촉된 것만으로는 느낄 수 없던 단내다.

'이것이 적매의 냄새인가.'

청요의 시선이 당장 달려들 기세인 적매를 지나쳐 먼 곳으로 향했다. 어떻게든 쌍가락지를 되돌려 받으려고 바동거리던 적매가 저를 무시하는 듯한 청요의 태도에 표정을 찌푸리며 그가 보는 곳으로 고개를 돌렸다.

적매가 넋 나간 듯 천천히 입을 벌렸다.

검은 바다.

그 위를 아름다운 한 남자가 걸어온다.

파도처럼 굵게 휘몰아치는 긴 머리카락. 모든 것을 굽어보듯 단조로운 눈동자. 얕은 너울이 그의 맨발을 찰박찰박 적신다.

"나의 붉은 쌍가락지야."

그가 적매에게 손을 내밀었다.

"흑각 님?"

해변 텐트를 빌렸다.

지쳐서 잠든 적매에게 무릎을 내어준 흑각이 먼 바다를 응시했다.

"왜 살아 있지?"

"글쎄."

단조롭게 대꾸한 흑각이 손가락으로 적매의 머리카락을 빗었다.

"그때 넌 분명 소멸할 작정이었어."

"그랬지."

흑각은 분명 소멸할 생각이었다. 오롯이 스스로의 선택으로 죽을 심산이었다. 그것을 통해 귓것을 부정한 상제에게 우리 또한 살아 있는 것이라고 보여줄 수 있을 거라고 했다.

그때의 흑각을 멈출 수 있는 것은 그 어디에도 없어서, 깨어난 직후 흑각의 기운이 느껴지지 않음에 청요는 아무 의심도 하지 않았다. 백화가 아니었다면 자신 또한 소멸했을 것이기에 흑각이 소멸의 나락에서 빠져나올 가능성은 전혀 없다고 판단했다.

그런데 대체 어떻게.

"이해할 수 없다는 표정이구나."

흑각이 중얼거렸다.

"그래, 이해할 수 없어. 무엇이 너를 멈추게 했지? 어째서 지금까지 나타나지 않았지? 왜, 너를 찾을 수 없었지? 심지어 지금의 넌 바로 눈앞에 있는데도 아무것도 느껴지지 않아."

흑각이 부드럽게 적매의 뺨을 쓸었다.

"삶도 죽음도 무의미해졌다."

"전혀 답이 되지 않아."

"……."

"흑각, 내게 설명해. 나는 네게 설명을 들을 자격이 있어."

가만히 적매를 눈에 담고 있던 흑각이 고개를 들었다. 흑각이 희미하게 웃었다.

"너의 비를 보았다, 청요. 너를 살리기 위해 모든 것을 버리는 모습을 보았다. 귀궁에 재워두지 않았다면 적매 또한 같은 일을 하였을 테지. 그 순간 나는 그녀를 걱정하였다. 오래도록 살고 싶다던 나의 비가 내 부재를 알게 된 순간 죽으려고 할 것을 알았다. 모든 것이 무의미해졌다. 삶도 죽음도 불필요해졌다. 살아 있는 것으로 인정받지 못하면 어떠할까? 정말 죽어 있는 것이면 또 어떠할까? ……그녀의 곁으로 가야겠다 싶었다."

결국은 같은 마음. 같은 이유.

흑각을 절절히 이해하여 청요가 허탈한 웃음을 지었다.

하지만 여전히 이해되지 않는 게 있다.

"그런 것치곤 너무 늦게 나타났다고 생각하지 않아?"

"찾을 수가 없었다. 내가 긴 잠에서 깨어났을 때 귀궁은 이미 비어 있었다. 그 어디에서도 적매의 냄새가 나지 않았다."

흑각의 시선이 적매의 쌍가락지에 닿았다.

"그건 네가 만든 귀물이야."

청요는 어이없다는 듯 미간을 찌푸렸지만 곧 이해했다. 흑각이 정상이었다면 적매를 찾지 못했을 리가 없다. 긴 잠에도 불구하고 기력이 완전히 회복되지 않았다면 설명이 된다. 소멸 직전까지 갔던 것이 그에게 크나큰 타격을 입혔겠지.

자신이 만든 귀물이 자신의 비를 숨기고 있다는 걸 아는데도 흑각에겐 손 쓸 방도가 없었을 것이다.

"이는 결국 네가 네 비에게 너무 아무것도 알려주지 않아서 일어난 일이다, 흑각. 어린 귓것들조차 귀물의 제작자가 죽으면 귀물이 힘을 잃는다는 것쯤은 알고 있어. 어떻게 네 비가 그런 기본조차 모를 수가 있지?"

"······알 필요가 없는 것들이었다."

"이 세상에 알 필요가 없는 것은 없어."

청요가 일갈했다. 흑각은 심드렁하게 수평선 너머를 응시했다. 하여간 예전이나 지금이나 대화가 더럽게 힘든 상대다.

"어쨌든 적매가 너를 찾아가게끔 할 수도 있었잖아?"

"불가했다."

흑각이 살짝 고개를 저었다.

"불가해?"

"수면에 들기 전, 내 기운을 가리는 술법을 폈다. 우리가 싸운 곳은 우리의 귀궁과는 달리 그 어떤 결계도 없는 곳이었지 않나. 깨어날 때까지 나를 숨겨 줄 다른 것이 필요했다. 지금의 기력으론 그 술법을 해체할 수 없다."

쓸데없이 철저하다고 해야 할지, 대단하다고 해야 할지······. 할 말을 잃은 청요가 고개를 돌려 버렸다. 알고 나니 모든 것이 명료했다.

흑각이 적매의 머리카락을 쓸어내렸다. 단조로운 동작이었다.

더 이상 청요의 질문이 없자 흑각이 화제를 돌렸다.

"너는 그동안 재미있는 일을 벌였더구나, 청요."

"그다지 재미있지는 않았다."

청요가 시큰둥하게 대꾸했다.

"하늘의 흐름이 바뀌었다. 너의 일족은 불완전하나마 살아남은 것 같다."

흑각이 고저 없는 음성으로 읊조렸다. 흑각의 말처럼 신귀의 기운은 미미하게나마 확실히 느껴졌다. 깊이 잠들어 있는 듯 미동도 없지만 그들은 확실히 살아남았다. 반귀의 수도 훨씬 늘었다.

"네 덕분에 나의 비를 찾았으니 반귀를 귓것으로 되돌리는 일을 도와주겠다."

적매가 몸을 뒤척이며 흑각의 옷깃을 꽉 붙잡았다. 흑각이 그녀의 이마에 입맞춤했다.

세나는 아침이 되어서야 눈을 떴다.

"악! 집!"

벌떡 일어난 세나가 휘청거렸다.

"세나?"

걱정스러운 표정으로 청요가 세나를 끌어안았다.

"외박한다고 연락 못 했어요! 집에서 걱정하고 있을 텐데……."

"집 같은 건……."

"아, 그렇겠네. 어서 가봐, 백화."

집 같은 건 이제 상관없지 않느냐고 말하려던 청요의 말허리를 끊고서 흑각이 끼어들었다. 생전 처음 보듯 세나가 경계를 세우며 흑각을 쳐다보았다.

"그쪽은……."

묘하게 청요와 닮았다.

"기억을 못 하나? 하긴 많은 시간이 흘렀지."

"……."

"걱정 마, 적매나 청요에게 나쁜 짓은 하지 않을 테니."

세나를 스치듯 지나친 흑각의 눈빛이 청요에게 닿는다.

"그녀를 어서 데려다 주는 게 좋지 않겠어, 청요? 인간들 세상은 금방 시끄러워진다고."

흑각이 단조로운 목소리로 말했다. 표정을 살짝 일그러뜨린 청요가 하는 수 없다는 듯 세나의 팔을 잡아당겼다.

"데려다 줄게."

"아, 고마워요."

"고맙긴."

무뚝뚝하게 대꾸한 청요가 세나를 끌어안고서 사라졌다. 그가 사라지자 흑각은 손에 피를 내어 적매의 이마를 톡톡 건드렸다. 그의 기운이 천천히 적매에게 흡수되었다.

청요가 잠시 후 돌아왔다.

"왜 끼어들었지?"

그의 물음이 다소 날카롭다. 흑각이 단조롭게 웃었다.

"너는 그 답을 알고 있잖아?"

청요가 고집스럽게 입을 다물었다.

"그녀를 빨리 백화로 되돌리고 싶은 건 이해하겠어. 나와 적매가 함께 있는 걸 보니 그런 생각이 더 강해졌겠지. 하지만 청요, 서둘러선 그녀를 망치고 말 거야."

"네게 충고를 받으니 기분이 썩 좋지 않군."

"그녀는 강해, 청요. 맑고 순한 기운을 가졌지. 강한 귓것의 영일수록 인간의 육신과 강하게 유착해. 다른 귓것들과 달리 그녀는 쉽게 떼어낼 수 없어. 인간의 삶에 미련이 남은 그녀를 억지로 분리시켰다간 그녀가 부서질 거야. 그걸 바라지는 않잖아? 그녀의 미련을 없애. 인간으로의 삶을 스스로 끝내게 해."

분하지만 흑각의 말이 맞다. 세나는 인간의 삶을 소중히 여긴다. 청요를 만난 후에도 학교생활에 충실했고, 가족을 사랑했다. 아낌없이 노력하고 사랑한 후에야 미련 없이 인간의 육을 버릴 수 있을 것이다. 그것을 알기에 청요도 그녀의 생활을 응원해주었다.

하지만 이젠 그 생활을 끝내야 한다.

손을 펼쳐 청요는 기력을 운용해 보았다. 시간을 미혹하여 뛰어넘는 짓은 통상적으로는 천계의 존재 이외의 것들에겐 허락되지 않는 일이다. 시간을 거스르는 데는 많은 힘이 소모되었고, 그동안 조금씩 깎여나간 힘은 돌아오지 않았다. 기력의 최대치 자체가 낮아진 상태였다. 이제는 기력이 충만해도 조선으로는 갈 수가 없다. 피리 소리를 듣고 억지로 문을 열고 현대로 돌아온 탓에 몸 상태는 더욱 최악이 되었다. 언제 깊은 잠에 빠져들지 모른다. 잠에 빠지기 전 세나와 다른 귓것들을 되돌려야 한다.

"그녀의 가족이 스스로 인정하고 그녀를 돌려주게 해."

청요가 홱 등을 돌렸다.

푸른 옥비녀가 흑각과 적매는 자신이 감시할 테니 걱정 말고 왕비님께 가보라며 씩씩하게 소리쳤다.

세나의 부친 유 씨는 전형적인 아버지였다. 다 큰 딸이 연락도 없이 외박을 하자 뜬 눈으로 밤을 지새운 그는 세나가 귀가하기 무섭게 잔소리를 늘어놓았다. 아내 한 씨의 노력에도 유 씨의 역정은 풀릴 기미가 보이지 않았다.

"친구랑 놀다가 잊었을 수도 있죠. 여보, 이제 그만 화 풀어요. 응?"

"잊을 수도 있다니! 당신은 사람이 너무 물러! 집에서도 외박을 하는데 서울에서는 어떻겠어? 눈치 볼 사람도 없겠다, 날마다 외박하고 다니는 거 아니야?"

"아빠, 어젠 정말 갑자기 급한 일이 생겨서······."

무릎을 꿇은 채 세나가 두 손을 모았다.

"급한 일은 무슨 급한 일! 아무리 급해도 집에 전화할 시간이 없어? 말만 한 처녀가 도대체가······."

유 씨가 또다시 역정을 쏟아 내는데 밖에서 누군가 부르는 소리가 들렸다.

"계십니까?"

"누구지? 동네에 저런 목소리를 가진 사람이 있던가?"

유 씨가 고개를 갸웃거리며 문을 열었다. 천천히 걸어오는 사람의 정체를 확인한 세나가 하얗게 질렸다.

'처, 청요? 청요가 왜······.'

"누구요?"

"잠깐 안으로 들어가도 되겠습니까?"

청요는 유 씨의 대답도 기다리지 않고 벌써 안으로 들어서고 있었다.

"아니, 누군데 들어오라는 허락도 없이 들어오는 게요?"

유 씨가 황당해하며 청요를 바라보았다. 신발까지 벗고서 안으로 들어온 청요가 대뜸 유 씨에게 큰절을 올렸다.

"뭐, 뭐요?"

"큰절입니다, 아버님."

"뭔 님? 아버님?"

유 씨는 점점 더 황당해졌고, 세나는 점점 더 하얗게 질려갔다. 한 씨는 이게 무슨 일인가 싶은지 두 눈을 동그랗게 뜨고 고개를 기울이고 있었다. 그들을 번갈아 바라본 청요가 빙긋 웃었다.

"세나를 사랑합니다. 세나와 혼인하고 싶습니다."

유 씨의 턱이 뚝 떨어졌다.

"뭐, 뭐라고? 여보, 이 젊은이가 지금 뭐라는 게요?"

"처, 청요, 갑자기 그게 무슨……."

"어머. 혼인이래요, 여보. 요즘 젊은이가 귀엽기도 하지."

재미있다는 듯이 호호 웃으며 한 씨가 남편을 바라보았다. 완전히 굳어서 석상이 되어버린 유 씨는 금붕어처럼 입만 벙긋거렸다. 그들을 똑바로 바라보며 청요가 다시 말했다.

"세나와의 혼인을 허락해주십시오, 아버님, 어머님."

그들에게 허락을 받고 세나를 데려와야 한다. 미련이 없어야 백화를 무사히 되돌릴 수 있다. 시간이 허락된다면 더 천천히 공들여 일을 진행하겠지만 안타깝게도 청요에겐 시간이 많지 않다.

"유세나, 이 젊은이가 지금 대체 무슨 소리를……."

"아빠, 그, 그게요."

"세나를 사랑합니다. 세나도 저를 사랑합니다."

청요가 세나와 유 씨의 대화에 냉큼 끼어들었다. 청요의 말에 유 씨가 해명을 요구하듯 세나를 바라보았다.

"유세나, 정말이냐?"

"그게……."

세나가 유 씨의 눈치를 보며 고개를 살짝 끄덕였다.

"어젯밤에도 저와 함께 있었습니다."

"뭐? 유세나!"

두통이 이는 듯 끙 소리를 내며 유 씨가 머리를 싸맸다.

"두 사람은 잠깐만…… 잠깐만 나가 있으쇼."

"그렇게 하겠습니다."

생전 처음 보는 사내가 제 딸의 손을 잡고 마당으로 나가는 모습을 유 씨는 두 눈을 부릅뜨고 노려보았다.

"여, 여보! 들었소, 저 건방진 놈의 말을?"

현관문이 닫히기 무섭게 유 씨가 소리쳤다.

"우리 딸이 언제 이리 컸을까."

한 씨는 기쁘다는 듯 호호 웃었다.

청요와 함께 마당으로 쫓겨난 세나는 손톱을 까드득 깨물었다.

"손톱 상해."

청요가 부드럽게 세나의 손을 붙잡아 깍지 끼었다. 세나가 원망하듯 청요를 올려다보았다.

"청요, 갑자기 무슨……."

"오래 기다릴 수가 없어."

세나의 손등에 입을 맞추며 청요가 대답했다.

"오래 기다릴 수 없다니요? 뭐가 잘못됐어요?"

"이야기 좀 해봐, 세나."

청요는 대답하지 않고 말을 돌렸다. 세나가 귀엽게 콧잔등을 찌푸리고 뚱하게 되물었다.

"무슨 이야기요?"

"유세나의 부모님 이야기."

청요는 재촉하는 기색 없이 가만히 웃었다. 복잡한 표정으로 그를 쳐다보던 세나가 한숨을 내쉬고는 천천히 입술을 뗐다. 조곤조곤 부모님에 대해 이야기하는 그녀의 모습이 청요의 눈에 아프게 박혔다. 사랑하는 가족과 더 이상 가족일 수 없게 될 그녀가 안타까웠다.

"아빤 평생 일만 했어요. 팔남매 중 차남으로 태어나셨는데, 장남이 아니라고 교육도 제대로 못 받았어요. 그땐 그랬대요. 지금처럼 너도나도 대학에 가는 분위기가 아니라, 시골에선 초등교육만 마쳐도 대단한 거라고……. 대학에 가보니까 그게 제일 달랐어요. 여기서 고등학교 다닐 때까지만 해도 대학 나온 부모 가진 친구들은 거의 없었는데, 대학교 친구들은 부모님이 다 어디 교수, 어디 임원……. 뭐랄까, 신분 차이가 느껴졌다고나 할까……. 어느 날 보니까 대학 친구들 앞에서는 부모님 이야기를 안 하게 되더라고요."

세나는 울 것 같은 얼굴로 부러 더 씩씩하게 웃었다. 언제 젖었는지 모를 그녀의 두 눈이 반짝거렸다.

"그냥 안부 차 묻는 말이라는 걸 알면서도 부모님에 대한 이야기만 나오면 입을 다물어버리곤 했어요. 나 참 못됐죠?"

"안 못됐어."

세나가 흐리게 웃었다.

그녀가 부모님의 자랑이었고, 사랑이었고, 희망이었다. 그녀만 잘될 수 있다면 제 몸이 부서져도 아까워하지 않으실 분들이었다. 그들을 사랑했고, 그들에게 사랑받았다.

"진짜요?"

"응."

"우리 엄마, 우리 아빠한텐 내가 전부인데……. 이제 어떡해요? 나 떠나면 우리 부모님 외롭고 쓸쓸해서……."

세나의 뺨을 타고 눈물이 흘렀다.

오래 기다릴 수 없다는 청요의 말에 세나는 가족과의 이별을 직감하였다. 자신이 보통의 인간이 아니라는 것을 알게 된 이후부터, 청요의 곁에 있고 싶다고 생각한 순간부터, 그녀는 줄곧 이런 날이 올 것을 알고 있었다. 그러나 알고 있었다 하여 이별이 쉬운 것은 아니었다.

"그들에게서 그댈 빼앗지 않아. 그들이 그대의 행복을 믿고서 내게 보내주게 할 거야. 아무도 슬프지 않게, 그렇게 할 거야."

마음에 슬픔이 남지 않아야 세나는 무사히 청요의 곁으로 돌아올 수 있을 것이다.

현관문이 벌컥 열렸다.

"자네, 들어와서 이야기 좀 하세. 세나, 너도 들어와!"

유 씨가 소리쳤다.

거실로 들어간 청요는 유 씨 내외 앞에 다소곳이 무릎 꿇고 앉았다. 다소 근엄하게 청요를 노려보던 유 씨의 표정은 순간순간 일그러졌다. 자신의 귀한 딸을 채갔으니 그러는 것도 당연했다. 유 씨의 본격적인 추궁이 시작되었다.

"그래, 자네 이름이 뭐라고 했는가?"

"청요입니다."

"성이 청이고 이름이 요인가?"

별 괴상한 이름 다 듣는다는 듯 유 씨가 미간을 찌푸렸다. 청요는 긍정도 부정도 하지 않은 채 생그레 웃었다.

"그래서 올해 나이는 몇이고?"

일단 딸애가 교제 중인 놈의 신상 파악부터 할 심산인지 유 씨가 이것저것 물어왔다. 청요는 고분고분 답했다.

"공식적으로는 스물여섯입니다."

"스, 스물여섯? 결혼을 입에 담기에는 둘 다 너무 어리지 않은가?"

"예전 같았으면 애가 서넛은 있을 나이입니다."

"애가 서넛은 있긴! 요즘 그 나이에 어디 전세라도 구할 수 있겠는가? 일단은 삼사 년 더 교제를 해본 뒤에……."

"서울에 오피스텔이 있습니다."

"이, 있어? 그래도 일단 우리 세나가 학교 졸업할 때까지는 기다렸다가……."

"결혼해도 학업은 지속할 수 있습니다."

생긋 웃으며 대답하는 청요를 노려보던 유 씨가 이번에는 호구조사로 넘어갔다. 요즘 젊은이들은 하여간 되바라졌다.

"그래, 자네 양친은 이 일을 아시는가?"

"부모님은 안 계십니다."

유 씨의 안색이 검게 변했다.

"고아란 말인가?"

"그렇습니다."

"쯧쯧, 젊은 나이에 어쩌다가?"

"너무 어릴 때 일이라 잘 기억은 나지 않습니다."

"고생했겠구먼."

유 씨의 눈빛에 찰나 연민이 스몄다. 그러나 그는 곧 외동딸을 사수해야 하는 비장한 아버지로 되돌아갔다.

"자네도 알겠지만 우리 세나가 외동딸이네. 부서질까 깨질까 하루도 마음 편한 날이 없었지. 부모 없는 것이 어찌 자네 탓이겠는가? 하지만 화목한 집구석에서 귀여움 받고 자란 놈에게 딸자식 내어주고 싶구먼. 그것이 자네가 보기엔 욕심 같은가?"

"세나가 저를 사랑합니다. 그녀는 저 말고 다른 사람 원하지 않습니다."

완곡한 유 씨의 반대에 청요가 단호히 대답했다.

"무, 무어?"

그 기막힌 대답에 역정을 터트릴 듯 유 씨의 얼굴이 벌게졌다. 부엌에서 식사 준비를 하다가 슬금슬금 다가온 한 씨가 솜씨 좋게 끼어들었다.

"여보, 적당히 하고 식사부터 해요. 찌개 다 식겠어요."

유 씨는 잠시 아내를 쳐다보았다. 잔뜩 가늘어진 아내의 눈이 얼른 식사하러 오지 않으면 일주일은 굶길 것이라고 협박하고 있었다. 현명한 유 씨는 청요와의 전선을 거실에서 부엌으로 옮기기로 했다.

"찌개가 식으면 안 되지, 암. 그럼 일단 식사부터 함세. 자네도 오게."

유 씨가 먼저 일어나고 청요가 따라 일어났다. 다리가 저린지 비틀거리는 그를 세나가 재빠르게 붙잡았다. 시야 가장자리로 그 모습을 본 유 씨가 휙 고개를 돌려 그들을 쏘아보았다.

"아빠……."

세나가 땀을 흘리며 난처하게 웃었다. 이 평범한 일상이 언젠가 눈물 나게 그리워지리라는 것을 세나는 알 수 있었다.

밥을 먹는 동안에도 유 씨는 질문공세를 퍼부었다. 아내가 밥 먹다 체하겠다며 말렸지만 유 씨는 도저히 그만둘 수가 없었다. 딸 둔 아버지의 마음은 모두 같을 것이다. 딸의 남자친구라고 하니 차마 내쫓을 수는 없었지만 마음으로는 벌써 수백 번 마당에 패대기쳤다.

유 씨가 밥 한 술을 떠 다짜고짜 세나 앞으로 내밀었다. 세나는 멀뚱히 숟가락을 쳐다보다가 불쑥 깨닫고는 황급히 그 위에 고기반찬을 올려주었다. 만면에 의기양양한 미소를 띤 유 씨가 청요를 바라보았다. 고개를 바짝 든 청요가 질 수 없다는 듯 유 씨와 똑같은 행동을 했다. 세나는 부친의 눈치를 보다가 그의 숟가락 위에도 고기반찬을 올려주었다.

'저, 저놈이!'

유 씨의 눈에서 불똥이 튀었다.

'세나는 저를 사랑합니다.'

'설령 그것이 진실이라 해도 자네 같으면 생전 처음 본 놈한테 귀한 딸을 내어주겠는가?'

'그래도 세나는 저를 사랑합니다.'

세나는 속으로 한숨을 내쉬었다. 결국 세나는 유 씨와 청요 둘 다 무시하고 밥이나 먹기로 결정했다. 고개를 수그리고 밥 먹는 데 열중하는 그녀의 등을 모친이 토닥여주었다.

식사가 끝난 후 한 씨는 세나와 청요를 거실로 내보냈다. 왜 어린 것들 놔두고 내가 밥상을 치워야 하는 것이냐며 유 씨가 투덜거렸다.

"어머, 당신도 참. 당신이 도와줘야 내가 더 행복해지죠."

한 씨가 호호 웃었다. 둘은 싱크대 앞에 나란히 서서 함께 설거지를 했다. 손에 물 한 방울 묻히지 않겠다고 약속하며 했던 프러포즈가 새삼 생각나서 유 씨가 쓰게 웃었다.

"여보, 우리 세나는 행복해질 거예요."

달그락 달그락 설거지를 하며 한 씨가 작게 중얼거렸다. 유 씨가 입술을 꾹 깨물었다. 그의 무의식도 사실은 알고 있었다. 이 일은 애초에 그들의 권한이 아니라는 것을.

"저곳이 세나 자리라는, 그런 생각이 들어요. 당신도 그렇죠?"

유 씨는 설거지가 끝날 때까지 아무 말도 하지 않았다. 싱크대 물기까지 정리한 후 거실로 나온 유 씨가 청요를 쳐다보며 툭 내뱉었다.

"7일."

청요와 함께 선풍기 바람을 쐬고 있는 세나는 행복해 보였다. 그저 곁에 있는 것만으로도 반짝반짝 빛이 났다.

"예?"

자식이란 다 언젠가 놓아줘야 하는 법이다. 그때가 이렇게 빨리 올 줄 몰랐을 뿐.

"7일 동안 내가 시키는 대로 하게. 자네가 전부 해내면 허락해주겠네."

머리로 인정한다고 해도 마음은 또 다른 법이다. 유 씨는 이미 막을 수 없다는 것을 알면서도 심술을 부렸다.

"그렇게 하시죠."

청요가 대답했다.

둘의 시선이 허공에서 날카롭게 교차했다.

다음날, 유 씨는 청요를 논으로 데려갔다. 뙤약볕이 내리쬐는 여름날이었다.

"이게 벼고, 다른 건 다 잡풀일세."

논에서 벼 한 뿌리를 뽑아온 유 씨가 그것을 청요에게 보여주며 말했다. 도시 샌님은 이런 걸 본 적 없을 거라 굳게 믿는 눈빛이었다.

"다 뽑게나."

"예?"

"딱 7일 주겠네. 잡풀이란 잡풀은 다 뽑게나. 7일 뒤에 내가 살펴보겠네. 잡풀이 없으면 자네 승리고, 잡풀이 있으면 내 승리인 걸세. 자네가 이기면 세나가 원할 때 언제든지 결혼해도 좋고, 내가 이긴다면 앞으로 오 년은 결혼의 '결' 자도 꺼내지 말게."

　이것은 불평등한 승부였다. 풀은 뽑아도 계속 자라나기 마련이다. 설령 청요가 오늘 모든 잡초를 뽑는다고 해도 내일이면 또 자라날 것이다. 절대적으로 청요가 불리했고, 유 씨는 '네놈에게 내 딸은 죽어도 못 줘! 내 눈에 흙이 들어가도 안 돼!' 라고 청요에게 시위하고 있는 것이었다.

　어디 거부해볼 테면 거부해보라는 듯이 유 씨가 어깨를 내밀었다.

　청요는 부드럽게 웃었다. 어쨌든 유 씨는 그들의 교제 자체를 반대하는 것은 아니었다.

"두말하기 없습니다, 아버님."

　신발을 벗고 바지를 걷고서 곧장 논으로 뛰어드는 청요의 뒷모습을 보며 유 씨는 사악한 표정을 지었다.

"여보, 지금 이걸 승부라고 하는 거예요?"

　한 씨가 걱정스러운 얼굴로 남편과 청요를 번갈아 바라보았다.

"저 잘난 입으로 냉큼 아버님, 아버님 하는 거 들었소, 여보? 아주 결혼을 했어, 결혼을. 스물둘밖에 안 먹은 남의 집 귀한 딸을……."

　유 씨도 자신이 고집을 피우고 있다는 것을 알고 있었다. 하지만 일주일짜리 고생도 참지 못하는 놈에게 세나를 내어주고 싶진 않았다. 비록 청요의 곁에서 세나가 전에 없이 반짝거리며 행복해한다고 해도, 청요가 정말 괜찮은 놈이라는 것을 유 씨는 제 눈으로 확인하고 싶었다.

그 마음을 이해한 한 씨가 한숨을 내쉬며 남편에게 팔짱을 꼈다. 그들이 간과한 것은 여름날의 햇볕이 논 한복판의 청요에게만 쏟아지는 게 아니라는 것이었다.

햇볕은 유 씨 내외와 세나에게도 공평하게 쏟아졌다.

사흘이 지났다. 청요는 아침 일찍 일어나서 밥만 챙겨 먹고 논으로 가 잡초를 뽑았다. 그렇게 무식하게 잡초 제거를 하는 농부가 요즘 세상에 어디 있겠느냐만 청요는 아무래도 상관없는 듯했다.

'독하구먼.'

유 씨는 매서운 눈으로 청요를 노려보았다. 청요는 군소리도 하지 않고 일에 집중하고 있었다. 정말 인정하기 싫지만 그의 의지만큼은 박수를 쳐주고 싶었다.

'게다가 눈썰미도 좋군.'

청요는 일도 잘했다. 뽑는 족족 잡초였다. 타고난 농사꾼 같다. 벼를 하나라도 뽑으면 그걸 빌미로 심술이라도 부려볼까 했는데 청요는 그럴 틈을 주지 않았다.

유 씨는 청요의 움직임에서 눈을 떼지 않으며 목에 흐르는 땀을 닦아 냈다. 햇볕이 오늘따라 더 따갑다. 한 씨는 살이 탄다며 첫날 구경을 나온 이래로 내내 집에 머물렀고, 세나만이 이 더위에도 고집스럽게 유 씨의 옆에 앉아 청요를 지켜보고 있었다.

"그렇게 좋으냐?"

유 씨가 지나가는 투로 물었다. 세나는 대답 없이 빙그레 웃었다.

"실없기는."

고개를 내저으며 유 씨가 다시 청요에게로 고개를 돌렸다. 양손 가득 풀 한 뭉텅이를 쥔 청요가 득의양양하게 걸어오고 있었다. 유 씨는 청요가 못마땅해서 입술을 비죽였다. 보면 볼수록 날도둑놈 같은 놈이다. 이제 겨울 스물두 살밖에 안 된 딸을 빼앗길 처지에 처해 있으니 청요가 뭘 하든 유 씨의 눈에 곱게 보일 리 없었다.

"세나?"

잡초를 버리기 위해 조심조심 걸어오던 청요가 느닷없이 내달렸다. 벼가 밟히는 것에 놀란 유 씨가 벌떡 일어났다.

"자네, 지금 뭐하는 짓인가! 벼가 다⋯⋯."

"세나!"

청요는 그를 본 체도 하지 않고 세나를 향해 달렸다. 그제야 뭔가 잘못되었음을 깨달은 유 씨가 고개를 돌렸다. 여상하다고만 생각했던 세나가 창백한 얼굴을 한 채 바닥을 짚고 있었다.

"청요, 난 괜찮⋯⋯."

"괜찮기 뭐가 괜찮아? 차에 시동 거세요, 아버님! 어서!"

세나를 끌어안은 청요가 버럭 소리쳤다. 그제야 정신을 차린 유 씨가 후다닥 차로 달려가 시동을 걸었다. 유 씨의 표정이 일그러졌다.

유 씨는 세나가 쓰러진 순간 청요의 두 눈에 어린 걱정과 두려움을 보았다. 세나가 많이 아픈 것일까 봐 걱정하는 눈이었고, 그러다 그녀를 잃게 될까 봐 두려워하는 눈이었다. 그 걱정과 두려움의 근본은 더없는 애정이었다.

청요는 진심으로 세나를 사랑한다. 유 씨가 방해할 틈 따위는 없을 만큼 그들은 사랑하고 있다.

알고 있었는데. 그런데 왜 이리도 슬프고, 쓸쓸하고······.

'주책없이 왜 이러지?'

황급히 눈물을 훔친 유 씨가 청요의 앞에 차를 세웠다. 세나를 안고 좌석에 올라탄 청요가 유 씨를 재촉했다. 유 씨는 급히 가속기를 밟았다. 오래지 않아 도착한 병원에서 의사는 가벼운 탈수와 열사병이라는 진단을 내렸다.

링거를 맞으며 잠든 세나의 곁을 지키는 청요의 모습을 유 씨는 꽤 오랫동안 바라보았다. 땀에 젖은 세나의 이마를 어루만지는 청요의 손길은 눈물 나게 다정했다. 세나는 혼몽 중에도 청요의 손이 닿을 때마다 희미하게 웃었다.

그들을 떼려야 뗄 수 없었고, 떼어서도 안 되는 사이였다. 둘은 함께여야 온전할 수 있었고 함께여야 살아갈 수 있었다. 유 씨가 젖은 눈으로 웃었다.

'그곳이 네 자리로구나.'

세나는 여러모로 유 씨 내외에게 귀한 딸이었다. 몇 번의 유산 끝에 얻은 딸이었고, 세나 또한 임신 중에 한 번 잃을 뻔했다. 의사는 세나의 심장이 멎었다며 수술을 권했지만, 한 씨는 아이의 태동을 느꼈다며 한사코 수술을 거부했다. 재검사에서 의사는 아이의 심장이 다시 살아났다며 의아해했다.

그때부터였던가. 부부는 꿈을 꾸기 시작했다. 얼굴 한 번 본 적 없는 여인이 비통하게 우는 꿈이었다. 매번 다른 순간, 다른 옷을 입고서 여인은 울었다. 꿈속에서 여인은 때론 어린아이였고, 때론 어린 소녀였고, 때론 젊은 여인이었지만 항상 슬퍼 보였다.

태어난 아이는 자랄수록 꿈속의 그 여인을 닮아갔다. 유 씨 내외는 세나가 꿈속의 여인처럼 슬픈 삶을 살게 될까 봐 항상 걱정하였다.

꿈속에서 본 세나는 한 남자의 곁에서만 행복해 보였다. 그 남자의 얼굴은 잘 떠오르지 않지만 놀랍도록 아름다운 남자였다는 것만은 확실하게 생각난다. 그 남자는 어쩌면 청요였을지도 모르겠다.

그가 있을 때에만 꿈속의 세나는 행복했고, 그가 없을 때의 세나는 항상 울었다.

'내 딸이 행복하다면.'

둘의 모습을 눈에 새기고서 유 씨가 등을 돌렸다.

귀하디귀한 내 딸. 언제나 품 안의 자식으로 남겨두고 싶었던 우리 딸. 이제 보내줘야 하는 거구나.

유 씨는 세나에게 아비로서 해 줄 수 있는 마지막 선물을 떠올렸다. 행복한 마음으로 그것을 주기로 했다.

스물두 해. 짧다면 짧고 길다면 긴 시간.

그는 세나가 있어 행복하였다. 진정 행복하였다.

❀

인간도 귓것도 상제의 명을 따르지 않았다. 그것이 도리어 기뻐 상제는 웃었다. 지금의 인세는 더 이상 그를 필요치 아니했다.

"빛나는 별이 너희를 인도하리라."

상제는 그들에게 마지막 선물을 주었다.

작자미상, 『신新 조선망량야사, 귀도편』

모든 사람이 그러하듯 원상대사도 늙어갔다. 몸에 쌓인 법력 덕분에 속도는 더뎠지만 원상대사도 노화를 아예 피할 수는 없었다. 왕이 된 진성대군이 죽고 그 아들이 왕이 되었으나, 그 왕은 곧 절명하였다. 진성대군의 또 다른 아들이 재차 왕위를 이었으나 그 또한 절명하였다. 은인을 배반하고 오른 왕좌에서 그들은 그렇게 불행하였다.

왕들이 연달아 천수를 누리지 못하고 요절하자 조선은 크게 술렁였다. 항간에는 귓것의 원한을 사 저주 받은 것이라는 소문이 떠돌았다.

귓것이란 말을 입에 담는 것조차 금기시되기 시작하였다. 귓것은 차츰 조선에서 잊혀갔다.

원상대사는 홀로 산천을 떠돌며 귓것 잔당을 없애고 다녔다. 그 혼자서도 충분했다.

"윽."

어지럼증이 일었다. 잠시 땅에 주저앉은 원상대사가 숨을 골랐다.

보통 인간의 수명보다 월등히 오래 산 원상대사는 이제야 노인처럼 보였다. 귓것을 향한 복수심을 자양분 삼아 살아온 삶. 귓것이 거의 멸절된 지금, 그의 수명 또한 다해가고 있는 것이었다.

그때 불현듯 귓것의 냄새가 풍겨왔다. 원상대사가 가까스로 고개를 들었다.

"아부지! 저기 스님이 있으오!"

어린 계집이 보였다. 그 옆에 서 있는, 지나치게 아름다운 사내 또한 보였다.

"그대는 그 고승이로군."

원상대사는 바짝 경계하며 법력을 끌어 모았다. 귓것이라면 그를 모를 리 없었다. 필시 약해진 지금을 틈 타 공격해 올 것이다. 지금은 싸워도 필시 진다. 방어에 집중하며 도망치는 게 최선이었다.

"가서 저 할아버지를 도와주고 올래?"

"예, 아부지!"

귓것은 저 대신 어린 계집을 보냈다. 원상대사는 법력으로 힘껏 결계를 쳤다. 어린 계집은 아무렇지도 않게 결계를 뚫고 원상대사에게 달려왔다.

"할아버지, 잠시만 가만히 계시어요. 내 낫게 해 드리겠소."

"어, 어떻게!"

계집에게선 분명 귓것의 기운이 풍겼다. 미약하나 계집은 분명 귓것의 피를……

"그 아이는 비비라 하오. 비비는 혼혈이오."

귓것 사내가 말했다.

"무어라?"

"반은 인간이오. 그런데도 공격할 셈이오?"

원상대사의 표정이 심하게 일그러졌다. 어린 계집은 겁도 없이 방싯방싯 웃으며 원상대사의 몸에 손을 댔다. 서늘하고도 포근한 기운이 흘러 들어왔다. 몸이 놀랍도록 멀쩡하게 회복되었다. 이 정도라면 싸워볼 만도……

"아부지, 나 잘했소?"

맑은 아이의 음성에 원상대사가 번뜩 정신을 차렸다.

"그래, 잘하였어."

귓것 사내가 쪼르르 달려온 어린 혼혈 계집을 안아 올렸다. 혼혈이라니. 믿을 수 없다. 원상대사의 눈이 한껏 커졌다.

"그 아이 어미는 어찌 되었지?"

"나래는 죽었소. 인간의 생은 짧으니 어쩔 수 없는 일이오."

귓것 사내가 흐리게 웃었다.

"이만 가보시오. 지금 그대의 법력으론 나를 죽일 수 없소."

귓것 사내가 뒤돌아섰다. 당황한 원상대사가 크게 소리쳤다.

"어, 어째서 나를 살렸지? 나는 귓것을 몰살해왔거늘!"

"나래는 인간과 귓것이 한데 어우러져 살 수 있을 거라는 믿음을 죽을 때까지 놓지 않았소. 그 꿈을 실현해주지는 못할지언정 내 손으로 깨뜨리고 싶지는 않으오."

멈춰선 귓것 사내가 나직이 대답하였다. 원상대사는 온몸에 힘이 빠지는 기분을 느꼈다.

원상대사는 평생 동안 귓것을 증오하였다. 가장 사랑하는 이를 그들의 손에 잃었기에 증오할 수밖에 없었다.

그 미움이 부질없다. 주름진 눈가에 눈물이 흘렀다.

"몸조심하시오."

"자, 잠깐……."

재차 떠나가려는 귓것 사내를 원상대사가 불러 세웠다. 귓것 사내는 멈추지 않고 멀어졌다. 원상대사는 왜 저가 그에게 이런 엄청난 사실을 알려주고 싶은 것인지 이해할 수 없었다.

"곧 두 차례의 큰 전란이 터질 것이오! 한 번은 아래에서, 다른 한 번은 위에서 적이 올 것이오! 그 아이를 살리고 싶다면 멀리, 아주 멀리 가시오! 인간도, 귓것도 그 전란에서 쉬이 무사할 수 없을 것이오!"

귓것 사내가 떠나고 나서 한참 뒤에야 짧은 대답이 바람에 실려 왔다.

……고맙소.

원상대사가 허탈하게 웃었다. 자신은 그들을 멸족시켰는데 귓것은 고맙다는 말을 전해 왔다. 평생 증오해온 족속이 아예 사악하면 차라리 마음이 편하련만. 뒤늦게 알아버린 그 다정함이 몸서리쳐지게 끔찍하였다.

그날로부터 오래 지나지 않아 원상대사는 깊은 산속에서 숨을 거두었다.

귓것을 죽이는 방법이 기록된 책을 모두 봉인한 후였다. 그는 죽기 전 모든 귓것이 멸절했다고 선언했다. 그때엔 이미 귓것이 세상에서 잊힌 때였기에 아무도 그의 말에 귀 기울이지 않았다.

홀로 쓸쓸히 죽은 원상대사의 죽음은 그 누구도 알지 못했고, 그 누구도 관심 두지 않았다.

그가 묻힌 자리에서 꽃이 피었다. 흰 꽃, 푸른 꽃, 붉은 꽃. 형형색색의 꽃은 그 빛깔이 모두 달라 아름다웠다. 그것은 평생을 원망과 증오 속에서 살다 죽은 한 쓸쓸한 이를 향한 위로였다.

19장. 석별

　유 씨는 세나가 쓰러진 일로 아내에게 흠씬 혼이 났다.

　그는 세나를 기다리며 생각에 잠겼다. 세나는 그 와중에도 자긴 괜찮으니 걱정 말고 푹 쉬라고 문자를 넣어왔다. 유 씨는 몇 번이고 세나의 문자를 보고 또 보았다.

　눈에 넣어도 아프지 않을 자식이었다.

　'제비도 크면 둥지를 떠나는 법이지.'

　유 씨가 쓰게 웃었다. 안방으로 들어간 그가 아내를 뒤에서 꼭 끌어안았다.

　"여보, 그거 줘야겠어."

　놀라서 바르작대던 한 씨가 우뚝 멈추었다. 그녀가 천천히 남편의 손을 떼어내고서 몸을 돌렸다.

　"그거라면……."

　유 씨가 흐리게 웃었다. 아내가 그늘진 남편의 뺨을 쓰다듬었다.

　"여보……."

　"내 차마 줄 자신이 없소. 그러니 당신이 좀 주겠소?"

유 씨가 물었다. 한 씨는 울음 어린 얼굴로 고개를 내저었다.

"안 돼요, 여보. 당신이, 당신이 줘야 해요. 내게 주었듯이 당신이 우리 세나에게 줘요."

유 씨가 두 눈을 질끈 감았다.

"여보, 나는……."

"우리 세나는 행복할 거예요. 그럴 거예요."

유 씨는 열사병에 걸려 쓰러진 세나와 그런 세나에게 달려오던 청요의 모습을 떠올렸다. 이놈 저놈 하였지만 유 씨도 알고 있다, 세나는 청요의 곁에서만 행복할 수 있음을.

"할 수 있죠?"

아내가 그의 손을 잡으며 다정히 물었다. 고집스럽게 두 눈을 꾹 감고 있던 유 씨가 한숨을 내쉬며 입술을 물었다.

"여보, 이럴 때 보면 당신 참 못됐소."

"다 괜찮을 거예요."

날이 새도록 유 씨는 소리 죽여 울었다.

세나는 다음날 무사히 퇴원해서 집으로 돌아왔다. 이제 정말 시간이 얼마 남지 않았다.

세나의 마음에 쓸쓸한 바람이 불었다.

"세나야."

청요는 세나의 우울한 기운을 귀신같이 알아챘다. 그가 걱정스럽게 손을 뻗는 그때, 안방 문이 열리며 유 씨가 걸어 나왔다.

"자네. 잠깐 나 좀 보세."

"예? 예, 아버님."

잠시 의아해하는 표정을 짓던 청요가 곧 벌떡 일어났다. 그가 예의 바른 미소를 지으며 유 씨에게 걸어갔다. 청요가 안방에 들어서자 한 씨는 남편에게 화이팅을 외쳐 보이고는 거실로 나갔다.

"앉게."

유 씨가 자리에 앉고는 맞은편을 가리키며 말했다. 청요는 단정히 무릎을 꿇고 앉았다.

"받게."

내내 손으로 만지작거리고 있던 것을 유 씨가 청요에게 건넸다. 청요는 양손으로 유 씨가 건넨 것을 받았다.

"이건……."

"내가 집사람에게 청혼할 때 쓴 반지네."

보석장식조차 없는 단순한 금반지. 유 씨의 아버지가 아내와 혼인 후 선물한 반지였고, 유 씨의 할아버지가 아내에게 선물한 반지이기도 했다. 그렇게 대대손손 아버지에서 아들로, 다시 그 아버지에서 그 아들로 전해진 반지는 값어치를 따질 수 없는 보물이었다. 흘러넘칠 정도로 많은 마음이 담겨 있었다.

"우리 세나를 행복하게 해주게."

"아버님."

"우린 그것이면 족하네."

청요는 말없이 그를 응시했다. 중년 인간 사내는 눈물을 삼켰다.

"세나는 지금까지 행복했을 겁니다, 아버님. 아버님과 어머님께 넘치는 사랑을 받았고, 그 사랑에 고마워하는 법을 배웠습니다. 앞으로 더 행복하게 해줄 겁니다. 누구도 미워하지 않게, 누구도 원망하지 않게, 지금과 같을 수 있도록 지킬 겁니다."

"참인가?"

"거짓말은 배우지 않았습니다."

"우리가 정녕 세나에게 좋은 부모였겠는가?"

"세상에서 가장 좋은 부모셨습니다."

유 씨가 흐리게 웃는다.

인간을 아주 미워하지 않아서 다행이다. 살아서, 돌아와서, 이렇게 만나서 정말 다행이다.

상제의 허락이 있든 없든 그들은 이 땅에서 살아갈 것이다. 나약하고 어리석어 때로는 그 무엇보다 악해지되, 또 때로는 무엇보다 선량해지는 인간과 함께 어우러져서, 그렇게 살아가겠다. '산 것'으로서 상제와 동등해지겠다.

"이야기 끝났으니 이만 거실로 나가볼까? 자네랑 나 둘이 더 할 말도 없는데."

"예, 아버님."

유 씨가 먼저 일어났고, 청요가 그 뒤를 따랐다.

세나는 모친과 함께 수박을 먹고 있었다. 복잡 미묘한 표정을 짓고 있는 부친에게 수박 하나를 건네주고는 세나가 청요에게 소곤소곤 물어왔다.

"이야기 끝났어요?"

"응. 잘 끝났어."

"우리 아빠랑 둘이 무슨 이야기를 했을까?"

세나가 생글 웃었다. 청요는 그녀를 가만히 바라보다가 무릎을 꿇고 앉았다.

"세나야."

그의 갑작스러운 행동에 당황해서 세나가 두 눈을 크게 떴다. 아무래도 상관없다는 듯 청요가 그녀에게 대뜸 손을 내밀었다.

"나와 혼인해줘."

"자, 자네! 누, 누가 당장 그걸 주랬나!"

세나는 먹고 있던 수박을 뚝 떨어뜨렸고, 유 씨는 당황해서 버럭 소리 질렀다.

"어머, 그럼 이제 청 서방이라 부르면 되나?"

한 씨는 그저 좋은 듯 호호 웃었다. 당했다는 눈으로 저를 노려보고 있는 유 씨의 시선을 무시하며 청요는 세나의 약지에 반지를 끼워주었다. 맞춘 반지처럼 크기가 딱 맞았다.

"우리 세나 다 컸네, 청혼도 받고."

"난 원래 다 컸었거든요?"

새침하게 대구한 세나가 와락 모친의 품에 안겼다.

행복했지만 동시에 슬펐다. 석별의 때가 와 버렸음을 더 이상 부정할 수 없었다.

세나는 그날 하루를 아주 알뜰하게 보냈다. 엄마가 깎아주는 과일을 먹고, 엄마가 차려주는 밥을 먹고, 아빠가 중계해주는 축구경기를 보고, 짱아와 검둥이와 산책도 하고.

기나긴 여름 해가 지고 기어이 밤이 되었다. 세나는 아빠가 청요에게 맡긴 반지를 끼고서 마당으로 걸어 나왔다.

청요는 마당 한가운데 우두커니 서서 앞산을 바라보고 있었다. 그의 뒤로 다가선 세나가 그를 꼭 끌어안았다.

"왔네."

"응, 왔어요."

"갈까."

"……."

"가자, 세나."

"그 전에 나 살던 마을 한 바퀴만 돌아봐도 돼요?"

"그래."

세나는 청요와 손을 잡고서 마을을 돌았다. 그녀가 나고 자란 고향 마을이었다. 어릴 땐 몰랐는데 지금 돌아보니 참 작았다. 한 바퀴 도는데 십오 분도 걸리지 않았다. 그들의 발소리가 들릴 때마다 개들이 요란스럽게 짖어댔다.

"우리 동네 개들이 원래 좀 시끄러워요."

청요가 인상을 쓰자 세나가 가볍게 웃으며 속삭거렸다.

"종 특성인가."

"그런가 봐요. 낯선 사람만 보면 엄청 짖거든요. 그래서 어릴 땐 다른 동네 사람들이 오는 게 싫었어요. 동네 시끄러워지니까."

골목을 빠져 나오자 정자가 보였다. 물이 흐르는 작은 도랑 위에 지어진 정자였다. 한가한 여름 오후면 동네 어르신들이 오순도순 모여 수박을 잘라 드시곤 했다.

"저기 잠깐만 앉아도 돼요?"

"응."

정자에 앉자 밑에서 졸졸 물 흐르는 소리가 올라왔다. 여름임에도 불구하고 밤바람은 상쾌했다. 세나는 정자 기둥에 등을 기대고서 조곤조곤 어린 시절 이야기를 했다.

두서없는 세나의 이야기를 들으며 청요는 흐리게 웃었다. 그가 손을 뻗어 세나의 뺨을 사분사분 눌렀다.

"알아."

그녀에게 추억이 많아서 다행이었다. 그를 기다리는 내내 슬프고 외로웠던 것이 아니라서 정말 다행이었다.

"뭐를요?"

"글쎄."

"치, 그게 뭐야."

세나가 장난스럽게 청요의 가슴에 이마를 비볐다.

"이제 가요. 가도 돼요."

세나가 작게 중얼거렸다.

"그래. 가자, 세나."

청요가 그녀의 목에 걸려 있던 피리를 조심스럽게 손에 쥐었다. 애초에 백화가 사용하기 좋도록 그녀와 상성이 좋은 피리로 만든 귀물이었다. 아주 오래되었고, 백화가 아주 소중히 여겼다. 귓것의 육이 될 조건은 충분히 갖추었다.

아름다운 푸른빛이 청요와 세나를 휘감았다. 푸른빛이 세상을 적셔 나간다. 하늘에서 쏟아지는 푸른빛은 서늘하고도 다정하다.

귓것의 얼이 천천히 인간의 육에서 떨어져 나왔다. 스물두 해 동안 그녀를 담아둔 육이 깨어져 나간다. 그녀가 사라진 후 세상에 있을 혼란을 막으려는 것인지 조선에 흩어져 있던 상제의 힘이 일제히 꿈틀거렸다. 깨어난 상제의 힘이 자신에 대한 기억을 먹어가는 것을 느끼며 세나는 몸을 떨었다. 이러니저러니 해도 상제는 인간을 보호하기 위해 많은 것을 남겨두고 떠났다. 그가 해둔 조치는 당연한 것이었으되, 자신을 아끼며 사랑해준 이생의 부모에게조차 기억되지 못하게 된 세나는 소리 죽여 흐느꼈다. 이별은 지독히 슬픈 것이었고, 철저히 상실된 것이었다.

하얀 피리가 꿈틀거리며 귓것의 영을 받아들였다. 그것은 만들어진 물건에 불과했으나 얼을 얻어 피와 살을 갖게 되었다. 인간의 육이 부서질수록 귀의 육을 뚜렷해졌다. 인간의 세상이 멀어질수록 귀의 세상은 가까워졌다.

"나의 백화, 나의 신부, 나의 비."

세나를 감싸 안았던 푸른빛이 천천히 사그라졌다. 세나는 자신이 더 이상 고향마을에 있지 않다는 것을 깨달았다. 이제는 세나로 남아 있을 수 없다는 것 또한.

"나의 청요, 나의 신랑, 나의 왕."

아름다운 붉은 눈을 뜨며 백화가 청요를 마주하였다. 그녀의 손을 붙잡아 뺨을 비비며 청요가 낮게 속살거렸다.

"그댈 빼앗아온 게 아니야."

"알고 있소."

슬펐지만 백화는 웃었다. 그녀의 왕이 곁에 있다. 인간 때문에 울 수 없다.

"그들이 날 믿고 네 행복을 맡긴 거야."

"그것도 아오."

청요가 백화의 손등에 입을 맞추었다. 세상의 각종 기운이 휘몰아친다. 오염된 정기가 조선을 빼곡히 메우고 있다. 버티고 서 있는 것만으로도 숨 막히는 느낌. 이런 고통을 참으며 청요는 인간들 속에서 버티고 있었구나.

백화는 왜 세나가 그토록 침착한 성격이 되었는지 이제야 알 수 있었다. 그녀는 살아오는 내내 지금보다 더 침착해지기를, 그래서 청요에게 도움이 되기를 바랐다. 기억은 잊혀도 그 바람만은 계속된 것이었다. 그녀의 삶은 언제나 청요가 중심이었다.

그리고 그것은 지금도 마찬가지이다.

"왕이여. 부탁이 있소."

청요가 백화를 반듯한 시선으로 응시했다.

"무언데?"

"……시간이 얼마나 남았소?"

"으음."

"얼마나 더 버틸 수 있소?"

"글쎄."

청요가 모호하게 대답하며 백화를 꽉 안았다. 쇠한 그의 기운이 느껴진다. 그는 모든 귓것의 왕이되 무적의 신은 아니었고, 모든 귓것과 마찬가지로 불로不老의 존재이되 불멸不滅하는 것은 아니었다.

반귀 역시 영원히 존속하는 것은 아니다. 대를 거듭할수록 귓것의 힘은 약해지고, 종내는 인간과 같아지고 만다. 벌써 오백 년이 흘렀다. 충분히 강하지 못한 것들은 이미 인간과 완전히 동화되었을 것이다. 남아 있는 반귀들 또한 하루빨리 되돌려야 한다. 그들을 귓것으로서 각성시킨 후 청요 또한 쉬어야 할 것이다.

그것을 잘 알면서도 백화는 청하였다.

"나, 한 달만 여행하고 오면 아니 되오?"

말이 좋아 한 달만이지 청요에겐 지옥 같은 시간이 될 터였다.

"이기적인 거 알고 있소, 왕이여. 하지만 난 기억하고 싶소. 온전한 백화로서 나의 왕에게 돌아가고 싶소. 지금의 난 너무 불완전해서 내가 세나인지 백화인지조차 헷갈리오."

백화는 간절해 보였다. 청요가 엷게 웃으며 그녀를 끌어안았다.

"한 달은 길어, 너무."

"그럼……."

"이 주 줄게."

"왕이여……."

"딱 이 주. 더는 못 줘. 그 안에 돌아와."

"고맙소."

"별말씀을."

청요가 키득 웃었다. 장난스러운 그 웃음에 백화도 소리 내어 웃었다.

"사랑하오."

"알아."

"기다려 주오."

"응."

"금방 오겠소."

청요가 백화를 놓아 주었다. 흰빛에 휩싸여 백화가 웃었다.

"믿을게. 그대가 내게 와. 언제나 그랬듯이."

"나를 믿으시오, 나의 왕이여. 내가 가겠소. 늘 그랬듯 내가 그대에게 가겠소."

흰빛이 물러났다. 흰빛과 함께 백화도 사라졌다. 빛이 사라진 자리엔 어둠이 깊게 고였다.

백화는 기차를 타고서 전국을 유랑했다. 일전과 달라진 것은 크게 없는 듯했다. 그녀는 표를 끊어 움직였고, 이따금 옆에 앉은 '사람'과 거리낌 없이 이야기도 나누었다. 인간들은 그녀가 전혀 다른 존재라는 것을 눈치채지도 못했다.

모든 것이 여전히 평범한데 자신은 더 이상 평범하지 않다는 것이 기묘했다. 휴대폰엔 여전히 부모님의 번호가 저장되어 있는데 더 이상 그들의 목소리를 들을 수 없다는 게 서글펐다.

백화는 간간이 떠오르는 기억의 파편을 붙들며, 과거 신귀가 살았던 곳을 떠돌았다. 물론 전국을 떠도는 더 중요한 이유가 있었지만, 간 김에 신귀들이 살던 곳을 들르지 않을 수 없었다. 수백 년의 시간이 흘러 수풀이 우거졌으나 소멸한 귓것의 사념이 흐리게 남아 있는 곳도 있었다. 백화는 그들이 마지막으로 남긴 목소리를 들으며 하염없이 멈추어 있었다.

'왕비여, 왕비의 잘못이 아니오. 우리는 예 살아 있었소. 그것이면 충분하오.'

'자책하지 마시오, 왕비여. 왕비는 최선을 다했소. 우릴 위해 울지 마오, 부디.'

'우리의 왕을 기다려주시오, 왕비여. 어떻게든 살아남아 왕의 곁을 지켜주시오.'

'왕비여, 우리의 다정한 왕비여…….'

애틋한 목소리들이 들린다. 백화는 무릎을 굽혀 쪼그려 앉은 채 가만히 있었다. 비로소 찾아온 왕비에게 마지막 말을 전한 신귀들의 사념이 천천히 흩어졌다. 홀로 남아 절망을 반복할 왕의 비를 그들은 가여워했다.

"나는 가엾지 않소."

백화가 웃었다.

"더 많은 그대들이 지금 이 세상에 함께 있어주었으면 참말 좋았겠소."

애초에 일족의 수 자체가 많지 않았다. 사귀는 흑각과 적매를 제외하고 모두 사라졌고, 신귀 중에서도 일부만 살아남았다. 완전히 멸절된 것보다는 상황이 훨씬 호전되었지만 어찌 욕심이란 끝이 없는가. 귓것으로 되돌아올 반귀를 환영해줄 귓것들이 더 많았으면 좋았겠다는 미련이 떠나질 않는다.

씁쓸하게 웃으며 백화는 몸을 일으켰다.

과거에 왔던 곳을 방문할수록 기억은 또렷해져갔다. 세나로의 기억은 잊히고 백화로의 기억이 깨어난다. 이렇게 며칠만 흐르면 완전히 각성할 수 있을 것 같다고 생각하며 백화는 기차역을 향해 천천히 걸었다.

불현듯 익숙한 기척이 등 뒤에서 다가왔다.

"누구요?"

백화가 홱 몸을 돌렸다.

"하얀 왕비여!"

"푸른 옥비녀?"

흑각과 적매를 따라갔던 푸른 옥비녀였다.

"왕비여, 내 새로운 이름이 생겼소."

"새 이름이라니?"

"녹우綠玗라 하오!"

그는 꺄륵 웃고는 백화에게 달라붙었다.

"내 그래도 사내 귓것인데 언제까지고 '옥비녀야!' 하고 불릴 수는 없지 않으오?"

백화가 픽 웃고는 긍정의 뜻으로 고개를 주억거렸다.

"그건 그렇구나. 그런데 흑각 님과 적매는?"

"아! 곧 오실 것이오! 갑자기 나타나면 하얀 왕비께서 놀란다고 날 먼저 보내시었소."

녹우가 대답하기 무섭게 공간이 갈라졌다. 흑각이 먼저 나타났고, 그 뒤에 숨은 적매가 눈만 빼꼼 내밀고 있었다.

"내게 볼 일이 있소?"

백화가 흑각에게 물었다.

굽어 치는 검은 곱슬머리. 모든 것에 무심해 보이는 눈동자. 그는 아름다웠고 신비로웠다. 전혀 난폭해 보이지 않는 그가 일족을 멸절의 길로 이끌고 종내는 자신과 청요의 소멸까지 꿈꾸었다는 게 믿어지지 않는다.

"나는 그대에게 볼 일이 없어, 백화."

흑각이 단조로운 톤으로 대답했다. 그의 뒤에 숨은 채 눈만 내밀고 있던 적매가 쭈뼛쭈뼛 옆으로 나왔다. 뭐가 그리 무서운지 적매는 흑각의 손을 꼭 붙잡고 있었다.

"음, 아, 안녕?"

백화는 그녀를 무어라고 정의해야 할지 알 수 없었다.

그냥 아는 귓것? 오랜 친구? 소중한 존재?

백화가 불현듯 쓰게 웃었다. 적매에게 이용당하고 배신당했음에도 적매가 전혀 밉지 않았다. 살아 있어 주는 것이 그저 고맙다.

"저, 음······."

백화가 말없이 입꼬리만 올리자 적매는 기가 죽어서 다시 반쯤 흑각의 뒤로 숨었다. 자신이 저지른 짓이 있어서 미움 받고 있을 거라고 생각하는 듯했다. 그 모습이 속상해서 백화가 한숨과 함께 말했다.

"그댈 미워하지 않으오."

"정말?"

적매가 두 눈을 크게 뜨며 바로 되물었다.

"속았다는 생각은 드오만."

꿍 소리를 내며 적매가 두 눈을 질끈 감았다. 최영은이라는 이름을 쓰며 인간 행세를 할 때는 매사 당당하던 적매는 그 거짓 꺼풀을 벗자 더없이 소심한 본 모습으로 되돌아갔다. 당당한 쪽이 연기이고 소심한 쪽이 진짜라는 사실이 조금 우스워 백화가 픽 웃었다.

"나의 비는 다른 귓것들과 충분한 교류를 해보지 못했다. 내가 허락하지 않았지. 그녀가 서툴러도 백화, 그대가 이해해주길 바란다. 그럼."

"흑각 님!"

적매가 꺅 비명을 지르며 흑각을 붙잡으려 했지만 흑각은 솜씨 좋게 녹우까지 데리고서 사라져버렸다. 졸지에 백화와 둘이 남겨진 적매가 어쩔 줄 몰라 했다.

"아, 음…… 저, 그게……요. 정식으로 인사를…… 많이 늦었지만 그래도……."

"됐다. 편하게 하자."

말을 놓으며 백화가 가볍게 웃었다.

"편하게?"

"응, 편하게."

"내가…… 그댈 이용했는데?"

"용서한다고 했잖아."

잠시 말을 잃고서 백화를 빤히 바라보던 적매가 이내 울먹거리며 백화에게 달려와 안겼다. 백화는 잠시 그녀의 등을 다독여주었다. 마음 약한 존재였다.

한참을 백화에게 안겨 있던 적매가 겨우 고개를 들었다. 그녀가 가방에서 무언가를 주섬주섬 꺼내 건넸다.

방끗 웃는 적매에게 백화가 물었다.

"이게 뭐야?"

"귓것의 기운을 유지하고 있는 반귀들의 본체가 무엇이었는지 흑각 님과 조사를 조금 했어. 네게 필요할 것 같아서."

"아."

백화가 놀란 표정을 지었다. 적매가 건넨 자료는 백화가 지금 조사하고 있는 것이기도 했다. 아무래도 옛 본체와 최대한 비슷한 것을 찾아서 반귀를 되돌리는 게 청요에게 무리가 덜 갈 것이었다.

"나나 흑각 님은 신귀와 상성이 달라서 기운이 약한 반귀는 찾지 못했어. 하지만 윤회주기를 파악해보니 현재 인간의 몸에 잉태되어 있는 반귀는 없는 것 같아. 그런 게 있으면 정말 난감할 뻔했는데, 그나마 다행이지?"

적매가 칭찬해달라는 듯 두 눈을 반짝였다.

백화는 꼼꼼히 자료를 확인했다. 적매가 조사한 반귀의 주소지와 사방에서 느껴지는 반귀의 기운을 대조해서 몇이나 보고서에서 누락되었는지 살폈다. 적매의 말대로 잉태되어 있는 반귀가 없는 것은 천만다행이었다. 잉태 중인 반귀는 그 기운이 너무도 미미하여, 그 어떤 귓것이라도 찾아내지 못할 테니까.

"고마워, 적매. 덕분에 약조한 날짜를 지킬 수 있겠어."

백화가 활짝 웃었다. 꼼짝없이 이 주를 넘기게 될 것 같다고 생각하던 차였다.

"뭐, 그, 그 정도 가지고!"

자신도 모르게 큰 소리를 낸 적매가 머쓱한 듯 뒷머리를 긁적였다.

"도움이 되었다니 기뻐."

용건이 끝나자 딱 맞게 흑각이 돌아왔다. 적매가 쪼르르 달려가 흑각의 손을 잡았다. 전에 볼 수 없던 밝은 미소를 지으며 적매가 흑각을 올려다보았다. 둘은 아름다웠고 무척이나 잘 어울렸다.

흑각의 머리 위를 빙글빙글 맴돌고 있던 녹우가 장난스럽게 흑각의 얼굴을 가렸다.

"뭐야, 녹우! 비키지 못해?"

흑각의 얼굴이 보이지 않자 적매가 당장 방방 날뛰었다.

"붉은 왕비여, 왕비는 질투가 너무 심하오. 내 계집 귓것이었으면 더 재미났을 것 같소. 사내 귓것이라 싫은 것은 아니나 때론 조금 아쉽소. 내 계집이었으면 붉은 왕비가 더 길길이 날뛰는 모습을 볼 수 있었을 텐데 말이오."

녹우가 까륵 웃었다.

투덕거리는 둘을 데리고 흑각이 모습을 감추었다. 그에게 끌려가며 또 보자고 적매가 소리쳤다.

백화의 눈가가 부드럽게 휘었다.

어서 조사를 끝내고 청요에게 가고 싶다. 더 이상 소중한 이와 떨어져 있고 싶지 않다.

본디 인간과 짐승과 귓것이 한데 어울려 사는 것은 선계仙界에서나 있을 수 있는 일이었다. 그럼에도 그것이 조선 땅에 나타났으니, 이는 누구의 뜻인가.

작자미상, 『신新 조선망량야사, 귀도편』

나래가 묻힌 곳엔 기묘한 꽃이 피었다. 그것은 인세에서 볼 수 없는 천계의 것이었다. 그 꽃의 주변에선 그 어떤 힘도 무의미했다. 법력도, 신력도 바람처럼 살랑거릴 뿐이었다.

꽃의 주변은 세상 모든 하늘과 통했다. 신선이 내려와 낮잠을 즐겼고, 요괴가 들어와 술판을 벌였다. 조선 땅에 나지 않는 귓것들도 간간이 쉬어 갔다.

그러나 기이하게도 찬규는 일정 범위 내로 다가갈 수 없었다.

"비비飛飛야, 어머니께 인사하고 와."

"응, 아부지!"

비비는 느리게 자랐다. 순식간에 어른의 태를 갖추는 귓것보다는 당연히 느렸고, 인간보다도 느렸다. 그녀의 수명이 얼마나 될지조차 찬규는 알 수 없었다.

"인사하고 왔소!"

비비가 잠시 후 달려왔다. 이 안으로 들어갈 수 있다면 어떤 전란이 오든 안전할 것이다. 그러나 찬규는 영역 안으로 들어갈 수 없었다.

필시 이유가 있을 것이다. 찬규는 그 이유를 어렴풋이 짐작하였다. 조선 땅에 듣도 보도 못한 공간이 생긴 것은 상제가 개입한 까닭일 터였다. 그가 단지 변덕을 부려 다양한 하늘이 열리는 곳을 조선에 만들었을 리 없다. 그것은 아마도 약속에 의한 것일 터. 상제가 누군가와 약속했다면 그것은 청요나 흑각 둘 중 하나일 가능성이 가장 크다.

왕께서 귀환하면 나래의 가까이에 갈 수 있을까.

"당분간은 어머니랑 못 만나. 괜찮겠어?"

"으음. 아부지랑 같이 있으니 괜찮소!"

씩씩하게 대답하는 비비는 나래를 닮았다. 찬규가 다정히 웃으며 비비를 안아 들었다. 나래의 곁을 떠나고 싶진 않지만 그는 왕께 기다리겠다고 약조하였다.

"세상은 넓을 거야, 비비."

"귓것도 많이 있소?"

"우리와 같은 것이 있을지는 모르겠다. 애초에 우리가 태어난 땅은 이곳 조선 일대뿐이니. 다른 곳엔 아마도 우리와 다르게 생긴 귓것이 있겠지? 가끔 신기하게 생긴 것이 저 안에서 쉬었다가 가지 않더냐?"

"그들은 괴상하게 생겼소. 무섭소, 아부지."

"다르게 생긴 것뿐이야, 비비. 다른 건 무서운 게 아니야. 나쁜 것도 아니지."

"흐음."

잘 모르겠다는 듯이 비비가 찬규의 목을 꽉 끌어안았다.

사귀는 멸절하였고, 신귀 또한 대부분 죽었다. 살아남은 것들은 차례로 깊은 잠에 빠져 움직이지 않는다. 이제 귓것의 존재는 거의 잊혔으나, 찬규는 여전히 살아 있다. 그가 잠들 때마다 나래와 비비가 깨워주었다.

"비비, 나는 우리의 왕께 기다리겠다고 약조 드렸어. 그 약조를 지키게 해줘."

"으음, 알겠소! 아부지, 내 이제 하나도 안 무섭소! 우리네랑 달라도 전혀 무섭지 않소!"

찬규가 가볍게 웃었다. 그는 비비를 데리고 조선을 떠났다. 조선에서 아주 멀리 떨어진 고요한 곳에서 찬규는 귓것에 대한 것이 옛날이야기쯤으로 치부되게 될 날을 기다렸다. 왕의 귀환을 바라면서.

20장. 합환

청요에게 허락받은 이 주를 꼬박 써서 백화는 전국에 흩어져 있는 반귀에 대한 자료를 모았다. 흑각과 적매가 도와준 것이 큰 힘이 되었다. 아직 그들의 본육과 가까운 물건은 더 찾아보아야 하겠지만 이 정도만 되어도 청요의 부담은 훨씬 줄어들 것이다.

"백화, 너 문자 오는데?"

맞은편에 앉아서 아이스커피를 마시고 있던 적매가 말했다. 적매는 쭈뼛거리며 나타났던 처음과는 달리 이제는 틈만 나면 백화에게 찾아왔다. 백화는 그녀가 하는 대로 내버려 두었다. 적매의 연회색 눈동자가 빙글거리며 웃을 때면 백화 또한 기분이 좋아지는 까닭이었다.

"청요 님이셔?"

문자를 확인하는 백화를 향해 몸을 쭉 빼며 적매가 물었다. 인간 유세나는 세상에서 사라졌지만 휴대폰은 아직 살아 있다. 청요가 조치를 취해둔 모양이다. 지난 이 주 동안 청요는 시시콜콜 문자를 보내왔다. 백화가 픽 웃으며 청요의 문자를 읽었다.

"뭐라 하셔?"

"그냥 밥 먹었냐고."

"와아! 자상하시다. 밥 먹었는지도 매일매일 확인해주신단 말이야?"

적매가 두 손을 꼬옥 쥐며 두 눈을 반짝거렸다. 약간 시니컬한 면이 있던 영은의 모습에 익숙한 백화는 그런 적매가 영 낯설었다. 이런 어린애 같은 그녀가 용케 여대생 흉내를 내왔다 싶다. 그녀가 눈에 밟혀 마지막 순간 소멸을 멈춘 흑각의 마음이 순간 완벽하게 이해되었다.

"흑각 님은 왜 연락이 없지? 내가 번호를 아침마다 알려주는데 어떻게 문자 한 통 없으시지? 이젠 날 사랑하지 않으시나?"

적매가 초조하게 손톱을 깨물었다. 적매의 뒤쪽 테이블에 앉아 있던 흑각이 미간을 찌푸리며 일어섰다.

"적매."

"으악! 어, 언제부터 와 계셨소?"

적매가 소스라치게 놀라며 흑각을 쳐다보았다. 흑각은 아까부터, 정확히는 적매가 백화의 옆에서 조잘거리기 시작한 때부터 와 있었다. 그걸 적매가 몰랐을 뿐.

토끼 귀를 붙잡는 사냥꾼처럼 흑각이 적매의 귓불을 쭉 잡아당겼다.

"아, 아얏. 아야야. 아파. 아프오, 흑각 님."

"백화는 바쁘잖아. 방해하면 안 되지."

"방해하는 거 아니오! 힘들까 봐 옆에서 힘을 북돋아 주고 있는 것이오! 아니 그래, 백화? 응?"

백화는 적매가 흑각에게 끌려가도록 내버려 두었다.

'언제나 사이가 좋네.'

띠링.

문자 소리에 백화가 고개를 돌렸다. 또 청요였다.

[TV 봐.]

청요의 문자는 늘 그랬듯 간결했다. 백화가 고개를 갸웃거리며 TV 쪽으로 시선을 던졌다. 마침 '연산군의 여자'에 대한 이야기가 나오고 있었다. 중국 등 해외로 수출되었다는 소식이었다. 참 신기한 일이다. 연종이 연산군이 되어도 인간들은 그 변화를 알지 못한다.

역사는 분명 변했으나 그것이 조선의 역사에 끼친 영향은 미미했다. 큰 흐름은 변하지 않았다. 애초에 연산군의 자손은 몇 대 가지 못해 피바람 속에서도 끝내 살아남은 진성대군의 후손에게 왕위를 넘겨주게 되어 있었다.

띠링.

[보고 있어?]

문자가 또 왔다.

오늘따라 왜 이렇게 채근하지? 청요의 문자에선 미묘한 초조함이 묻어나왔다.

'연산군의 여자' 홍보 영상이 곧 다른 화면으로 바뀌었다. 브라운관 아래쪽에는 '배우 청요 기자회견이 곧 시작됩니다'라는 자막이 큼지막하게 떠올랐다.

'기자회견?'

청요가 앉을 것으로 보이는 의자는 아직 비어 있었고, 화면 오른쪽 상단에는 'Live'라고 붙어 있었다.

"으음."

백화는 지난 이 주 동안 한 번도 청요에게 답장을 보내지 않았다. 그에게 답장을 보내는 순간 더 견디지 못하고 그에게 달려갈 것 같았기 때문이다. 골동품을 조금만 더 모으면 된다. 몇 개만 더. 조금만 더 참자. 모두 모은 후 청요에게 돌아가 그를 깜짝 놀라게 해주자.

백화가 애써 휴대폰을 닫았다.

띠링.

애초에 백화의 답문을 기다리지 않았던 것인지 청요에게서 문자가 다시 왔다.

[사랑해.]

사랑한다는 문자가 백화의 눈에 콕 박혔다. 낮고 간질거리는 청요의 목소리가 생생히 떠오른다.

"아, 정말."

백화가 두 눈을 질끈 감았다가 떴다. TV 화면이 번쩍번쩍 빛났다. 카메라 플래시가 쉴 새 없이 터졌다. 곧 청요가 엷은 미소를 띤 얼굴로 등장했다. 백화가 좋아하는 눈웃음이다.

한숨을 폭 내쉰 백화가 결국 참지 못하고 한 글자 한 글자 꾹꾹 눌러 답장을 보냈다.

[사랑하고 있습니다.]

이 말은 해야 하니까. 꼭 해주고 싶으니까.

백화가 가볍게 웃으며 고개를 들었다. 이 카페에서 TV 속 청요를 처음 보았던 때가 생각난다. 밤마다 꿈속에 찾아오던 그의 얼굴이 떠오르지 않아 애타던 그때, 이 카페에서 청요를 보았다. 같은 자리에 앉아 TV 속 청요를 보고 있으니 기분이 새롭다.

"우와, 청요다!"

"진짜 최고다. 사람이 어쩜 저렇게 생겨?"

여대생들이 황홀한 얼굴로 청요를 칭송하기 시작했다. 그는 미혹하는 게 일인 귀왕이라고 말해줄 수 없는 백화가 소리 없이 웃었다.

"지난번 '연산군의 여자'도 진짜 재밌었지? 새 드라마는 언제 찍나."

"말도 마! 청요가 연기하니까 그 마마보이 폭군까지 멋져 보이더라."

"큭큭. 맞아, 진짜 그래. 아, 김미리는 좋겠다. 저 넓은 가슴에 막 안겨보기까지 하고!"

"안기기만 했어? 키스신도 있었잖아, 그것도 두 번이나!"

"근데 이번 기자회견은 왜 하는 거래? 혹시 신작 발표하나?"

"그건 아니라던데?"

여대생들이 고개를 갸웃거리며 궁금해 죽겠다는 표정을 지었다. 궁금하기는 백화도 마찬가지였다.

'뭐라고 하는 거지?'

청요는 전에 없이 진지한 표정이다. 옅게 짓고 있던 미소도 전부 지운 채 신중하게 입술을 움직였다. 카메라 플래시가 갑자기 무시무시하게 터지기 시작했다.

뭔가 심상치 않은 말을 한 것 같은데.

"꺄아악! 저게 무슨 소리야?"

"몰라! 갑자기 뭐야?"

흰 글씨가 써진 파란 박스가 화면 아래 떠오르는 순간 여대생들이 비명을 질렀다.

'배우 청요, 전격 은퇴 선언.'

플래시는 여전히 쉴 새 없이 터져댔고 기자들의 질문에 진지한 표정으로 답하는 청요가 보였다.

"뭐야, 뭐야! 이게 대체 무슨 개소리야!"

카페 매니저가 볼륨을 키웠다.

—갑작스러운 소식이라 많이들 당황하신 줄로 압니다. 하지만 오랜 시간 고민해온 문제이고 옳은 선택을 했다고 확신합니다. 지금까지 팬 여러분께서 보내주신 사랑에 많이 행복했습니다. 덕분에 힘든 시기 버텨낼 수 있었습니다. 이제는 평범한 한 사람으로 돌아가 사랑하는 단 한 사람과 함께하고 싶습니다.

백화의 뺨이 확 붉어졌다.

딱 이 주 기다리겠다더니 진짜 이 주만 기다릴 심산인가 보다. 아직 적당한 골동품을 다 못 모았는데.

"사랑하는 사람? 사랑하는 사람이라고 했어, 지금?"

누군가가 꺅 비명을 질렀다. 이어서 기자의 질문이 들려왔다.

—결혼을 위한 은퇴라는 뜻입니까?

청요가 굳어 있던 표정을 풀며 부드럽게 웃었다.

—그렇게 되었으면 합니다.

청요의 시선이 화면을 빠져나와 똑바로 백화에게 박혔다. 백화는 터질 듯 뛰는 심장 부근을 꾹 누르며 어쩔 줄 몰라 했다.

—결혼해줘.

새삼스럽게 무슨 결혼이란 말인가. 그거, 아주 오래전에 이미 하지 않았나?

"와아, 청요 님은 진짜 화끈하시다, 백화."

어느새 흑각에게서 벗어나 옆에 온 적매가 엄지를 추켜세웠다.

"청요는 전부터 과격한 면이 있었지."

흑각이 옆에서 거들었다.

"흑각 님 쪽이 더 과격하지 않소?"

"그럴 리가."

흑각이 고개를 기울였다. 청요는 계속해서 백화를 향해 말했다.

―내게 와. 시간 다 됐잖아.

백화는 난처해졌다.

"아⋯⋯."

이제 오래된 가락지 두 개만 더 구하면 되는데 청요가 저리 부르니 가고 싶다. 전당포를 여기저기 돌아다녀 보았지만 쓸 만한 가락지를 찾지 못했는데, 그럼에도 청요에게 가고 싶다. 그렇다고 주인 있는 가락지를 훔쳐서 개수를 맞출 수도 없고.

"가고 싶어?"

울상을 짓는 백화에게 흑각이 물었다. 언제 들어도 단조로운 목소리다.

"지금 그걸 말이라고⋯⋯."

"받아."

흑각이 둥글게 말아 쥔 주먹을 내밀었다. 얼떨결에 백화가 손을 벌렸다. 흑각이 주먹을 펴자 동그란 것이 두 개 툭 떨어졌다.

"이건⋯⋯."

"이제 갈 수 있겠지?"

얼떨떨해 하는 백화에게 적매가 환하게 웃으며 물었다. 백화가 미간을 찡그렸다.

"하지만 이건 네 소중한 쌍가락지잖아, 적매."

"이젠 괜찮아."

적매가 보란 듯이 흑각에게 팔짱을 꼈다.

그러는 동안에도 기자회견은 계속 진행되었다.

─청요 씨, 혹시 지금 프러포즈하는 겁니까?

─그렇습니다.

─대답은 아직 못 들으신 거군요? 그렇다면 은퇴는 성급한 결정이……

─지금 들을 겁니다.

기자의 말을 잘라내며 청요가 대답했다. 청요는 카메라를 주시하며 '당장'이라고 작게 읊조렸다. 백화는 흑각이 건네준 쌍가락지를 꼭 쥐고서 벌떡 일어났다.

[나의 왕의 뜻대로.]

꾹꾹 눌러 문자를 보낸 백화는 기자회견이 끝나기 전 카페를 빠져나와 인적이 드문 골목으로 향했다. 청요는 분명 기자회견이 끝나자마자 올 것이다.

'이 정도라면 괜찮겠어.'

잠시 후 공간이 어그러지기 시작했다. 인간의 육 속에 있을 때는 느낄 수 없었던 많은 것들을 지금의 백화는 느낄 수 있었다. 청요가 온다. 청요가 오고 있다.

"나의 비여."

"나의 왕이여."

청요가 백화의 이마에 부드럽게 입 맞춘 후 그녀를 꼭 끌어안았다.

"뭐요, 갑자기. 놀랐잖소."

"갑자기라니. 이 주, 다 됐잖아."

뚝뚝하게 대꾸한 청요가 백화의 입술을 찾았다. 그의 혀가 안으로 들어온다. 깊은 입맞춤. 살짝 입술을 뗀 청요가 속삭였다.

"보고 싶었어."

그가 입술을 움직일 때마다 살짝살짝 부딪쳤다. 백화가 얼굴을 붉히고서 그를 끌어안았다.

"나는 보고 싶어 죽을 뻔했소."

"정녕?"

"거짓말이오."

백화가 작게 웃었다.

"이젠 거짓말도 술술 잘하는구나. 속세에 물들었어."

"그래서 싫으시오?"

"싫을 리가."

청요가 키득거리자 백화가 장난스럽게 그의 가슴에 이마를 콩 박았다.

"그런데 왜 갑자기 기자회견이오? 떠들썩해지지 않소?"

"청요 정도 되는 유명배우가 갑자기 잠적하면 세상이 시끄러워지지 않겠어? 누군가는 내 과거를 추적할 테고. 그런 것은 바라지 않아. 하지만 그렇다고 인간의 기억을 일일이 지울 수도 없어. 힘을 아껴야지."

청요의 설명에 알겠다는 듯 백화가 고개를 살짝 끄덕였다. 유세나에 대한 기억은 세상에 남아 있는 상제의 힘이 지워주었다. 그것은 사라진 반귀로 인해 인간들이 혼란스럽지 않도록 상제가 조치해둔 덕분일 것이다.

그러나 청요는 다르다. 그는 자신의 의지로 움직이는 완전한 귓것. 느닷없이 상제의 힘이 발현되어 청요에 대한 기억을 지울 리 없다.

"그래서, 여행은 즐거웠어?"

청요가 화제를 돌렸다. 백화가 바짝 고개를 들고는 기쁘게 웃었다.

"백화?"

"나의 왕이여, 일단 이거 받으시오."

"이건 적매의 쌍가락지잖아."

"적매가 내게 주었소."

"적매가? 어째서?"

"지난 이 주 동안 전국에 흩어져 있는 반귀의 옛 본체에 대해 조사하고, 그와 상성이 맞는 골동품을 모았소. 다 못할 줄 알았는데 적매와 흑각 님이 도와주었소. 게다가 운 좋게도 현재 잉태되어 있는 반귀는 없는 것 같소! 그런 것이 있었으면 찾는 데 또 한참 걸릴 뻔했지 뭐요?"

백화가 방싯 웃었다.

"마지막으로 가락지 두 개만 더 찾으면 되었는데, 왕께서 나를 막 찾는 게 아니오? 이를 어찌해야 하나, 적당한 가락지를 어디서 찾아야 빨리 왕께 돌아갈 수 있을까 고민하고 있는데 적매가 그것을 선물해줬소. 이제 다 찾았소."

기억이 돌아올수록 그녀는 본래의 모습에 가까워졌다. 그 모습이 청요의 눈엔 애써 유세나로 보낸 시간을 잊으려고 하는 것처럼 보였다.

"백화."

청요가 무거운 목소리로 그녀를 불렀다. 움찔 어깨를 움츠린 백화가 걱정스러운 눈으로 그를 올려다보았다.

"내가 뭐 잘못하였소, 왕이여?"

"애써 유세나의 삶을 떨칠 필요는 없어."

백화의 두 눈이 왈칵 붉어졌다.

"그대가 백화든 세나든, 그대를 사랑해."

"왕이여……."

"TV를 이용한 건, 인간의 기억을 일일이 지우기 힘든 까닭도 분명히 있어. 하지만 그대의 인간 부모를 안심시키기 위함도 있어."

"흐읔……."

백화가 입술을 꾹 깨물었다. 울음이 터져 나올 것 같았다.

신귀로 돌아온 순간, 다 잊은 줄 알았다. 다 잊힐 줄 알았다. 백화로의 기억이 온전해지면, 찰나에 불과한 유세나의 삶 따위 금방 떨쳐낼 수 있을 줄 알았다. 하지만 왜……. 어째서…….

"나의 왕이여. 나는……."

"나는 그대를 행복하게 해주겠다고 그들에게 약조하였어. 그런데 그댄 늘 내 생각만 하지. 그대의 생각도 조금은 해 줘. 그대가 인간의 삶을 못 잊어 내가 신경 쓸까 걱정하였지? 나를 걱정하게 해, 백화. 마음껏 울어. 그대를 신경 쓰는 게 내 행복이니까."

신귀로 돌아온 날 미처 다 터트리지 못한 울음을 백화가 뒤늦게 터트렸다. 소중한 이와 끊어진 인연을 슬퍼하며 울음을 울었다. 다신 만날 수 없는 연. 만나선 안 되는 연. 그들이 그리웠다.

"나는, 나는……. 왕이여, 나는……."

인간을 미워한 마음을 기억한다. 그들을 증오한 마음도 이제는 기억한다. 그러나 그보다 더 애틋하고 사랑스러워서 견딜 수가 없다.

"인간과 함께 살아가는 방법을 찾자, 백화. 그들을 미워하고 증오하는 대신 그들과 어우러질 수 있는 방법을 찾자. 그대는 늘 인간을 좋아하였잖아."

청요의 품에 안겨 백화가 고개를 끄덕거렸다.

"왕께선 참말 다정하오. 이러니 내 아니 반하겠소?"

백화가 코를 훌쩍이며 웃었다.

"알아."

"언제나 뻔뻔하시오."

"당당한 거라고 하자."

"뜻대로 하시오, 나의 왕이여."

백화가 청요의 옷에 눈물을 닦고는 고개를 들었다. 마음껏 울었더니 마음이 편해졌다.

"이제 갈까?"

고개를 끄덕이며 백화가 청요의 손을 붙잡았다. 그녀가 눈을 살짝 치켜떠 청요를 보며 물었다.

"가끔 내 인간 부모를 보러 가도 되오?"

"보러 가고 싶다면. 대신 만나는 건 안 돼."

"그 정도는 나도 아오. 그저 보는 걸로 충분하오."

"하여간."

잔정은 많아서.

청요가 백화의 손을 더 꼭 붙잡았다. 둘은 어둠을 걸었다. 백화는 청요를 이끌고서 그동안 찾아 모아둔 골동품이 있는 곳으로 향했다. 흑각과 적매가 그곳에서 기다리고 있었다.

청요와 흑각은 상성이 겹치질 않는다. 동전의 양면 같다. 상성을 고려해서 골동품을 삼 대 이로 나눈 청요가 기지개를 쭉 폈다. 준비는 이제 끝났다. 흑각이 없었다면 일이 훨씬 어려웠을 텐데 그가 있어서 정녕 다행이었다.

"이제 준비가 다 된 것이오?"

적매가 두 눈을 반짝거렸다. 귀궁에서만 살았다는 그녀는 녹우 외의 새로운 귓것을 만날 수 있다는 기대감에 부풀어 있었다. 흑각이 그녀의 이마를 툭 밀었다.

"나의 붉은 쌍가락지야, 멀리 떨어져 있어라."

"하오나 왕이여!"

"적매."

흑각이 무심한 눈으로 응시하자 마지못해 적매가 뒤로 물러났다. 구시렁거리며 백화의 옆에 앉은 적매의 표정이 찰나 어두워졌다.

"모두 괜찮을 거야."

적매에게 작게 속삭인 후 백화가 그녀의 어깨에 머리를 기댔다. 입술을 비죽거린 적매가 할 수 없다는 듯 백화의 머리에 제 머리를 기댔다.

어둠이 찾아오고 있었다.

그믐밤이 온다. 모든 귓것의 힘이 가장 강대해지고 왕성해지는 깊은 밤이.

자정. 가장 깊은 밤의 시간에 청요와 흑각이 움직이기 시작했다. 푸른 것과 검은 것이 뒤엉켜 오래된 물건들을 휘감았다. 물건을 휩싼 빛은 멀리 사라졌다. 먼 곳에서 희미하게 반짝이는 반귀의 기척이 그들에게 반응하며 다가왔다.

땅이 잘게 울고 바람이 엷게 분다. 꽃과 나무와 풀과 돌이 땅과 바람의 움직임에 맞추어 운다. 형형색색 빛깔이 땅에서 피어나 하늘로 춤추듯 올라간다. 인간은 볼 수 없는 기력의 장관이다.

"왕이여."

"나의 왕이여."

"왕이시여."

오랜 반귀의 시간에서 깨어난 귓것들이 천천히 모여들었다. 개중엔 반가운 얼굴도 있었다.

"김미리."

"'맑은 미리내' 라고 한답니다, 나의 왕비님."

상제가 남긴 힘이 그들의 기억을 세상에서 빠르게 지워나갔다. 세상의 균형을 맞추는 놀라운 힘이었다.

깊은 잠에 빠졌던 신귀들도 눈을 떠 그들에게 왔다.

"기다리고 있었소, 왕이여."

"알고 있다."

모든 귓것이 보는 앞에서 청요는 백화 앞에서 무릎 꿇었다. 그가 백화의 손등에 짧게 키스했다.

붉고 푸른 빛이 드리워진 합환주를 나눠 마시는 그들을 보며 귓것들은 꺅꺅 비명을 질렀다. 왕과 왕비의 화합을 다 함께 축복하였다.

이제야 그들은 제자리를 찾았다. 비로소 온전해졌다.

※

귀왕이 돌아왔다. 왕의 비도 돌아왔다. 귓것 또한 돌아왔으니, 멸절은 멸절이 아니었으리.

작자미상, 『신新 조선망량야사, 귀도편』

찬규는 오랜 세월 세상을 떠돌아 다녔다. 세상엔 많은 귓것이 있었고, 많은 인간이 있었다. 그들은 다양한 방법으로 엉켜 살았다.

"아부지, 조선에서 무언가가 술렁대오."

비비는 이제 열여섯 살쯤 되어 보였다. 그녀의 성장은 갈수록 느려졌지만, 이미 찬규가 한 손으로 번쩍 안아 올리기는 힘들 정도로 자라버렸다. 찬규는 비비를 안아 올리는 대신 손을 내밀었다. 비비가 그의 손을 꼭 잡았다.

"돌아갈 때가 되었나 보다."

"이제 아부지도 함께 엄니에게 갈 수 있소?"

"아마도."

둘이 땅이 박차고 날아올랐다. 바람이 그들을 들어 올렸고 구름이 그들을 감싸 보호하였다.

멀리 귓것의 불꽃이 반짝이고 있었다. 그 중심에서 왕께서 왕비의 손등에 입 맞추는 것이 보였다.

닫는 장. 귀鬼의 비

동쪽 귀궁은 청산青山에 있다. 정말 청산이었다. 나무가 우거져 하늘도 제대로 보이지 않았다.

"여긴 진짜 촌이오, 왕이여. TV도 없고, 컴퓨터도 없고, 전기도 없고, 전화도 없고……."

귀궁 입구는 검고 굵은 나무뿌리로 가려져 있었다. 청요의 손짓에 나무뿌리가 스스슥 움직였다.

"청산에 살자며."

청요가 픽 웃었다.

"윽! 언제 적 이야기를 하는 거요?"

백화가 얼굴을 벌겋게 붉히고서 청요의 가슴을 퍽퍽 두드렸다.

"날 죽일 셈이야?"

큭 신음을 내뱉으며 청요가 물었다. 백화가 깜짝 놀라 얼른 그를 살폈다.

"괘, 괜찮소? 내가 세게 때렸소? 미안하오, 왕이여. 왕께서 약해져 있다는 것을 내 자꾸만 깜빡 잊어서……."

433

정기가 오염된 까닭인지 청요의 회복은 더뎠다. 그것은 흑각도 마찬가지였다.

"와아! 왕비께서 귀왕 시해를 시도하셨다!"

"까아! 왕비님 멋지오!"

어린 신귀들이 꺅꺅대며 주변을 빙글빙글 돌았다. 먼 섬에 남겨진 직후 상제의 힘에 의해 잠들었던 그들은 용케 오백 년의 세월을 살아남았다.

"가서 좀 쉬자, 나의 어린 귓것들아."

"꺅! 노란 대접, 너 보았지? 왕께서 방금 내 머리를 쓰다듬어주셨어!"

"나도! 나도! 왕이여, 나도 쓰다듬어주시오!"

노란 대접이 다짜고짜 머리를 들이밀었다. 청요는 인상을 쓰면서도 그들을 하나하나 다정히 쓰다듬어주었다. 그들이 원하는 대로 해주는 것이 그들을 가장 빨리 떨쳐내는 방법이란 것을 이제는 아는 것이다. 어린 귓것들은 왕의 손길 한 번에 세상을 다 가진 듯 맑게 웃었다.

"왕께선 이제 쉬어야 해. 가서들 놀아."

도원에서 한아름 산딸기를 따서 온 찬규가 말했다. 청요가 귓것을 되돌리자 일전에는 들어갈 수 없었던 나래의 무덤 근처 땅에 갈 수 있게 되었다.

제약이 풀린 것이다. 더 이상 상제의 목소리는 들려오지 않지만 여전히 종종 인세를 굽어살피고 있는 게 분명했다.

"찬규! 비비는? 비비는 왔소?"

"비비는 후원에 있어."

신귀들이 우르르 후원으로 날아갔다. 찬규가 한숨을 내쉬고는 살짝 웃었다.

"저들을 다시 만나게 될 줄은 몰랐소."

오백 년 전의 어린 작은 도령은 이제 다른 그 어떤 귓것보다 강해졌다. 몇 번 잠들 뻔했던 찬규는 비비 덕분에 잠들지 않을 수 있었다고 한다.

"왕이여, 산딸기 여전히 좋아하오?"

"물론이지."

찬규가 들고 있던 산딸기를 모조리 청요의 손에 쥐어주었다.

"선물이오."

"고맙다, 나의 작은 두령아."

"이만 가서 쉬시오, 나의 왕이여. 사실 비비는 도원에서 아직 안 왔소. 어린 귓것들이 비비가 없는 것을 보고 금방 돌아올 것이오."

청요가 백화를 데리고서 재빨리 자리를 피했다. 얼마 지나지 않아 비명을 지르며 찬규를 찾아다니는 노란 대접의 목소리가 들렸다. 침대 맡에 앉아 청요가 픽 웃었다.

"정신이 하나도 없군."

"사랑스럽잖소."

그를 뒤에서 끌어안으며 백화가 속삭였다.

"백화. 그대의 사랑을 저것들에게 줄 필요는 없어."

"흐음."

백화가 두 눈을 가늘게 떴다.

"왕이여, 설마 질투하오?"

"왜? 아니 되나?"

"에엑? 참이오? 자기 백성을?"

"상관없잖아, 그런 건."

시큰둥하게 대꾸한 청요가 몸을 틀었다. 그가 백화를 조심스럽게 밀어 넘어뜨렸다. 백화의 검은 머리카락이 부드럽게 흩어졌다.

"나의 백화니까."

청요가 백화의 입술을 길게 빨았다. 졌다는 듯 입술을 벌린 백화가 그를 탐했다.

많은 것이 변하였다.

그러나 그들은 이 땅에서 지금까지 그랬듯 살아가리라.

"하긴, 나는 날 때부터 청요만의 비였소. 어쩐지 조금 억울하오. 왜 내겐 다른 신랑을 택할 기회조차 없었던 거요?"

청요의 입술이 떨어지자 백화가 귀엽게 투덜거렸다.

"다른 신랑을 택할 수 있었다면 다른 신랑을 택했을 텐가?"

"흐음……."

백화가 신중하게 눈썹을 모았다.

"백화."

"큭. 자, 장난이오! 그, 그만! 간질, 간지럽소!"

간지럼 태우기에 약한 백화가 몸을 배배 꼬았다. 청요가 잠시 간지럼 태우기를 멈추자 백화가 숨을 헉헉 몰아쉬었다. 청요는 빙그레 웃으며 그녀의 목선을 따라 입맞춤했다. 청요의 입술이 닿을 때마다 백화가 움찔거렸다.

"다행이야, 백화. 그대가 다른 신랑을 택했다면, 나는 그 귓것을 해하였을지도 모르겠어."

"거짓말 마오. 왕께선 내가 슬퍼할 일은 결코 하지 않았을 것이오."

백화가 다정히 청요를 끌어안았다. 그녀의 손가락이 섬세하게 청요의 등선을 타고 흘러내렸다.

"그랬을까?"

"나 또한 왕을 속상하게 만드는 짓 따위 하고 싶지 않았을 테니, 역시 다른 신랑을 택했을 리는 없소."

백화. 그녀는 귀왕의 비였다. 다른 귓것과 달리 나자마자 인간의 태를 갖춘 그 순간 그리 예언되었다. 설령 그것이 운명이 아니었다고 해도, 그녀는 필히 청요를 사랑하였으리라.

"아름답고 상냥한 나의 왕이여."

백화의 손이 천천히 청요의 옷가지를 벗겼다.

결계로 막아두었는데도 밖에서 이는 소란이 들린다.

"와아아! 왕과 왕비께서 한방에 계신다!"

"꺅! 부끄러워!"

청요가 표정을 일그러뜨렸다.

"저것들을 진짜. 어서 키워 도원으로 보내버리든지 해야지 원."

머리라도 쥐어뜯을 것 같은 청요에게 백화가 얼른 안겼다.

"다른 데 신경 쓰기요, 왕이여? 나를 이리 만들어 두고?"

동쪽 귀궁은 평화로웠다. 아마.

❁

"내 오래전 약조하였지. 그대들의 삶을 허락할 땅을 주겠노라고. 비록 흑각은 죽지 아니했으나 그 무도함이 사라졌기에 우리의 약조를 이행하겠다."

조선 땅에 도원이 열리었다. 아홉 개의 하늘이 연결되었고, 그 안에선 그 어떤 것도 삶을 허락받았다.

작자 미상, 『신新 조선망량야사, 귀도편』

상제는 종종 인세를 굽어살폈다. 제가 만든 것과 제가 만들지 않은 것들이 뒤엉켜 싸우는 그 꼴을 보았다. 제가 허락하였든 허락하지 않았든 그것들은 살아가고 있었다. 시간의 흐름이 덧없이 느린 천계天界에서 상제는 그것들의 삶을 써내려갔다. 울고 웃고 싸우고 미워하고 정들고, 결국은 서로를 사랑할 수밖에 없는 그것들의 행적을 적어 내렸다.

억겁에 비하면 찰나에 불과한 순간들. 애정을 준 만큼의 고통이 되돌아왔다. 그럼에도 상제는 늘 그것들에게서 눈을 뗄 수 없었다.

『조선망량야사』를 태워 버리고 『신新 조선망량야사』를 장서고에 꽂아 넣으며 상제가 흐리게 웃었다.

그것은 오랜 옛날, 하늘로 올라오길 거부하고 땅에 남은 것들의 이야기였다.

번 외 1.

　동쪽 귀궁은 북적거리는데 반해 북쪽 귀궁은 조용하였다. 녹우가 태어난 것을 희망 삼아 적매는 새로운 사귀를 탄생시킬 방도를 요리조리 궁리했다. 하지만 오염 전의 깨끗한 정기 속에서도 몇 십 년에 한두 녀석 태어날까 말까 하던 귓것들이 갑자기 태어날 리 없었다.

　"심심해 죽을 것 같아."

　도토리묵으로 만들 도토리 껍질을 벗기며 적매가 투덜거렸다. 그녀에게 붙잡혀 끌려온 흑각은 차라리 이게 낫다는 듯 도토리에 열중했다.

　"내가 왜 도토리를 까야 하지?"

　생각처럼 잘 안 벗겨지는지 청요가 짜증을 냈다. 거의 신의 손놀림을 보이며 껍질을 벗기고 있던 흑각이 한심하다는 듯 청요를 쳐다보았다. 그들을 물끄러미 바라보고 있던 백화가 불쑥 중얼거렸다.

　"둘이 참말 닮았소."

　전체적인 인상이야 물론 다르다. 청요는 머리카락이 짧았고, 흑각은 긴 곱슬머리였다. 청요는 매사 날카로운 눈빛이고, 흑각은 어딘지 모르게 권태로워 보인다.

그러나 이목구비를 뜯어보면 놀라울 만치 닮았다. 그 새삼스러운 발견에 적매도 두 눈을 동그랗게 뜨고 백화의 말에 수긍했다.

"그러고 보니 진짜 그러네!"

"그야 당연하지."

내가 정말 저런 것과 닮았느냐고 펄펄 뛸 줄 알았던 청요가 의외의 반응을 보였다.

"엑? 당연하오?"

당황한 쪽은 오히려 백화였다.

"우린 상제가 천계로 돌아갈 때 떨어뜨린 하나의 물건에서 함께 태어났다."

흑각이 대답하자 적매가 입을 딱 벌리고 소리쳤다.

"하, 함께 태어났단 말이오? 어, 언제부터 말이오?"

"나의 붉은 쌍가락지야. 언제부터라니? 태어날 때부터지."

흑각은 가끔 적매를 갓 태어난 귓것 대하듯이 대한다. 어떻게 그리 당연한 것을 묻느냐는 듯 흑각의 권태로운 두 눈에 한심함까지 어렸다.

"모, 몰랐소! 왜 말을 아니 하였소?"

도토리를 내팽개치고 흑각에게 달려간 적매가 그의 목을 짤짤 흔들었다.

같은 물건에서 태어났다는 것은 인간으로 따지면 형제라는 뜻이었다. 인간의 형제와는 그 의미가 다를지 몰라도 그 관계가 특별한 것은 분명했다.

"모르는 게 더 이상하잖아."

적매의 뒤에서 청요가 말했다. 그대로 뒀다가는 적매가 청요의 목까지 흔들어 댈 기세라 백화가 얼른 적매를 잡아당겼다.

"모르는 게 더 이상할 리 없소. 아는 게 더 이상한……."

무어라고 반박할 기세로 청요에게 대꾸하던 적매가 무뜩 입을 다물었다. 그녀는 자신의 멍청함을 깨닫고는 소리 없이 절규했다.

모든 귓것은 인간의 태를 갖출 때 다양한 특성을 얻는다. 전혀 다른 것에서 태어난 귓것도 비슷한 특성 하나둘 정도는 지니게 되어 있다. 특성이 전혀 겹치지 않는 경우는 하나의 본체에서 둘 이상의 귓것이 태어난 경우뿐이다.

더욱이 그들은 조선에서 태어난 태초의 귓것. 그들이 같은 때에 태어났다는 사실은 숨길 것도 없는 이야기다.

"그, 그런데 왜 그리 사이가 아니 좋소? 형제인데?"

"딱히 안 좋았던 기억은 없는데."

흑각이 고개를 비스듬히 기울였다.

"안 좋았던 기억이 없다니! 청요 님과 함께 죽으려고 하지 않았었소!"

적매가 버럭 소리쳤다. 그녀는 아직도 그때의 일을 마음에 품고서 걱정하는 모양이었다.

"나의 붉은 쌍가락지야. 그대가 백화를 속이고 이용했다고 해서 그대와 백화의 사이가 나쁘다고 할 수는 없다. 마찬가지로 내가 비록 청요를 죽이려 했다고 한들 우리의 사이가 나쁘다고 단정할 수는 없다. 그리고 그댈 두고 죽을 생각은 이제 없으니, 그때 일은 그만 잊어주는 게 어떠하겠나?"

또, 또 나왔다. 흑각이 어린애 타이르듯 적매 달래기를 시전했다.

적매가 입을 꾹 다물고 흑각을 노려보았다. 울 듯 말 듯 미간을 잔뜩 모은 적매가 작게 웅얼거렸다.

"참말이오?"

"무엇이?"

"나를 두고 죽을 생각 없다는 말 말이오."

"없다, 적매. 이걸로 나는 그대에게 죽을 생각이 없다고 백팔 번 맹세하였다. 앞으로 몇 번이나 더 맹세하며 되겠어? 차라리 오늘 다 해주겠다."

"아, 아니오! 괜찮소. 이제 믿으오! 믿겠소. 암, 믿고말고. 내가 나의 왕을 믿지 않으면 누가 나의 왕을 믿어주겠소?"

적매는 배시시 웃고는 다시 도토리를 한 움큼 쥐어 가져갔다. 흑각이 낮은 목소리로 적매라고 부를 때는 괜히 말대꾸를 해서 그의 성질을 돋우는 것보다 얌전히 다른 일을 하는 게 백 배 나았다.

"그런데 이 도토리를 꼭 까야 하는 거야? 그냥 시장에서 사오면 안 되겠어?"

끙끙거리며 도토리 껍질을 벗기던 청요가 마침내 도토리를 내던졌다.

평화로운 나날이다.

번외 2.

유 씨 내외는 멍하니 텔레비전을 보고 있었다. 변한 것이 아무것
도 없는데 어쩐지 마음이 휑했다. 아주 소중한 것을 잊어버린 듯 허
전했다.

"어머, 내가 왜 이러지?"

"여보……."

뉴스를 보다가도 곧잘 눈물을 흘리는 아내를 유 씨가 걱정스럽게
불렀다.

"아직 가을도 아닌데 벌써 가을 타나 봐요."

한 씨가 눈물을 닦으며 웃었다. 이상하게 눈물이 나는 것은 유 씨도
마찬가지였다.

"다른 것 좀 봅시다, 여보."

유 씨가 얼른 리모컨을 들었다. 웃음 빵빵 터지는 개그 프로그램을
찾아 채널을 돌리던 유 씨가 무뜩 손을 멈추었다.

―……을 위한 은퇴라는 뜻입니까?

익숙한 배우였다. 연산군의 여잔가 뭔가 하는 드라마의 주연이었다.

하지만 그런 것 말고, 조금 더 사적으로 아는 느낌이었다.

　—그렇게 되었으면 합니다.

　굳어 있던 표정을 풀며 배우가 말했다. 연회색 신비로운 눈동자가
화면에 담겼다.

　—결혼해줘. 내게 와. 시간 다 됐잖아.

　유 씨가 희미하게 웃었다.

　하여간, 저돌적이라니까.

　—청요 씨, 혹시 지금 프러포즈하는 겁니까?

　—그렇습니다.

　—대답은 아직 못 들으신 거군요? 그렇다면 은퇴는 성급한 결정
이…….

　—지금 들을 겁니다.

　유 씨는 홀린 듯 화면을 보았다. 한 씨도 마찬가지였다.

　"우리 세나는 행복할 거예요."

　"그래, 그럴 거요."

　부부가 중얼거렸다. 자신이 '세나'라는 이름을 떠올렸다는 것조차
인지하지 못했음에도 그들의 마음은 비로소 안도되었다.

　세나는 분명 행복할 것이다.

번외 3.

아주 오래 전, 상제는 땅을 두루 살피고 하늘로 올라가던 중 거울 하나를 떨어뜨렸다. 검고 푸른 그 거울은 상제가 몹시 아끼던 것이었다.

거울은 쪼개져 반은 동쪽에, 반은 북쪽에 떨어졌다. 상제는 곧장 가던 길을 멈추고 땅으로 되돌아가 거울을 찾아 헤맸다. 상제가 거울을 찾아낸 것은 쪼개진 거울이 스스로 상제와 닮은 태를 갖춘 뒤였다.

제 어렸던 모습과 꼭 닮은 두 귓것을 상제는 몹시 아꼈다. 상제는 그것들과 함께 하늘로 돌아가기를 원하였다.

"나와 함께 돌아가자, 나의 거울아."

"우린 이곳에서 살아갈 것이오, 상제여."

그것들은 고개를 내저으며 상제의 손길을 뿌리쳤다. 매일 친히 닦아주며 귀히 여겼으나, 상제에게 돌아온 대답은 그토록 매정하였다.

이에 상제가 슬퍼 말했다.

"이곳에서 너희가 살도록 허락하지 않을 것이다."

"하나 우린 애초에 상제의 뜻으로 태어난 것이 아니지 않소? 하늘 아닌 땅에서 살아가게 해주오. 우리는 상제의 그늘을 바라지 않소."

입을 모아 답한 후, 깨진 거울은 끝내 지상에 남았다. 외로이 하늘로 돌아간 상제는 그들을 불러들이기 위해 갖은 애를 썼다. 스스로 태를 갖춘 그것들은 스스로 멸절할지언정 상제를 따르지 아니했다.

상제는 종종 두 귓것을 굽어살폈으나, 간혹 두 귓것을 원망하였다.

상제를 닮아 몹시 아름다운 그 반쪽짜리 거울은 청요와 흑각이라 했다.

⚜

두 귀왕과 두 왕의 비가 옹기종기 둘러앉아 토기를 빚었다. 무뜩 익숙한 기운이 풍겨와 청요가 움찔 굳었다. 고개를 들어보니 흑각 또한 느낀 듯했다. 흑각과 눈짓을 주고받은 후 청요가 몸을 일으켰다.

"어디 가시오, 나의 왕이여?"

백화가 투명한 눈으로 묻는다. 청요는 미려한 미소를 지어 보였다.

"잠깐 바람 좀 쐬고 오겠다, 나의 비여."

"바람? 나도 같이 가겠소!"

벌떡 일어나려는 백화를 보며 흑각이 뚝뚝하게 물었다.

"백화여. 그대, 그 토기는 오늘 안에 완성되는 것이야?"

"으음, 그것은……."

"왕의 비가 되어 할일을 하지 않는 것은 어린 신귀들에게 좋은 본보기가 되지 아니하지."

결국 백화가 엉거주춤 자리에 앉았다. 그녀의 머리를 쓱쓱 쓰다듬어주고는 청요가 얼른 밖으로 나섰다.

멀리서 풍겨오는 익숙한 기운. 그것을 쫓는 것은 쉬웠다. 수천 년, 수만 년이 지나도 잊을 수 없는 것이었다.

청요는 거대한 고목 앞에서 멈추었다.

"상제여."

나무에 비스듬히 몸을 기댄 채 눈을 감고 있던 그가 천천히 눈을 떴다.

"잘 지냈나, 청요?"

상제는 눈부시게 희었다. 은백의 긴 머리카락을 단정히 말아 올린 그는 몸을 바듯하게 조이는 연하늘색 예복을 입고 있었다. 잘 지냈느냐는 그의 말에 울컥 쏘아붙이려던 청요가 입술을 꾹 깨물었다.

상제와 싸우려고 온 것이 아니었다. 애초에 싸워서 이길 수 있는 상대도 아니다.

"어쩐 일이오? 다신 안 올 줄 알았거늘."

"새로운 상제가 탄생하였다. 나의 임무는 완성되었다."

상제의 청회색 아름다운 눈동자가 가만히 청요를 담는다. 그에게 느리게 다가서며 청요가 미간을 살짝 찌푸렸다.

애증과 은원의 대상.

아득한 과거, 땅에 떨어져 새로운 태를 갖출 때 청요와 흑각은 상제를 본으로 삼았다. 하늘로 가던 길을 멈추고 땅으로 되돌아온 상제는 두 어린 귓것을 친히 돌봤다. 시간이 아무리 흘러도 머리를 쓰다듬어 주던 다정은 또렷하여 언제나 상제를 경애하였고, 동시에 귓것의 존재를 인정치 아니하는 그를 오래도록 원망하였다.

"묻고 싶은 게 있소."

청요는 상제에게서 몇 걸음 떨어진 곳에 멈추어 섰다. 살랑 불어온 바람이 그의 뺨을 쓰다듬고 지나갔다.

줄곧 묻고 싶었던 것. 자신이 깊은 잠에 빠져들었던 그때로 갈 수 있다는 사실을 알게 된 순간부터, 내처 마음에 담아둔 것. 물을 수 있는 날이 올까 싶었던 그 물음을 청요가 비로소 입에 담는다.

"어째서 우리네에게 또 한 번의 기회를 주었소? 상제께는 그럴 이유가 없었소."

그것은 그저 변덕이었을까. 다만 변덕을 부려, 산 것과 살고자 하는 것과 살아갈 수 없는 것의 질서를 찰나라도 흩뜨려 버린 것일까. 미혹할 수 있는 것과 미혹해선 안 되는 것을 뒤섞었던 것일까.

상제가 흐리게 웃는다.

"언제나 더 아끼는 쪽이 약자인 법이지, 나의 못된 거울아."

상제는 늘 인간을 편애하였으나, 기실 제멋대로인 두 귓것을 그토록 더 편애하였다.

完.